夜の果てまで

盛田隆二

角川文庫 13257

目次

一九九八年九月一日、札幌家庭裁判所に一通の「失踪《しっそう》宣告申立書」が提出された。申立人は涌井耕治、不在者は涌井裕里子。「申立の実情」に記された文面は以下の通りである。

一　申立人は不在者の夫です。

二　不在者は一九九一年三月一日午後四時ごろ、買い物に行くと言って外出したまま帰宅しませんでした。申立人は警察に捜索願をするとともに、親戚《しんせき》、知人に照会して不在者の行方を探しましたが、その所在は今日まで判明しません。

三　不在者が失踪して七年以上も経過し、申立人の許《もと》に不在者が帰来する見込みもありません。そこで、不在者との婚姻を解消するために、この申立てをした次第です。

一九九一年三月一日、妻がひとりで失踪したのではないことを、夫は承知していた。忘れもしない七年前のあの日、正午すぎに入った電話はあの男からかかってきたものにちがいなかった。電話に出た妻は返事もせず、即座に切った。夫は電話の相手に気づいて、一瞬顔色を変えたが、妻の対応に満足し、黙ってうなずいてみせた。妻もうなずいた。確かにうなずいたように見えた。だが、妻は夕刻に買い物に出たまま、二度と戻らなかった。

実のところ、妻はこれ以前にも三か月だけ失踪したことがある。だが、そのような妻の不徳を家事審判官に示すことに、いかなる意味も必要もなかったため、この事実は伏せられた。申立てに際しては、妻の生死不明を証する「戸籍附票謄本」などを添付すれば、それで十分だった。

札幌家裁はこの申立てを受け、「失踪に関する届出の催告」の手続きに入る。不在者から生存の届け出がない場合、八か月後の一九九九年五月、失踪宣告がなされ、不在者の死亡が法的に認定されることになる。

第一章　春

1990年3月

午後一時、俊介はアパートを出た。マフラーに顔を埋め、両手で自分の身体を抱きしめるようにして、北大通りを足早に南へ向かう。

正面から冷たい風が吹きつけ、目を開けているのもつらい。ちぎれ雲がものすごい速度で空を渡り、フレンチレストランの屋根にとりつけられた風見鶏がくるくると回っている。

この冬は山間部ばかりか札幌市内でも重たい雪が降りつづいた。三月もなかばだというのに、北大のキャンパスは雪でおおわれ、ハルニレの樹下にはまだ一メートル近く積もっている。大学病院の裏手では数人の男たちが雪の底から道を掘りおこしている。

俊介は湿った水雪を踏み歩きながら、セイコーマートの店内に目をやった。レジには顔見知りの主婦のパートが立ち、店長は雑誌ラックの整理をしている。あわてて顔を伏せ、店の前を小走りになって通りすぎた。風邪をひいたと嘘をつき、一昨夜のバイトを休んだからだ。

セイコーマートのとなりは居酒屋まさもと、そのとなりは食堂だいまる。北大通りには飲食店や古本屋や受験生相手の旅館が軒をつらねている。居酒屋弁財船、古本の弘南堂、おさむら旅館、ホテル恵びす屋、喫茶アップサージ……。俊介は北大軒の前で足をとめた。暖簾《のれん》が出ていない。暗い店内をのぞきこみ、唇をかんだ。

この二日間、俊介はほとんどなにも食べていない。たばこに火をつけてはため息をつき、ウーロン茶を飲んでは洟《はな》をすすりあげ、アルバムをめくっては枕に顔を押しつけ、そうして二日間をやりすごし、ようやく外に出る気になった。北大軒のラーメンでも食べて、元気を出そうと思ったのだ。

ドアに下がった臨時休業のプレートを指先ではじき、俊介はふたたび歩きだす。背中をまるめ、前かがみになり、どんどん足早になる。厚手のセーターを着ていても、編み目から冷気がしのびこんでくる。きょうの最高気温はマイナス二度だという。

——風邪がたいへん流行《はや》ってますね、みなさんは大丈夫ですか。それでは気をつけて行ってらっしゃい！

ようやく睡魔が訪れてきた午前七時、つけっぱなしのテレビのなかで奥村陽子が手をふった。

「陽子さんたら性格いいし、ほんと感激しちゃった」

テレビ局の入社祝いに俊介は大枚をはたいてフランス料理を奮発したが、賀恵《よしえ》は人気の女子アナに会った感想を誇らしげにしゃべりつづけた。

「報道じゃなくてがっかりなんて言ったけど、アナウンス部でほんとよかったなって、陽子さんを見てね。安達くんタイプでしょ、わかるよ、そのくらい」

女子アナ。けっこう卑猥《ひわい》な響きだ。俊介はそう思い、そんな自分にうんざりする。まぬけでスケベで、暗くて卑屈で、未練がましくて。

「すいませーん」女の子が声をかけてきた。

俊介は足をとめ、カメラを受けとった。クラーク民芸社の前にならぶ三人組を、ファインダーごしにのぞく。

まんなかの女の子がとてもきれいだ。木彫りの海賊人形を頬によせ、涼しげに笑っている。両脇の子は彼女の引きたて役を楽しんでいる。俊介はシャッターを押し、太っちょの女の子にカメラを返した。

「地元の方ですかあ？」

俊介は首をふり、そのまま歩きだす。いつもなら会話のひとつもかわすのだが、きょうはとてもそんな気になれない。駅のガードをくぐり、京王プラザホテルを左に折れ、駅前通りに出た。アカシアの並木が寒々しい。見上げると胃袋がきゅっと縮みあがる。

賀恵がなにを言いだしたのか、初めはちっともわからなかった。それは一昨日の夜のことだ。入社前の研修旅行から戻った賀恵とひさしぶりに迎えた週末だった。

「なぜ」と俊介は訊《き》いた。

彼女はふりむくと、俊介の唇に指を押しあてた。向かいあって立つ恰好《かっこう》になった。

「ねえ、なぜ急にそんなこと」

賀恵は口を開きかけて思いなおし、あなたのそんな鈍感さが耐えがたい、というふうに天井を見上げ、大きく息をついた。それからジャケットを脱ぎ、ブラウスを脱いだ。フレアスカートを脱ぎ捨て、金色の光沢のある下着だけになると、ベッドのなかにすべりこんだ。

俊介はなにか言おうとしたが、舌のつけ根に力が入るばかりで言葉にならない。

週末のデートは一か月ぶりだった。パルコ前で待ちあわせ、裏参道に足をのばし、賀恵の好きな陶磁器や藍染《あいぞ》めやアンティークドールの店をまわり、港亭でハヤシライスを食べ、大倉山から夜景を眺めた。

デートに誘ったのは賀恵のほうだ。その賀恵が部屋に入るなり、別れようと言いだし、理由を訊く俊介を呆《あき》れ顔で見つめ、黙って服を脱ぐ。悪い冗談のようだが、彼女は本気だった。

俊介はしかたなく服を脱ぎ、部屋のあかりを枕もとのスタンドだけにしてベッドに入った。

「ずいぶんがんばったよね、私たち」

賀恵はそう言って、性器に手をのばしてきた。

「安達くん、やさしくしてくれたし、私も尽くしたよ」

俊介は目を閉じた。生理が四日遅れただけで妊娠の不安におびえ、飯も食えなくなった賀恵。トイレのなかで歓声を上げ、来たよ、やっと来たよ、と涙ぐんだ賀恵。その賀恵が柔らかいままの性器を指でもてあそんでいる。

「ねえ……」髪をひっぱられ、俊介は脚のつけ根に顔を埋めた。やっぱり冗談だったんだ。舌の先で性器の芯《しん》を突いた。別れる理由なんてどこにもない。

息を吹きかけ、音を立てて吸い、襞《ひだ》をかんだ。賀恵は手の甲で口を隠している。その手をつかんで離すと、切ない声がもれた。

俊介があおむけになると、賀恵は背中を向けて跨《また》がった。膝《ひざ》の裏に手をあて、深く結合していることを確かめながら、尻《しり》で大きく円を描く。背骨がくりくりと動き、こすれあう太腿《ふともも》が汗ばみ、息が荒くなる。スタンドの淡い光を受け、川面に放った投網のようなふたりの影が天井で激しく揺れる。

「最後ね」と賀恵がつぶやいた。

その瞬間、性器が萎縮《いしゅく》した。どこか遠くで、だれかが電源を引きぬいたみたいだった。

俊介は前のめりになって駅前通りを歩きつづける。テレビ塔が目に入っただけで熱いものが込みあげてくる。小柄で髪が長くてやせっぽちの賀恵に、俊介は一目惚《ひとめぼ》れをした。二年前の秋のことだ。図書館と学食で続けて姿を見かけ、同じ日の夕暮れに地下鉄の座席でとなりあわせた。年下とばかり思っていたが、彼女は文学部の一年先輩だった。

イベントがあるの、興味があったら来て、とチラシを渡され、俊介は彼女に会いたい一心で、福祉作業所のバザー会場に出かけた。それがきっかけだった。

賀恵はいつも忙しそうに動きまわっていた。週一日、養護施設を出た少年たちの世話を焼き、週三日のローテーションで、市営住宅でひとり暮らしをする脳性まひの女性の介助に入っていた。空いている日は大学の構内や駅前で少年法改悪反対のビラをまき、車椅子用のスロープ設置を要求して、交通局の玄関前にすわりこんだ。のんびりとデートをするような時間はなかった。

賀恵に夢中になればなるほど俊介はいらだち、気まずくなることばかり口にした。それはいったいなぜなのか。年齢を下に見誤っただけでなく、思いちがいをしていたことがもうひとつある。彼女は驚くほど奔放だった。

浮気してもいいよ。私だってするときはするし、若いときはいろんな人とやったほうがいいと思うんだ。結婚もしていないのに束縛しあうなんてばかばかしいもの。

初めてのセックスのあと、賀恵はそう言った。

嫉妬《しっと》しないのかと訊くと、嫉妬しなくなったら終わりだけどね、と彼女は答えた。

俊介はそんな賀恵を誇らしく思ったが、胸の奥にわだかまる不安や疑いは、やがて隠しきれないほど大きくなった。ねえ、私こんなの初めて。頰を紅潮させ、もう一回やろう、とせがむ賀恵を、俊介はたびたび突きはなした。だが、悔やんでも始まらない。苦い思い出ばかりが胸の内をよぎる。

大通公園はあいかわらず雪に閉ざされている。雪まつりが終わると、噴水の通水式が行なわれるまでの二か月あまり、公園は雪捨て場になる。雪はとけもせず、日を追うごとに汚れていく。芝生も花壇もベンチも、汚れた雪に埋もれてしまう。俊介はとうきび売りの屋台の前を通りすぎた。おばちゃんは顔を上げ、すぐに週刊誌に戻った。

後楽園ホテルの手前を左に入り、市電の西八丁目を横切った。狸小路のアーケードを抜け、ふたたび駅前通りに戻れば、レストランやファッションビルの集中する界隈《かいわい》に出る。だが、これ以上歩くのはしんどかった。俊介は一軒のラーメン屋の前で足をとめた。

看板の文字は剝《は》がれかけ、暖簾も薄汚れている。店の前に積みあげられたビールケースには、美容院の割引券やテレクラのチラシが放りこまれたままだ。うまいラーメンを出しそうな店には見えなかったが、「番外地」という店名と投げやりな感じの店構えがあまりにもぴったりだったので、思わず暖簾をくぐってしまった。

客はひとりもいなかった。カウンターのなかでは五十がらみの店主がたばこを吸いながらテレビを見ている。黙って水を出しただけで、注文をとろうともしない。奥のテーブルでは老女がギョーザの皮に具をつめている。俊介はメニューを眺め、チャーシューとビールを頼んだ。店主はたばこをもみ消すと、ようやく立ちあがった。

テレビでは顔にモザイクのかかった女が霊感商法の被害を訴えていた。あなたには殺生《せっしょう》と色情の因縁がある。七代前の先祖を地獄から救いださないと救われない。霊能者にそう言われ、印鑑と多宝塔と釈迦《しゃか》塔と高麗人参《こうらいにんじん》濃縮液を、総額一六九二万円で買わされたという。

「色情の因縁だとさ」と店主が言った。「金があまってっから、狙われるんだ。うちにも一回くらい来やがれってな」

老女は顔を上げず、なにかしきりにつぶやいている。俊介は黙ってビールを飲んだ。チャーシューが出てくるまでずいぶん待たされた。だが、それはびっくりするほどおいしかった。作りおきをせず、時間ごとに仕込んでいるのだろう。脂が完全にとけだすまできちんと煮込んである。俊介はひとくち食べて、思わずうなずいた。

「HG、知ってるかい」と店主が言った。

「はい?」と俊介は言った。

「早く現金だと。いっしょに銀行に行ってローン組ませるってんだから、銀行だって知ってて黙ってんだろ」

ビールは大瓶しかなく、俊介は半分ほど飲んだだけでもてあましていた。

「なにやってんだべや」と老女が言った。

店主が壁の時計にちらりと目をやった。

「ミソにしようかな」と俊介は言った。

「余計な金なんか、ないほうがいいって。はいよ、ミソね。HGが早く現金、SKが信者の献金だと。ローマ字ってところがすごいよな。土地もってたり、社長やってたりすると、VIPのSK」

店主はモヤシを茹《ゆ》で、ニラとタマネギとニンジンとキクラゲを炒《いた》めながら、しゃべりつづける。

「でもこれだけ騒いでんだろ。壺《つぼ》やハンコじゃだませなくて、最近じゃ宝石だ着物だ毛皮だ、あとなんだ、北海珍味セットだとかいって、ホタテやコンブまで売り歩いてるって。うちなんかにゃ来ないよ、まあスナック狙いだな。はいよ、ミソ」

ドアが開き、女が入ってきた。店主はカウンターに丼《どんぶり》を置くなり、舌打ちをした。

「どこほっつき歩いてたんだ」

彼女は頭を下げ、岡持ちをレジの下の棚に戻した。

俊介は丼にのばした手をあわててひっこめた。彼女はすばやくエプロンをつけ、「すみません、代わります」と言った。

だが、老女は顔も上げず、黙々と手を動かしている。

「あの、代わりますから」

「いいよ、もう終わっから」

俊介はスープをすすりながら、彼女を盗み見た。

色の落ちたジーンズに紺色のセーター、白いポロシャツの衿《えり》を立て、長い髪をバンダナでひとつにたばねている。俊介がひそかに「Mさん」と呼んでいるその人だった。その年恰好《かっこう》から、初めは店主の娘だと思ったが、ふたりのやりとりを見ているうちに、年の離れた夫婦だと気づいた。

「醤油《しょうゆ》がないよ！」と店主がどなった。

「だから下の戸棚」と彼女が言いかけると、老女は首をゆっくりとふった。

「ほんとにな、口だけは達者だべ」

Mさんはいつも土曜日の夜十一時すぎにセイコーマートにやってくる。とびきりの美人ではないが、すごくスタイルがいいので、ジーンズにセーターといった恰好でもかなり目立つ。その上、ときどきシルクのタンクトップに男物の革ジャンをひっかけて現われたりするので、バイト仲間には彼女のファンが多い。とくに農学部の岡本は話しかけるチャンスを見つけようと必死だった。

俊介もそのひとりで、いつか彼女とは話をしなければと思っていた。だが、岡本とは理由が異なり、それは彼女のことを「Mさん」と呼んでいることと関係するのだが、彼女はレジで支払いを終えたあと必ず店内を一周し、チョコレート菓子の「M&M」を一袋だけ万引きしていくのだ。明治のマーブルチョコを毒々しく色づけしなおしたような、そのオーストラリア製の菓子はたったの百円だ。いや、セイコーマートでは九十五円で売っている。それを必ず一袋だけ万引きしていく。

最初、俊介はそれを防犯ミラーで見つけた。二回目のとき、ミラーのなかで視線がぶつかった。だが、彼女は手にしたチョコレート菓子を手さげのなかに平然と放りこんだ。彼女が来店すると、俊介はさりげなくM&Mの数を確認するようにした。彼女が帰ったあと数えなおしてみると、必ず一袋だけ消えている。それがすでに四回も続いていた。

「さてと、終わった」

老女がつぶやき、両肩を交互に叩《たた》いた。

Mさんはあわてて調理場から出てくると、ギョーザの大皿を冷蔵庫に入れた。俊介はその姿をじっと眺めた。彼女はまったく気づかない。人違いだろうかと思った。いや、そんなはずはない。防犯ミラーを見上げたときの彼女の顔はけっして忘れられない。

「したら、ちょべっと休ませてもらっか」

老女がそう言って、店の奥にひっこんだ。彼女は深々と頭を下げる。

店主はたばこに火をつけ、頼むよな、おい、と言った。彼女はうなずくと、戸棚から醤油瓶をとりだし、カウンターの容器にひとつひとつ移しかえた。

俊介は目の前で立ち働くMさんの動作を見守った。彼女があくまで気づかぬふりを通すなら、共犯者と見なされていることになる。それを確かめたかった。

「うまかったです」と俊介は丼をカウンターに戻した。

「ほんとに？」と店主が言った。「お客さん、初めてだろ。それでいきなりチャーシューだからさ、うれしかったよ。うちが自慢できるのはチャーシューだけだから」

「いや、スープもうまかったです」

「そうかい、おふくろに聞かせたいね」

店主は何度もうなずいた。

「こんなこと話すのもあれだけど、店継いでまだ三か月なんだよ、俺。その前は会社勤めだから、ほんとはラーメンなんて作れないの。チャーシューとスープはおふくろが作ってっから、それだけだよ、自慢できるのは」

「でもいいですよ。お客とこういう感じで話ができて」

俊介はそう言って、Mさんの横顔に目をやった。

「コンビニなんて味気ないです」

「あれ、学生さんじゃないのかい？　バイトだろ。北大？」

俊介はうなずき、瓶の底に残ったビールをコップにそそいだ。

「北大か、うちのばか息子にも行ってほしいよ」

「もうそんなに大きいんですか」

「こんど、中三」

「まだまだじゃないですか」

俊介はそう言ってから、思わずMさんの顔を見た。そんな大きな息子がいるようにはとても見えない。

「なことないよ。あっというまだよ、人生なんて、あっというま。実家はどこ、道内？」

「いえ、鹿児島です」

「そりゃ遠いとこから。でも言葉、全然訛《なま》んないね」

「もう三年たちますから」

俊介はコップのビールを飲みほすと、立ちあがった。Mさんがタオルで手をふきながら、調理場から出てきた。俊介は黙ってレジに千円札を置いた。

「今後とも、どうぞごひいきに」

彼女はそう言って、釣銭をさしだした。

「こちらこそ」と俊介は言った。

その瞬間、彼女の目のふちにこわばった笑みが浮かんだ。たったいま気づいたのだろう、と俊介は思った。だが、精一杯の微笑で守られた表情の奥にあるものがなんなのかわからない。彼女は軽く頭を下げると、調理場に戻っていった。

暖簾をくぐってふりかえると、店の二階が住居になっていた。郵便受けには「涌井《わくい》耕治」とあり、その下に「裕里子《ゆりこ》、正太」、少し離れて「八千代」とある。

俊介はアーケード街をゆっくりと歩きだした。涌井裕里子。彼女の名前を知ったことで、自ら共犯者の役を選んでしまったような気がした。

ヨークマツザカヤの裏手にまわり、ライラック通りのアーチをくぐった。小路の両側に原色の看板がずらりと立てかけてある。時間が早いので、まだ客引きの姿はない。俊介は肩をすぼめ、路から路へ歩きまわった。

☆

正太は階下の様子が気になり、どうにも落ちつかなかった。マリオが土管に入ったところでポーズをかけ、耳をすませた。

「すみませんでした。十分に言ってきかせますから」

裕里子の声が聞こえた。担任の赤堀がなにか答えたが、よく聞きとれない。

「先生、一杯召しあがっていきませんか」

父の耕治が声をかけた。正太は舌打ちをして、ファミコンに戻った。土管のなかはボーナスステージだ。空に登る豆の木や、隠しブロックや、1UPキノコも好きだが、正太はコインを取りまくるときの音が好きだった。それはストレス解消にうってつけだ。ゴールの手前で、無限1UP状態に入った。ノコノコの背中でジャンプを続けると得点が無限に増えつづける。単純な裏技だが、これもけっこう快感だった。

階段を上ってくる足音が聞こえ、子ども部屋のドアが開いた。先生、帰ったわ、と裕里子が言った。

正太が画面から目を離さずにいると、コンセントが乱暴に引きぬかれた。

「なにすんだよ！」と正太はどなった。「壊したら弁償しろよな」

「ねえ、答えて。なぜ休んだの、なにが不満なの、学校でなにか嫌なことでもあるの」

裕里子は目をうるませている。

「ねえよ、そんなもん」

正太はベッドにバタンと倒れこんだ。うつぶせになり、唇をかんだ。

「じゃあ、なぜなの。先生がいらっしゃらなかったら、あなた来週も休むつもりだったの」

嘘が全部ばれてしまった。きょうはサッカーの試合で遅くなる。弁当はいらない、コンビニで買うから。ユニフォームも今度から女子マネージャーが洗濯してくれるんだ。朝、正太はそう言って家を出たが、夕方に戻ると赤堀が来ていた。それできのう、きょうと続けて学校をサボったことがばれてしまった。

「ねえ、正太。どこでなにをしていたの」

裕里子は両手を髪のなかに差しいれて背中に跳ねあげると、回転椅子に腰をおろし、勉強机に背中を向ける恰好《かっこう》で正太と向かいあった。納得のいく返事を聞くまで部屋を出ていかないつもりだ。

正太は顔を上げ、片肘《かたひじ》をつくと、本屋をハシゴしてコミック誌やファミコン誌を立ち読みしていたのだと答えた。

「二日間ずっと立ち読み？」

「なわけねえだろ」

「そうよね、そんなわけないよね。無断欠席の生徒がほかにも何人かいるって、先生おっしゃってたけど、どうなの、だれかといっしょだったの」

正太は黙って首をふった。

「ねえ、不良の仲間になんか、入ってないよね」

「不良ってなんだよ。そんなのいねえよ」

「そう？」と裕里子はつぶやき、熱をはかるように自分の額に片手をあてた。「でも学校を休んでひとりで遊んでても、ちっとも楽しくないでしょ」

正太はあおむけになり、舌をコンと鳴らした。たしかに楽しくない。

学校はどうしたのかと店員に訊《き》かれ、そのたびに創立記念日だと嘘をつく。そうやって本屋やコンビニをはしごしても、せいぜい三時間しかつぶせない。ゲームセンターやカラオケは従業員がうるさいし、映画を観たり、ボウリングをするような金はない。デパートや駅や公園も、警備員や駅員やひまな年寄りが声をかけてくる。銀行とかホテルのロビーとかの手はあるが、そんなに長くはいられない。

きのうは徹といっしょだったから、そうやってぶらついているだけでも時間をつぶせたが、きょうはひとりだった。正太はさんざん歩きまわり、やっと落ちつける場所を見つけた。北大病院の待合室だ。ベンチにすわり、ずっとテレビを見ていた。腹が減ってもがまんした。ちっとも楽しくない。学校に行ったほうがましだった。

「おとなだってさ」と正太は言った。

「うん？　なに」と裕里子が身を乗りだしてきた。

「おとなだって、会社休みたくなったりするだろうが。それと同じだよ」

裕里子の表情がゆるんだ。紅茶にミルクをたらしたような笑みを浮かべている。

「月曜日はちゃんと行くわね」

正太は二本の指でＯＫサインを出しながら、ったく単純だよな、と思った。なんでこんなんで安心するんだ。

「ねえ、約束よ」

「わかったよ、くでぇんだよ」

「そんな言い方、ないでしょ。最近、学校のことちっとも話してくれないじゃない。学校に行きたくないって、もしかしていじめとか、そういうことじゃないかって」

正太はため息をつき、身体を起こした。

「大丈夫。人いじめても俺、いじめらんねえから」

「正太、あなた」

「ジョークだよ、ジョーク」

「つまらない冗談」

裕里子は机から離れると、ベッドのふちに腰かけ、正太の顔をのぞきこんだ。

「ねえ、疑うわけじゃないけど、床屋さんに行かないで、お金はどうしたの」

「どうもしてねえよ、今度の休みんとき行くから」

正太は顔をそむけ、額にかかる髪を指でかきあげた。

「それに美容院だよ、俺が行ってんのは」

「いちいちうるさいって思ってるんでしょ？　でもこれくらい言わないと、あなた行かないから。勉強のほうはどうなの。三年生になった途端、急についていけなくなる生徒がいるって、先生おっしゃってたけど。あなた、塾に行くのも嫌だって言うし」

正太は小さく息をつき、親指と中指を開いてこめかみを押さえた。

「そんなんより、別のこと、心配したほうがいいんじゃねえの」

「別のこと？」と裕里子が首をかしげた。

「まあ、いいけど」

「なによ、思わせぶりに」

裕里子は小指の先を下の前歯にあて、じっと正太を見ている。正太はクリーム色のニットのワンピースの胸もとに目をやり、すぐに目をそらせた。

こいつんちのかあさん、すっげえ色っぽいんだよな。いつか徹がクラスの女子の前で言った。徹くん、あなた歌うまいんだって？　こんどカラオケ連れてってよ、なんて言われちゃってさ、あなただぜ、あ・な・た。もうくらっくら。

「ねえなに、早く言って。夕飯の用意まだなんだから」

正太はラックにつまったCDを指でたどりながら、「おやじ」と言った。「今夜も行くんだろ」

裕里子はベッドから腰を上げると、ふうん、とつぶやき、そのまま黙りこんだ。

夕飯を終えると、父の耕治は小夜子《さよこ》のアパートに行く。土曜の夜は必ず出かける。朝には戻っているが、正太が起きているうちに帰ってきたことはない。週末になると裕里子はいらいらしはじめる。正太にはそれがはっきりとわかる。

「気になるんだ？」と裕里子が言った。

正太はうなずき、顔を上げた。ワンピースの胸もとに白い下着が透けて見える。ふいに悲しみとも怒りともつかないものが込みあげてきた。

「しかたないじゃない。彼女、病気なんだから」

裕里子はドアノブに手をかけ、背を向けたまま言った。

「でもありがとう、心配してくれて」

正太は一枚のCDを選び、プレーヤーにかけた。川村かおりのデビューシングルだ。これを聴くと元気になる。

「よく平気でいられんな」

正太が小声で言うと、裕里子がふりむいた。

「私のどこが気にくわないの」

「ちがうよ、おやじの話をしてんだ」

「でもね、正太、それは同じことよ」

裕里子はそう言い残し、部屋を出ていった。

☆

コンビニは土曜の夜がいちばん忙しい。ふたつのレジをフル稼働しても、すぐに客の列がのびる。昼のスタッフと交替してから一時間、俊介はひたすらレジを打ちつづけ、十一時をすぎて客の入りもようやく一段落した。

岡本がため息をつき、「ほら、あれ」と雑誌ラックの前の女の子をあごで示した。

「あの子が、どうかしたのか」と俊介は訊いた。

「鈍いな、テレクラだよ」

女の子はどう見ても中学生にしか見えない。さっきからずっと女性誌を立ち読みしている。客が店に入ってくるたびに雑誌から顔を上げ、ちらっと目をやる。

ほんとかなあ、と俊介が言うと、日給ぜんぶ賭《か》けてもいいぜ、と岡本は言った。女の子のほうが待ちあわせ場所として、ここを指定したんだろうと言う。でもどうしてコンビニなんかでと訊くと、それは俺にもわからん、と岡本は答えた。

まもなく四十前後の男が入ってきた。女の子は雑誌を開いたまま、男のほうに目をやる。男は「ほほう」と、まるでマンガのふきだしみたいにつぶやき、女の子に近づいていく。ひとことふたこと話したあと、女の子にねだられたのか、なにも買わずに出ていくのが照れくさかったのか、男はハーゲンダッツのアイスクリームを買い、女の子といっしょに店を出ていった。

「だろ?」と岡本が言い、それから驚いたように俊介の顔をのぞきこんだ。「どうしたんだ、おまえ」

「なんだかな」

俊介は目頭を押さえながら、ほんとにどうかしてると思った。賀恵と別れてから一週間もたつのに、こんなつまらないことで泣きたいような気分になってしまう。

ずいぶんがんばったよね、私たち。安達くん、やさしくしてくれたし、私も尽くしたよ。その台詞《せりふ》が何度も胸の内をよぎり、そのたびに、嘘言えよな、と思った。

安達くんといるといらいらするの。しょうがないよね、もう世界が違うんだから、私たち。

ほんとはそんなところかもしれない。俊介は壁の時計に目をやった。まもなく十一時半になる。岡本は入口のほうばかり見ている。そろそろMさんの現われる時間だ。いや、Mさんじゃない、涌井裕里子。

彼女の名前、知りたくないか？　俊介は口を開きかけてやめた。日給ぜんぶやるから教えてくれと、岡本は懇願するにちがいない。

俊介は売上管理表を手に、店内をまわりはじめた。

土曜日はコンドームの減りが早い。午後六時の時点で十六セットあったものが、もう十セットになっている。一時間に一セットずつ売れた計算になる。女子高生を意識したようなパッケージが多いが、客のほとんどが三十前後のOL風だ。たいてい飲み物といっしょにレジに持ってくる。うきうきした感じが伝わってきて、こちらのほうが照れてしまう。店長から何度注意されても、つい客の顔を見てしまう。俊介は文具に移る前に、M&Mをチェックした。九袋だった。

涌井裕里子は十一時四十分に店にやってきた。はき古したジーンズに白いスニーカー、細身の黒いセーターの上にMA-1を羽織っている。

岡本は彼女にじっと見入っている。今夜は色っぽくないな、と俊介が言うと、なにを着ても似合う、と岡本はため息まじりに答えた。

彼女は食パン一斤とラズベリージャムをかごに入れると、菓子の棚に移動した。

頼むから手を出さないでくれ。俊介は祈るような気持ちで防犯ミラーを見つめた。彼女の手がM&Mにのびた。一瞬、その手がとまったように見え、次の瞬間、防犯ミラーから姿を消した。

俊介は岡本に目をやった。なにも気づいていないようだ。彼女はジャンパーのポケットに片手を入れ、レジに向かって歩いてくる。

かごのなかを見て、俊介は胸をなでおろした。食パンといっしょにM&Mも一袋放りこまれている。

岡本がレジを打ち、俊介はとなりで軽く会釈をした。

「あら」と彼女が言った。「ふたりとも北大生？」

「そうです」と俊介は言った。

「息子の家庭教師をさがしてるんだけど、どうしたらいいと思う？」

岡本が黙っていたので、俊介が答えた。

「大学の学務部で相談してください。家庭教師だったら、すぐに掲示板に出ます」

「それをあなたがたが見るわけね」

「はい、正門を入って右です」

「学務部ね」彼女は唇の端を軽くもちあげた。「ありがとう、行ってみるわ」

岡本は店を出ていく彼女を呆然《ぼうぜん》と見送っている。俊介は菓子の棚に行き、M&Mを点検した。何度数えても、七袋しかない。ちょっと待てよと思った。ものすごい早業じゃないか。かごに入れると同時にもう一袋をジャンパーのポケットにでもつっこんだのだ。

俊介がレジに戻ると、「息子の家庭教師って言ったよな」と岡本が言った。

「言った」

「息子って、彼女の息子だよな」

「今度、中三だって」

「嘘だろ？」

岡本の表情が変わった。俊介は番外地ラーメンに入った話をし、ご主人とかわした会話を手短に再現した。

岡本は首をふり、信じられない、とつぶやいた。

「いや、俺も初めは信じられなかった。でも、ご主人がそう言ったんだ」

「今度、中三っていえば」と岡本が念を押すように言った。「十四だよな」

「たしかに二十六、七に見えるからな、彼女」

「いや、ひとつかふたつ上だと思ってた」

「おまえ、それはないよ」

俊介が思わずふきだすと、岡本は悲しそうに目を細め、なにがおかしいんだ、と言った。

「悪い。そんなつもりじゃなかった」

俊介がいくらあやまっても、岡本は返事をしない。

彼は網走《あばしり》の近くの斜里《しゃり》という町の出身だった。卒業したらまず農協の連合会に就職し、三十歳になったら地元の町会議員に立候補する。そのために近代農業経済を学んでいるのだという。

その話を初めて聞いたとき、俊介はからかわれているのかと思い、緻密《ちみつ》なようでずいぶんアバウトな設計だな、と言った。それじゃ、きみはなにになるつもりなんだ？ マスコミ志望と言いながら教職もとってるよな、岡本が詰問口調でそう言った。

新聞社の記者職があくまでも第一志望だが、採用試験に落ちた場合のために教員になる道も残しているんだ、と俊介は正直に答えた。岡本はうなずき、マスコミもいいが安達ならきっといい教師になれるよ、と言った。

「なあ、仕事が終わったらうちに来ないか」

午前五時をまわったころ、俊介は声をかけた。男同士ふたりで、朝日を浴びながらビールでも飲みたい心境だった。岡本はうなずいたように見えた。

だが六時になり、早番のスタッフと交替すると、彼はさっさと帰ってしまった。

俊介はしかたなく店の缶ビールを買い、百年記念館前のベンチにすわった。来週からいよいよ学生生活最後の一年が始まる。就職活動も始めなければならない。ビールは冷えすぎていて、頭が痛くなった。

4月

四月に入ると、大学のキャンパスにはスーツ姿の学生が目立つようになる。商社や証券会社やメーカーなどを志望する学生が、新商品説明会や各種セミナーに名を借りた会社説明会に参加し、個人訪問を開始するからだ。

だが、新聞社や通信社の場合、セミナーの開催は早いところでも五月初旬からになる。それまではOBに接触しても意味がない。

俊介が第一志望にしている北海道新報社も、ゴールデンウィーク明けに青田買いセミナーがある。例年、著名人による講演やパネルディスカッションとセットで、模擬試験が行なわれている。模擬といっても、内容は本試験とほとんど変わらない。成績優秀者には呼びだしがかかり、面接を行なったうえ、五月中に内々定が出る。だが、この段階で決まるのはほんの数名だという。

俊介は六月の本試験に目標をしぼっている。ここ数年の試験問題の傾向はほぼつかんだ。一般教養、英語、国語の三科目は単なる足切りなので、なんとかなりそうに思えた。問題は作文と面接だった。

とりわけ作文は「ふるさとの活性化」とか「北海道価格」といった、独特な課題が出される。俊介はセイコーマートのバイトを週三回から一回に減らし、講義の時間以外は大学の図書館に閉じこもり、過去三年間の北海道新報の縮刷版を読みつづけた。時間はかかるが、時事問題に精通するためには、それがもっとも有効な方法だった。

それに加えて、志望する新聞社の紙面のどこを評価し、なぜその社を選んだのか、面接で明確な意見を表明するためには、競合紙も読みこまなければならない。北海道新報はブロック紙としては圧倒的な部数とシェアを誇っているので、札幌、函館、旭川などの都市部で競合している全国紙との読みくらべが必要になる。

その日も、俊介は朝から縮刷版を読みつづけ、夕方になって学務部に立ちよった。Mさんの募集告知が出ていたら、岡本に教えてやろうと思ったのだ。だが、掲示板に貼りだされた家庭教師のアルバイトは一件だけだった。生徒は高二の女子で、女子学生にかぎるとある。

「わい、なんしょった？　無事に進級できたか」

声をかけられ、ふりむくと本多が立っていた。腕を組み、頬の隅にピンでとめたような笑みを浮かべている。

「進級したと思ったら、もう就職試験ですよ」

俊介が答えると、そいは皮肉のつもりか、と彼は声を上げて笑った。

本多はかつて俊介が半年だけ所属した映画研究会の先輩だった。今年もまた留年したというから、学生生活も六年目を迎えるはずだ。年齢も違うし、学部も違うが、同じ鹿児島の出身ということもあり、何度か酒をおごってもらった。顔をあわせると、たがいに故郷の言葉が口をついて出る。俊介は首をふった。

「なーん、皮肉なんか言う気力もないですって」

本多は俊介の顔をのぞきこみ、神妙な顔になった。

「わい、ふられたどが？」

バイトの窓口に列を作っていた数人がいっせいにこちらを見た。俊介は顔をしかめた。

「なーん、図星か。つまらんやつやらいね」

「ないごて、わかっとですか」

「顔に書いちょらいよ。安っぽいシナリオのト書きやっでねー」

俊介は黙って肩をすくめてみせた。

「よーおぼえちょっど、西野賀恵。よか女《おなご》じゃった」

本多はうなずくと、ゆっくりと歩きだした。

「そうか、ふられちまったか」

俊介が映研に入ったのも、賀恵がきっかけだった。賀恵が介助をしていた女性が障害者手帳の交付条件をめぐって道庁前でハンストに入ったとき、映研が彼女のドキュメンタリーを撮りたいと申し出たのだ。

つきあいはじめてまもないころだった。映研に入れば撮影中は賀恵といっしょにいられる。そんな単純な動機で入部した。半年で抜けたのは映画が完成したからではない。ドキュメンタリーを撮ることの意味を半年かけて討議したあげく、映研と介助者グループのあいだに合意点が見出せず、映画はついに一フィートも撮られることがなかった。本多はそのフィルムの監督だった。

「わい、西野と別れたの、初めてやろが」

言葉の意味がわからず、俊介は黙っていた。

「おいはいまの女ともう五年もつきあっちょっど。そんあいだに六回別れたが、まだ別れられん。こんあいだ七回目のよりを戻した。そいがどげんことか、わかっか」

本多は立入禁止の芝生をためらいもせずに横切っていく。俊介は革ジャンのポケットに手を入れ、彼の少しあとを歩いた。

「つまり、おいたちのつきあいが浅かったって、そげん言いたいんでしょう?」

「そんなことは言っちょらんないよ。ふられるのも地獄やっけど、別れられんのは、もっと地獄。そんくらいの意味だ。わい、自分がふられた理由、わかっか」

俊介は黙って首をふった。

「そう、いまはわからん。やっけど一年たてばなんかに気づく。三年たつともう少しわかる。そいで五年もたつとぜんぶわかって、顔から火をふく。経験者が言うちょったっど、重みがちごどが」

「じゃっけど、ふられた理由と、別れる理由はちごど」

本多は小さく鼻を鳴らした。「重傷だな」

「重傷です」と俊介は言った。

「それじゃ、わい、しばらくやっちょらんどが」

本多が小指を立て、俊介の顔をのぞきこんだ。

「わかった、今夜はおいにまかせんか」

本多は立てた小指をしごく真似をした。自分の容姿に絶大な自信をもち、本気で口説けば女なんてたいてい落ちると豪語する。そんな彼は少しうとましかったが、ときおり見せる人なつこい笑顔と、訛《なまり》に無頓着《むとんちゃく》なおおらかさは妙に人を安心させる力があった。

俊介は足をとめ、ひとりの女子学生に目をやった。

本多は俊介の視線の先を追い、「なーんよ」と言った。「わい、あげんなのとやりてか」

俊介は答えずに、女子学生を目で追った。いったいなにがあったのだろう。医学部の図書館から出てきた彼女は満面に笑みをたたえ、足早にキャンパスを歩いていく。デニムのジャケットの肩にデイパックを背負い、耳の下で切りそろえたショートボブの髪を風になびかせ、とにかくうれしくてしかたないという顔をしている。本多も立ちどまり、遠ざかっていく彼女を見送っている。

女子学生の姿が見えなくなってから、ふたたび歩きだした。

「なんだか気持ちのいいもん見たねえ」

正門を出るとき、本多が言った。

「おいたちも幸せになろな」

薄暮れの北大通りは人の姿もまばらで、やけに閑散としていた。季節はずれの松かさがたくさん落ちている。どこに行きます、と俊介は訊いた。本多は腕時計に目をやり、ちょっと早かね、と言った。

ガードをくぐり、南口に出た。男同士では喫茶店に入る気にもなれない。時間つぶしにパチンコ店に入った。

出玉の調子はまあまあだった。俊介は少額ながら換金し、本多はCD二枚と交換した。一枚はこの二月に初来日したローリング・ストーンズ、もう一枚は大沢誉志幸《よしゆき》の新譜だった。妙な組みあわせですね、と俊介が言うと、そげんことなかとね、と本多は答えた。

店を出ると、五時をまわっていた。大通公園を越え、ススキノに向かった。

「十時からコンビニのバイトなんです」と俊介が言うと、「今夜は休みだ」と本多が言った。俊介は首をふった。

「わかった、速攻で決めっど」

本多は居酒屋を何軒かのぞいてまわり、仕事帰りのサラリーマンやOLでにぎわう台湾屋台風の店に入った。従業員にカウンター席をすすめられたが、すぐに連れが来っで、と本多は言い、四人がけのテーブル席についた。だいが来っとですか、と俊介が訊くと、本多は片目を閉じ、今夜の相手、とだけ答えた。

腸詰めと豚足を注文し、ビールで乾杯した。本多はグラスの中身をひと息で飲みほすと、店内の客をじっと眺め、どいつもこいつも、とつぶやいた。

俊介は黙って本多のグラスにビールをついだ。

「なあ、安達」と本多がひとくち飲んでから言った。「わい、来年のいまごろは、あげんふうにネクタイしめっせ、上司に酒をついじょっとか？」

俊介は男四人のグループに目をやった。ねえ、課長から言ってくださいよ、お願いしますよ、ぼくらみたいなヒラがそんなこと言えるはずないじゃないですか。聞きたくなくても、彼らの声は耳に入ってくる。いや、それは逆だな、私が出たら角が立つ。きみらがすなおに懐に飛びこんでいけば、部長だって悪い気はしない。でも課長、もしそれが裏目に出たら、援護射撃してくれるんでしょうねえ。まあ、それは状況によるな。

ネクタイに抵抗はないが、上司とのつきあいは面倒だと思う、と俊介は答えた。

「わい、サラリーマンになりてか」

「そげん訊き方されたら、なりてやつなんておらんでしょ、ってことになっけど、新聞記者だってトラックの運転手だって教員だって、みんなサラリーマンでしょ」

「そいはちょーニュアンスがちごな。一部上場企業に採用された連中、そいだけのことで、みんな顔をくしゃくしゃにして喜んじょった」

「受かればだいだってうれしいし、同じ働くなら給料がたけほうがよかでしょう」

「ジャーナリスト志望でも、やっぱい給料で選ぶん？」

「給料は大切です」

「つまらんな、まったく」

「ねえ、本多さん、おいたちも幸せになろなって」

本多は唇をゆがめ、そうじゃった、と言った。

ビールが空になり、おかわりを注文した。ビールを運んできた従業員が「失礼ですが、お連れさまは？」と訊いた。そろそろ来っで、と本多は答え、俊介のグラスにビールをついだ。

「ねえ、どげんこと」と俊介が訊くと、「まあ、ちょっと待たんや」と本多は言った。

店はいつのまにか満席になっていた。まだ六時前だというのにレジの後ろに入店待ちの客の列ができている。

「そうか、二十五日か、きょうは」と本多が言った。

「そいが？」と俊介は言った。

「給料日やろが。財布もパンツもゆるむラッキーデーやっど、きょうは」

本多はたびたび客の列に目をやった。まもなく最後尾にふたり組の女性客が並んだ。

「よかか、話をあわせろよ」

本多はそう言って、席を立った。遠目にもとても華やいで見えるふたり組だった。ひとりは豹柄《ひょうがら》のジャケットにシガレットパンツ、もうひとりはショート丈の赤いセーターに黒地のプリントスカートをつけている。本多はふたりに声をかけ、腕時計を指さしながら、なにかひとことふたこと言った。彼女たちはたがいの顔を見て軽くうなずくと、本多に続いてテーブルにやってきた。

本多がふたりのために椅子を引いたので、俊介もあわてて立ちあがった。従業員が愛想のない顔で注文をとりにきた。

「とりあえずビール」と豹柄が言って、本多のとなりにすわった。

「お友だち、ほんとに来ないの？」と赤いセーターが言って、俊介のとなりにすわった。

本多は焼きビーフンとチマキを追加注文し、不機嫌な従業員が立ち去るのを待って、

「つまり、きみたちがお友だち」と急に標準語になって言った。

赤いセーターが眉《まゆ》を上げた。「なんだそういうこと」

「そういうこと。俺は役者の卵で、彼は新聞記者の卵」

「ほんとに？」と豹柄は首をかしげた。「こっちは派遣だけど、私が受付で、彼女はＯＡオペレーター」

「ベストな組合せだな、役者と受付嬢、新聞記者とオペレーター」

本多があいづちを求めると、後のほうはわかるけど、と受付嬢が言った。

「そう？　わからん？　役者と受付嬢、両方とも顔と機転の良さが命」

「ずいぶん自信あるじゃない」

「そんなことないよ。じつは俺たち最近、そろってふられて、とくにこいつのほうは重傷でな、ふたりで淋《さび》しく慰めあってたとこなんだ」

「そうなんだ？」

オペレーターが俊介の顔をのぞきこんだ。

ビールが運ばれ、グラスをあわせると、本多は受付嬢にかかりきりになった。

「派遣のOLってセクハラすごいだろ。毎日、誘われっぱなしなんじゃないか？」

受付嬢はストレートの長い髪をかきあげ、たばこの煙を吐きだしながら、よく知ってるじゃない、と言った。社内の女の子には手を出せないくせにさ、相手が派遣だと平気で口説くんだから。

でもきみなら、だれだって誘いたくなるんじゃないかな。やめてよあんた、それってセクハラおやじの台詞《せりふ》だよ、典型的な。娘の誕生日プレゼントを買わなければならないんだが、つきあってもらえないかな、きみはとてもセンスが良さそうだし、なんちゃって。つきあってあげると、きみにもお礼がしたい、なにか欲しいものはないかって、そんな見えすいた段取り踏むなっていうの、脂ギッシュな顔して。

俊介が呆然《ぼうぜん》としていると、オペレーターがぽつりぽつりと話しはじめた。ふられるのってつらいよね。でも、ふられたのかどうか、わからないのはもっとつらいよ。前は最低でも、週一回は会ってたの。でも、最近はせいぜい月イチ。それも、あっちからは電話もしてこない。それでこっちから電話すると、会いたいって。女ができたのよね。でも私、なにも訊かないから、まだ続いている。月イチ会って、ただやるだけ。

「やるだけ」と俊介は言った。彼女はうなずいた。

「それに彼、すごい乱暴なの。プロレスの技かけてきて、どうだ参ったかとか。私、仕事ですごい疲れてるのに」

そんなやつ、別れればいいのに。俊介は言いかけて口をつぐみ、コブラッツイストや四の字固めをかけられている彼女の姿を想像した。

「そうだ、ふたりにプレゼントがある」

本多はバッグを開けると、ワイルドなきみにはこれ、ムーディなきみにはこっち、と言いながら、受付嬢にストーンズを、オペレーターに大沢誉志幸のCDをさしだした。

「ほんとに？」とオペレーターが言った。「なんで私の趣味、わかったの」

「豹柄でワイルドってさぁ、ちょっと単純すぎない？」

受付嬢はビール三杯で早くもろれつが回らなくなっている。

「ほんとにもらっていいの」とオペレーターが訊いた。

「いいんだ、パチンコでとっただけだから。わざわざ買うほど、俺たち金ないし」

うれしい、とオペレーターはCDを抱きしめた。

紹興酒《しょうこうしゅ》でも飲むか、と本多が訊くと、受付嬢は黙ってうなずいた。本多は手をあげて従業員を呼んだ。

俊介がたばこをとりだすと、ライターの火がさしだされた。驚いてオペレーターの顔を見ると、あんた男のくせに、まつげ長いね、と彼女は言った。

受付嬢は本多にすすめられるままに紹興酒を飲みつづけ、まもなく指先からたばこが落ちても気づかないほど酔っぱらった。オペレーターがトイレに立ったとき、部屋の鍵《かぎ》貸しっくれ、と本多が小声で言った。受付嬢は目を閉じ、本多の肩にもたれかかっている。

俊介はうなずき、鍵を渡した。本多のアパートは地下鉄で二十分ほどかかる。そんなに簡単じゃないわよ、と彼女は目を閉じたまま言った。

戻ってきたオペレーターが顔をしかめ、ちょっと飲みすぎ、と言った。受付嬢は本多にささえられ、やっと立ちあがった。レジで俊介が財布をとりだすと、貧乏学生は払う必要なし、と受付嬢は言い、四人分をひとりで支払った。二万円で釣り銭はほとんどなかったが、なんでこんなにお釣りがあるのよ、と言って、彼女は店先の路上に小銭をばらまいた。俊介は小銭を拾いあつめながら腕時計を見た。まだ八時前だった。

「ねえ、踊りにでもいこうか」と受付嬢が言った。「クレタ64か、クラブDあたり」

「そんなに酔ってちゃむりよ」とオペレーターが言った。

一時間だけ別行動して、ここで再会しないか、と本多が提案した。

「変なこと思いつくのねえ。でもいいか、一時間だけなら。危ないこともなさそうだし」

受付嬢は本多の腕にすがりついた。

ほんとに行くの、とオペレーターが訊《き》いた。受付嬢は身体をよじらせ、行っちゃう、行っちゃう、と言った。

「よし、決まった。そいじゃ一時間後に」

本多は彼女の腰に手をまわすと、俊介のアパートの方向に歩いていった。彼女は何度も足をもつらせ、本多はそのたびに腋《わき》の下に手を入れてかかえあげた。

俊介はふたりを見送りながら、一時間って中途半端だな、と言った。オペレーターがふきだした。

「あのふたり、戻ってくると思うの？」

「少し遅刻するかな」

「変な人ねえ。でもふたり取り残されちゃったから、やろうなんて、みじめだからやめよう？　なんでそんな顔するの。あんたがどうしてもやりたいって言うんなら」

彼女は俊介を上目づかいに見た。一重まぶたに引いたアイラインがはがれかけ、いまにも泣きだしそうな顔をしている。十時からバイトだと言いだせる雰囲気ではなかった。もちろんやりたい、と俊介は言った。

「それじゃ、実験台になってくれる？」

彼女はそう言って、俊介の手首をつかんだ。少しふらつきながら通りを渡り、電話ボックスのドアを開けた。

「いっしょに入って。彼の気持ちを確かめるの」

俊介は黙ってしたがった。彼女はものすごい速さで番号を押した。三回のコールでつながり、彼女が口を開きかけると、留守番電話の案内が流れた。

「ねえ、いるんなら出てよ」

彼女はそう言って、受話器を俊介に向けた。受話器のはずれる音が聞こえ、もしもし、と男の声が言った。

「やっぱりいるんじゃない。ねえ、よく聞いて。私、いまね、えーと、あんたいくつ」

「二十一」

「二十一の男の子に誘われてるの。若いからすごく強引だし、純粋なの。迎えにきてくれないと断われなくなりそう。ねえ、だから迎えにきて。ちょっと代わるから」

彼女は受話器を手でふさぎ、「ね、適当に演技して」と言った。

「演技って」と俊介は言った。

「喧嘩《けんか》を売ってもいいから、おまえなんか来るなって。もし彼が迎えにこなかったら私、あんたと寝る」

俊介はうなずくと、深呼吸をしてから、電話を代わった。

「なんだ、きみは」と男が気怠《けだる》そうに言った。

「はじめまして」と俊介は言った。「彼女、いま少し酔ってますが、真剣なんです。あんたに嫌われたんじゃないか、ほかに女がいるんじゃないかって、すごく悩んでます。彼女はあんなことを言いましたが、ぼくは身体が目当てじゃありません。ほんとに好きなんです。だからぼくとしてはあんたが来ないほうがいいと思ってます」

「そうか、なるほどね。そういうわけね」と男はあくびを鼻から抜くような声で言った。

「べつにいいんじゃないの、彼女がいいって言うんなら」

「そうですか、ほんとうにいいんですね。それじゃもう遠慮はしません」

「なんだよ、そんなに気に入っちゃったの？」

「あんたみたいなばかな男とはいますぐに別れろって、彼女に言います」

「きびしいね、きみは」

「言いたいことは言いました。彼女に代わります」

彼女は涙ぐんでいた。受話器を返すと、「お願い、待ってて」と言った。

俊介は電話ボックスを出た。たばこに火をつけ、ススキノのネオンを眺めながら、いったいなにをしているんだろうと思った。

これで男が迎えにくれれば、彼女はとても喜ぶだろうし、迎えにこなければ、つまらない男と別れることができる。どちらにしても彼女のためになる。だが、それを決めるのは自分でも彼女でもなく、電話のむこうの男だった。

電話はなかなか終わらなかった。彼女は会話がとぎれるたびにふりかえり、ひどく悲しそうな顔をしてみせた。俊介はアパートの鍵を貸したことを悔やんだ。このままいけば彼女とほんとうに寝ることになるかもしれない。バイトを休むならすぐにでも連絡を入れる必要がある。ジーンズの下で、性器が痛いほど硬くふくらんだ。

彼女は激しい口調で男を罵《ののし》っていたが、突然泣きくずれそうな声で詫《わ》びはじめた。俊介は首をすくめ、たばこをもみ消した。そのときドアが開いた。

「ごめんね、迎えにくるって」

彼女の顔は涙でぐちゃぐちゃだった。

「ほんとにごめんね、期待させて」

俊介は首をふり、ゆっくりと歩きだした。彼女が男に電話をすると言いだす前に、なぜホテルに誘わなかったのか。自分の気の弱さが恨めしかった。強引に誘えば、ついてきたかもしれないのに。

バイトに出るまでには、まだずいぶん時間があった。俊介は大通交差点を渡ったところで電話ボックスに入った。受話器を持ちあげ、さんざん迷った末に硬貨を入れた。声を聞くだけでいい。そんな気持ちも少しはまじっていたかもしれない。

「あら、おひさしぶり。遅いのよ、このところ毎晩。新入社員歓迎会って、そんなに何度もあるものなの？　毎晩よ、おつきあいだからって、たいして飲めもしないのに。ごめんなさいね、伝えておくけど、十二時くらいまでならいい？」

「いえ、けっこうです。これからバイトですから。またこっちからかけます、すみません」

俊介はあわてて電話を切った。賀恵の母親とは二回会っている。最初は札幌市内の彼女の家の居間で、二度目は三人でクールベの展覧会に行った。

賀恵が出たら、なにを話すつもりだったんだろう。俊介はため息をつき、電話ボックスを出た。テレビ局ってやっぱり忙しい？　そんな愚にもつかないことを訊いたにちがいない。ごめんね、疲れてるの、と賀恵が言う。悪かったな、疲れてるときに、また電話するよ。たぶんそれで終わってしまったにちがいない。

アルコールが抜けるまで、俊介は大通公園のなかを歩きまわった。そしてベンチで三十分ほど休んでから、セイコーマートに向かった。

☆

その夜、土曜日でないにもかかわらず、涌井裕里子がセイコーマートに現われた。しかもすでに深夜三時をまわっていた。俊介はその遅い時刻の来店にもぎょっとしたが、驚いたことはもうひとつ別にある。

彼女は店内をぶらりと二周し、M&Mを手にしたまま店を出ていったのだ。岡本はその夜のローテーションに入っていない。相棒の専門学校生はそのとき事務所で休憩をとっていた。店には俊介と彼女しかいなかった。

雑誌、文具、雑貨、弁当、惣菜《そうざい》、冷凍食品……。彼女はジャケットのポケットに手を入れ、店内を歩いた。ひどく思いつめた顔をして、俊介と目があっても、会釈もしなかった。酒類、清涼飲料、インスタントラーメン、菓子。そこでポケットから手を出し、M&Mを一袋つかむと、ふたたび雑誌、文具、雑貨と店内をまわった。

俊介は彼女がそれをレジに持ってくるものとばかり思っていた。掲示板を見ましたが、出てませんでしたね、家庭教師は見つかったんですか。そんな話をして岡本に報告するつもりだった。だが、彼女はM&Mをポケットに隠すこともなく、片手に持ったまま店を出ていった。俊介は呆気《あっけ》にとられ、声をかけることもできなかった。

やがて六時になり、早番のスタッフが出勤してきた。あのときすぐに彼女のあとを追うべきだったかもしれない。ごめんなさい、ぼうっとしてたの。それだけのことですんだにちがいない。俊介はそんなことをぼんやりと考えながらアパートに戻った。だからドアを開けたとき、あやうく声を上げそうになった。

閉めきった部屋には、むっとするような熱気が立ちこめていた。床には女物のブラウスやストッキングやイチゴシャーベット色の下着が脱ぎ捨てられ、こたつのテーブルにはビールの空き缶やピスタチオの殻やたばこやアイスクリームの容器が散乱している。俊介は靴を脱ぎ、足音をしのばせ、部屋に上がった。

壁ぎわのベッドのなかで、本多と受付嬢が抱きあうようにして眠っていた。部屋は酒とたばこと精液の匂いで充満している。俊介はため息をつき、ストーブを消した。カーテンと窓を開け放ち、空気を入れかえたかったが、ふたりを起こすのもためらわれた。受付嬢は本多の裸の胸に頰を押しあて、本多は軽い寝息を立てている。

俊介はやかんに水を入れ、ガス台にかけた。冷蔵庫からコーヒー豆をとりだし、スプーンですくってミルに放りこんだ。そのとき、受付嬢の小さな悲鳴が上がった。

「ねえ、なによ、どういうこと」

彼女は本多の肩を必死に揺すっている。だが、本多は起きようとしない。俊介はそんな彼女に笑いかけた。

「そんなに驚かないでくれよ。驚いたのは俺のほうなんだから」

俊介は戸棚からドリッパーとフィルターをとりだした。

「嘘でしょ」と彼女が言った。

「ここ、だれの部屋なの」

「だから俺の部屋」

「ちょっと待ってよ」彼女は記憶をたどるように本多の寝顔を眺めていたが、やがてあきらめたように首をふった。「だめ、思い出せない」

「時間、大丈夫だよね。コーヒーいれるから」

彼女はうなずくと、「ごめん、それ」と言って、床の下着を指さした。

「平気だよ、そっちは見ないから」

俊介はコーヒー豆をミルで挽《ひ》きはじめた。本多が寝返りを打ち、薄く目を開けた。俊介は本多と目をあわせ、肩をすくめると、豆を挽きながら彼女のほうを見た。

彼女は布団から足だけ伸ばし、足の指でガードルをつまもうとしていたが、すぐにあきらめ、ベッドから降りた。肌はすきとおるように白いが、腕や下腹や太腿《ふともも》ばかりか、背中にもたっぷりと肉がついている。彼女は前かがみになってガードルに足を通し、いっきに引きあげた。だが、途中でひっかかり、動かなくなった。太腿にぴったりと吸いついたガードルを両手でつかみ、伸びあがるようにしてひっぱりあげる。左右交互に片足跳びをして、ようやく腰までひっぱりあげると、ガードルのなかに手を入れ、尻《しり》の肉を下から持ちあげた。だが、なかなかうまくおさまらない。はみだした白い肉がガードルと太腿にはさまれ、窮屈そうにぷるぷると震えている。

俊介は思わず腰を引き、硬くなった性器の位置をジーンズの上から直した。彼女はふりむき、エッチねえ、と言った。だが、胸を隠すそぶりさえ見せない。もっとも、そのラグビーボールのような乳房は両手でも隠せそうになかった。

豹柄《ひょうがら》のジャケットはハンガーにかけてあったが、床に脱ぎ捨てたままのシガレットパンツはしわだらけだった。彼女は何度もため息をつきながら身じたくを整えると、バッグからコンパクトをとりだした。

「ねえ、この人、なんで起きないの」

彼女はパレットを開くと、顔を上向きにして、唇のラインを描きはじめた。

「疲れてるんだろ、がんばりすぎて」

やかんが沸騰し、俊介は火をとめた。

「まあ、たしかにね」

彼女は唇を軽くすぼめてみせた。

ドリッパーに湯をそそぐと、たちまちコーヒーの香りが広がった。いい匂い、と彼女は鼻をひくつかせ、でもちがう、と言った。

「なにが?」と俊介がふりむくと、「たぬき寝入りなんか、やめなさいよ」と彼女は唐突に大きな声を出した。「大丈夫、こんなことでつきまとうような女じゃないから、私って」

本多が布団から恐るおそる顔をのぞかせた。

「ねえ、きみのこと、ほんとに好きになりそうだ」

「なに言ってんだか」

彼女は鼻先で笑うと、マスカラにとりかかった。

そっちはどうやった、と本多が訊《き》いた。男が迎えにきたと俊介は答えた。彼女がひどく驚いた顔をしたので、「いや、正確には」と俊介は言いなおした。「俺が電話に出たら、男が迎えにくると言ったんだ」

彼女は首をふり、「ばかだよ、あの子」と言った。「まだつきあってたんだ、あんな男と。バツイチの三十男でさ、二度目は失敗したくないなんて言いながら、ただ遊んでるだけなんだ、どうせ。でも、あんたもあんただよ、あの子、すっかりその気だったのに」

「そいはもったいなかったねえ」と本多が言った。

俊介はサーバーのコーヒーをふたつのカップにそそぎ、ひとつを彼女の前に置いた。

「でもおまえ、かかわらなくて正解やったよ」

彼女はカップを手にとると、本多を無視して俊介のほうに向きなおった。

「あの子、まじめすぎるっていうか、浅い恋愛と深い恋愛の区別がつかないのよ。いちいち深刻になってたら、身体がもたないでしょ。でも、ちょっとうらやましいとこもあるけど」

「うらやましい？」と俊介は言った。

彼女はうなずいた。「だって、浅い恋愛ばかりでも、身体がもたないでしょ」

じゃっど、と本多があいづちを打った。

「あんたには言ってない」

彼女はおおげさに顔をしかめた。

「すっかり嫌われたねえ」

本多が首をすくめた。彼女は空になったカップをテーブルに戻すと豹柄のジャケットを羽織った。本多はベッドのなかから手をふっている。

送ってあげたら、と俊介が言うと、いいよこんな男、と彼女が言った。本多がふいに布団をはねのけ、ベッドから降りた。勃起《ぼっき》した性器がトランクスを突きあげている。彼女は長い髪をかきあげ、じっとそれを見た。本多はすばやく服を着けると俊介にうなずいてみせ、彼女とふたりで部屋を出ていった。

俊介は窓を開け放した。冷たい大気が流れこみ、アルコールとたばこの匂いは薄れたが、精液の匂いはいつまでも消えない。コーヒーをもう一杯飲んでから、ふたたび窓を閉めた。ベッドを使う気になれなかったので、こたつに入って横になった。

三時限目に授業がある。正午すぎには起きなければならない。だが、すでに目ざましをセットする気力もなかった。目を閉じると、徹夜明けの疲れが光の粒子になってまぶたの裏を飛びまわった。粒子は点滅しながらさまざまな図形を描く。眠りの斜面をすべり落ちる寸前、それは白い指の形になった。

目をさますと、心臓の鼓動が激しかった。俊介はこたつから起きあがり、しばらく身体を硬くしていた。すでに一時をまわっている。窓ガラスを流れる雨をぼんやり眺めながら授業をサボったことについて考えていると、ふいに、待ちなさい、という声が聞こえた。俊介は目を閉じた。頭の隅にまだ夢の滓《かす》がこびりついている。

どこへ行くの、ここに来なさい。

命令しているのは涌井裕里子だった。ちょっと待ってください、万引きしたのはあなたですよ。俊介がそう言うと、彼女は白い指をつきだした。針で突いたような一点から血が滲《にじ》みだしている。ああ、そういうことだったのか。俊介はうなずき、その指を吸った。強く吸うと、指は昆虫のような声で鳴いた。こんな大切なことに、いままでなぜ気づかなかったんだろう。

興奮して目を開けた。その瞬間、夢と現実が入れかわった。大切なこととはなにか、それはいったいなんなのか。俊介はあわててもう一度、目を閉じた。だが、夢の記憶はすでに波のように引いたあとだった。

俊介はキッチンに立ち、シンクの蛇口に口をつけた。喉《のど》を鳴らして水を飲み、それからたばこに火をつけた。深々と吸いこみ、静かに煙を吐きだしながら、涌井裕里子の思いつめた顔を思い浮かべた。

ほかのスタッフに見つかる前にはっきりと言っておいたほうがいい。いつまでもつまらない万引きごっこをやっていると、いつか取りかえしのつかないことになる。だが、番外地ラーメンに出かけて行ってそれを話すわけにはいかないし、今度セイコーマートに来たときに、というわけにもいかない。

俊介は冷蔵庫を開けた。キャベツの芯《しん》とニンジンが二本、卵が二個、マヨネーズとポカリスエット。それしかないことを確認し、ひどく簡単なことに思いあたった。出前をとればいいのだ。

電話帳で調べ、深呼吸をしてから番号を押した。

「はい、番外地です」と涌井裕里子の明るい声が聞こえた。

チャーシューメンをひとつ、と俊介は言った。

「少々お時間かかりますが」

腹が減って死にそうなので、とにかく早く頼むと言うと、彼女はころころと笑った。

俊介はその笑いに引きこまれ、住所を伝えたあとでついひとこと言いたくなり、「いつもごひいきいただいてます、セイコーマートの者です」と付け加えた。

彼女は一瞬口ごもり、三時までにはお届けします、と言って電話を切った。

俊介は唇をかんだ。なぜそんな余計なことを言ったのか。テーブルの上をかたづけ、掃除機をかけ、流しの食器を洗い、勉強机に向かった。そして二日酔いのむかつきに耐えながら、マスコミ受験用の問題集を開き、それに一時間ほど集中した。

きっかり三時にドアチャイムが鳴った。ドアを開けると、シカゴブルズのキャップをかぶり、ダウンジャケットを着た少年が頭を下げ、岡持ちから丼《どんぶり》をとりだした。

俊介はすっかり気抜けして、黙って財布から金を出した。少年はバッグに金を放りこむと、丼は廊下に出しておいてくださいと言い、岡持ちに手をかけたまま、俊介の顔を見た。

雨に濡《ぬ》れた髪の先から滴が落ちている。

「なに」と俊介は言った。

彼は黙って首をふった。頰のあたりが赤らんでいる。

「正太くん？」

彼はびっくりして俊介を見た。

「いや、お店に行ったとき、表札を見たから」

彼はいぶかしげな顔をしている。それもそうだな、と俊介は思った。ラーメン屋の表札を見て、だれがいちいち子どもの名前などおぼえているだろう。

「あの、悪いけどさ」と彼は急に脇腹を押さえた。「トイレ、貸してくれねえか」

「いいよ、トイレくらい、全然気にすることはない」

俊介は救われた思いで彼を部屋に入れると、丼をテーブルに置き、ラップをはがしたスープをすすり、わりばしをパチンと割ったとき、ようやく夢からさめたような気がした。

昨夜のMさんの行動はたしかに奇妙だった。だが、夢にひきずられて出前をとり、彼女に説教をしようとした自分の行動も普通ではないように思われた。万引き癖のある主婦に、いったいなにを言おうと思っていたのか。

彼はトイレから出てくると、「あの人が言ってたこと、やっとわかったよ」と言った。

「なにがわかったって」

「出前のついでに話してこいって。で、感じがよかったら、家庭教師、頼んでこいって」

「そんなことあるのか？」と俊介が思わずつぶやくと、「だよな」と彼も言った。「あの人、おかしいんだよ。だってあんた、家庭教師やるってあの人に言った？」

「ちょっと待って。あの人って、お母さんのことだろ」

「まあな。そうとも言う」

俊介は軽く首をすくめた。万引きをした翌日にMさんが出前をためらうのは当然だが、それにしてもなぜ息子に家庭教師を頼んでこいなどと言ったのだろう。俊介は麺《めん》をすすりながら、ふと思いついて顔を上げた。

「お母さん、いつきみにその話をしたんだ」

「だから、さっきだよ、学校から帰ってすぐ。出前のついでに話してこいって」

俊介は少し考えてから、きみがよければ引き受けてもいい、と言った。

「なんか変だよな」

「いや、生徒が教師を選ぶシステムって、けっこういいんじゃないか」

「マジかよ」

「まあ、よく考えてから電話をくれよ」

彼はジーンズのポケットに親指をかけたまま、俊介が食べる様子をじっと見ている。どうしたと訊くと、丼を持って帰るという。窓の外は雨だった。また来いとも言えない。

「カノジョいるの？」ふいに彼が言った。

なんだって、と俊介は顔を上げた。

「トイレットペーパーのはしっこ、三角に折り曲げたの、あんただったら不気味だよ」

「じゃっど」と俊介はあいづちを打った。「ゆうべな、同郷の先輩が女をひっぱりこんだんだ」

「で、あんたは？」

「セイコーマートで徹夜」

彼はうなずき、「セコマでバイトか」と本棚を眺めながら言った。「ひとり暮らしっていいよな」

「気に入るのがあったら持ってけよ」と俊介は言った。

「ほんとかよ」

彼は本棚に向きあい、文庫本の背を指でなぞった。

「本が好きなんだ？」と俊介が声をかけると、「なあ、これいい？」と彼は言い、『ノラや』と『ポロポロ』の二冊をさしだした。

「すごいセンスあるよ。でもきみにはまだ難しいな」

「だったら、俺向きのなんてあんのか？」

俊介は本棚を眺め、ない、と言った。

「ちょっと、なんだよそれ。本もらうのって初めてだから、緊張したのによ」

「そうか、緊張したか」

俊介は笑いをこらえながら、この子とはウマがあいそうだなと思った。

「そんなにおかしいかよ」

「ごめん、そうじゃないんだ」

俊介は丼を両手で支え、ゆっくりとスープを飲んだ。子どもにやさしい気持ちになれる自分が好ましく、腹の底まで温まる思いがした。

「ったく、かなわねえよな」

彼は口をとがらせ、窓の外を降る雨を眺めた。

☆

正太が出前から戻ると、徹が部屋で待っていた。ベッドに寝転び、CDを聴いている。

「電話ぐらいしてから来いよ」

正太は徹の足を蹴《け》とばした。徹はヘッドホンをはずすと、すばやく起きあがった。

「おめえな、大変だったんだよ、孝志のやつ」

「ちょっと待てよ」と正太は徹の言葉をさえぎった。「それより赤堀がな」

「なんだよ、赤堀のババァがどうかしたか」

きょう、徹と孝志がそろってサボった。正太は職員室に呼ばれ、あの子たちいつも、どの辺で遊んでいるの、と担任の赤堀に訊《き》かれた。黙っていると、どんなことでもいいから教えて、と赤堀は言った。それでも黙っていると、もう帰っていい、と言われた。やたらとむかついたが、きちんとした態度を貫いた自分をほめてやりたいと正太は思った。

「まあいいか、その話は」

正太は椅子を回転させてすわり、机の三番目のひきだしを三十センチほどひっぱりだすと、そこに足をのせた。

徹はベッドの上であぐらを組み、「なんだよ、えらそーじゃねえか」と言った。

「ちげーよ、むかつくだけ。で、なんだよ。万引きして、孝志だけ捕まった？」

徹は首をふった。「そんなことで来やしねえよ」

孝志は中一のときに三回も補導されている。一回目は万引き、二回目は深夜徘徊《はいかい》、三回目はシンナー吸引。初めの二回は学校でも大問題になったが、たしかに三回目になると、もうだれも驚かなくなった。

「いいか、ぜったいに笑んなよ、悲惨な話なんだから」

徹はドアのほうを見て声をひそめた。

「ゆうべ遅く十二時近くにな、孝志から電話があって、チンポが痛くてしかたねえって」

「なんだよ、それ」正太が思わずふきだすと、「やっぱおかしいよな」と徹も腕組みをしたまま、おじぎをするように前かがみになり、必死に笑いをこらえた。

「な、それで？」と正太は先をうながした。

「それでな、病院につきあってくれ、頼む、って言われて。ついさっきまで、つきあってたんだ。でな、ちょっと待てよ。やっぱ初めっから話したほうがいいな」

「もったいぶるなよ」

まあな、と徹は舌先で上唇を舐《な》めると、孝志の〝悲惨な話〟を始めた。

先週の土曜の夜、孝志は男になるためにひとりでススキノに行ったのだという。風俗雑誌やスポーツ新聞を見て十分に研究しておいたのだが、いざその場に行ってみると、「ペロペロ女学園」とか「ハレンチみるく」なんて派手な看板の出ている店にはなかなか入れない。

孝志は背が百七十二で、体重も七十近くある。髪をディップで固めてサングラスをかければ、大学生に見えないこともない。ピンキャバの呼びこみに声をかけられたというから、見た目はなんとか様になっていたのだろう。同じ通りを一時間近く行ったり来たりして、あきらめて帰ろうとしたとき、外人の女に声をかけられた。

こんばんはぁ、にぃまんいぇん、あそばぁない？

まっ白なボディコンスーツ、超ミニのスカート、白いハイヒール。タイの女らしい。年はどのくらいか見当もつかない。孝志はぴったり二万円もっていた。本番までやる気はなかったが、このチャンスを逃したら後がないと思い、心を決めて女とホテルに入った。

だが、ホテル代は孝志が払わなければならない。孝志はパニクったが、女に一万円札を二枚渡して、これだけしかないんだと言うと、言葉が通じて、女がそのなかからホテル代を払ってくれたという。

「ほんとかよ、それ」と正太が言うと、「それじゃ、やめるか」と徹が言った。

正太は首をふった。「信じる、信じるから」

徹はうなずくと、だよな、と言って、話を続けた。

部屋に入ると、女はすぐにバスルームに行った。孝志はどうしていいのかわからない。突っ立ったままの孝志に笑いかけ、サングラスをとれというしぐさをする。中学生だということがバレたら追い返されるかもしれない、孝志はそう思ったが、いつまでもかけているわけにもいかず、思いきってはずした。女はにっこり笑ってなにか言ったが、なにを言われているのかわからない。ただ、追い返される心配がないことだけがわかった。

孝志は女に手を引かれ、ソファにすわった。いきなりキスをされてびっくりしたが、孝志はキスの経験はある。服の上からだが、おっぱいをさわったこともある。だが、香水の匂いと口紅の味でもうふらふらだった。女は立ちあがり、服を脱ぎはじめた。孝志がソファにすわったままじっとしていると、あんたも脱げ、と目で合図をされた。

女は上着とスカートを脱ぐと、胸にバスタオルを巻き、下着をとった。ショーツを足から抜くとき、一瞬だけ下の毛が見えた。すぐに裸になるのになぜ身体を隠すのだろう、と孝志は思った。もしかしたらバスタオルを巻いたまま、手でやるだけなのだろうか。いや、二万円だ。本番までやるに決まっている。それともどこかに火傷《やけど》の痕《あと》でもあるのだろうか、そんなことを考えながらぐずぐずしていると、女が服を脱がしてくれた。

「で、いよいよ風呂だ」と徹が言った。

正太は机のひきだしから足を下ろし、膝《ひざ》と膝をこすりあわせた。

バスルームに入ると女はバスタオルをとった。おっぱいはとんがっていてすごかったが、下腹がやたらと膨らんでいるのが気になった。女は孝志の胸やチンポにボディシャンプーをなすりつけた。チンポにはさらになんだかよくわからない黒っぽい液体をつけ、てのひらでキュウリみたいにもみ洗いをした。ここで勃起《ぼっき》したら恥ずかしいと思っていたら、勃起しなかった。

「ちょっと待て」と正太が言った。

階段を上ってくる足音が聞こえ、すぐにドアが開いた。

「ノックくらいしろよ」と正太が言うと、裕里子は眉《まゆ》をひそめ、「雨降りの日って、ほんとに嫌ねえ」とつぶやき、勉強机の上にモンブランと紅茶を置いた。

「どうぞ、おかまいなく」と徹が頭を下げた。

「あら、なんだか急におとなっぽくなって」と裕里子は感心したように言った。「正太も、徹くんみたいに外でちゃんとごあいさつできる？」

「わかった。わかったから、もう出てけよ」

「ねえ、徹くん、ひどい言い方するでしょ」

徹は正太のほうを見て、にやにやしている。裕里子はドアを開きかけてふりかえった。

「そうだ、少し話してみた？」

正太はちょっとあわてた。徹の前で家庭教師の話などされたらかなわない。

「ねえ、どうだったの」

「頼んでもいいよ。その話はあとな」

裕里子はうなずくと、胸にトレイを抱きしめ、部屋を出ていった。

「なんだよ、頼んでもいいって」と徹が訊いた。

正太は足音が遠ざかるのを待ち、「そんなのどうでもいいから」と言った。「それより孝志の話、すげえよ」

「だろ？　いよいよ本番だからな」

孝志はベッドに腰かけて女を待った。だが、女はなかなか戻ってこない。待ち疲れて迎えにいこうとしたとき、バスルームのドアが開いた。女がうなずいたので、孝志はベッドに入った。

女は照明を暗くするとベッドに入ってきた。乳首やへそのまわりを舐められ、くすぐったいのをがまんしていると、女はいきなりチンポをくわえた。ジュバジュバと、ものすごい音を立てて吸う。柔らかかったチンポが女の口のなかで勃起した。それを気持ちいいと言うのかどうかわからない。とにかくいままでこんなに硬くなったことはないと思うほど硬くなった。

気づくと孝志の上に女がすわっていた。女はチンポをつかんであそこに押しあてた。孝志は思わず目をつむった。掃除機で吸いこまれたみたいだった。恐るおそる目を開けると、女がゆっくりと腰を動かしていた。孝志が手をのばすと女はその手をおっぱいに押しつけた。その瞬間、尻《けつ》の穴がキュッとすぼまって発射した。

「おまえ、勃《た》ってんだろ、いま」

「そんなことねえよ」と正太はあわてて足を組んだ。「でもさ、どこが悲惨な話なんだ」

徹はモンブランを食べ、「まあ、聞けよ」と言った。

悲惨な話はそれから三日後の火曜の夜に始まる。寝る前にトイレで用をたしたとき、オシッコがひどく熱かった。いや、オシッコそのものが熱いのではなくて、オシッコがチンポのなかの管を通るとき、ものすごい熱さを感じたのだという。でもその日はなんだこりゃ、と思ったくらいで、それほど気にならなかった。

だが翌朝、用をたしたとき激痛が走った。あわててとめた。でも、しないわけにはいかない。もう一度恐るおそるオシッコをするとふたたび激痛が走る。痛みをがまんしながら、やっとのことで用をたした。

エイズかもしれないと孝志は思った。女はコンドームをつけなかった。痛みを感じるのは用をたすときだけだった。それさえがまんすれば、あとはどうということもない。孝志はひとりでいるのが怖かった。だから水曜日は学校に行った。

オシッコの最中でもないのに突然チンポが痛みだしたのは体育の時間のあとだ。孝志はトイレに駆けこんだ。パンツを下ろすとチンポの先が赤くなり、パンツにべったりと膿《うみ》がついていた。膿は黄緑色で、ひどく臭い。チンポをトイレットペーパーでぐるぐる巻きにして、トイレを出た。保健室に行くことも考えたが、どうせ死ぬならだれにも知られずに死のうと思った。

授業中も膿のことが気になってしかたなかったが、痛みは少しずつおさまった。家に帰っても水分をとりたくなかったので、孝志は夕飯を食べなかった。腹が減り喉《のど》はカラカラだったが、オシッコをするよりましだった。だが、ベッドに入るとふたたび痛みだした。それはいままでと比べものにならないほどの痛みだった。もう親にバレてもしかたない、救急車を呼ぼうと思った。

「それでゆうべ十二時近くな、救急車を呼ぶ前に、俺に電話してきたわけよ、チンポが痛くてしかたねえって」

正太は今度は笑えずに、黙ってうなずいた。

「とりあえず、歯痛止めの薬でも飲めって言ったんだ。効くかどうかわかんねえけど、なんでも試してみたほうがいいだろ。それによ、前に一回、エイズの授業やったよな、保健の時間に。な、やったよな。孝志、なんにもおぼえてねえの。エイズなんてそんなにすぐに発病するもんじゃねえって。たぶん淋病《りんびょう》だから心配するなって」

徹と孝志は朝七時半に札幌駅で待ちあわせた。病院の受付は九時からだったが、ブザーを鳴らしまくって看護婦を呼びだした。徹がわけを話すと、泌尿器科の先生は午後二時から来るという。その前に死んだらどうやって責任とるんだと息巻くと、内科の当直医が出てきた。

孝志がパンツを下ろし、膿だらけになったトイレットペーパーを開くと、医者はわかったからもういい、と言った。淋病ですか、と孝志は訊いたが、医者はそれに答えず、いくつだと訊いた。受付の用紙にはでたらめの住所と名前を書き、年も十八歳と記入したが、ほんとは十四です、と正直に答えると、いままで見た患者のなかではとにかくいちばん若い、新記録だ、と医者は大笑いをした。それから孝志は薬を一週間分もらい、紙コップにオシッコをした。親バレが怖くて保険証も持っていかなかったので、一万八千円もしたという。

「でもすげえんだよ、その薬、けっこうすぐ効いて。近くのサ店に入ってモーニング頼んで、二時間くらい粘ったんだ。で、店を出る前に便所入ったら、ちょっとチクチクするだけだって。孝志、泣きそうな顔して俺に言うんだよ、おまえは命の恩人だって」

「ほんとだよ」と正太は言った。「徹がいなけりゃ孝志のやつ、いまごろどうなってたか、わかんねえもんな」

「そうだよな、救急車呼んで、親にバレバレだよな」

「新聞にのったりしてな、十四歳の少年、淋病でかつぎこまれる、なんてな」

「でもよ、この話、ぜったいに秘密な」

「当然だよ」

徹はうなずくと、冷めた紅茶を一息で飲みほした。正太はモンブランを食べながら、外人のおっぱいを思い浮かべた。エロ雑誌のグラビアで見る外人はたいてい金髪のアメリカ人なので、タイ人のおっぱいはうまく想像できなかった。このモンブランのような色をしているのだろうか。こんな甘い匂いがするのだろうか、そんなことを考えていると、立てつづけにしゃっくりが出た。

「おまえ、しゃっくり百回したら死ぬぞ」と徹が言った。

5月

虫食算《むしくいざん》の仲間に「覆面算」というものがあります。

これは□のかわりに文字をあてたもので、同じ文字は同じ数字を、異なる文字は異なる数字を表わします。

では、次の覆面算に挑戦してみましょう。

```
  K Y O T O
+ O S A K A
-----------
  T O K Y O
```

俊介は絶句してしまった。血の気の引く思いとはこんなときのことをいうのだろう。中学生の数学がこんなに難しいとは思わなかった。一時間かけて説得し、ようやく問題集を開かせることができたのに、問題を解く手がかりさえつかめない。しかもこれは一年生レベルの「復習ワーク」だという。俊介は前のページに戻ってみた。そちらは虫食算の問題だった。

次の□にあてはまる数を求めなさい。

```
      9 7 □
×       □ 8
-----------
    □ □ □ 0
  9 □ □
-----------
1 7 5 □ 0
```

いちばん初めの□に入るのは、0か5のどちらかだろう。俊介はほっと息をついた。こっちはなんとかなりそうだった。だが、覆面算を解くためのヒントがこの問題にひそんでいるようにも思えない。

正太は上唇をめくりあげ、思いきり息を吸いこんだ。鼻の下には四色ボールペンが吸いついている。

「おい、考えてるのか」

正太が首をふった。その途端、ボールペンが床に落ちた。それを足の指で拾いあげ、

「やりっ、十二秒、新記録!」と叫んだ。

俊介は紅茶を飲み、顔をしかめた。レモンを入れたままだった。酸っぱくて飲めたものではない。

「思うんだけどさ」正太は頭の後ろで腕を組んだ。「こんなのやって、だいたいどんな役に立つってんだよ」

「たしかにな」と俊介は言った。「みんなそんなふうに考えるんだよ。でも役に立つんだって、そればかり言われて、つまんないことやらされるよりましだって」

「なんで」と正太は大きく胸をそらせた。

「だって、役に立つからって、たとえば中学校の授業で米のとぎ方とか、魚の下ろし方とか、まあ、そんなのだったらまだいいか、そうじゃなくて、おじぎの仕方とか、財テクのノウハウとか、披露宴の決まり文句とか、あとなんだ、上司に喜ばれるお歳暮とか、根回しの効果とか、借金の担保とか、約束手形の振りだし方とか」

「もういいよ」

「そんなのよりずっとましだったって、おとなになるとわかるよ」

「文学部って、だますのうまいよな」

「いや、俺はだまされるほうが得意だな」

「なんだよ、それ」

「正太くんはどんな女の子が好きだ？」

「うざってー。で、答は？」

「いや」と俊介は首をふった。「きょうはもうやめよう。次のときまでに、数学がおもしろくなる方法を考えてきてやる」

「でも、これ宿題だぜ」

「だったら十分間、真剣に考えろ。わからなかったら、教えてやる」

正太は何度か小さくうなずき、それから頬の内側で舌をコンと鳴らした。

「これで時給二千円かよ。いい商売だよな」

「しかも、チャーシューメンつきだ」

「あんたにゃ負けたよ」正太は立ちあがると、腰を左右にひねった。「すわってばっかじゃ、身体によくねえ」

「ばか言え」

「あのさ、ばかはよくないって」

「そうか。なら、あんたも、やめろ」

正太は黙って首をすくめた。

じゃあな、と俊介が片手をあげると、正太はぐすんと鼻を鳴らし、床にあおむけになった。

俊介は階段を下りながら、ほっと息をついた。どうにかとりつくろったが、一時はどうなることかと思った。数学がおもしろくなる方法どころではない。来週までに恥をかかない方法を考えなければならない。だが、これからの三か月間、ほんとうは自分のことだけで精一杯だった。

セミナーの模擬試験を終えたら、二週間の教育実習がある。そのあいだに担当教授と話しあいを持ち、卒論のテーマを決定しなければならない。六月に入るとすぐに新聞社の本試験が始まるし、七月には教員採用試験と大学の前期試験が重なっている。睡眠時間を少しくらい切りつめただけでは追いつかないかもしれない。俊介は家庭教師を引き受けたことを早くも後悔していた。

店には客がひとりもいなかった。裕里子がカウンターの止まり木に腰かけ、みぞおちのところで新聞を広げてたばこを吸っている。

「終わりました」と俊介は声をかけた。

裕里子は壁の時計に目をやり、もうそんな時間、とつぶやいた。

「お客さん、来ませんね」

「休憩時間よ。正太は？」

「腹筋やってます」

裕里子はうなずくと、「正太！」と二階に向かって声をかけた。「市場に行ってくるから、留守番頼むね」

少し遅れて、ああ、と声が聞こえた。

「いい子ですね」と俊介は言った。

裕里子はエプロンをはずすと、壁の鏡をのぞきこみ、「だれが」と言った。

「だれがって」

「肌は荒れるし、しわは増えるし……」裕里子は両手で顔をはさみ、鏡に映る俊介に頬笑んでみせた。「親にお世辞言って、どうなるの。大変でしょ、あの子」

「いや、お世辞なんて、まったく」

「いいのよ、むりしないで」

「宿題、少し残しましたが」

裕里子はふしぎなものでも見るように俊介を見つめ、それから背伸びをして棚から買い物かごを取った。

「あなた、いま宿題って言った？」

「すみません、最後は時間切れで」

「でも、やったわけね、少しは」

「漢字の小テストは終わりました」

裕里子は大きく息をついた。

「ちょっと、どうなってるのよ」

「なにがですか」

「うん、まあ……」

裕里子は階段のほうに目をやったまま、口ごもっている。市場までつきあいます、と俊介は言った。

戸じまりをして、外に出た。雲が低くたれこめ、まだ三時をすぎたばかりだというのに、夕暮れのような暗さだった。裕里子は緑色のパンツに白いセーターを着て、ひものないスニーカーをはいている。すらりと伸びた脚に短めのパンツが似合っているが、くるぶしがひどく寒そうに見えた。

「百八十ある？」と裕里子が訊《き》いた。

「ええ、八十二」

裕里子はうなずき、背の高い人と歩くと安心する、と言った。

「七十三あるのよ。子どものころは嫌でたまらなかった。教室の席は必ずいちばん後ろ。運動会で走るときも、必ずいちばん最後」

「でも」と俊介は言った。「背の高い女の子って、やさしい子が多かったな」

「でも、男の子にはもてなかった」

「ほんとに？」

「そうよ、男の子は小柄で可愛い女の子に夢中になる」

でも、それは子どものころの話だろう、裕里子の横顔に目をやり、俊介はそう思った。高校時代の彼女はとても目立つ女の子だったにちがいない。東京の高校生だったら間違いなく校門の前でスカウトマンに待ちぶせされたタイプだ。だが、彼女はそんなことを想像したこともないにちがいない。

「どうしたの、なにか思い出した？」

「正太くんのことでなにか」

「そうだったね」と裕里子は言った。「話しておかなくちゃね」

正太は学校で少しでも気にくわないことがあると、教科書を開かず、鉛筆もにぎらないという。テストでは名前さえ書かないこともある。注意しても、なんの反応も返ってこない。担任の教師もさじを投げているらしい。二年の一学期まではそんなことはなかった。夏休み明けから急に学校に行くのを嫌がりだし、たびたび欠席するようになった。それでも去年はなんとか登校していた。三年生になった途端、またサボり癖が出てきた。

なだめすかしてようやく送りだしても、すぐに早退してくる。理由を訊いてもはっきりしない。いじめ等の問題はないと担任は言っている。店の仕事は文句を言わずに手伝うし、テレビゲームやアニメの話など、むこうから話しかけてくることもある。だが、学校の話を持ちだすと、途端に口を閉ざしてしまう。友だちは何人かいるが、問題をかかえている子ばかりだという。

市場の前で足をとめた。看板の「市」の字が脱落し、「狸小路　場」になっている。

「心配でしょうね」と俊介は言った。

裕里子は首をふり、ガラスの扉を押しあけた。

「もう飽きちゃったのよ、心配するのも」

惣菜《そうざい》の匂いが鼻孔をついた。あかりとりの天井がびっくりするほど高い。通りを行く人はまばらで、観光客の多い二条市場と違って、呼び声もない。

「静かなところですね」と俊介が言うと、「ほとんど配達だから」と裕里子は答えた。

「モノはいいけど、値段もいいのよ」

義母の言いつけで、配達はいっさい頼まず、ネギ一本まで自分の目で選ばなければならないという。俊介は買い物かごをさげ、裕里子のあとに続いた。言葉とは裏腹に、彼女の買い物は無造作だった。慎重に選んでいるようにはとても思えない。店員の冗談にも耳を貸さず、一刻も早く買い物を終わらせたがっているように見えた。

市場から出るとみぞれまじりの雨が降っていた。俊介はバッグから折りたたみ傘を出した。

「用意がいいのね」と裕里子が感心したように言った。

「つまらない性格です」と俊介が答えると、彼女は黙ってうなずいた。俊介は思わず顔を見たが、彼女はぼんやりと空を見ている。

ひとつの傘は歩きにくかった。肩が触れないようにと、俊介はそればかりを気にかけたが、裕里子は平然と身体をよせてくる。M&Mのことを話すいい機会だと思ったが、話しかけるタイミングがみつからない。せきばらいをひとつして、口を開きかけたとき、ふいに肘《ひじ》に胸のふくらみが触れ、あわてて肘をひっこめた。

「あなたって」と裕里子が言った。

「え、なに？」と俊介は大声で聞きかえした。

裕里子はうつむいて小さく笑った。

「あなたって、先生に向いてるのかな。正太が宿題をやったなんて、信じられないもの」

「初日だから、ぼくの顔を立ててくれただけですよ」

「そんなことないわよ、あの子、気にくわなかったら返事だってしないんだから」

「たしかに教師にも興味はありますけど、でもできたら新聞記者になりたいっていう夢が中学時代からあって」

「やっぱり正太とはできが違うのよね」

「いや、いまから考えると、けっこう嫌味な子どもだったんじゃないかな。横浜の公園で中学生が浮浪者を襲った事件とか、戸塚ヨットスクールの事件とか、学校新聞でとりあげて、いっぱしのつもりでいましたから」

「それじゃ、就職も？」

「ええ、北海道新報と、ほかにいくつか受けます」

「新聞記者か、私なんかから見たら、まるで別世界」

「でも、むりですよ、すごく倍率高いですから」

裕里子は首をふった。

「がんばってほしいな、正太のためにも。準備のほうは大丈夫なの」

「まあ、なんとか、ぎりぎり」

「それじゃ、来週はだめかな。来週は勉強はいいから、お花見に行かない？　円山《まるやま》公園。あなたがくれれば正太も喜ぶと思うけど、どう？　お昼どきの二、三時間」

「でも、家族水入らずのほうが」

「なにつまんないこと言ってるの。それよりこんな天気で咲いてくれるか心配」

「それじゃ、喜んで」

裕里子はうなずき、「そうか、ほんとに私ってだめ」と言った。「せっかくの連休だものね。ガールフレンドも連れてきなさいよね」

「いや」と俊介は言った。

「なんだ、いないんだ」

「別れたばかりなんです」

「別れたばかりか。そういうの、もうずっと忘れてた。いいな、ロマンチックで」

「それどころじゃないです」

「ありがとう、ここでいい」

裕里子は俊介の手から買い物かごを取ると、急に走りだした。俊介は驚いてその後ろ姿を見送った。ワンブロック先の店先に義母の姿が見えた。

☆

その日は朝から晴れわたっていた。待ちあわせの北海道神宮の鳥居前には涌井一家が先に到着していた。

「すみません、遅れまして」と俊介は言った。

正太の後ろに、初めて見る女の顔があった。

「まあ、紹介はあとでゆっくり」とご主人が言った。

一家は神宮で参拝をすませると、花見の席をさがして歩きまわった。桜はまだ七分咲きといったところだが、眺めのいい場所は昨夜のうちに押さえられている。

さんざん歩きまわった末に一本の古木の下にレジャーシートを広げた。古木の桜はほとんどがまだつぼみで、黒々とした枝ばかりが目立った。

「あらためて、こちら安達先生」と裕里子が言った。

はじめまして、と俊介が頭を下げると、「小さな夜で小夜子、よろしくね」と女は舌足らずな口調で言い、缶ビールをさしだした。ご主人の妹で、市内に住んでいるという。四十前後に見えるが、独身らしい。

あふれそうになった紙コップを下に置き、俊介はビールをさしだした。

「あら、うれしい」と小夜子は身体をよじった。「いいわあ、若い人につがれるのって」

俊介は思わず顔をしかめた。彼女は必要以上に顔を近づけてくる。白粉《おしろい》と香水が強く匂った。

裕里子は義母の八千代にビールをつごうとしたが、八千代はそれに気づかぬふりをして、「耕ちゃん、ついでけれ」と息子に紙コップをさしだした。そんな様子をうんざりしたように眺めていた正太は小夜子の手をふりはらうと、自分でウーロン茶の缶を開けた。最後に俊介が裕里子にビールをついで、乾杯となった。

八千代が五段の重箱を開け、小夜子がタッパーウェアを四つ開けると、シートは酒のつまみでいっぱいになり、裕里子が作った折詰めを開く余裕はなくなった。

別々に作ってくることもないだろうに、とご主人が言うと、若え人の食いたいもんだば、わかんねえからよ、と八千代が答えた。

小夜子はビールを空けると、紙コップに日本酒をそそぎ、喉《のど》を鳴らしてたちまち飲みほしてしまい、すぐに二杯目をそそいだ。

俊介は呆気《あっけ》にとられて見ていたが、だれも気にする様子はない。ご主人もものすごいペースでビールを空けていき、気づくと六本のロング缶が空になっていた。

裕里子は俊介に白ワインをすすめ、ご主人は小夜子と競うように日本酒を飲みはじめた。

「ねえ、おかあさん、食べてよ」と小夜子がいくらすすめても、八千代は自分の重箱にしか箸《はし》をのばさない。小夜子のほうも自分の作ってきたつまみしか食べない。それに気づいてから、俊介は箸を出しづらくなった。

しばらくしてシートの上に余裕ができたので、裕里子はようやく自分の折詰めを開くことができた。

「日本人って、なんで花見なんか好きなんだよ」と正太が言った。

「難しい質問だな」と俊介は言った。「それだけで日本人論を一冊書ける」

「べつに難しくないよ」小夜子はそう言って、俊介のコップに日本酒をついだ。コップには白ワインが半分ほど入っていた。裕里子は黙って首をすくめた。

「どうせ、酒だろ、おまえの言うのは」

ご主人が横から口をはさんだ。

「失礼ねえ」小夜子はご主人をにらみつけ、正太のほうに向きなおった。

「日本人にとってはね、散る花を愛《め》でることは供養なの。お坊さんが仏を供養するために五色の蓮華《れんげ》の花びらをまき散らすでしょ。それと同じなの。日本人はご先祖を供養するためにお花見をするの」

「勉強になります」と俊介は一升瓶をさしだした。「そういうことなんですか」

「あんた、ばかにしてるわけ」

「どうしてですか」

「その言いかたが白々しいのよ」

「そんなことないですよ。ほんとに感心したんです」

ご主人がかすかに首をふってみせた。

「勉強になります？　アル中のデブ女がなに言ってやがる。そんなとこだろ、え？」

「やめな」とご主人が強い調子で言い、「小夜子さん」と八千代がにらみつけた。

「なによ、みんな怖い顔して」小夜子は声をつまらせた。

俊介は裕里子に目をやった。彼女はじっとうつむいている。小夜子は正太の髪に手をやり、あんただけよ、と言った。正太は目を閉じ、彼女の愛撫《あいぶ》に耐えている。

「そろそろ始めるか」とご主人が言った。

裕里子はうなずくと、カラオケの電源を入れ、あなたもね、と言った。

「じゃ、失礼してその前に」

俊介は膝《ひざ》に手をついて立ちあがりかけ、よろけてふたたびすわりこんだ。あらあら、と裕里子が言い、情けないわね、と小夜子が笑った。

俊介はトイレに向かって歩きながら、正太のつまらなそうな顔を思い浮かべた。中学三年にもなれば、家族との花見など楽しいはずもない。彼を楽しませる方法はないかと考え、俊介は枝から桜の花を三つつまんでパンツのポケットに入れた。それから花びらを拾いあつめ、そちらはジャンパーのポケットに入れた。

トイレから戻ると、小夜子がテレサ・テンの曲を熱唱していた。俊介はそれを少し離れたところから見守った。驚くほどうまいが、うっかりほめると先ほどのように荒れるかもしれない。ためらっているうちに、となりのグループから拍手がおこり、俊介はあわてて手を叩《たた》いた。

小夜子はシートに腰をおろすと、「さ、次は正ちゃの番」と言った。

正太はあぐらを組み、拳《こぶし》を両頬に押しつけている。

「正ちゃの歌、聞きたいな。聞かせてほしいな」

「しつけぇよ」

「正ちゃに怒られるのは嫌だな」

小夜子は子どものように身をよじった。

「じゃあ、あんただ」とご主人が言った。

そうね、と裕里子がうなずいた。

「すいません、カラオケは苦手なんです」

「だめ、そんなの」と小夜子が言った。

「かわりにマジックをやります」

俊介は紙皿を一枚手にして立ちあがった。

「手品かい」と八千代が言った。

「ええ、内緒にしておこうと思っていたんですが、じつは私の祖父というのが、あの花咲かじいさんなんです」

「くだらねえ」と正太が言った。

「たしかに花を咲かせること以外、なんにもできない祖父でしたから、くだらないと言われてもしかたない。それに祖父の時代は灰をまいて花を咲かせたわけですが、いまはハイもなかなか手にハイらない。灰のかわりにお塩を使わせていただきます」

俊介は裕里子から食塩の容器を受けとると、てのひらに少量、ふりかけた。

「さて、お塩で花を咲かせます。首尾よくいきましたら、どうぞ拍手ご喝采《かっさい》」

俊介は塩をにぎりしめ、紙皿で拳をあおぎはじめた。初めは弱く、次第に強くあおぐ。

「お塩が少し湿気《しけ》っているようです。もう少し、もう少しです」

やがて親指と人さし指のあいだから桜の花びらが舞いあがった。花びらは渦を作りながら舞いあがっていく。

いっせいに拍手がおきた。いつのまにか俊介のまわりに大勢の見物人が集まっていた。

俊介は軽く頭を下げ、あおぎつづけた。にぎりしめた拳が紙皿に隠れた瞬間、ポケットの花びらを移動させる。高校時代より腕が上がったように思える。かなりの量を拾いあつめてきたので、花びらはいつまでも舞いつづける。

「すごいじゃない」と小夜子が叫んだ。「あんた、プロになれるよ」

「いや、祖父からはこれしか教わってません。お花見の余興くらいがちょうどいいかと」

「まだ咲いてねえ」と正太が言った。

「たしかに」と俊介は言い、ほっと息をついた。そろそろ花びらが尽きるところだった。

「すみませんが、女性の方は花びらを五枚ずつ拾ってくださいませんか」

「私もかい」と八千代が照れたように言い、花びらを俊介の手の上にのせた。

「十五枚の花びらが集まりました。たしかに桜はまだ咲いてません。五枚の花びらがひとつになって初めて桜になります」

俊介はそっと手をにぎりしめ、紙皿で一瞬隠し、次の瞬間、手を広げてみせた。ご主人が唸《うな》り声をしぼりあげ、見物人から拍手がおきた。

「さあ、どうぞ」と俊介は八千代、小夜子、裕里子の順に、桜の花を手渡した。

「あのさあ」と正太が言った。「ちょっと反対の手を見せてくれよ」

「ほんとに？　いや、こまったな」

俊介は時間をかせぎ、おもむろに手を広げた。手の上には塩がのっている。

「おいおい」と正太が言った。

俊介は頭を下げ、シートに腰をおろした。

「すごい特技ね」と裕里子が言った。

「少し練習すればできますよ」

「そんな、できっこないわよ」

「いや、できます」

裕里子がいぶかしげに俊介の顔を見た。

「なんか仕掛けがあんだよな」と正太が言った。「それがわかりゃあ簡単なんだよな」

「いや、お孫さんも、なかなかのもんだべ」と脇で見物していた老人が言った。

「嫌だよ、あんた」と八千代はあごを引き、上目づかいに老人を見た。「私にゃ、まだこったら大きな孫だば、いねって。孫の家庭教師、北大の学生さんだべ」

　ご主人は小夜子の手の上の桜の花を眺め、まだ唸り声を上げている。

「桜の花じゃなくて」と俊介は小声で言った「チョコレートだったら？」

「チョコレート？」と裕里子が言った。

「M&M」

　裕里子は桜の木を見上げ、「そうなんだ？」と言った。

「こまってます」

　裕里子はうつむき、静かに笑いはじめた。正太が鼻を鳴らし、なにがそんなに楽しいのか、と言った。

「ほら」と小夜子が空を指さした。

「なんだよ」と正太は空を見上げた。

　小夜子は正太の頭の上で人さし指をくるくる回すと、なんでもない、とつぶやき、それから裕里子をにらみつけた。

☆

　翌週の土曜、俊介はセイコーマートで岡本とひさしぶりに顔をあわせた。調子はどうかと訊《き》かれ、首をふった。

「だめだ、緒戦敗退」

道新セミナーの模擬試験は肩ならしのつもりだった。だが、三日たっても呼びだしがかからず、選考からもれたと知ったときはやはり落ちこんだ。北大からは五十人ほど受けたが、面接の連絡がきたのは三人だけだという。

「そうか、なるほどな」と岡本は言った。「俺もなんだか急に自信がなくなってな」

農協連合会のほかに、食品関係や流通業界など、かたっぱしから会社訪問をしているという。

「空前の売り手市場だって、世間は騒いでんのにな」

俊介がそう言うと、ほんとだよな、と岡本は言った。岡本も四月からバイトを週一回に減らしている。週一組は店の都合で、入る曜日が一定しない。だからふたりが同じ日の組みあわせになる頻度はだいぶ少なくなり、顔をあわせるのも三週間ぶりだった。

岡本はいつもと比べてあまり元気がなかった。

安達、決めたんだよ俺、就職したら、子どもを五、六人産んでくれる女をさがして結婚する。見合いでもカップリングパーティでも、結婚相談所でもなんでもいい。尻《しり》がでかくて骨盤がしっかりしてて、ぺろっと産んじゃう女な。そんなことを言って、ため息ばかりついていたが、十一時をすぎると急に落ちつかなくなった。

自動ドアが開閉するたびにそちらに目を走らせ、今夜も来ないな、とボソッとつぶやいたりする。そんな彼に家庭教師の件を話すのはつらかったが、いつまでも黙っているわけにはいかなかった。

「言いにくいんだけどな」と俊介は口を開いた。

「なんだよ、あらたまって。早く言ってみろよ」

岡本は腰に手をあて、あごをしゃくりあげた。

俊介はうなずき、正太の家庭教師を引きうけた経緯を説明した。岡本はあいづちも打たず話を聞きおえると、「どういうことなんだ、安達」と言った。

「だから、その子とは妙にウマがあって」

俊介はうまく言えずに口ごもった。ほんとうなら賀恵に突然ふられた話から始めなければならなかった。バケツの底が抜けたような驚き。濡《ぬ》れた靴下をがまんしてはいているようなみじめったらしさ。胸にぽっかりと開いた空洞。その空洞に中学三年の少年がごく自然に入ってきた話をしなければならなかった。

「つまり、安達が選ばれたってことだな」

「ちょっと待てよ、そんなんじゃないんだ」

俊介は言葉をさがした。賀恵の話をしても岡本は耳を貸さないように思えた。

「なあ、彼女はもう三十三だよ」

「三十三」と岡本はくりかえした。

「そうなんだ、このあいだ息子から聞いたんだ」

「だから？」

「いや、だから、十二歳の差を乗りこえる情熱って、いったいなんなんだ。俺は九つの女の子に惚《ほ》れたりしないし、三十三歳の人妻を恋人に選ぶこともないと思う」

「彼女が二十四だったら？」

「まあ、だったら」

「それはおかしいよ。二十四でも三十三でも、彼女は彼女だ。安達は相手の年を確認してから好きになるのか」

「言い方が悪かった、あやまるよ。つまり俺は、岡本を推薦すればよかったんだな」

「からかってるのか」

「なにを怒ってるんだ」

「別に怒ってなんかいない。ただ安達が平然と家庭教師をやってることがだな」

　客が入ってきて、話はそこで中断した。男女三人ずつのグループだった。男たちは奇声を上げて酒の棚に突進し、女たちはつまみを選びはじめた。

　俊介は気づまりになり、カウンターから出た。コピー機の用紙を補充し、ラックの新聞を整理し、明け方に期限切れになる弁当の数をカウントしながら、花見に岡本も誘えばよかったと思った。ご主人や義母や小姑《こじゅうとめ》にかこまれた彼女の暮らしを知れば、彼も自分の情熱を疑わざるを得なくなる。安達、俺、いままでなにを考えてたんだろう。そんなことを笑って話せたかもしれない。

　吟醸酒、ワイン、柿ピー、キスチョコ、さきイカ、ビーフジャーキー。岡本は無愛想にレジを打っていたが、客が他愛ない会話に笑いころげながら出ていき、店内がふたたび静まりかえると、ちょっと照れたように眉《まゆ》を上げ、「ま、安達がうらやましいだけだ」と言った。

その表情を見て、俊介は不安になった。まさかとは思ったが、確かめずにはいられなくなり、「なあ、岡本」と切りだした。「M&Mのことだけど」

岡本はしばらく無言で俊介を見つめ、それから顔を洗うように両手で顔をこすった。

「知ってたのか」と俊介は訊いた。

「おまえだって、なぜ黙ってた」

「たぶんそれは」と俊介は少し考えてから答えた。「ショックを受けると思ったから」

岡本はかすかにうなずき、店の外に目をやった。

「たしかにショックを受けた。わかってもらえないだろうけどな、万引きするときの彼女の眠たそうな目を見ると、俺、肩を揺すって抱きしめたくなるんだ。その顔が見たくて彼女が来るとな、さあ早く万引きしろ、安達に気づかれないようにって、そればっかり考えてた」

俊介は岡本の視線の先を追った。淡緑色の小花を密生させたハルニレが水銀灯に照らしだされ、北大キャンパスの闇のなかに浮かびあがっている。

「なあ、もっと言おうか。そのときの彼女の顔を思い浮かべて、俺、一日中アレばっかりやってるんだ。このあいだなんかイメクラ行って、婦警の制服着た女の子に、万引きする真似してくれって頼んで笑われた。俺な、もう気が変になりそうなんだ。でもかわいい恋人がいて、やりたいときにやれるおまえにはわかんないだろ」

俊介は黙ったまま、指先でまぶたを軽く押さえた。万引きのときだけじゃない、彼女はときどきそんな目をする、そう言いたかった。

客のいない店の片隅でたばこを吸いながら、市場で買い物をすませたあとの傘のなかで、花見酒で酔っぱらった義妹を前に、彼女はたしかにそんな目をしていた。岡本は眠たそうな目と言ったが、それはいまここにないものを見ている目だった。

「このあいだ、俺」と俊介は口を開いた。「その恋人にふられたんだ。あんたのこと嫌いになったわけじゃない。ただ私のほうが一足先におとなになっただけだって。いま思い出してみると、そのときの彼女もやっぱりそんな眠たそうな目をしてたような気がする」

「なあ、安達、むりに話をあわせるなよ」

俊介は黙ってうなずいた。就職試験のことや、岡本の気持ちを考えると、家庭教師を続けることがうっとうしくなる。だが、正太と自分のあいだに芽生えはじめたものを思うと、やめることは考えられなかった。

円山公園で花見をした翌週、俊介は一冊のノートを持っていった。表紙に「数学がおもしろくなる方法」と書き、一ページ目に「X＝5」とだけ書いた。

「なんだよ、これ」と正太が言った。

「きみが問題を作るんだ」

「5になりゃ、なんでもいいのか」

「そうだ、なんでもいい」

「2たす3」

「正解！」

「あのさ、俺、小学生じゃねえんだ。子どもだましっていうんだぜ、こういうの」

「そう思うなら、俺をだましてみろよ。方程式とか図形の問題だけが数学じゃない」

「そうきたか」

正太は鼻の下にボールペンをあて、軽くうなずくと、「涌井正太が生まれたのは何月でしょう」と書いた。

「いいぞ、その調子だ」

「おい、マジかよ。それじゃ、安達の野郎がノートに書いてきた答えはなんでしょう、でも正解なのか」

「正解だが、おもしろくない」

「おもしろけりゃいいのかよ」

「だから、おもしろくなる方法だって」

「こいつ、ちょっと待ってろ」

正太は今度はじっくり考えた末に、「男8人、女3人います。男は女より何人多いでしょう」と書いた。

俊介は首をふった。「全然おもしろくない」

「おもしぇくねえけど、おかしいと思ってたんだ」

「なんだよ、それ」

「だって、男から女を引けるかよ」

俊介は思わずうなった。

「な？　どうやって答える」

「ちょっと待ってくれ。たしかに男から女は引けないが、式は8－3以外にないよな」

「だろ？」正太はニヤニヤしている。

「わかったよ、ちょっと待て」

頭をかかえる俊介を正太は楽しそうに見ていたが、やがてしびれを切らし、ヒントな、と言った。

「男から男を引くんだ」

なるほど、と俊介はうなずいたが、やはりどう考えればいいのかわからない。

正太は舌をチッと打つと、「男と女が手をつなぐって考えりゃいいんだ」と言った。

「手をつなげなかった男が答えだよ」

「そうか、わかった。八人の男から、手をつないだ三人の男を引くんだ」

「だからいま、そう言ったんだよ」

俊介はすっかり舌を巻いたが、これは小学二年生のときに担任をこまらせようとして考えた質問なのだと、正太は言った。でも担任は質問に答えないばかりか、うるさいやつは後ろに立ってろ、と言ったという。

「教師になるやつって、頭悪いからな」

「だろ？　国語なんてもっとひどいぜ」

それからたっぷり一時間、ふたりで教師の悪口を言いあい、帰りぎわになって俊介が「来週から二週間、中学で国語を教えるんだ。そのあいだは休みな」と言うと、正太はぐすっと鼻を鳴らし、「わかったよ、ぐれてやる」と言った。

俊介は岡本にそんな話をしたかったが、話せる雰囲気ではなかった。

だから明け方になって風俗店の早朝割引券を見せられ、仕事が終わったらいっしょに行かないかと誘われたときも、教育実習の準備をするからと断わった。

岡本は感心したようにうなずき、「そうだな、中学生でもいいか。五、六人産んでくれそうな女の子がいたら、連絡先聞いておいてくれな」と言った。

第二章　夏

6月

俊介は缶ビールを片手に、ゆっくりと駅前通りを歩いた。あいにくの曇り空だが、沿道は祭りの見物客であふれている。ビールをひとくち飲み、腕時計に目をやると、まもなく一時だった。少し急ぐ姿勢になった。一時に泉の像の前で正太と待ちあわせている。

写真コンテストに応募して賞金を稼ぐとはりきっている正太によれば、泉の像の前が絶好の撮影ポジションだという。神輿渡御《みこしとぎょ》の行列は一時半に、その像の前を通過することになっている。大通公園に近づくにつれて鳴物の音が大きくなってきた。お囃子《はやし》のリズムに俊介の足どりもつい軽くなる。

きのう、俊介は北海道新報社から連絡を受けた。筆記試験に合格しましたので、来週の月曜日、面接試験を行ないます。電話が切れてからも、俊介は受話器を耳に押しつけたま、人事担当者の声の余韻にひたっていた。

夜になって鹿児島の実家に電話を入れると、母親は少しとまどった口調で、「そいじゃ、こっちせ戻っことはなかとね」と言った。

俊介は鹿児島の地元紙にも資料請求をした。だが、通信社の試験日と重なってしまい、迷った末に通信社の受験を選んだ。地元紙にも愛着はあったが、通信社の海外支局の存在はやはり魅力だった。そのときの母親の落胆ぶりが思い出された。

「まだ受かったわけじゃねど。そいにもし受かったとしても、支社支局が全国に五十四か所もあるでね。若けうちはいろいろ回されるらしいし」

「ほんとにね、たいへんや」

母親のため息まじりの声を聞き、俊介はあわてて付け加えた。

「教育実習も先週、無事に終わったし、そっちのほうも順調にいってる。安心しっくえ」

「そう、それはご苦労じゃったね」

教職の話になると、母親は急に声をはずませた。俊介の父親は中学教師をしている。彼女は口には出さないが、息子が教員になって実家に戻ることを望んでいた。

俊介はいままで教員という職業を、最終的な避難場所くらいにしか考えていなかった。だが、教育実習をして少し心が動いた。実習の体験談は先輩からずいぶん聞かされていたが、これほど感動するとは思わなかった。その緊張と興奮の余韻がまだ残っている。

来週からただの大学生に戻ります。もしどこかで会っても、先生なんてぜったいに声をかけないように。二週間もつきあってくれてありがとう。感謝してます。そんなあいさつをして最後の授業を終えると、最前列の男子生徒が立ちあがり、いっせいに拍手がおきた。

男子生徒はゆっくりと教室を見まわし、それから寄せ書きの色紙をさしだした。俊介はそれだけで胸がつまったが、続いて数人の女子生徒が教壇に集まってきた。ハンカチ、靴下、キャンディ、キーホルダー、灰皿、シガレットケース、ペーパーナイフ、写真立て、マグカップ。俊介は顔を上気させ、それらを受けとった。もちろん彼女たちのプレゼントもうれしかったが、男子生徒一同から贈られた記念品には目頭が熱くなった。富士山の写真集と、鉄製の下駄と、コンドーム一箱。どういう意味だと訊《き》くと、男をみがく三点セットだという。

それから記念撮影が始まった。初めに全員で撮り、次にグループに分かれ、撮影会は延々と続いた。途中で生徒の半数が帰ったが、残った生徒は去ろうとしない。授業をろくに聞かない連中ほど盛りあがっていた。

「そんなこと言ったって、どうせもう会わねえだろ」と男の子が言い、「会おうと思えば会えるじゃん、ね？　先生」と女の子が言いかえし、「出会いがあるから、別れもあるのよ」と別の男の子が言った。それを聞いているうちに俊介は賀恵のことを思いだして不覚にも涙ぐんでしまい、勘違いした女の子が泣きだした。

その年ごろの女の子は一度泣きだしたら止まらない。ひとりの子の興奮がほかの子に次々と伝染し、やがて収拾がつかなくなり、様子を見にきた担任の女性教師が、「あなたたち、いつまで騒いでるの、もう教室を出なさい」と大声をはりあげると、今度は男の子たちが騒ぎだし、教頭まで駆けつけてくる始末だった。

「先生、こっちだよ、こっち」

テレビ局のスタッフの後ろで正太が手をふっている。

俊介はビールの空き缶をくずかごに放りこみ、チェーンの柵《さく》を飛びこえて芝生に入った。二週間会わなかっただけで、また背が伸びたように見える。俊介がそう言うと、「あんた、おばさん入ってるよ」と正太は笑った。

神輿渡御の行列の先頭はちょうどグランドホテルに差しかかったところだった。泉の像の周辺にはたくさんのカメラマンが陣どっている。

交差点を曲がるとき行列がスピードを落とすから撮りやすいんだろうな、と俊介が言うと、正太は二一〇ミリの望遠レンズをのぞきながら、そうじゃなくて神輿がバランスをくずして揺れるから迫力が出るのだと言った。

行列が間近に迫ると、見物客がいっせいに身を乗りだした。笛太鼓の万灯を先頭に、維新勤王隊、金色の鳳凰《ほうおう》をいただく神輿が続く。正太はたびたび場所を変え、シャッターを切った。神輿は公家の装束をまとった男たちにかつがれ、おごそかに進む。連合山車《だし》はにぎやかなお囃子とともにトラクターや馬に引かれていく。

「これだよ、これ！」

正太が叫び、夢中でシャッターを切りはじめた。それは〈第八区〉の区番表示のある山車だった。やまぶき色の紋つきに紺色のはかま、赤い豆絞りの手ぬぐいをかぶった男たちに引かれている。ほかの山車とあまり変わらないように見えたが、通過したあとで正太に訊くと、祭られているのが加藤清正で、スサノオノミコトや神武天皇や桃太郎と比べ、絵として決まるのだという。

写真撮影を終えると、正太は中島公園に行こうと言った。公園には露店がたくさん出ている。俊介は自販機を見つけ、缶ビールを買った。

「きみもいっしょに飲めればいいんだけどな」

俊介がそう言うと、正太は肩をすくめた。

「おやじと同じこと言うなよ、かっこ悪りぃ」

駅前通りのあちこちで樽酒《たるざけ》がふるまわれていた。商店街の手ぬぐいを首から下げた男たちは朝から飲みつづけているのだろう。足下がおぼつかず、ときおり路上にしゃがみこみそうになる。正太は彼らとすれちがうたびに露骨に眉《まゆ》をひそめた。

四丁目プラザの前に人だかりができていた。俊介は特設舞台を見上げ、思わず足をとめた。女性演歌歌手が初老の男にプレゼントを渡し、観客から拍手がおきた。

「おめでとうございます、どちらにお住まいですか」

初老の男にマイクを向けているのは賀恵だった。髪を短く切り、毛先が飛びはねるようなパーマをかけている。その髪型と若草色のパンツスーツがよく似合っていた。

俊介は息をつめ、舞台の上の賀恵を見守った。たった二か月でこれほど変わるものだろうか。柔らかな笑みをふりまく彼女には近づきがたい華やかさがあった。

「あんなババァのファンなのかよ」

正太が呆《あき》れかえったような顔をした。俊介が黙っていると、正太は演歌歌手にカメラを向けた。

「撮るな」俊介はつい強い口調になった。

正太がびっくりして俊介を見た。

「いや、撮らないでいい」

初老の男は女性歌手と握手をしたあと、賀恵にも握手を求めた。賀恵ははにかみもせず、男の求めに応じている。俊介はその場から歩きだせずにいた。初老の男が舞台を下りると、賀恵はマイクをにぎりなおした。

「これでラストです。どなたかいらっしゃいませんか」

俊介は片手を肩の高さにあげた。賀恵と目があったように思えたのだ。

「なんだよ、出るつもりかよ」と正太が言った。

俊介はあわてて手を下ろした。

「カラオケ、苦手なんだろ。びっくりしたよ」

手をあげた数人の観客のなかからＯＬ風の女が選ばれて舞台に上がった。カラオケがセットされるまでのあいだ、賀恵は彼女にマイクを向けた。

「早く行こうぜ、腹減って俺、死にそう」

正太が焦《じ》れたように身をよじらせた。

曲の前奏が流れ、ディレクターが拍手をうながし、賀恵が舞台から下りた。俊介は歩きかけ、足をとめた。

「どうしたんだよ」と正太は言い、口をつぐんだ。

賀恵がゆっくりと近づいてきた。

「ひさしぶり」と俊介は言った。

賀恵はくすりと笑った。「かわいいお友だちね」

俊介は思わず目を伏せた。賀恵がまぶしくて、顔をまともに見ることができない。

「紹介するよ、涌井正太くん」

「ふうん」と賀恵は言い、正太の顔を見た。「つきあいは長いの?」

「つきあいね」と正太は言った。「まだ一か月ちょっとだな」

「あら」と賀恵はおおげさに目をまるくした。「いまがいちばんいいときじゃない」

正太がこまったような顔で俊介を見た。

「元気そうだな」と俊介は言った。

「安達くんは?」

俊介は少し考えてから、「先週、教育実習が終わったんだ」と言った。道新の試験のことは話さなかった。

「ああ、そうなんだ? 安達くん、ぜったいにいい先生になれるよ。ね、きみもそう思うでしょ。がんばり屋だし、すごくやさしいもんね」

「やさしいっていうか、頼りないっていうか」

賀恵はときおり俊介のほうを見た。正太は照れながらも、大人同士のような会話を楽しんでいる。

ディレクターが舞台の袖《そで》から賀恵を呼んだ。がんばれよな、と俊介は言った。ありがとう、安達くん。賀恵は俊介の腕を軽く叩《たた》いて小声で言い、足早に戻っていった。

正太は腕を組み、しばらく賀恵を見ていた。

「行こうぜ、腹減って死にそうなんだろ」

正太はうなずき、歩きだした。マイクを通して賀恵の声が聞こえてくる。正太は何度もふりむき、そのたびに俊介の顔を見て、にやりと笑った。

「もしかしてカノジョ？」

「そう、昔の」

「そうか、昔のか。でもやったんだろ、あの人と」

「やった」

「先生、すげえよ、だっていい女じゃん」

「まあな」

「すげえよ、やっただけで、なんまらすげえっけゃ」

俊介がため息をつくと、正太は口をつぐんだ。それからしばらく押し黙ったまま歩いた。

黙っていても気づまりを感じない。正太がまだ中学生だということを、俊介はたびたび忘れそうになった。

　中島公園に着いたときは二時半をまわっていた。入口から奥へむかって露店が切れ目なく続いている。正太は焼きそばとラムネを、俊介はとうもろこしと日本酒を買った。俊介が金を払おうとすると、むりするなよ、と正太が言った。月に三千円のこづかいをもらっているが、出前一回につき百円のバイト代を得ているので、最低でも月五千円の収入になるという。なにに使うんだと訊《き》くと、ほとんど貯金しているという。

「なんだ、つまらないな」と俊介は言った。

　正太は顔をしかめ、あんただけに教えるから、ぜったいに内緒だと念を押し、金がたまったらアパートを借りるんだ、と言った。

「借りてどうする」

「あんたねえ」と正太は呆れかえった顔になった。「住むにきまってんじゃねえか」

　だれも知らない自分だけの部屋を借りる、それが夢なのだと正太は言った。家出するということかと訊くと、そうじゃない、学校に行きたくないときにひとりで落ちつける部屋があればどんなにいいか、それを想像してみてくれと言う。

　俊介はそのアイデアについて少し考えてみた。うん、たしかにそれはすばらしい考えだと言うと、「だろ？」と正太は少し興奮して言った。

「喫茶店とかゲーセンとか、公園とか駅とかデパートとか、ぜんぶだめじゃん、な？　そういうときだれも知らない自分だけの部屋があるってすげえと思わねえか。問題は不動産屋だけど、もう解決したようなもんだしな」

「俺が借りればいいってか？」

「おっ、さすがに頭いいじゃん」

「下手に出るなよ、子どものくせに。でもそんな面倒なことするなら、俺の部屋に来ればいいじゃないか」

「ほんとかよ、おい、マジかよ」

「なんなら合い鍵《かぎ》やろうか」

俊介は尻《しり》のポケットからキーホルダーをとりだした。

「酔ってるだろ」と正太が言った。俊介はうなずき、ふたつの鍵のついたキーホルダーをポケットに戻した。片方の鍵は賀恵のために作ったものだった。

「酔っぱらいの言うことは信じないことにしてんだ」

「頭いいな」

正太は舌を出した。

「下手に出るなよ、おとなのくせに」

「いや、きみが考えるほど、おとなじゃない」

「おとなにそう言われると、子どもはこまんだよ。なんか嫌な感じがすんだよ」

「なるほどな」と俊介は言い、菖蒲《しょうぶ》池に目をやった。

池にはたくさんのボートが浮かんでいた。ほとんどがカップルだった。池のほとりを歩き、見世物小屋の前で足をとめた。

ヘビ女、ろくろ首、猫娘。小屋の壁面には大きな三枚の絵がかかっている。和服姿の女がタオルを巻きつけたハンドマイクをにぎりしめ、つまらなかったら入場料は返す、と叫んでいた。どうする、と俊介が訊くと、見たいんだろ、と正太が言った。俊介はうなずくと、ふたり分の料金を払い、小屋に入った。

四国山中で発見されたというヘビ女は驚くほどきれいだった。髪は腰まで届き、大きな目は悲しげにうるんでいる。興行師の男が口上を述べると、ヘビ女は細い鎖を鼻から入れ、口から出して見せた。

正太のつまらなそうな顔を見て、俊介はたちまち落ちつかない気分になった。彼女が胸の大きく開いたドレスを着ていたからだ。かがみこむたびに乳房がこぼれ落ちそうになる。女は鎖の次にゴム管で同じことをくりかえし、散々焦らせたあとで、竹の籠《かご》から二メートルほどもある大蛇をつかみだした。白い大蛇は女の胸や首をしめつける。女の口から切ないあえぎ声がもれる。正太がごくりと唾《つば》を飲みこんだ。

六時近くに中島公園を出た。俊介は地下鉄の駅で別れようと思っていたが、「晩めし作って待ってるって言ったじゃん、な、俺の顔立ててくれよ」と正太に言われ、断われずに店についていった。

正太は勝手口から入り、厨房《ちゅうぼう》脇の階段を上った。俊介はそのあとに続いた。

「もういい、わかったから、もう二度と来るな！」

居間からご主人のどなり声が聞こえてきた。俊介は足をとめた。正太はそのまま階段を上っていく。

「ねえ、言いすぎ」と裕里子の声が言い、「後悔するなよ」と別の女の声が言った。

正太は子ども部屋のドアを開け、ちょっと避難な、と言った。ドアを閉めても、居間の声は聞こえてきた。

——私ね、あんたのその勝ち誇った顔が嫌いなのよ。おまえなんか来るなって、はっきり言えばいいじゃない。

——おい、いつまでぐずぐず言ってんだ。

——この人と話してんのよ、私は。

じっと息をつめている俊介を見て、緊張するなよ、と正太が言った。

「お花見のときの叔母《おば》さん？」と俊介は訊いた。

「それがさ、聞きたい？　あいつ、ほんとは母さんなんだ」

俊介はその言葉の意味をうまく飲みこめなかった。正太はベッドの上であぐらを組み、うなずいてみせた。

「だれが」

「だから、小夜子」

——死んでやる！　もう嫌だ、ぜったいに死んでやる。

小夜子がわめき散らしながら階段を駆けおり、「おい、待たないか」とご主人の声があとを追った。ドアが音を立てて閉まり、家中が静まりかえった。

「ったく、なにやってんだか」正太はつぶやくと、ベッドから下りた。「さ、飯でも食おうか」

俊介は首をふった。「悪いけど帰るよ」

「待ってくれよ」正太は小鼻をふくらませた。「ごちそう作って待ってるって。あの人、かわいそうだろ。けっこうがんばってっからさ、味方してやってんだ、俺」

俊介はうなずき、正太のあとについて居間に入った。

裕里子がひとり座卓の前でぼんやりしていた。先生、そっちね、と正太が座布団を指さした。

「帰ってたの？」と裕里子が言った。

「すみません、お邪魔します」

俊介は頭を下げた。すでにたくさんの料理が並んでいる。正太はちらし寿司《ずし》の皿のラップをはがした。

「ビール？」と裕里子が言った。

「すみません」

「いちいち、あやまらないで」

裕里子は頬笑み、立ちあがった。俊介はあわてて目を伏せた。丈の短いキュロットスカートからほっそりとした足がのびている。彼女は正太の母親ではない。そのことを知っただけで、動揺する自分がふしぎだった。小夜子が母親なら、裕里子は後妻なのだろう。でも、そうだとして、なぜ花見に前妻を呼んだりするのか。ご主人はいったいなにを考えているのか。

「先生？」と正太が言った。

俊介は顔を上げた。

「世の中、いろいろあるんだ。あんまり気にすんな」

俊介はうなずき、料理を眺めた。タイの姿揚げ、イカの黄身焼き、ナスの冷菜、エビとアスパラガスの炒《いた》め物。手のかかった料理ばかりだった。裕里子がビールと刺身の盛りあわせを運んできた。

「料亭に来たみたいです」と俊介は言った。

裕里子が笑った。「ちょっとそれ、言いすぎ」

「サービス良すぎない？」と正太が言った。

「だってあなたの大切な先生でしょ」

「照れるな」

正太が刺身に箸《はし》をのばすと、裕里子は皿をひっこめ、「なぜあなたが照れるの」と言った。「これは先生の分、あなたのはこっち」

「妬《や》けちゃうねえ」

「ばか言ってなさい」

俊介はふたりを見ているうちに、正太にからかわれたのではないかと勘ぐる気持ちになった。だが、死んでやると叫んだ小夜子の声がまだ耳の底に残っている。

ご主人を待ったほうが、と俊介が言いかけたとき、裕里子がビールを手にとった。

「遠慮しないでね、一生懸命作ったんだから」

「ああ妬ける、妬ける」

正太はそう言って、炒め物を頬ばった。

裕里子は俊介のグラスにビールをついだ。唇の隅の動きを必死にこらえている。俊介がビール瓶に手をのばすと、彼女は首をふり、続けて自分のグラスについだ。

正太はヘビ女の話を始めた。俊介が肘《ひじ》でつついても、話をやめない。裕里子は黙って正太の話を聞いている。

「すみません、変なところに連れてって」

俊介がそう言うと、私も小さいころに一度だけ見たことがある、と裕里子は言った。

となり町にサーカスが来たとき、父親に連れていってもらったのだという。巨大な鳥籠のような金属ネットのなかをオートバイが走りまわるだけで、サーカスは少しもおもしろくなかったが、見世物小屋のヘビ女はぞっとするほど美しかった。大雪山の山奥でヒグマに育てられたヘビ女は読み書きどころか言葉も話せない。でもこんなにきれいなら、言葉なんていらないだろうと子ども心に思った。彼女はそんな話をした。

正太はものすごい勢いで皿の上の料理を片づけると、「ゆっくりしてけよな、先生」と言って立ちあがった。「俺、ちょっと出てくるからさ」

裕里子は壁の時計に目をやった。

「九時までには帰るのよ」

正太は肩をすくめ、居間を出ていった。俊介は裕里子を見た。それをおかわりの催促と思ったのか、彼女はあわててビールを手にとった。

「あらごめん、空っぽ。とってくる」

「いえ、もう十分です」

階段を駆けおりる正太の足音が聞こえ、勝手口のドアが閉まった。

「スケボー、こんな時間に。じゃ、お酒にしようか、ほんとはお酒のほうが好きなんだ」

「あの、お義母《かあ》さんは」と俊介は訊《き》いた。

裕里子は立ちあがり、目尻《めじり》にしわをよせた。

「敬老会の温泉旅行。だからね、羽をのばせるんだ」

彼女はそう言って、奥の部屋へ入っていった。俊介は首をねじって彼女の後ろ姿に目をやり、それからナスの冷菜に箸をのばした。

どの料理もとてもおいしかった。だが、ご主人の皿は箸もつけられていない。それだけが気にかかった。

裕里子は吟醸酒とグラスをかかえて戻ってきた。彼女は封を開けるとふたつのグラスになみなみと酒をつぎ、「正太からなにか聞いた?」と言った。

「ええ、少し」と俊介は答えた。

裕里子は何度かうなずき、驚いたでしょ、と言った。

俊介は黙ってグラスを口に運んだ。

「こんな話、いや?」

「いいえ」

「なぜ」

「なぜか気になります」

裕里子はグラスに唇をつけ、目尻だけで頰笑んだ。

「変な人ねえ」

「ぼくのどこが変ですか」

「ごめん、でも突っかかるのはよして」

「あなたの味方だって、正太くん言ってました」

「あの子が?」裕里子は目の前にグラスをかざし、俊介の顔をのぞきみた。「ほんとに?」

商店街のはずれにあるためか、まだ夜も早いのにひどく静かだった。開け放した窓の外から、ときおり酔っぱらいの声が聞こえてくる。

「ねえ、あの子、ずいぶん変わった。保護者会で担任の先生が、なにかあったんですかって。授業では手をあげて答えるし、掲示係も率先して引きうけるし」

「ケイジ係？」

「壁に習字や絵を貼ったり、廊下に掲示物を貼ったりね。家庭教師の先生のおかげですなんて、もちろん言わなかったけど、あなた、どんな魔法を使ったの」

「べつに大したことはしてません。いや、でも」

「でも、なに？」

「兄貴がほしかったんじゃないかな」

裕里子はうなずき、「弟ならなんとかなっても、お兄さんはむりね」と言った。

俊介は彼女の細い手首に目をやった。ご主人に抱かれる彼女を思い浮かべ、そんなことを考える自分をどうかしていると思った。

「なに？」と裕里子が首をかしげた。俊介はあわてて顔を上げ、そうだ報告、と言った。

「道新の筆記試験、なんとか通りました。来週、いよいよ面接です」

「すごいじゃないの、なぜそれを早く言わないの」

「まだ決まったわけじゃないですから。一応、教員の採用試験も受けますし」

「いいわね、若い人はいろんな可能性があって」

裕里子はそう言いながら俊介のグラスに酒をついだ。

「私もね、こう見えても昔は銀行に勤めてたのよ」

俊介はうなずき、裕里子のグラスに酒をついだ。

「そんな感じ、します」

「嘘ばっかり。どう見たって、いまじゃ、ラーメン屋のおばさん」

「そんなことありません、全然違いますよ。キャリアウーマンって、ちょっと古いけど、そんな感じがします」

俊介はそう言ってから、照れくさくなり、窓口に出ていたんですか、と訊いた。裕里子は酒をひとくち飲み、もうずいぶん昔の話だけどね、と言った。

銀行に入ったのは校長の推薦で、高校ではふたりだけだったという。両親はとても喜んだ。彼女が生まれ育ったのはオホーツク海に面した集落で、就職先といえば缶詰工場かチーズ工場しかなく、卒業生のほとんどが札幌か東京へ出ていくからだ。実家は酒屋を営んでいたが、子どもたちの手伝いを必要とするほど繁盛しておらず、三人の兄姉もすでに家を出ていた。

「高卒女子は独身行員の嫁候補として採用されるの。だから大卒女子より年長になると、すごくいづらくなる。就職して三、四年で結婚退職、それがパターン。毎日が集団お見合いみたい。それが嫌でね、プロポーズされてもその気になれなくて。五年たって気づいたら同期の子はもうだれもいなくなっていたの。二十三歳、ついこのあいだのような気がするけど、もう十年も前の話」

「たった五年でいづらくなるなんて、あんまりですね」

「結局、二十七まで働いたけどね」

裕里子はそこでふいに口をつぐみ、グラスを口に運んでしばらく考えてから、正太のことだけどね、と話題を変えた。

「小学校に入ったばかりのころ、あの子、朝も食べないし、給食も食べられなかったの。集団登校もできないから、毎朝お義母さんが送っていって……。数え棒は放り投げてしまうし、歌は歌わないし、クレパスはかじってしまうし、体操着にも着がえないし。休み時間に行方不明になったことがあって、先生たちが手分けしてさがしたら、うさぎ小屋のなかで眠ってたって」

「そうですか、いまの正太くんから、ちょっと想像できないけど、大変だったんですね」

俊介がそう言うと、裕里子は首をふり、「ううん、これは主人から聞いた話」とそっけなく言った。「そのころは私、まだこの家に入ってなかったから」

そんな正太も二年生に進級して変わった。遅刻や欠席が減り、授業中もおとなしくすわっていられるようになった。クラスは持ちあがりだったが、担任が産休で変わったからだと、ご主人は言った。でも、ほんとうのところはわからない。正太がふたたび登校を渋るようになったのは、彼女がこの家に入ってからだという。

にわかに反抗的になり、父親や祖母にあたり散らすようになった。彼女は口をきいてさえもらえなかったが、なんとか話しかけるきっかけをつかもうと、ぜったいに来るなと言われた運動会にひとりで足を運んだ。正太は彼女に気づき、顔色を変えた。赤組勝ってるじゃない、と彼女が声をかけると、俺は黒組だよ、と叫んで赤い帽子を投げ捨て、教室に駆けこんでしまったという。

「中学に入ってようやく落ちついてきたけどね、でもまたいつ荒れるかと思うと」

彼女はそう言って、自分のグラスに酒をついだ。

そのとき階下でドアの開く音がした。時計を見ると、ちょうど九時だった。

「ぴったりですね、正太くん」と俊介は言った。

階段を上ってくる足音が聞こえ、ふすまが開いた。

俊介はとっさに立ちあがった。なんだよ、急に帰ることもねえだろう、とご主人が薄手のジャンパーを脱ぎながら言った。裕里子は台所に立った。俊介はうなずき、腰をおろした。

「正太は？」とご主人が台所にむかって声をかけた。

「いまちょっと外へ」と俊介がかわりに答えた。「じきに帰ってくると思います」

「いや、先生にはほんと感謝してんだ。うちのも言ってたっしょ、正太のやつ、なにしろ授業で手をあげるようになったたってんだから」

ご主人はそう言って、シャツの袖《そで》を左右二折りずつまくりあげた。俊介は剛毛の目立つ丸太のような腕に目をやり、「いや、ほんとに大したことはしてませんから」と言った。

「正太くん自身、もうおとなですから」

裕里子がビールを持って戻ってきた。

「ほんとにね、いくら感謝しても足りないくらい」

ご主人はうなずくと、太い眉《まゆ》をしかめ、「あいつにはよく言いきかせておいたから」と言った。

「そんなこと、なにも先生の前で」

俊介はビールを一息で飲むと、立ちあがった。

「どの辺にいますか。声をかけてから帰ります」

「区民センターの駐車場だと思うけど」と裕里子が言った。「でも友だちの前だと、ヘソ曲げるから」

「水臭いっしょ、先生」とご主人が言った。「もう少しゆっくりしてってよ」

「いや、これ以上いただくと酔っぱらってしまいます」

俊介がそう言うと、ご主人は酒瓶に目をやり、おっ、とだけ言った。吟醸酒はすでに底から数センチしか残っていない。俊介は食事の礼を言って店を出た。

区民センターは帰り道と逆の方向だった。俊介がそちらに向かって歩きだすと、ボードに乗ってすべってくる正太の姿が見えた。シャツを脱いで腰に巻き、後ろに垂らしている。

「十分遅刻」と俊介は言った。

正太は側溝を飛びこえ、ウィールを鳴らしながら縁石に乗りあげた。

「帰んのか？」

「夫婦の話があるみたいだしな」

「なんだ、おやじ、帰ってきたのかよ」

正太はボードを足で跳ねあげ、片手で受けとめると、おおげさに顔をしかめて見せた。

☆

俊介はレジを打ち、釣銭を数えながら、あのときなぜあんなことを言ったのかと、面接試験の問答をひとつひとつ思い出しては、ため息ばかりついた。

北海道新報社の一次面接は集団面接だった。初めは面接官の質問に受験者五名が順次答えていく形で進んだが、途中から女性の深夜労働をテーマにしたグループ・ディスカッションに変わった。

ひとりの学生がすぐに司会役を買って出た。裁判問題研究会に所属していると自己紹介をした法学部の学生だった。

「気のとどかないところも多々あると思いますが、私なりに一生懸命やらさせていただきたいと思います。どうぞよろしくおねがいします」

彼は型通りのあいさつをしたあと、ひどく落ちつきはらった口調で、「ジュネーブで開催中のＩＬＯ年次総会が昨日、女性の深夜労働規制を緩和する新条約を採択しました。このことを受けての討議になるかと思います」と切りだした。

「いまから五分間、時間をとりますので各自、自分の意見をまとめてください。五分後に討議を始めます」

俊介は朝刊に目を通しておいてよかったと胸をなでおろした。だが、記事の内容をおぼえていることと、それに自分の意見を加えるのはまったく別のことだ。たちまち五分がすぎた。

司会者が意見を求めると、三人の学生がほぼ同時に手をあげた。

「従来、深夜労働は午後十時から午前七時までと定義されていましたが、新条約ではこの範囲をせまくして、午前〇時から午前五時までを含む七時間と、性別に関係なく規定しています。この背景には、各国経済の二十四時間化にともなう労働力不足や、男女均等思想の浸透による国際社会の環境変化があると思います」

「深夜労働時間の規定を弾力化することは、女性の深夜労働への参加を容易にします。日本では政労使とも、新条約を支持していますので、批准は確実だと思います」

「条約では母性保護の観点から、出産予定日前後の少なくとも計十六週を深夜労働からはずし、出産休暇などの保護措置をとるように定めています。私も女性の職場進出をうながすものとして、おおいに歓迎します」

俊介は彼らの意見を参考にして、最後に手をあげた。

「私はいまコンビニで、深夜勤務のアルバイトをしています。夜十時から朝六時までの遅番です。みなさんの意見をうかがいながら、女性が遅番に入る可能性について考えていました。いままでは男性スタッフだけの募集でしたが、条約が批准されれば、おそらく募集広告に性別を記載することが禁止されます。はたして店長は応募してきた女性を採用するだろうか。男性スタッフの側に、女性が遅番に入ることへの偏見はないだろうか、そんなことを考えていました」

司会者が小さくせきばらいをした。

「条約の内容についてはどうですか」

「はい、新聞報道では各紙とも」

俊介は一瞬口ごもった。ほかの学生に比べてネガティブな意見に思えたのだ。面接官がじっとこちらを見ていた。言いかけたことを中断することはできなかった。

「各紙とも、女性の深夜労働に門戸を開くといった見出しを立てて、その点をもっとも強調した記事になっていましたが、これは深夜に働くすべての人々の安全や労働環境を確保しようという条約だと思います。ニュース価値の点からすれば、やはりまずは規制緩和ですが、今後は環境改善をうながす条項のチェック等が、報道の重要な仕事になると思います」

俊介の発言で議論がいったんとぎれたが、司会役の学生はじつにうまく進行していった。集団討議では意見の内容より、協調性や柔軟性、臨機応変な対応力が評価されるという。俊介の意見は最後までほかの学生とうまくかみあわなかった。

その面接から二日たち、俊介はほとんどあきらめかけていた。いまのところ道新のほかにひっかかっているのは通信社一社だけだった。全国紙三社のうち一社は筆記は通ったが、二次面接には進めなかった。あさってまでに連絡がこなければ道新もアウトだった。

「すいませーん」新人の高橋がケントをさしだした。「これいくらですかぁ」

「二百二十円」と俊介が答えると、「そうか、これって輸入たばこでも安いんだ」と高橋は感心したように言った。

俊介は思わず客の顔を見た。レジにはすでに百円玉と十円玉が投げだされている。

「ちょうどいただきまーす」

高橋の明るい声に、客は舌打ちをした。レシートを受けとらず、足早に店を出ていく。

「どうも申しわけございません」

俊介は客の背中に向かって頭を下げた。

「はい？」と高橋が言った。

「あのさあ」と俊介は言いかけ、首をふった。「いや、もういい」

「なにか俺、まずいこと言いました？」

「もういいよ」

俊介はレジを離れ、食品の値札シール貼りにとりかかった。三週間後には教員採用試験もせまっている。専門教養はいいとして、肝心の教職教養が不安だった。三週間でどこまで追いつくかわからないが、どうせ受けるなら最善をつくしたい。六月いっぱいで店をやめさせてもらおうかと思った。週一日に減らしても、徹夜仕事はやはり負担だった。

自動ドアの開く音が聞こえた。俊介は顔を上げ、声を上げそうになった。

店の入口に裕里子が立っていた。時刻はすでに午前四時をまわっている。

「いるわけないよね、ここに」

裕里子はそう言って目を伏せた。顔から血の気が失《う》せている。俊介はあわてて走りよった。

「どうしたんです、こんな時間に」

裕里子はうなずき、正太が帰らないのだと言った。

十二時をすぎても帰らないので心配になり、ご主人とふたりでさがしまわった。警察に届けていったん家に戻ったが、事故にあったんじゃないか、誘拐されたんじゃないかと悪いほうにばかり思いが行き、いても立ってもいられず、最後の望みを託してここに来たのだという。

「ご主人はどうしてるんです」

「だってどっちかが家にいないと、警察から連絡が入ったとき、こまるじゃない」

なぜそんなことを訊《き》くのかという口調で、彼女は答えた。

普通は逆じゃないのかと俊介は思った。こんな真夜中に奥さんが外を歩きまわって、ご主人は心配ではないのだろうか。いや、彼は引きとめたはずだ。でも彼女は家でじっとしていられなかったのだろう。

俊介はレジに戻った。高橋に理由を話し、悪いけど早退させてもらう、と言った。

彼は顔色を変えた。「どういうことなんですか」

「だから、そういうことなんだよ」

「事情はわかりましたけど」

「大丈夫、簡単な仕事だから」

俊介はうろたえる高橋に弁当と新聞の入れかえと補充の仕方を教えると、裕里子をうながして店を出た。

「当てでもあるの」と彼女が訊いた。

「ええ」

「あるの？」

「ちがうかもしれないけど」

だれも知らない自分だけの部屋。学校に行きたくないときや、ひとりになりたいときそこに行く。そんな部屋があったらどんなにいいか、想像してみてよ。そう言ったときの正太の目の輝きを俊介は思い出していた。

「ねえ、どこなの」

「もうすぐです」

裕里子はジーンズに半袖《はんそで》のセーターを着ているだけだった。両腕で身体を抱きしめるようにして歩いている。俊介はジャンパーを脱ぎ、彼女の肩にかけた。

「ありがとう。すぐって、どこ」

俊介は答えずに、郵便局の先を右に入った。街灯もなく、暗い道だった。正太はいないかもしれない。でもそれならそれでしかたない。彼女に熱いコーヒーをいれてあげよう。俊介はそう思い、その後ろめたい気持ちをあわてて打ち消した。

アパートの前まで来て、裕里子はやっと気づいた。俊介が鼻に指をあてると、小さくうなずいた。足音をしのばせ、階段を上った。賀恵と別れてから俊介は鍵《かぎ》をかけなくなった。だれかがふいに訪れてもこまるようなことがないからだ。それに空き巣が入っても、持っていくものなどない。ディスカウントショップで買ったテレビやワープロなど、売り飛ばしたところで大した金にならないし、まさか冷蔵庫をかついで運びだすはずもない。

俊介はそっとドアを開け、あわてて閉めた。窓辺に女の子がすわっていた。正太はテーブルに顔を伏せていたような気がする。

「いたのね」と裕里子が言った。俊介は彼女の腕をとり、廊下の隅にひっぱっていった。

「家に送りとどけますから、先に帰っていてくれませんか。わけはあとで話しますから」

「どういうこと」

「正太くんとふたりだけで話がしたいんです」

「ねえ、よくわからない」

「男同士の話です。ぼくにまかせてください。とにかくわけはあとで話しますから」

裕里子は俊介をじっと見つめ、かすかにうなずくと、階段を下りていった。

「入るぞ」と俊介は言って、ドアを開けた。

ふたりは部屋のまんなかに立っていた。女の子は髪を脱色し、赤い革のミニスカートをつけている。寝不足のためか顔色が悪く、まぶたが腫《は》れている。年は十七、八に見えた。

「まあ、すわれよ」と俊介は言った。

だが、ふたりはうつむいたまま、じっと動かない。俊介はベッドに目を向けた。それが使われたかどうかはわからない。

「心配するな、先に帰ったから」

「なんで」と正太が言った。

「おふくろに彼女、紹介したかったのか？」

女の子が指で正太の脇腹をつつき、くすっと笑った。

「違うんだよ、この人」

「まあ、とにかくすわれよ」

俊介はふたりに背を向けると、湯をわかした。動揺を悟られてはいけない、まずは落ちつくことだと思った。コーヒーをいれ、テーブルに置いた。

「なにか勘違いしてない？」と正太が言った。「さっき会ったばっかなんだよ、な」

「いい匂い」と女の子がカップに手をのばした。

「年は」と俊介は言った。

「失礼よ、ねえ」と女の子が正太にあいづちを求めた。

「人の部屋に上がりこんで、どっちが失礼なんだ」

女の子は首をすくめた。「でも教えない」

「話していい？」と正太が言った。女の子は無言でうなずいた。ゲームセンターで会ったのだと正太は言った。財布の入ったバッグを盗まれてしまい、家に帰れなくなったので、ここに連れてきたのだという。

「盗んだやつの顔、見てるのか」

「なによ、おまわりみたい、この人」

「そいつ、バイクに乗ってたんだって」

なるほど、と俊介はうなずき、電車賃を貸してあげればよかったじゃないかと言った。

二千円持っていたが、それでは足りないのだと、正太は答えた。

「うちはどこなんだ？」

「滝川《たきかわ》」と女の子は言った。

「なるほど」

「田舎だと思って、ばかにしてんでしょ」

俊介は紙マッチでたばこに火をつけた。

「家出ってことだな」

「それ、私も」と女の子が手をのばした。俊介はその手からたばこを奪いとった。

「ケチ」

「ケチでけっこう。寝小便たれのくせに、十年早い」

「この人、短大に行ってんだよ」

「ほんとに？」と女の子が正太の腕を腕で押して笑った。「ほんとにそう思ってた？」

正太は俊介と目をあわせ、あわててうつむいた。俊介は尻《しり》のポケットから財布をとりだした。給料日までまだ十日あるが、家賃はすでに払ったのでなんとかなる。

「返さなくていい。始発に乗って、まっすぐ家に帰れ」

俊介はテーブルに五千円札を置いた。

「タダでくれるの？」

女の子は頬にかかる髪を水色に塗った爪でもてあそんでいたが、ふいにかがみこむ姿勢になった。花柄のシャツの胸もとから乳房のふくらみがのぞいて見える。

「かーわいい！　赤くなってる」

俊介は灰皿のなかで、たばこをもみ消した。

「さ、駅まで送る」

ふうん、と女の子はつぶやき、立ちあがった。

「こんど、きっと返すから」

俊介は首をふり、正太もほら、と言った。正太はコーヒーカップをにらみつけている。いっしょに行こう、と女の子が言うと、正太はしぶしぶ立ちあがった。

アパートを出て、札幌駅に向かった。東の空が少しずつ白みはじめていた。

「どうかした？」

女の子は正太の顔をのぞきこむと、俊介の腕に手をかけた。俊介がその手を払っても、すがりついてくる。

「いいな北大、あこがれてたんだ。まじめに行けばよかったな、高校」

「中退したのか」

「してない」

「なら、行けばいいじゃないか」

「先生ったら、そんな簡単じゃないのよ」

セイコーマートの前を通りかかった。俊介が片手をあげると、高橋がびっくりしてこちらを見た。俊介は「ご・め・ん」という形に口を動かしたが、高橋は首をこちらにひねったまま、じっと動かない。

「先生じゃない。ただの家庭教師だよ」

「いいな、家庭教師の先生、誘惑しちゃおうかな」

正太がふいに駆けだした。

「ばか言うからだよ」

女の子は肩をすくめ、正太のあとを追った。一ブロックも行かないうちに追いついた。女の子は正太の顔をのぞきこみ、それから手をつないだ。

俊介はふたりの後ろを歩いた。兄貴というより、父親になった気分だった。正太も何度か家に電話を入れようと思ったにちがいない。だが、帰ってこいと言われても、女の子を放りだしては帰れない。そんな事情を背負ったのはおそらく生まれて初めてのことだったろう。

札幌駅に着くと、女の子は正太の手をそっと放した。

「滝川までって、いくらするんだ」と正太が言った。

女の子は大時計を見上げた。

「なあ、切符売場、あっちだよ」

「だから、もうここでいいって」と女の子が言った。

切符を買う気などないのだろう、と俊介は思った。五千円は彼女の帰宅を先延ばしにすることにしか役立たないのかもしれない。

ベンチに腰かけた男がじっとこちらを眺めていた。足下にはふくれあがった紙袋が三つ並んでいる。

「気をつけろよ」と俊介は手を肩の高さにあげ、指先だけで別れの合図をした。

女の子は前髪をかきあげ、ちょっとはにかんだような笑顔を見せた。それから正太のあごのあたりにキスをして、切符売場と逆の方向に去っていった。

「行くぞ」と俊介は声をかけ、駅を出た。正太の心に思いを馳《は》せ、ふりむかずに歩いた。

しばらくして正太が横に並んだ。

「お母さん、心配してたぞ」

正太が横目で俊介を見た。

「お母さんの気持ちがわからないのか？」

「そのお母さんっての、やめてくれよ」

俊介は足をとめ、思わず正太の肘《ひじ》をつかんだ。

「熱くなるなよ、事実なんだから」

俊介は手を放し、「悪かったな」と言った。「でも、正太もあの子のこと、ずいぶん心配してたじゃないか。それでなぜわからないんだ」

正太はなにも答えず、ふたたび歩きだした。

「まだわからないだろうけどな、ほんとうに心配してくれる人なんて、この世に何人もいないんだぞ」

正太はかすかにあごをしゃくった。あの女の子のことを思い出しているのだろう、と俊介は思った。ふしぎな魅力をもつ女の子だった。眉《まゆ》の上で切りそろえた前髪を面倒くさそうにかきあげるしぐさや、つまらなそうに唇をへの字に曲げる癖や、色素の薄い瞳《ひとみ》や、やせた身体に不釣りあいな胸。

そうか、と俊介は思った。彼女はどこか裕里子に似ている。正太もそれに気づいているのかもしれない。

大通公園をすぎ、パルコの前まで来たとき、ここでいい、と正太が言った。残念ながらきみには捜索願が出されているんだ、と俊介は言った。こんな時刻にひとりで歩いていたら、まちがいなくおまわりに捕まる。今度は警察にきみを引きとりに行かなければならなくなる。

「ったく、おおげさなんだから」

「そう、おおげさなうちが花だよ」

「花ね」と正太は鼻を鳴らした。

「そうだ、あの花、なんて言ったっけ」

「なんだよ、突然」

「女の子のシャツの、あの花」

「ブーゲンビリアだと」

「そうなんだ?」俊介は正太の顔をのぞきこんだ。「いろんな話をしたんだ」

「なんだよ、なに言いてえんだよ」

正太はいまにも泣きだしそうだった。

狸小路のアーケード街を抜け、店の前で足をとめた。正太が勝手口のドアを開けた。

裕里子はカウンターに向かってたばこを吸っていた。

「ただいま」と俊介は言った。

裕里子は静かに煙を吐きだすと、階段のほうに目をやった。正太はうつむき、階段を上っていった。彼女は止まり木から降りると、俊介の手をとり、ありがとう、と言った。俊介はうなずき、でもよかった、と言った。

「これもありがとう。とってもあったかかった」

裕里子は羽織っていたジャンパーを脱ぎ、俊介の後ろにまわった。

「正太くんにも事情があったんです。こんど説明しますから、叱らないでやってください」

俊介は彼女の体温であたためられたジャンパーに腕を通しながら、そう言った。

裕里子はふたたび俊介の手をとると、わかったわ、と言い、何度もうなずいた。そのたびに半袖《はんそで》の白いセーターの胸がかすかに上下した。彼女はにぎった手をいつまでも放そうとしない。俊介が息苦しくなって目をそらせたとき、階段を下りてくる足音が聞こえた。彼女はあわてて手を放した。

寝巻姿の義母はしばらく無言でこちらを眺め、「なんだい、あんたら」と言った。

「正太ったら、先生の部屋に勝手に上がりこんで」

「そったら話、どうでもいいべさ」と義母は突きはなすように言った。「それよりあんたら、こんな朝っぱらから、妙な噂が立つようなことだっけ、やめてけれじゃ」

「お義母《かあ》さん、そんな言い方」

「まったく人騒がせなんだから」

義母は痰《たん》のからんだ咳《せき》をしながら、ゆっくりと階段を上っていった。

「それじゃ失礼します」と俊介は小声で言った。

裕里子はもう一度、俊介の手をとり、「ごめんね、不愉快な思いをさせて」と言った。

俊介はドアを開け、店を出た。時計を見ると、六時までにまだ十五分ほどあった。急げば早番への引きつぎにまにあう。俊介は足早になった。新聞配達のバイクが走りぬけ、アーケード街のシャッターがいっせいに音を立てた。

7月

俊介は教員採用試験の準備に集中するために、セイコーマートのバイトをやめ、家庭教師もしばらく休ませてもらった。新聞記者の夢はなかばあきらめていた。

だから北海道新報社から二次面接の連絡が入ったときは、なにかの間違いではないかと思い、北大文学部四年の安達俊介ですが、ほんとうによろしいのでしょうか、と電話口で確認し、採用担当者の失笑を買った。

面接は二日後だった。俊介は教育法規の問題集をひとまず横に置き、三か月前に提出した入社志望書のコピーを広げた。

「当社志望の理由を述べてください」から「感銘を受けた書物名、芸術作品名をあげ、その感想を述べてください」まで、それを書いたときは完璧《かんぺき》だと思っていたが、あらためて読みなおしてみると、どれも中途半端に感じられた。とりわけ「北海道新報への提言」が甘かった。

俊介は署名記事について提言したが、面接では紙面の内容ばかりでなく、販売、広告、事業、出版など、多岐にわたって質問されるにちがいない。

あれこれと悩んだあげく、俊介はアパートの近くの新聞販売所を訪ねた。そして所長に頭を下げ、本社への提言があれば、聞かせてもらえないかと頼みこんだ。

「子どものスポーツ大会の記事とか、出してもらえると助かるな」

所長はしばらく考えてからそう言った。試合結果のデータだけでいい。団体戦だったらチーム名、個人戦だったら名前と学校名。たった一行でも、わが子の活躍がのった新聞を買わない親はいない。本紙の拡販材料になるし、道新スポーツの販促にもつながる。

「増紙コンクールだ、エリア縮小だ、本社はプレッシャーかけてくるけどな、紙面に工夫があればまだ売れる。年末の家計簿もいいが、やっぱり最後は紙面だよ」

面接試験ではぜひそれを提案したいと俊介が言うと、彼は笑いながら、落ちても俺のせいじゃねえぞ、と言った。

俊介はそのメモをもとに、明け方までかかって提案書を書きあげ、さらに自己PRと志望動機をそれぞれきっかり二分で話せるように準備をした。

だが、面接はまったく別の話題に終始した。いきなり卒論について訊《き》かれ、しどろもどろになった。テーマは「北方ユーラシアを生活圏とするエスニック・グループの言語と文化の変容」と決めていたが、内容をまだ具体的につめきれていなかった。

俊介は第二外国語にロシア語を選択している。面接官がそのことに興味を示したのだと気づいたときには、次の質問に移っていた。

「教職をとっていて、なぜ教員にならないんですか」

それも答えにくい質問だった。校内暴力や不登校をめぐる報道に接して、教育の現場に興味をもったのですが、いまはジャーナリストとしてこの問題を追究していきたいと思っています。俊介はそう答えながらも、面接官の誘導尋問にのせられ、教育実習で感動した体験などを、ばか正直に話してしまった。

「言い残したことはありますか」と面接官が言った。

俊介は唇をかんだ。ドアのむこうで、突然ガチャリと鍵《かぎ》をかけられたような気がした。

面接が淡々と進んだときや、ひっかかりがないときにこの手の質問がされるという。

三分だけ時間をください、と俊介は言い、販売所の所長の提案を紹介した。

「具体的な方法としては、月に二回ほど道新スポーツの少年少女版を本紙にとじこむスタイルが考えられます。まずは札幌、函館、旭川、釧路の四版のタブロイド判でスタートしたいと思います。タブロイド判ですと、折りこみの手間がかかりますが、販売所ではそれを拡販材料として使うことができますし、さらに各販売所を地域情報の発信基地として位置づけることで、販売網の強化を促進するとともに、今後のニューメディア等の情報源として、販売所を活用する可能性も出てきます。

もちろん本紙と道新スポーツの連動により、部数増に向けた相乗効果が期待できます。タブロイド判の制作費については、広告収入と各販売所からの部当たり協力金でまかないます。本社の広告局と各発行支社との営業上の具体的な連動方法など、勉強不足でわかりませんが、広告紙面を各地域の有力クライアントの販促ツールとして、有効に活用していただけたらと思っています」

俊介はそこまでいっきに言うと、時間があればぜひ読んでくださいと言って、レポート用紙八枚にまとめた提案書をさしだした。横一列に並んだ面接官のなかで、それまでひとことも発言しなかった年長者が提案書をパラパラとめくり、黙ってうなずいた。

できるだけのことはしたのだからと自分を慰め、俊介はふたたび教員試験の準備に戻った。鹿児島県では一般教養に作文が含まれている。作文の準備はまだ手つかずだったが、ぎりぎりになってからでもまにあう。それよりきつかったのは、教職教養の筆記対策と並行して、前期試験の準備もしなければならないことだった。

前期試験の期間中、ひさしぶりに岡本と会った。農協連合会から内々定が出たという。俊介が自分の状況を説明すると、「大丈夫、安達ならぜったいどこかに受かるって」と彼はうらやましいほど晴ればれとした顔で言った。「こっちは来週から二週間、農場実習なんだ。受かったら連絡くれよな、思いっきり飲もうぜ」

翌日、通信社から通知がきて、俊介は二次面接に進んだ。面接はそれなりに手ごたえがあった。だが二日後には、今回は残念ながらという電話が入った。俊介は食事も喉《のど》を通らないほど落ちこんだが、それでも教員試験に向けて最後の追いこみをかけていると、北海道新報社から三次面接の連絡が入った。

三次は複数の重役による最終面接だった。矢つぎ早に質問され、俊介は十分に考える余裕もないまま、次々と答えていった。新聞記者を志望した時期と、その動機に関する質問が多かった。レポート用紙八枚にまとめた提案書についてはひとこともなかった。

すべての質問に過不足なく答えることができたような気もしたし、あまりにもなめらかに進みすぎたような気もした。道新の場合、最終面接でもかなりの人数が落とされると聞いていた。

翌日、俊介は教員試験を受けるために鹿児島に帰った。二日間にわたる筆記試験を終え、もう少しゆっくりしていけないのかと両親に引きとめられながら、札幌にトンボ返りをすると、北海道新報社から呼びだしがかかり、来年はよろしく、と握手を求められた。

俊介は新聞社のロビーから実家に電話を入れ、その足で大学の就職課に報告に行き、濃紺のスーツ姿のまま、番外地ラーメンに向かった。

三週間ぶりの家庭教師だった。俊介はいっときも早く裕里子に朗報を伝えたかった。彼女は心から喜んでくれるはずだった。だが、休憩時間にお茶を運んできたのは祖母の八千代だった。

「先生がくる日だってゆうのに、ほんといい気なもんだ、派手な娘っ子えんたかっこして、まあ」

裕里子はご主人とふたりで早朝からゴルフに出かけたという。その日、店は定休日だった。正太は顔をしかめ、ケーキの皿を引きよせた。

「朝、早《はえ》っからって、夜中に洗濯機まわすんだもんよ。うじらのことだば、なんも考えてねえはんでよぉ、おめえらの勝手で」

八千代は小言をつぶやきながら部屋を出ていった。

「夫婦でゴルフか、仲がいいんだな」と俊介が言うと、「やめてくれよ」と正太は言った。「弟と妹、どっちがいいかって訊くんだぜ、おやじのやつ。信じらんねえよな、ふつう中三の息子に訊かねえよ、そんなこと」

「いいじゃないか、仲がよくて」

正太は首をふった。「夜となりの部屋でさ、いまごろやってんのか、なんて考えると眠れねえよ。やった日はわかるんだ。朝おやじのやつ、すげえ機嫌がよくて」

俊介は黙って紅茶のカップを手にとった。

「ったく、見てらんねえよ」

「お母さんは？」と俊介は訊いた。

「なに」

「そんな日は、お母さんも機嫌がいい？」

正太の目のふちが少しだけ赤くなった。それを見て、俊介も顔が熱くなるのを感じた。

「先生、それ、かなりエッチだよ」

「だってお父さんの機嫌がいいって、きみが言うから」

俊介はそう言って、すぐに後悔した。いったい正太になにを言わせようとしたのか。

「ふつう訊かねえよ、そんなこと」

正太は勉強机から離れると、ベッドにバタンとうつぶせた。俊介は機嫌のいい裕里子の顔を思い浮かべ、それをふりはらった。

「なあ、ニュースがある。道新から内定が出たんだ」

　正太はうつぶせたまま、返事をしない。

「おめでとうぐらい言ってくれよ」

　俊介がいくら声をかけても、正太は口をつぐんだままだった。どうしたんだ、口もききたくないのか。さっきはつまんないことを言った、謝るよ。なんだよ、そんなに勉強するのが嫌なのか？　おい、返事ぐらいしろよ。

　三十分以上その状態が続き、うんざりした俊介はひとりで机に向かい、国語の教科書を開いた。そして時間つぶしに「走れメロス」を朗読しはじめたのだが、最後の一行にたどりついたとき、思わずうなってしまった。

「万歳、王様万歳」と群衆が歓声を上げるところで、教科書が終わっていたからだ。オリジナルにはあと数行の続きがある。それはメロスがひとりの少女に緋《ひ》のマントを捧《ささ》げられ、まごつく場面だ。

　親友はメロスにそっと耳打ちをする。メロス、君はまっぱだかじゃないか。早くそのマントを着るがいい。この可愛い娘さんは、メロスの裸体を皆に見られるのがたまらなく口惜しいのだ。

　それに続くラストの一行、「勇者はひどく赤面した」。この一行に対応して冒頭の「メロスは激怒した」があるのに、教科書は最後の場面を削除している。

「教科書って、なぜこんなくだらないことをするんだ」

俊介がそう言うと、正太がふいに顔を上げ、そうだサッカー、と言った。

「今度の土曜、サッカーの試合があるんだ、応援にきてよ。それでさ、そのあとは豊平《とよひら》川の花火大会」

ひどく強引な口調だった。俊介はうんざりして、その日は用があるから、と言った。

「なんだよ、冷てえじゃねえか。じゃあさ、花火だけでもいいや。三人で行こうよ」

正太は年端《としは》もいかない子どものように拗《す》ねた。

「三人？」と俊介は言った。

「そう、おやじはハブ」

「でも、それはかわいそうじゃないか」

「んなことないよ、ハブはハブ」

正太は父親にひどく冷たかった。

「先生だって、そのほうがいいだろ」

「なぜだ？　よくわからないな」

正太はいかにも秘密ありげに唇を舐《な》めた。

「野暮なこと、言わせんなよ」

俊介は思わず顔をしかめた。

「それじゃ花火、三人で行くか」

「やりっ」と正太は中指を突きだした。

☆

試合は五対〇の大勝だった。五点のうち三点は正太が入れた。ハットトリックだ。

一点目はハーフラインから出た長い縦パスをうけ、バックスをふたりかわしてドリブルシュート、二点目はコーナーキックをダイレクトにヘディングで決め、三点目はキーパーがこぼした球を身体で押しこんだ。正太がグランドにひざまずき、両腕をふりあげると、

「正太！　正太！」と応援席から女子のコールがわきおこった。

シャワーを浴び、クラブハウスに集まった。サッカー部の顧問教師が立ちあがり、今日の試合結果は日ごろの練習のたまものであり、とりわけ正太のがんばりを見ているとほんとうに心強い、まじめに練習する者はどんどんレギュラーにしていく、練習をサボるようなやつは、たとえレギュラーでも試合には出さない、夏休みのあいだもだらけずにこの調子でがんばっていこう、そう言ってオレンジジュースで乾杯した。

「くそー、るせえんだよ、マジむかつく」と孝志が小声で言うと、「おまえ、どうせヒマなんだろ」と徹が言った。「遊びいこうぜ、正太もいっしょな」

「こいつ、すっかり先公に気に入られてっからよ」と孝志が言った。

「ばっかじゃねえ」と正太は言った。徹はうなずき、「そうだよ、先公なんて関係ねえよ」と言った。

キャプテンの吉田が夏合宿のスケジュールを確認し、マネージャーの千絵が新しいユニフォームのデザインと背番号を発表したあと、顧問教師が正太にひとことあいさつをしろと言ったが、正太が黙っていたので、そのまま解散となった。

千絵が正太のところにやってきて、「五時までサービスタイムだからさ、みんなで行こうよ」と言った。ほかの女子もテーブルのむこうで手をふっている。

正太はカラオケをあまり好きになれない。こまって徹のほうを見た。徹は正太の耳もとに口をよせ、デブは嫌いだって言ってやれよ、とささやいた。

「なによ、行くの行かないの」と千絵が言った。

孝志が禁煙パイポをくわえ、「ちっと予定が入ってんだ」と言った。「せっかくのお誘いで悪いけど」

千絵が舌を出した。「あんたに言ってないわよ」

「んだよ、このやろう」

孝志が手をふりあげた。徹はその腕をつかみ、「嫁入り前の娘さんに手荒な真似をしちゃいけねえや」と言って、力いっぱいねじりあげた。

正太たち三人はカラオケ組と別れ、地下鉄に乗った。孝志はスポーツバッグからピンクのヘアブラシをとりだすとスプレーで軽く脱色した髪を熱心にとかしはじめ、徹は駅の売店で買ったスポーツ新聞のエロ小説を読んでくすくす笑い、正太は風船ガムをふくらませながら週刊誌の吊《つ》り広告を見ていた。

札幌駅で降り、マクドナルドに入った。

「俺、金ないぜ」と徹が言った。

「俺もねえよ」と正太が言った。

「なーるほど」と孝志は肩をすくめ、カウンターの女の子に「いくら?」と言った。

「はい?」と女の子が首をかしげた。

「いくらでやらせてくれる?」

女の子が男子店員のほうをふりむいた。

「冗談きついって。ごめんね、気悪くした?」

徹がそう言って、孝志の頭をこづいた。

「痛てえな、なんだってんだよ、人におごらせといて」

孝志は徹の頭をこづきかえすと、額に落ちた前髪をかきあげ、「ビッグマックとストロベリーシェイク、それぞれ三人前ね」と言った。「シェイクは大盛で頼むよ」

「くでぇんだよ」と徹が言った。

二階に上がったが、空席がなかった。窓ぎわの席で高校生のふたりづれが額をよせあうようにしている。

「いちゃいちゃしてえよな、俺たちだって」と孝志が言った。「まっ昼間から見せつけちやってよ」

女がこちらを見て眉《まゆ》をしかめた。

「ま、気にすんなよ」と徹が言って、孝志のシャツのポケットからマイルドセブンを抜きだした。

「そ、気にしないでね」と孝志が言って、徹からマイルドセブンを奪いかえした。

女がトレイをもって立ちあがった。

「気にするなってんだろ!」と孝志が声を荒げた。

「きみたち、すわっていいよ」

男が女をかばうように孝志の前に出た。男は背が高かった。孝志は男を見上げる恰好《かっこう》になった。

「悪いね」と正太が言った。

「いや、もう出ようと思ってたから」

男はそう言って歩きかけ、孝志の足につまずいた。あやうく転びそうになった男の肩を正太が抱きとめた。女はトレイをもったまま震えている。

「早くいけよ」と正太はうんざりして言った。

ハンバーガーを平らげると、孝志は正太と徹にマイルドセブンを一本ずつ配給した。隅のテーブルの主婦たちが、ときおりこちらに視線を走らせてくる。

「なに、見てんだよ!」と徹がどなった。

「いいじゃねえか、見るくらい」と孝志が言った。

「見せもんじゃねえよ」と正太は言った。

たばこを吸いながら、札幌のピンキャバと東京のピンサロの違いはどこにあるかという孝志のネタでしばらく盛りあがった。それに飽きると、夏休みに三人でどこに行くかという話になった。

石狩浜か大浜あたりに海水浴に行く。ヒッチハイクで道南を一周する。徹の兄貴からテントを借りて大沼でキャンプをする。ひとりずつアイデアを出しあっているうちに、ひとり暮らしのOLをナンパしてアパートに泊めてもらう、と徹が言いだし、そのあたりから話がめちゃくちゃになった。

そろそろ帰る、と正太が口を開きかけたとき、「そうだ、きょうは花火だで」と徹が言った。

「そうだった、うっかり忘れてた」と孝志が言った。「早めに行こうぜ、すげえ混むから」

正太は壁の時計に目をやった。五時をまわっている。

「わりぃ、俺ちょっと便所」

正太は席を立つと、裕里子への言いわけを考えながら階段を下りた。

こんどの土曜、花火いっしょに行こうか。正太がそう言うと、裕里子はひどく喜んだ。ねえ、どうしたのよ、あなたのほうから言ってくるなんて、珍しいじゃない。

父の耕治はあいかわらず小夜子と会っていた。祭りの日に大喧嘩《おおげんか》をしたはずなのに、たまにだれかが話し相手になってやらないと病気が進むと言い、週末になると会いにいく。

だが、小夜子の病気は一生治らない。それはみんなが知っていることだ。土曜の夜、裕里子はほんとうに暗い顔をしている。正太はそんな顔を見たくなかった。だからいっしょに花火にいこうと誘ったのだ。

公衆電話は階段の下にあった。花火は徹たちと行くことになったから、と正太が伝えると、「なによ、そっちから誘っておいて」と裕里子は言った。

「まあ、そういうわけだからさ、ふたりで行ってよ」

「正太ったら、ほんとにいいかげんなんだから」

受話器のむこうの声が心なしはずんでいるように聞こえた。正太はその声を聞きながら、裕里子と安達先生をふたりだけにしたほうが、おやじに対する嫌がらせになるかもしれないと思った。

どこかで落ちあおうよ、と裕里子がしつこく言った。正太はしかたなく、南大橋のあたりで会えたらラッキーだな、と答えて電話を切った。

☆

俊介が待ちあわせ場所のススキノ交番の前に行くと、裕里子がひとりでぼんやりと立っていた。正太はクラスの友だちと先に行ってしまったという。

彼女は白地に藍《あい》色で萩の花が染めぬかれた浴衣《ゆかた》を着ていた。俊介は紺のコッパンに白いポロシャツ、スニーカーという恰好だった。並んで歩くのが不釣りあいで照れくさい、と俊介が言うと、こんどあなたのも縫ってあげる、と裕里子は言った。彼女の浴衣も既製品では丈が足りず、自分で縫ったのだという。

「それじゃ、行きましょうか」と俊介は言った。

裕里子はうなずき、「そうだ、ごめん」と言った。「就職おめでとう。まっ先に言おうと思ってたのに」

「でもまだ内々定ですから。正式決定は十月一日です」

「それって就職協定の話でしょ」

「会社訪問の解禁日も、ほんとは八月二十日なんです」

「ご両親もお喜びでしょ？　お祝いしなくちゃね」

「いや、そのお気持ちだけで」

裕里子は笑った。「なによ、そのおやじ臭い言い方」

俊介は首をすくめ、小さくせきばらいをした。

通りを行く人のほとんどが豊平川に向かっていた。正太とは南大橋で落ちあうことにしたが、あのあたりはすごく混んでいるので会えるかどうか心配だと、裕里子が言った。

「でも花火なんて、ふつう友だちと行くでしょ。安達先生と三人で行こうって言われたときは嬉《うれ》しかったけど、逆にいじめにでもあってるんじゃないかって」

「いじめですか、それは考えたことなかったな」

「ごめん、つまんないよね、こんな話」

「いや、そんなこと全然」

「若い人とどんな話をしたらいいのか、忘れちゃったのよ」

俊介は裕里子の横顔に目をやった。長い髪を頭の上でまとめ、細いうなじが見える。会話がとぎれ、気づまりな空気が流れた。

「花火大会、道新の主催なんです」

俊介がやっと話題を見つけてそう言うと、ああ、そうよね、と裕里子は大きくうなずいた。

「来年はそんな仕事もするのかしら」

「花火は企画開発部が管轄だったかな。雪まつりとか、北海道マラソンとか、花フェスタとか、事業局の仕事なんです。ぼくは記者職ですから、直接は関係ないと思うんですが、なにか手伝いをすることもあるのかもしれません。でもこんな話、つまんないですね」

裕里子は小さく笑って、首をふった。

六時半をまわり、薄暮れの街に濃い闇がおりてきた。雪印、サッポロビール、北の誉《ほまれ》、ワリッカ。ビルの屋上にとりつけられた色とりどりのネオンが夜空にくっきりと浮かびあがっている。道新スポーツ、丸井今井、オッペン化粧品、ナショナル、北海道電力、石井スポーツ、北海道拓殖銀行、北洋銀行、ホクレン。

ほら、と裕里子がビルのむこうを指さした。

札幌パークホテルの上に半円形の花火が広がり、少し遅れて鈍い音が聞こえた。俊介は急ぎ足になった。いいわ、ゆっくり行きましょ、と裕里子は言った。

豊平川に近づくにつれて、道が少しずつ混んできた。若いカップルがたがいの腰に手をまわし、ぴったりと寄りそって歩いている。酔っぱらった男たちが横一列になって大声で笑い、興奮して走りだした子どもが転倒して泣き声を上げた。

「ねえ、最近の正太、どう思う？」と裕里子が言った。「ちょっと情緒不安定というか」

「そうですね、たしかに先週はあまり口をきいてくれなかったけど。このあいだの家出少女との一件がまだ尾を引いてるのかな」

「それが原因なら心配ないけどね、男の子の気持ちってよくわからないのよ」

「でも、それはしょうがないですよ。中学三年生って、もうおとなだから」

そうよね、と裕里子はつぶやき、「それがちょっと変な話なんだけど」と言った。「主人の家に入ったとき、あの子、五年生だったの。相手はまだ子どもだし、この子の母親になるんだからって、いっしょにお風呂《ふろ》に入ったのね。それってやっぱり変なのかな。なにを考えてるんだって、主人に怒られたけど」

正太は浴室でいっさい口をきかず、終始うつむいていたという。どうしたの、と彼女は声をかけ、悲鳴を上げそうになった。正太がふくらんだ性器をにぎりしめていたからだ。動転した彼女はタオルで身体を隠し、浴室から飛びだしてしまったという。

俊介はずいぶん考えてから、五年生の男の子が血のつながりのない母親に恋愛感情を抱いたとしても、それは少しも不自然なことではないと思う、と言った。

「うーん、でもね、あの子はもう子どもじゃなかったの。こんな言い方すると誤解されるかもしれないけど、女として身の危険を感じるほどおとなだったの」

俊介が黙っていると、「ほら、また」と裕里子が夜空の一角を指さした。

今度はスターマインだった。何発も連続して打ちあげられている。俊介は花火を見るふりをして、彼女の横顔に目をやった。小さく口を開け、夜空を見上げている。薄化粧のせいか、いつもより幼く見える。俊介は彼女に気づかれないように、乾いた唇をそっと舐《な》め、これじゃまるで高校生じゃないかと思った。

鹿児島では六月に入ると町のあちこちで夏が匂った。高校生の俊介は夏が好きでたまらなかった。プールの消毒液の匂いや、風に飛ばされてくる火山灰や、クーラーの室外機が吐きだす熱風さえ好きだった。夏の陽ざしを受けて樹木が生長するように、自分も確実におとなになっていくのだと思った。

高校一年の夏には、一年中日焼けしていてコーヒー牛乳というあだ名のついたバレー部の女の子とバスに乗って海に行き、夕暮れの浜辺で生まれて初めてキスをしたし、高校二年の夏には、デパートの熱帯魚売場で吉行淳之介を愛読する文芸部の女の子のスカートのなかに手を入れて頬を張られたし、高校三年の夏には、色白でメタルフレームのメガネの似合う図書館司書の女と「戦場のメリークリスマス」を観にいって、映画館の暗闇のなかで性器をしごかれてトランクスをべとべとにした。

「すごい人」

裕里子は豊平川に向かう人波にため息をついた。

「ええ、ほんとに」と俊介もうなずいた。

南九条橋にさしかかると、道路は見物客であふれ、少しずつしか進めなくなった。二歩進んでは立ちどまり、三歩進んでは立ちどまり、そうしているあいだにも花火は次々と打ちあげられた。父親の肩にのった幼児は歓声を上げているが、おとなのあいだに挟まった子どもたちは、音しか聞こえないと不満の声を上げている。

前を歩いていた女がふりむき、「あら？」と言った。

「あら」と裕里子も言った。「こちら正太の先生」

女は唇をすぼめた。「ほんとに？」

「家庭教師です」と俊介は言った。

「そう？　でも正太くんは見えないけど？」

「南大橋で落ちあうことになってるんです」

「なるほど？」

女はたえず言葉の語尾を上げて話した。列が少しだけ前に進んだ。女は裕里子の耳もとでなにかささやくと、肩に女の子をのせた夫のもとへ戻っていった。

裕里子が俊介の顔をのぞきこんだ。

「はい？」と俊介は言った。

「きれいな人でしょ、写真館の奥さん。今度、私にも貸してくれって」

俊介が返事にこまっていると、裕里子はくすくすと笑った。大尺玉が立てつづけに打ちあげられ、サイクリングロード脇の土手に陣どった人々から大きな拍手がわきおこった。裕里子は両手を頬にあて、川面にゆっくりと落ちていく赤やオレンジの光の粒を目で追っている。

列が動きはじめたとき、俊介は思いきって裕里子の手をとった。彼女は一瞬、その手を放したが、すぐに指を二本だけにぎりかえしてきた。まるで悪ガキのいたずらを阻止するために人さし指と中指を押さえているような、そんなにぎり方だった。

南大橋まで行くことはあきらめ、自動車教習所の脇の石段を下り、土手にすわった。打ちあげ地点から遠く、見物客もまばらだったが、見晴らしはとてもよかった。

「いい場所ですね」と俊介は言った。

「ねえ、前から」と裕里子が言った。「前から訊《き》こうと思ってたんだけど」

俊介は首をふった。「その話はやめましょう」

「なに、その話って」

「たぶん、チョコレートの話」

「ふうん、勘がいいんだ？」と裕里子は感心したように言った。「でもなぜ、あなたがその話を避けるの」

俊介は答えずに土手の下の暗がりに目をやった。闇のなかでなにかが動いているように見える。

「あなた、何度も見たでしょう。ふつうなら無視することなんてできないはずよ」

俊介は夏草をむしり、指先ですりつぶした。

少額なら黙っていたほうがいい。なまじ指摘すると始末に負えなくなる。特に万引き常習の主婦がそうだと、店長に教えられたんです。そう言って、この話を打ち切りたかった。よくあることなんです。売上げの二パーセントを超えないかぎり、万引きの被害なんて問題にならないんです。そう言ってもかまわなかった。

だが、声をかけなかったほんとうの理由は別にある。土曜の深夜にふらりと現われ、九十五円のチョコレート菓子を万引きする女。声をかけなかったのは、そんな彼女の心の秘密にふれるのが怖かったからだ。

「こんな話、迷惑よね。でも聞いてほしいの。いま考えるとね、あのころはやっぱりそうとう変だった。だれとでもいいから、神経がビリビリ震えるような会話をしたかったの。お父さん、お母さんの会話じゃなくて、なんていうか、言葉の裏の意味をさぐりながらするような会話」

俊介は土手の下の暗がりをじっと見ていた。そこでは一組の男女が抱きあっていた。目が馴《な》れてくると、女のブラウスに差しこんだ男の手の動きまで、はっきりとわかった。ふたりとも三十をすぎているように見える。

「変だと思うでしょ。なぜそれがチョコレートを盗むことにつながるのか、まったくわからないし、家庭教師の先生にこんなことを話す親なんていないよね」

俊介は裕里子の横顔に目をやった。

「なにも買わないで、M&Mひとつだけ持って店を出ていった夜のこと、おぼえてますか」

裕里子はゆっくりとうなずいた。

「あれはなんだったんですか」

「それが、よくわからないの」

「家庭教師を頼みにきた?」

「ちょっと待って、それはどうして」

「だって翌日、出前をとったら正太くんが来て、家庭教師を頼んでこいと言われたって」

「ごめん、よくおぼえてない」

「そんなはずないでしょう? 万引きのことより、そっちのほうがふしぎだった」

「まあ、そうよね」

裕里子は他人事《ひとごと》のようにつぶやき、そのまま口をつぐんだ。俊介は膝《ひざ》をかかえ、夜空を眺めた。しばらく小型の花火が散発的に続いた。スピーカーからスポンサー名が流れることもなく、観客の拍手もほとんどない。

「言わずにおこうと思ってたんだけど」

ふいに裕里子が口を開いた。

「あなたといっしょにバイトしていた岡本さん」

「え？」と俊介は言った。なぜあいつの名前を？　それを訊く前に彼女は続けた。

「あのころ彼、毎日のようにお店に来てたの。なんにも言わないで、ただラーメンを食べて帰っていくだけだったけど、ちょっとなんていうか、彼には悪いけど、すごく怖かった。ラーメンを食べながら、ずうっと私のこと見てるの。だめよ、この話、彼にしちゃ」

俊介は黙ってうなずいた。

「電話も何度もかかってきた。うちの人やお義母《かあ》さんが出ると切れちゃう。それから手紙も。女の名前でよこすんだけど、手紙をくれるような友だち、市内にいないし、何通も立てつづけに来るから、すごく迷惑した。それであの日の夜も電話があって、どうしても会いたいって。もちろん断わったけど、気になって眠れなくなって、それであんな時間に出かけて」

「あいつがいると思って？」

「若い男の人にあんなに真剣になられて、ちょっと変だったのよ」

「一度くらいつきあってもいいと思った？」

「ううん、それはない。そういう気持ちじゃなかった。でもそうしたら、岡本さんじゃなくて、あなたがいて。あなた、彼から話をいろいろ聞いているんじゃないかと思って。私、自分の気持ちを見透かされたんじゃないかと思って、すっかり気が動転して」

俊介は背中をまるめ、かかえた膝にあごをのせた。

「でも、それじゃ、なぜまたチョコレートを」

「うーん、だからね、あなたに見つかって、私がそんな女だってわかれば、彼もあきらめるんじゃないかって、ほんとに単純で、くだらないけど」

「あいつ、気づいてました。万引きのことはとっくに」

裕里子は眉をひそめ、俊介の顔を見た。

「でもそのことと、家庭教師を頼んでこいって正太くんに言ったのと、どうつながるんです？　そうすれば岡本もあきらめるんじゃないかと？」

「ちがう、それはちがう」

「それじゃ、なぜぼくに家庭教師を」

裕里子は小さく息をつき、浴衣の衿《えり》をかきあわせるようなしぐさをした。

「ぼくは共犯者みたいに思われてるのかもしれないって、ちょっとおおげさだけど、そんなふうに思いました」

「ごめん、もう勘弁して」

浴衣のすそから素足がのぞいていた。闇を透かして淡いピンク色に塗った爪が見える。

「いまぼくがなにを考えているか、わかりますか」

裕里子は前を見たまま、はっきりとうなずいた。俊介は思わず彼女から目をそらした。

大歓声が起こった。大輪菊とスターマインのミックスだった。しかも三か所から同時に打ちあげられている。裕里子はしばらくぼんやりしていたが、やがてかすかに首をふった。

「ひさしぶりに男の人と話をして、なんだか疲れちゃった」

ナイアガラが川面に長い光の帯を作り、花火はクライマックスを迎えようとしていた。裕里子はじっと膝をかかえている。俊介は彼女の少し開き加減の唇を見つめ、肩にそっと手をかけた。浴衣の生地を通して体温が伝わってきた。彼女は息をつめたまま動かない。俊介は肩を引きよせ、顔をのぞきこむようにした。

「なにをしてるの」と裕里子が言った。

彗星《すいせい》の尾のような花火の軌跡が夜空の高みまで上っていき、不発かと思われたその直後、轟音《ごうおん》とともに大輪が開き、あたりが昼のように明るくなった。

俊介はあわてて手を下ろし、お店のほうは大丈夫なんですか、と訊いた。

きょうはお休み、と裕里子は答えた。小夜子の具合が悪く、再入院の必要があるかどうかを確認するために、夫が病院につきそっていった。義母は町内の用事で朝から出ている。それで臨時休業にしたのだという。

「再入院？」と俊介は訊いた。

「うん、精神科」

俊介は黙ってうなずき、花見の席で浴びるように酒を飲んでいた小夜子の姿を思い出した。

「でも、こんないい加減なことで、客商売が成り立つと思う？」

「ぼくにはちょっと、わかりません」

裕里子はそれきり黙った。花火が終わり、見物客がぞろぞろと歩きだした。俊介がわからないと言ったのは、裕里子の気持ちだった。歩いていける距離に堂々と住む先妻、その先妻の世話を焼きつづけるご主人、感情の起伏の激しい先妻の息子、底意地の悪い姑《しゅうとめ》、そんな家族に囲まれながらも、彼女は店のことを心配している。

俊介が沈黙に耐えきれず、口を開きかけたとき、裕里子が顔を上げた。

「ねえ、再来週の定休日、デートしようか。小樽《おたる》なんてどうかな」

俊介は裕里子の顔を見た。

「私じゃ、だめ?」

「いや」

「なんだ、嫌なのか」

「ちがうんです、ちょっとびっくりして」

「そうだよね、変だと思うよね」

俊介はいままで何度も小樽に出かけた。賀恵は赤レンガ造りの海猫屋が好きだった。

「ねえ、いまでもデートって言うよね」

「はい?」

「ううん、もう死語かなって思って」

「わかりました。再来週の水曜日ですね」

「そんなに力まないで。どこで待ちあわせようか」

「海猫屋?」

「そんな有名なお店はだめ」

「だったら、どこにします」

「そうねえ」と裕里子は言い、舌の先で上唇をそっと舐《な》めた。「午後二時に第三埠頭《ふとう》の観光船乗り場でどう？」

最初から決めていた口調だった。

8月

列車はゆっくりと手稲《ていね》駅にすべりこむ。

俊介は曇った車窓を手でこすり、ホームの時計に目をやった。午後一時五分前をさしている。小樽駅にはあと三十分あまりで到着する。

快速とは名ばかりの「快速いしかりライナー」は札幌から小樽まで、函館本線の各駅に停車していく。銭函《ぜにばこ》駅をすぎると、列車は右手に日本海を見ながら、海岸線にそってまっすぐに進んでいく。晴れていれば遠浅《とおあさ》のビーチに海水浴客の姿も見えるが、きょうは人影もほとんどなく、水平線も雨に煙って見えない。

俊介はふと座席を立った。なぜいままで気づかなかったのかと自分をいぶかりながら車両から車両へ歩いた。この列車に乗ると約束の時刻より三十分早く着く。裕里子は次の列車に乗るだろう。そう思いこんでいたが、時刻表を見たわけではない。二時までに観光船乗り場に着くためには、この列車しかないということもありうる。彼女はこの列車に乗っているかもしれないのだ。

すべての車両を見てまわり、俊介は元の座席に戻った。午後二時に第三埠頭の観光船乗り場で。彼女はたしかにそう言った。だが、それは冗談だったのかもしれない。その疑いがふたたび頭をもたげてきた。花火の夜から十日もたつと、すべてが夢のなかでかわした約束だったような気もしてくる。約束？　定休日にデート？　あなた、どうしたの、なにを言ってるの。ふうん、でも小樽か、いいかもしれないな。ねえ、ほんとにデートしようか。

小樽築港《ちっこう》駅にとまり、開いたドアから湿った風が吹きこんだ。ドアが閉まり、列車はすぐに走りだす。小樽駅にはあと五分で着く。雨が少しずつ強くなってきた。

俊介は車窓を流れる雨を眺めた。小さな滴は懸命に風圧に耐えているが、ふいに力つきたように流れていく。滴の軌跡は列車の速度により微妙に角度を変える。フルスピードで走っているときは水平に近い角度で流れ去っていくが、速度をゆるめるにつれて四十五度から六十度に変わっていき、やがて垂直に流れ落ちる。

一時二十八分、小樽駅に着いた。俊介はナホトカとの姉妹都市提携を記念するレリーフを見ながら傘をさし、中央通りを歩きはじめた。交差点にはロシア語の案内板が立てられている。まっすぐに行けば第三埠頭につきあたる。

雨にもかかわらず、運河ぞいには観光客の姿が多く目についた。ガス灯の下や、石造りの倉庫の前や、御影石《みかげいし》を敷きつめた散策路や、中央橋の欄干で記念写真を撮っている。

中央橋を渡ると第三埠頭に入る。観光船乗り場はもう目の前だった。舳先《へさき》のとがった白い観光船が停泊している。俊介は思わず走りだした。

裕里子はサングラスをかけていたが、すぐにわかった。ペイズリー柄のグレーのブラウスを着て、同じ柄のジャカードの上着を羽織り、黒いフレアスカートをはいている。俊介はボタンダウンの赤い縞柄《しまがら》の綿シャツとベージュのツータックパンツ。精一杯のおしゃれをしたつもりだった。

「ずいぶん早いじゃない」と裕里子が言った。

裕里子さんのほうが、と俊介は言いかけ、ちょっと口ごもった。

「あの、裕里子さんって呼んでいいですか」

「いままでどう呼んでた？」

「こういうこと、なかったから」

「そうか、デートでもしないかぎり、相手の名前を呼ぶこともないわけか。なんかすごく新鮮な発見。涌井さんより、そのほうがいいね。あなたは安達くんでいい？」

俊介はうなずき、乗船時間を調べるために、時刻表のほうに足を向けた。

「ねえ、こんな雨の日に船に乗ってもつまらないよ」

背後から裕里子が言った。

俊介は小さく息をついた。彼女のそのひとことで、十日間かかって考えたプランが役に立たなくなった。

オモタイ海岸を周遊するコースは秘境ムード満点で人気があるが、往復二時間は長すぎる。それよりも祝津《しゅくつ》港まで片道乗船したほうがいい。

水族館でイルカとオタリアのショーを見て、旧青山別邸で豆腐懐石を食べる。バスで小樽に戻り、旧拓殖銀行を改装した小樽ホテルのバーでカクテルを飲む。金庫室を利用したバーはとてもシックだ。ガイドブックを入念に読み、このコースを考えていた。

「安達くんね」と裕里子が追いうちをかけるように言った。「私、六時までに帰らなくちゃならないの。同窓会はそんなに遅くまでやらないから」

「同窓会」と俊介は言った。「ぼくもサングラス、必要だったですか」

「あのね、あなたはそうやって笑うけど」

裕里子は自分の傘を閉じ、俊介の傘に入った。

「そんな理由しか思いつかないのよ。でもほかにどんな言いわけがあるっていうの、ふつうの主婦に」

なぜデートに誘ったのかと、俊介は訊《き》こうと思っていたが、どうでもよくなった。

「海鳴楼にでも行きますか」

裕里子はうなずいた。「オルゴールのお店よね、そこに行きたかったの」

中央橋に戻り、運河ぞいの道を歩いた。

「たとえばね、高校時代の友人が札幌に出てきたとか、恩師か元上司の告別式に参列するとか、中学の行事があるとか、いろいろあるよね。でも最初のは同窓会と同じだし、次のは喪服でデートすることになる。で、最後のはちょっと危険」

いつもあまりしゃべらない裕里子がよくしゃべった。

俊介は驚いて彼女の顔を見たが、サングラスで表情がよくわからない。おまけに彼女は腕に手をかけてきた。

「なぜ彼女と別れたの」

「別れたんじゃなくて、ふられたんです」

「じゃあ、なぜふられたの」

運河プラザの前を通り、市立博物館の前に出た。ここには入らなくていいですか、と俊介は訊いた。

「いいわ。どうしてふられたの」

「いまになってみると、ぼくのほうばかり甘えたり、それでいていじめたり、そんなことばかりしてたような」

「甘えたり、いじめたり」

「そうです、情けないです」

「でも男の子はいいよ。ふられるたびに、いい男になっていく」

「そうですか」

「女は反対。どんどん悪くなってく」

俊介がなにも答えずにいると、裕里子も黙った。運河工藝館《こうげい》の角を左に折れた。腕を組むより手をつなぐほうが好きなんですけど、と俊介が言うと、裕里子は汗をかくから好きじゃないと言いながらも、手をさしだしてきた。

海鳴楼の建物が見えてきたとき、裕里子の指先が俊介の手のひらをくすぐるように動いた。なに、と俊介が訊くと、裕里子はかすかに笑い、ふたたび指先でくすぐった。

俊介は裕里子の手をにぎりしめ、右手の細い道に入った。倉庫の裏までひっぱっていき、彼女を抱きよせた。

「待って、なにするの」

裕里子は俊介の背中を叩《たた》いた。その言葉を封じるように俊介は唇を押しつけた。彼女が抵抗したのは最初のうちだけだった。俊介が腕の力を抜くと、彼女はその場にしゃがみこみそうになった。

俊介は手をとり、ひっぱりあげた。

「だったら、からかわないでください」

「ごめん、怖いのよ」

「ぼくのこと?」

「そうじゃなくて……」裕里子は顔をそむけ、肩にかかった髪の匂いをかぐようなしぐさをした。「こんな気持ちになるなんて」

「こんな気持ち?」

「いじわる」裕里子は顔をしかめた。

俊介は思わず髪に手をのばした。彼女は首を横にふり、自分の傘を開いた。俊介は傘がぶつからないように、少し離れて歩かなければならなかった。

海鳴楼に入ると、ちょうどオルゴール・コンサートが始まるところだった。俊介はコーヒーを、裕里子は紅茶を注文した。自動ピアノがマンドリンとバイオリンの音色を同時に奏ではじめた。となりの席の若いカップルは身体をよせあうようにして演奏に聴きいっている。

演奏時間は二十分だった。沈黙が苦にならないこの時間に俊介はすがりついた。裕里子も同じ気持ちだったのだろう。演奏が終わり、拍手がおこると、彼女はほっとしたように俊介の顔を見た。

裕里子はアンティークのオルゴールをひとつひとつ眺め、何度もため息をついた。

「こういう世界、もうすっかり忘れてた」

「どれかひとつプレゼントします」

俊介がそう言うと、裕里子は折りたたんだハンカチで顔をあおぎながら首をふった。

「ごめん、そういうのだめ」

海鳴楼を出ると、裕里子は俊介の傘に入ってきた。

「ねえ、次はどこへ行く」

俊介は時計を見た。まもなく三時になるところだった。裕里子は小樽を五時までに出なければならない。

「どうしましょう」

「最近の男の子って、デートのマニュアル読んで、シミュレーションまでするって聞いてたけど、安達くんってそういうことしないんだ」

右手の角に海猫屋が見える。赤レンガの外壁を這《は》うツタの葉が雨に打たれている。

「もう若くないですから」と俊介は言った。

「ちょっと待ってよ、あなたが若くないなら、私なんかどうなるの」

ガイドブックによれば、小樽市は三十の建造物を文化財に指定している。色内通りを右に行けば、文化財めぐりのたくさんの観光客とすれちがう。俊介はそちらとは逆の方向へ歩くことにした。だが、この先には見るべきものはほとんどなかった。昔ながらの造り酒屋と、旧日本郵船の建物があるくらいだった。

「若いって言葉、女性のためにあるんだなって、最近、そんな気がするんです」

「どうしちゃったのよ」

「意気地のないやつだなって、自分が」

「いったいなんのこと」

俊介は田中酒造店の先を左に折れた。少し行って右の小道に入るとラブホテルがある。

「ねえ、どこへ行くの」

「ホテルです」

裕里子は怒りだすと思ったが、ぼんやりとしているだけだった。俊介は彼女の腕をつかみ、ホテルへ続く小道に入った。

「安達くんの年ごろの男の子って、あれのことしか考えてないんでしょ」

「そうです」

「私、帰るよ」

俊介は裕里子の手を引きよせた。

「だったら、いますぐ家庭教師をクビにしてください」

裕里子はかすかに首をふった。目のふちが赤く染まっている。俊介はすぐに後悔した。だが、一度口から出てしまった言葉を打ち消すことはできない。そのとき、ふいに裕里子が目をそらした。

「ごめん、私が悪い」

彼女はそう言って、俊介の腰に手をまわした。

駐車場を通りぬけ、マジックミラーのドアを押し開けた。ランプのついた部屋のボタンを押すと、間仕切りのむこうから鍵《かぎ》がさしだされた。俊介は料金を払い、エレベーターのボタンを押した。あまりの緊張のため、背骨が折れるんじゃないかと思った。

赤い色の目立つ内装の部屋だった。裕里子はふたりがけのソファに腰をおろした。俊介も黙ってとなりにすわった。手をにぎりあい、エアコンの音を聞いているうちに、少しずつ落ちついてきた。おたがいの髪や耳たぶをいじりながらキスをした。

裸を見たい、と俊介は言った。見せるようなもんじゃないわ。裕里子は上着だけ脱ぐと、部屋の照明を落とし、ベッドにもぐりこんだ。私なんかもうおばあちゃんよ。そう言って、毛布で顔を隠した。

俊介は服を脱ぎ捨てた。毛布をはがし、裕里子の顔の前に性器を突きだすと、彼女は倒れかかるようにしがみついてきた。裸を見たい、と俊介は耳もとで、もう一度言った。裕里子はベッドから下り、ブラウスのボタンをはずしはじめた。俊介は息をつめてそれを見守った。肌が少しずつあらわになっていった。黒いフレアスカートが足下に落ちたとき、俊介は目を閉じた。

「安達くん」と裕里子が言った。

俊介はそっと目を開け、息を飲んだ。これがおとなの女性の身体なのだと思った。ひそかに想像していた彼女の身体はもっと幼いものだった。乳房が重たそうに見えた。太腿《ふともも》が牛乳のように白かった。俊介はにわかに自分の身体を頼りなく感じた。性器が萎《な》えていった。そのことを裕里子に言ったが、耳に入らないようだった。

もう勘弁して、と彼女は言い、ベッドにうつぶせた。俊介は白い尻《しり》に性器を押しあてるようにして重なった。首筋に舌を這わせながら、ベッドと胸のあいだに両手を差しいれた。乳房はひんやりとしていた。彼女は身体をよじると、俊介の首に腕を巻きつけ、唇を求めてきた。俊介は太腿のつけ根に指先をすべらせた。指の動きにあわせ、腰がゆっくりと動いた。彼女は首に巻きつけた腕に力をこめ、苦しそうに呼吸した。もし嫌じゃなかったら、と俊介は言った。彼女はうなずき、顔を埋めた。温かい舌が小魚のように動きまわった。出ちゃうよ、と俊介は言った。だが、彼女はやめようとしない。俊介はこらえきれずに目を閉じた。

裕里子は手の甲で口をぬぐいながら性器を見た。若いってすごいね、ため息まじりに言うと、身体を重ねてきた。俊介はしがみついているだけだった。彼女は初めはゆっくりと、次第に激しく腰を動かした。大きく胸をそらせ、かすれた男のような声でうめいた。脇腹に肋骨《ろっこつ》が浮きあがり、長く切れこんだへそが痙攣《けいれん》した。

二時間で三回射精した。いや、四回だったかもしれない。裕里子は俊介の胸に頬をあて、じっと目を閉じていた。こんなの初めてです、と俊介が言うと、私だって、と彼女は言った。

だが、ホテルを出た途端、裕里子は不機嫌になった。俊介がいくら話しかけてもなにも答えない。駅に着くと彼女は札幌までの切符を二枚買った。そして俊介に一枚さしだすと改札を抜け、階段を足早に下りていった。ふくらはぎが消え、黒いフレアスカートに包まれた腰が消え、肩から上だけになり、最後に髪が消えた。

俊介はその場に立ちつくし、なにかを考えかけた。だが、それがいったいなんなのか、すぐにわからなくなった。俊介は駅前に戻り、人ごみのなかを歩きまわった。そして暗くなってから札幌に戻った。

☆

——好景気の持続により、企業の採用意欲が空前の盛りあがりを見せていますが、昨年にも増して、内定時期の早期化傾向に拍車がかかっていますね。

ニュースキャスターの問いかけに、就職雑誌の編集長はうなずき、これは私どもの調査による男子大学生の内定時期ですが、と言って、テレビカメラに向かって折れ線グラフのフリップを立てた。

——五月末の時点で二・一パーセント、六月末で十七パーセントの内定率になっています。この十七パーセントという数字は、去年のほぼ倍ですね。さらに、七月末の調査では八十七パーセントと、九割近くに達しています。

俊介はテレビを消し、ベッドにあおむけになった。窓を開け放してあるが、風はほとんど入ってこない。じっとしているだけで、腋《わき》の下が汗ばんでくる。枕もとのティッシュペーパーを抜きとると、ジッパーを下げ、目を閉じた。

部屋の隅には卒論制作のために集めた五十冊近くの本が積みあげられたままだった。後期の授業が始まる前に二十冊は読もうと思っていたが、まだ数冊しか目を通していない。

裕里子の裸身がかたときも頭を離れず、なにも手につかない。

あおむけになっても形をくずさない乳房、ひんやりとした太腿の内側、指を差しいれると、そこだけ熱く湿った沼。丸めたティッシュをくずかごに放りこみ、俊介は起きあがった。そしてスポーツバッグに水泳パンツとタオルをつめ、アパートを出た。

夏休みのため市民プールは小学生や中学生でいっぱいだった。俊介はクロールとバックを交互にくりかえし、二十五メートルを二十往復した。少なくとも泳いでいるあいだは彼女のことを考えないですむ。だがプールから上がり、腕や脚の筋肉をもみながら、ふと気づくと彼女のことを考えている。

幼児用プールの脇のベンチでは若い母親たちが何人かずつ集まっておしゃべりをしていた。子どもを遊ばせているだけで自分たちは泳がないのだが、いちおう水着はつけている。彼女たちのだれと比べても、裕里子は素敵だった。いまここに彼女が水着姿で現われたら、男たちはだれでも目を奪われるだろうし、女たちは嫉妬《しっと》をかきたてられ、あらぬ噂さえ立てはじめるかもしれない。

俊介は自分でも気づかぬうちに、三人組の母親を見つめていた。まんなかの女が俊介を見てなにかひとこと言い、左の女が頬を赤らめた。それを見て俊介は思った。十二歳という年の差など、自分が考えているほど大したことではないのかもしれない。

そんなふうに、俊介はしばしば裕里子のご主人の存在を忘れたが、その日の夕方、プールの帰りに落ちあった岡本はもうすっかり裕里子のことを忘れたようだった。農場実習で世話になった牧場のひとり娘に一目惚《ひとめぼ》れしてしまったのだ。まだ高校一年生だという。

「とにかくいままでとは全然ちがうんだ」

岡本はジョッキで乾杯すると、その娘のことを話しはじめた。

五時を少しまわったばかりで、大通公園のビアガーデンは客の姿もまばらだった。内定を祝う酒のはずだったが、彼は農協の話も新聞社の話もしない。

「この子とつきあいたいっていうんじゃなくて、この子を幸せにしたいっていう感じ。な、わかるだろ。美人じゃないし、成績も中の下だって言ってたけど、とにかくいまどき信じられないほど素直で、いい子なんだ。料理は上手だし、家の手伝いはよくするし、なによりも笑ったときの顔がいい。両親に愛されてのびのびと育ったこの子を、すべての不純なものから守ってやりたいって、そんな感じだな」

「ほとんど父親の心境だな」と俊介が言うと、「おやじさんにもけっこう気に入られてな」と岡本は眉《まゆ》を指でこすりながら、照れくさそうに言った。「彼女が高校を卒業したら、正式にプロポーズしようと思うんだ」

俊介はそのアイデアに諸手《もろて》をあげて賛成した。これも人生勉強だ、人間観察だと、妙に時代がかった言いわけをしながら、足しげく風俗店に通う男の言葉とは思えない。そう言ってからかうと、「あれはあれで、また別の意味があるからな」と岡本は言った。「安達も行ってみろよ。プロはやっぱりすごいって感激するぜ」

岡本は急ピッチで飲みつづけ、三杯目の大ジョッキにかかったころにはかなり酔っていた。俊介はまだ二杯目で、自分では素面《しらふ》だと思っていたが、やはり酔いがまわっていたのだろう。裕里子とふたりで小樽に行ったことをしゃべらずにはいられなくなった。

岡本は黙って聞いていたが、ふいに紅潮した顔を上げ、「それはまずいんじゃないか、安達」と言った。「相手は人妻だぞ」

「なんだよ、おまえがそんなこと、言えるのか」

俊介は笑いながらジョッキの中身を飲みほすと、三杯目を注文した。岡本はウェイターを呼びとめ、フライドポテトを追加した。

「なあ、関係はどこまで進んだんだ」

「なに言ってんだ。観光スポットをまわっただけだよ」

岡本はうなずき、「それにしてもな」と言った。「あんなにきれいな人がなぜラーメン屋の後妻なんだ、しかも子持ちの。なにか聞いてるのか、その辺の事情とか」

「事情もなにも、ご主人がいい男だからだろ」

「そうか？　そんなにいい男にも見えなかったけどな」

ウェイターが三杯目のジョッキとポテトを運んできた。

俊介はジョッキに口をつけ、「岡本、おまえ」と言った。「ずいぶんラーメン食いに行ったみたいだな」

「やっぱり彼女、しゃべったのか、俺のこと」

「一時期、毎日のように来てたって、言ってたな」

「それだけか？」

「それだけかって、おまえ。ほかになにかしたのか」

何度も電話や手紙がきて迷惑したという話は聞かなかったことにしよう、と俊介は思った。岡本は皿に手をのばし、ポテトを口に放りこんだ。

「安達な、かっこ悪いから黙ってたけど、デートしたんだ俺も、彼女と一回だけ」

俊介はじっと岡本の顔を見た。彼はしばらく黙っていたが、ポテトを食べ終えてから、ふたたび口を開いた。

「って言っても、まっ昼間に旭山《あさひやま》公園を散歩しただけ」

「それは、いつごろ？」

「そんなにマジになんなよ。まあ、いまだから言うけどな、おまえが家庭教師を始めたって聞いて、ものすごいショックでな、俺。それから店に行くのはやめたけど、でもあきらめきれなくて。日付もちゃんとおぼえてる。六月六日水曜日、店の定休日な。電話で何回も誘って、やっとオーケーもらったんだ。でも、旭山公園に行こうって言ったの、彼女のほうだぜ。それなのに、一時間もしないうちに、さよならって」

「なんだよ、それ？　わかった、岡本、なんかスケベなことでも言ったんだろ」

俊介は動揺を悟られないように、ジョッキを傾けて顔を隠した。六月六日といえば、教育実習のために家庭教師を休んだ日だった。

「だって彼女、えらくゆったりしたセーター着てきて、テーブルにこうやって肘《ひじ》をつくんだぜ。谷間どころか、おっぱい半分くらい見えるんだ。俺が見てるの、ぜったい気づいてたよ。ときどき、わざとこうやって、かがみこむんだ。あれじゃだれだって、誘われてるって思うよな。それで俺、つい興奮してキスしようとしたら、いきなり立ちあがって、さよならって。な、かっこ悪い話だろ。高校生だって、もっとうまくやるよな」

俊介は黙ってジョッキをテーブルに戻した。

「なあ、安達。彼女、とっても危険な感じがするんだ。遠くから見ている分にはいいけど、あんまり近づきすぎないほうがいい」

岡本はそう言って、牧場のひとり娘の話に戻った。


それから家庭教師の日が来るまでの三日間、俊介は大学の図書館と市民プールとビアガーデンの三地点を移動してすごした。

午前中は北方資料室で古地図や文献を調べ、午後は腕が上がらなくなるまで泳ぎ、帰りがけに生ビールを飲んだ。アパートに戻り、コンビニ弁当を食べ、風呂から上がったときには、もう眠るだけの状態になっていたが、それでも裕里子のことを思うと下半身が熱くなり、眠るどころではなかった。彼女はなぜ岡本とデートをしたことを黙っていたのか。乳房を見せるように、わざとかがみこんだというのはほんとうのことなのか。彼女は年下の男を誘って遊ぶような女なのか。

岡本のすすめにしたがい、プロの女性の世話になろうかとも考えたが、俊介は疲れはてて寝入るまで、何度も自分の手で処理をした。裕里子は嫌な顔ひとつせず、何度でもつきあってくれる。高校生のころとちがって、やましさを感じたり自己嫌悪に陥るようなことはないが、それでも回数が重なると、最後には尿道にさしこまれた糸が引きぬかれるような痛みしか感じなくなる。

俊介はため息をつきながら短い眠りにつく。年下の男を誘って遊ぶような女なら、こっちもそのつもりで遊んでやる。いわれのない復讐《ふくしゅう》心にかりたてられ、夢のなかでふたたび彼女を抱く。

そんな三日間をやりすごし、ようやく家庭教師の日が来たとき、俊介はすっかり疲れきっていて、できたら彼女とは顔をあわせたくない、なにか理由をつけて休みたいとさえ思ったほどだった。

どんな顔をして話をすればいいのか。いや、とにかくいつもと同じように自然にふるまうことだ。ぐずぐずとそんなことを考えながら、俊介はご主人のいつもと違う様子にとまどった。

こんにちは、と頭を下げながら、俊介はご主人のいつもと違う様子にとまどった。彼はたいていなにかひとこと声をかけてくる。おっ、ご苦労さん、終わったら寄ってよ、ビール冷えてっから。だが、きょうはこちらをちらりと見て、黙ってうなずいただけだった。厨房《ちゅうぼう》には義母がいるだけで、裕里子の姿は見えない。

俊介はもう一度、ご主人に頭を下げ、階段を上った。正太の部屋の前で立ちどまり、ふきだしそうになった。〈かならずノックすること〉と書いた紙がドアに貼りつけてある。せきばらいをして、軽くノックをした。

「だれ」と正太の不機嫌な声が言った。

「俺だ」と俊介がわざと低い声で言うと、ベッドのきしむ音が聞こえ、内側からロックが解除された。

「厳重な警戒体制だな」

正太は表情を変えず、ベッドに身体を放りなげた。

「なんだ、また授業拒否か」

正太は押し黙ったまま、天井を見つめている。そこにはジュンスカの「歩いていこう」のポスターが貼ってある。アリゾナの青い空、白い雲、赤い砂漠。

俊介は椅子に腰をおろし、耳をすませた。小さい音でCDがかかっている。勉強机の上にあったリモコンを手にとり、少しだけ音量を上げた。

「先生さ」と正太がふいに言った。「あのカノジョとやったのが、初めてだった？」

「なんだよ、それ。だれのこと言ってんだ」

正太は片肘《かたひじ》をつき、上半身だけ起きあがった。

「このあいだのカノジョだよ、祭りのときに会った。あの人が初めてだった？」

俊介は指先でまぶたを押さえ、まあな、と言った。

「ふうん」正太は舌をのばして上唇を舐《な》めた。「けっこう遅かったんだ。カノジョのほうも初めてだった？」

「じゃなかった」

「そうなんだ？　そういうの、やっぱショック？」

「なぜ、そんなことを訊《き》く」

「なんでってさ」と正太はちょっと口ごもった。「おとなになったら、俺もやるのかな」

俊介はラックのCDを何枚か手にとった。

「やるだろうな」

「ぜったいに？」

「たぶんな」

正太は小さく息をついた。

「そんなこと、いまから気にすることじゃない。それよりドアの貼り紙はどうしたんだ？」

「関係ねえよ、先生には」

「でも、あまり穏やかじゃない」

「まあな」と正太は言い、ベッドの上であぐらをかいた。「あの人、家出したよ」

俊介はCDのジャケットから顔を上げた。

「だれが」

「だから、裕里子」

「ちょっと、嘘だろ」

「水曜の夜からだろ」と正太は指を折った。「だから、きょうで五日目」

俊介は思わず正太から目をそらした。小樽へ行った日の夜に家を出たことになる。

「ご主人、なにも言わなかったけどな」

「んなこと、先生に言うかよ」

「まあ、そうだけど」

「でも電話あったから、けさ」

「どこから」

「実家っていうの？」

「なんだよ、正太くん、それは家出じゃない。里帰りっていうんだ」

「違うよ、家出だよ」正太は声をつまらせた。「おふくろがさ、ころころかわるのなんて、耐えらんねえよな」

なにかあったのか、と俊介は訊いた。正太はじっと唇をかんでいる。

「なあ、おふくろがかわるって、どういうことだ」

正太は首を強くふった。そのまましばらく黙っていたが、CDのラストの曲が終わると、先生には関係ない話だけどな、と口を開いた。

水曜日の夜、突然、小夜子が訪ねてきたという。夕食の最中だった。彼女は床に額をこすりつけ、酔っているのか薬の飲みすぎのためか、ろれつの回らぬ口調で、入院する前に、正太とふたりだけで一日すごさせてくれと懇願した。

いまの状態なら再入院の必要はないと、先生もおっしゃってたじゃないかと父の耕治が言うと、あんたに私の気持ちはわからない、このまま死ぬこともできずにひとりで生きていくらいなら、いっそ閉鎖病棟に隔離されたほうがましだと、泣きわめいたという。正太さえ良ければと、ご主人も義母も了承したが、裕里子はそれをかたくなに拒んだ。

正太は淡々と話した。彼女の里帰りと小樽の件がとりあえずは結びつかないことに俊介は胸をなでおろした。

「あの人、いつもと全然違ってさ。帰ってくれ、ここはあんたの家じゃねえ、気安く来るなって、すげえ怖い顔だったよ」

小夜子が暴れだしたので、正太は自室に避難した。食器の割れる音や悲鳴が延々と続き、ようやく静かになったと思ったら、裕里子が部屋に飛びこんできたという。

「おでこから血が出てて、見てて怖かったから、出てってくれって言ったんだ。俺さ、先生、家を出ていけって言ったんじゃないんだよ。でも朝になったら、あの人、いなかった。おやじ、そこらじゅうさがしまわって、実家に電話したけど、来てないって」

「でも連絡があってよかったな」

正太は首をすくめ、素直にうなずいた。

「実家って、オホーツク海に面したところだって聞いたけど」

「オッチャラべっていうんだ。ツシマコタンって近くにあって、そっちのほうがましだっていうけど、似たようなもんだよな」

すでに一時間たっていた。夏休みの宿題、少しでもかたづけような、と俊介が言うと、正太は文句も言わずに英語の問題集を開いた。アルファベットもろくに書けなかった正太がかっこ内に前置詞を入れる問題を苦もなく解いていく。正太の飲みこみの早さには目を見はるものがあった。小一時間ほど集中して四ページ進んだ。

俊介はいつもより少し早く終わらせ、小樽でかわした会話を思い出しながら、電話ボックスに入った。

影山っていうの、影山裕里子、大昔の女優さんみたいでしょ。戯れに旧姓を尋ねたとき、彼女はそう答えた。そんな会話が役立つことになるとは思いもしなかった。

「住所はおわかりでしょうか」と番号案内が言った。

「わからないんです」と俊介は言った。

「それではお調べできませんが」

住所はわからないが、オッチャラベに影山は一軒しかないはずだと、俊介はでたらめなことを言った。

「少々、お待ちください」

とりあえず番号だけ調べ、電話をするかどうかはあとで考えようと思った。

「おさがしの影山さんは七軒ありますが、お名前はおわかりでしょうか」

わからないので七軒とも教えてくれと俊介が言うと、それには答えられないという。

「すみません、緊急なんです」

「申しわけございませんが」

「じつは家出人の捜索なんです」

「申しわけございませんが」

俊介は受話器を叩《たた》きつけ、電話ボックスを出た。出てからすぐに気づいた。気持ちを落ちつかせるように深呼吸をして大学に向かった。図書館には北海道全土の電話帳が置いてある。七軒の影山はすぐにみつかった。上から順に電話をかけた。四軒目が裕里子の実家だった。

家庭教師の者ですが、と俊介が言うと、「あれま、先生ですか」と老婆の声が言った。受話器のむこうでさかんに頭を下げる気配がある。

「それはお世話になって」

「いや、ただの学生のアルバイトです」

まもなく裕里子が笑いながら電話に出た。

「どうしたのよ、こんなところまで」

元気そうで安心しました、と俊介は言った。

「そう？　ねえ、こっちに来ない？」

俊介は思わず手のなかの受話器を見た。

「冗談よ。明日には帰るから心配しないでって、正太に伝えたわ。聞いたでしょ」

「でも、いったいどうしたんですか」

「関係ないわ、あなたには」

「だって、あの日のことですから」

「万一、それと関係あったとしても、なぜそれをあなたに言わなければならないの」

「冷たいんですね」

「ねえ、私にどう言ってほしいわけ」

「ちがうんです、そういうつもりじゃ」

「安達くんね、家のごたごたとあなたはまったく関係がないの。関係ないからこそ、あなたとのデートはすごく楽しかった。こう言えば、安心できるわけね」

「そばにご両親、いないんですか」

「いたら、こんな話、しないわよ」

「岡本とも、デートしたんですね」

「なによ、それ」

「くだらない嫉妬《しっと》です」

「なぜ、そんなこと言うの」

「そんな話、聞いてなかったから」

受話器のむこうから、小さなため息がもれた。

「ガキだって、自分でも思います」

「ほんとにそうね」

彼女はそう言って、電話を切った。

第三章　秋

9月

雨が窓を叩いている。昼の三時前だというのに、あたりは夜のように暗い。俊介は部屋のなかを散々歩きまわったあげく、ベッドにうつぶせた。手をのばし、電話を引きよせる。番号を押し、受話器を耳に押しあてた。

「はい、番外地ラーメンです」

窓の外ではモミの古木が揺れている。黒い雲がおそろしいほどの速さで動いている。

「番外地ラーメンですが」

「あの、安達です」

受話器のむこうで、すっと息を吸う気配がした。

「出前、できます？」

「いつもので、いいのかな」

彼女の声はとてもやさしい。

「はい、いつもので」

「毎度どうも」裕里子は元気に言って、電話を切った。

彼女は来ないかもしれない。俊介は受話器を置いてから、そう思った。初めて出前をとったときのように、正太が来るのかもしれない。卑怯《ひきょう》な手を使うやつだと、自分が嫌になった。だが、ふたりだけで会うには、そんな手しか思いつかない。

裕里子が実家から戻って二週間、そのあいだに家庭教師に三回出向いたが、彼女と話す機会はまったくなかった。一度だけ俊介のほうから声をかけたが、ちょっと出かけるから、と彼女はそっけなかった。こんな中途半端な状態のまま放っておかれるなら、あんなことは二度とありえないと、はっきりと言われたほうがましだった。

北海道新報社から週に一度連絡が入った。俊介はそのつど近況を報告したが、九月に入ると昼食をとりながら懇談する機会が増えた。先週の昼食会には北大の六年先輩の記者が同席した。室蘭《むろらん》支社の報道部を経て、いまは本社の経済部に在籍しているという。

俊介が新入社員研修の内容をたずねると、「現場の様子より、まずはそのことが気になりますか」と彼は苦笑した。「でも、その話は彼の分野だな」

人事部の饗場《あえば》主任がうなずき、研修期間は約三週間だと言った。前半は各種マナーの習得や、記事の書き方の基礎実習、後半は職種別にマンツーマンになるという。

「基礎実習」と先輩記者がなつかしむ口調で言った。「ぼくらのときには、テレビの実況を見ながらスコアをつける訓練だったな。高校野球の取材では運動部以外の新人記者も駆りだされるんです。ところで、ぼくは新潟の出身だけど、きみは？」

鹿児島です、と俊介が答えると、それはいい、と彼は顔をほころばせた。経済部には、キャップ以下十一人の記者がいるが、そのうち九人が道外出身者だという。

「地方紙はだいたい地元優先で採用するでしょう？　でも道新は全国から採用しているから、出身大学もさまざまだし、転職者もけっこう多いんです。シンクタンクとか損保とか広告代理店とか、前の職場もバラエティに富んでるし。自由に意見をぶつけあえる風通しのよさは、そんなところにも起因してると思うな」

食事を終えると、しばらく彼の室蘭支社時代の話になった。火事の連絡をうけてまっ先に駆けつけたが、燃えつづけるわが家の前で呆然《ぼうぜん》としている家族にどうしても話を聞くことができず、写真を撮っただけで逃げるように社に戻ってしまった話や、三人の幼稚園児がトラックにはねられ、意識不明の重体におちいったとき、子どもたちの親に顔写真の掲載を拒否されて悩みぬいたことなど、彼は熱っぽい調子で語った。

饗場主任が席を立ち、レジで会計をしているあいだ、ちょっと訊《き》きにくいことなんですが、と俊介は言った。

「勤務地の決定には本人の希望も加味されるんですか」

「いや全然」と彼は言った。「よほどの事情がないかぎり、会社の希望。恋人がいる？」

「いや、残念ながら」

「そのほうがいいね」と彼は言った。

三時半を少しまわったとき、ドアチャイムが鳴った。俊介はあわてて立ちあがった。ドアを開けると、裕里子が傘で岡持ちをかばうようにして立っていた。濡《ぬ》れた髪が額にはりついている。

「すみません、こんな雨のなか」

裕里子は黙って傘を閉じ、岡持ちを玄関に置いた。俊介はバスタオルをとって戻り、会いたかったんです、と言った。裕里子は丼《どんぶり》をとりだし、俊介の足下に置いた。

「上がってください」

「なんにもしない？」

俊介は笑いながら、裕里子の手をひっぱった。彼女も唇に笑みを浮かべたが、顔色はあまり良くない。

「休憩時間だから、少しゆっくりしていけますよね」

裕里子はうなずくと、窓辺に腰をおろした。

「この時間狙ってたから、ほんとに腹減ってるんです」

俊介はラップをはがし、スープを飲んだ。チャーシューを食べ、麵《めん》をすすった。彼女の顔に目をやり、ふたたび音を立てて麵をすすった。

「それに、聞きたいことがたくさんあるし」

裕里子はバスタオルで髪をぬぐいながら、ぼんやりと窓の外の雨を見ている。

「はっきり言ってもらった方がいいような気がするし」

裕里子は俊介の肩に手をのばし、セーターについた髪の毛をつまんだ。

「私のほうが年上だから？」

そう言って、指先で髪の輪を作り、首をかしげた。

「つらいことを言うのは、私の役目なの？」

俊介は丼を置いた。裕里子の手を引くと、少しも抵抗せずにもたれかかってきた。俊介は肩を抱きしめ、髪の匂いをかいだ。ふいに裕里子が顔を上げた。

「ねえ、こういうの、もうやめよう？」

「しゃべらないで」

裕里子は目を閉じた。俊介は眉《まゆ》の上で切りそろえた髪をかきあげ、額にそっと唇をつけた。

「ねえ、ほんとに、もうやめよう？」

「こうやって、たまに会えるだけでいいんです」

「あなたはね、それでいいんだろうけど」

裕里子は身体を離すと、パンツのポケットからたばこをとりだした。

「どうせ遊びのつもりでしょ」

「なぜそんなことを言うんです」

「だって都合が良すぎない？　あなたは学生時代の最後の何か月か、ちょっと危険な恋を楽しむつもりなのよ。ちょうど飽きたころ、卒業してさよなら。あなたにとっては学生時代の思い出になるんだろうけどね」

裕里子はそう言うと、横を向いてたばこの煙を吐いた。

「なぜそんな言い方をするんです」

「はっきりと言ってもらったほうがいいって、あなた言ったじゃない」

俊介は首をふった。

「何度も忘れようと努力しました。でもだめです」

「ねえ、そんなに真剣にならないで」

「岡本は真剣になりすぎて、ふられたんですか」

裕里子は顔をしかめ、ひとくち吸っただけのたばこを灰皿のなかでもみ消した。

「あなた、たとえば自分の恋人がね、ほかの男と公園を散歩しただけで、そんな失礼なこと言う？　言わないでしょう？　私が結婚してるから、そんなこと言うの？　ねえ、結婚してる女は公園も散歩しちゃいけないの？　それなら、出前をとって呼びつけるようなあなたは、いったいなんなの？　私には夫がいるのよ」

「わかりました、遊びのつもりならいいんですね」

俊介は手をのばし、辛子《からし》色のセーターの上から乳房をつかんだ。裕里子は顔をあおむけ、目を細めた。喉《のど》がゆっくりと上下に動いた。俊介は彼女の肩を床に押しつけるようにしておおいかぶさった。彼女はドアのほうに目をむけたまま、じっと動かない。

セーターをまくりあげ、ブラジャーのフロントホックをはずすと、ふるふると揺れながら乳房がこぼれ落ちてきた。静脈が網の目のように浮いている。パンツのベルトに手をかけると、その手はすばやく払いのけられた。

「どうして」と俊介は言った。裕里子の顔がゆがんだ。

「とにかくきょうはだめ。主人、ここに出前に来てるって知ってるもの。遅くなると、変に思われる。ねえ、私のことほんとに考えてくれてるなら、がまんして」

俊介は彼女の手をとり、股間《こかん》のふくらみに押しつけた。

「お願い、やめて。もう二度と会えなくなる」

「それじゃ、また会ってもらえるんですね」

裕里子はうなずくと、下着を直し、セーターのすそをひっぱった。俊介は肩に手をまわし、額にそっと額を押しあてた。裕里子さんには家庭がある。ぼくだってそれくらいはわかる。だからできるだけがまんする。でもこういう中途半端なのはいちばんつらい。俊介がそう言うと、いつかゆっくり会える日を作る、と彼女は言った。

☆

いつかゆっくり会える日を作る。裕里子はそう言ったが、その日はなかなかやってこなかった。

翌週の家庭教師の日も、彼女は部屋に上がってこなかった。休憩時間に運ばれてくるはずのお茶もすでにテーブルに用意されていた。出前に行ってるのか、と俊介が訊くと、正太は眉を上げ、首をすくめてみせた。

「そんなに気になるのか、あの人のこと」

「なにを言ってるんだ」俊介の声は少し甲高くなった。「保護者にはいちおう勉強の進み具合を報告しないと」

「あの人、全然気にしてねえよ、勉強のことなんか」

「そんなことはない」

「それどころじゃねえんだよ、いま、いろいろあって。家んなか暗くてな」

「いろいろあって」と俊介はくりかえした。

「そう、いろんなごたごた。おやじと結婚したこと後悔してんだろって、訊いたんだよ、ゆうべ。あの人、なんて答えたと思う」

さあ、と俊介は腕を組んだ。

「どんなことがあっても、ぜったいに後悔したくないって。そんな台詞《せりふ》、冷静に言われちゃこっちは困るよな。だろ？　で、なんでそんな話になったかって言うとさ」

正太は唇を舐《な》め、床の隅を指さした。

「あの人、ここんとこずっとそこで眠ってんだよ、俺の寝袋で。夫婦喧嘩《げんか》のツケ、子どもに払わせんなよな」

俊介はクローゼットの前にまるめてあるブルーの寝袋を見た。

「原因はまたあの人なのか、小夜子さん」

「まあな」

「よくわからないんだ。ずいぶん前に別れたんだろ」

「あのさぁ、少しは気をつかってくれよ、いちおう俺を産んだ人なんだから」

「そうだな」

「同情されんのも困っけどな」

「強いな、きみは」

俊介がため息をつくと、正太はチッと舌を鳴らした。

「そういうのを同情っていうんだよ」

「いや、でも」

正太が眉をひそめた。「でも、なに」

「きみにはほんとに感心する。よくここまでまっすぐに育ってきたよな」

「やめろよ。どうしたんだ、きょうは。なにか悩みごとでもあるんじゃねえか」

「まあな。でも、口が裂けても、きみには言えない」

正太はぐすっと笑い、「あ、ゾロ目」と腕時計を突きだした。「五時五十五分、ゾロ目だろ。次の分に移るまで見てないと不吉なことがおきる」

と、「ぜったい目を離しちゃだめだぞ」と言った。俊介が時計をのぞきこむ

「たとえばどんなこと」と俊介はデジタルの数字から目を離さずに言った。

「悩みがもっと大きくなるとかな」

なるほど、と俊介はうなずき、五十六分に変わるのを待った。正太がふたたび、ぐすっと笑った。

「先生、素直だから好きだよ、俺」

「そうか、うれしいよ。たとえ相手がきみでも、好かれるのはうれしい」

まもなく数字が変わり、俊介は顔を上げた。

「これでいいんだな」

「でもさ、こんなに信じやすい人って、新聞記者にはちょっとな」

「だましたのか」

「だましたわけじゃない、俺は信じてないだけ。黄ナンバーの車を見たら、あと二台見つけないと不吉なことがおきるとか、好きな人の夢を見たらその人とは両想いになれないとか、女子が言って騒いでんだよ。アリを殺したら髪の毛を一本抜けば呪われないとか、てのひらがかゆい日はいいことあるとか、夜中の十二時に鏡を見ると鏡のむこう側に連れていかれるとか、それからさ、あとなんだ、カップラーメンを一か月食べつづけると死ぬとか、黄色い車を見たら三回手を叩《たた》く、それを一日に三回やると欲しいものが手に入るとか、そんなもんいちいち信じてられっかよ」

俊介は黙ってうなずき、好きな人の夢を見たらその人とは両想いになれない、黄色い車を見たら三回手を叩く、と胸の内でくりかえした。

「なんだよ、気悪くした？」と正太が言った。

「全然」と俊介は言った。「会話がしんとなったときは天使が通った証拠って、俺たちのときにはあったな」

「そうなんだ？」と正太が感心したように言った。「それ、いまでも言うよ」

正太のペースに乗せられ、図形の問題を二問解いただけで時間がきた。

「三回手を叩くのは、黄ナンバーじゃなくて、ボディが黄色のほうだったよな」

俊介がそう言って立ちあがると、正太は両腕を耳に押しつけるようにして胸をそらした。

「先生、いま天使が通ったよ」

俊介はうなずき、正太の部屋を出た。階段を下りて、店をのぞいた。

厨房《ちゅうぼう》のなかに裕里子の姿が見えた。終わりました、と声をかけると、「いつものでいいよね」とご主人が言った。

「すみません、きょうはちょっと用事があるので」

「なんだよ、すぐ作っから待ってれや」

「いや、これから約束があって」

「いいねえ、こっちかい？」

ご主人は小指を立てた。裕里子はうつむいたまま食器を洗っている。

俊介は一礼し、店を出た。セイコーマートで缶ビールと弁当を買い、アパートに戻った。

夕食をすませ、風呂《ふろ》から上がると、机に向かった。

ロシア語の文献を広げたが、ただ文字を目で追っているだけで少しも頭に入らない。俊介はまだ卒論のテーマをしぼりきれないでいた。カムチャツカ半島を生活圏とする古アジア族の社会・文化・生態・言語等のシステムがどのような条件のもとで維持されているのか。あるいはそれらのシステムの変化・変容にはどのような要因が働いているのかを解明する。計画書にそう書いた段階から、ほとんど進んでいなかった。

岡本の卒論のテーマは酪農牛舎の規模別作業効率だという。うらやましいほど具体的だなと言うと、とにかくデータがすべてだからな、と岡本は答えた。実習で世話になった牧場にあれから何度も出かけているらしい。

俊介は机から離れ、電話の前にしゃがみこんだ。九時半になるところだった。すでに店のかたづけも終え、ご主人は晩酌でもしているだろう。俊介はためらいながらも番号を押し、受話器を耳にあてた。裕里子が出なければすぐに切ろうと思い、フックの上に指を置いた。

電話は四回のコールでつながり、涌井ですが、と裕里子の声が言った。

「すぐに切ります」と俊介は言った。「だから切らないでください。ゆっくり会える日は、いつ来るんですか。ふたりだけで会いたいんです。それ以上のことは望みません。このままじゃ、つらすぎます」

「あの、こちらは涌井ですが」と彼女は言った。それから小声で、あしたこっちから電話する、と付け加え、返事を待たずに電話を切った。

　翌日、俊介は部屋から一歩も出ることができなかった。何度か留守電に切りかえて外出しようとしたが、そのあいだにかかってくるかもしれないと思うと、階下に新聞をとりにいく勇気もなくなる。授業にも出ず、買いおきのカップメンを食べながら、ひたすら裕里子からの電話を待った。

　夕方に三本の電話が入った。一本は道新の饗場主任から十月一日に行なわれる内定式の連絡で、あとは北学寮の連中からの麻雀《マージャン》の誘いと、本多からの合コンの誘いだった。藤女子との合コンには少し心が動いたが、部屋を空けるわけにはいかなかった。

　電話を待っちょっと、と俊介が言うと、懲りんやつやらいね、と本多は笑った。

　結局、裕里子から電話のないまま、深夜〇時をまわった。目がさえて眠れず、グラス一杯のウィスキーをストレートで飲み、服を着たままベッドにもぐりこんだ。

　浅い眠りが続いた。俊介はうつらうつらしながら、昼すぎまでベッドにもぐりこんでいた。また授業をサボってしまった。ため息をつき、寝返りを打ったとき、電話のベルが鳴った。俊介は受話器に飛びつき、もしもし、と言った。だが、相手はじっと黙っている。公衆電話からかけているのか、かすかに車の音が聞こえる。受話器を置こうとしたが、そのときふと思いつき、「ねえ、もしかして裕里子さん？」と言った。一瞬、受話器を手でおさえる気配があり、すぐに切れた。

俊介はふたたびベッドに横になり、床の電話をじっとにらみつけた。さあ、もう一度ベルが鳴る。彼女はいま電話ボックスに入ったところだ。硬貨を入れ、七桁《けた》の番号を押す。そうだ、もうすぐベルが鳴る。

俊介はつめていた息を吐きだし、なにやってんだか、とつぶやいた。そのときドアチャイムが鳴った。

「開いてる」と俊介はベッドに横になったまま答えた。

二時を少しまわったところだった。北学寮の連中が様子をうかがいにきたのだろうと思った。だが、訪問客はドアの外でじっと黙っている。

「だから、開いてるって」

俊介はそう言って、次の瞬間、ベッドから転げ落ちるようにしてドアに駆けよった。細目に開けると、裕里子が首をかしげ、来ちゃった、と言った。俊介は床に散らばった洗濯物をベッドの下に押しこんだ。

「もう会わないつもりだったのに。歯医者に行ってくるって、そんな言いわけをしないと出てこられないの。たった一時間だって」

俊介は細身の白いセーターを突きあげる胸のふくらみをじっと見つめた。裕里子が顔をしかめた。

「なんだか臭い。空気がにごってる」

「最近、ちょっと掃除してないから」

「ちがう。これはちがう臭いよ」

俊介は裕里子の手首をつかみ、身体を抱きよせた。

「嘘つき」と裕里子が拳《こぶし》で胸を打った。「嘘つきはよくない」

俊介は腰にまわした腕を引きよせた。裕里子は天井を見上げるようにそりかえり、白い喉《のど》があらわになった。俊介はその喉に唇をつけ、前髪をかきあげた。

嘘つき、と裕里子はつぶやき、ふたたび拳で軽く胸を叩いた。俊介はその顔をのぞきこんだ。

「きょうの裕里子さん、なんだか子どもっぽいよ」

「いけない?」と裕里子が顔を上げた。「どうして甘えさせてくれないの。年上だから甘えちゃいけないって、そんなのあるの」

俊介は裕里子の唇の動きに見とれた。

「家のこととか、嫌なことをぜんぶ忘れて、風のなかを髪を振り乱して走ってみたいって。そうしたらどんなに気持ちいいだろうって、そんなことばっかり考えてる。安達くんにはわからないだろうな」

俊介は首をふった。「ぼくだって同じだよ。苦しくて眠れなくて、なんにも手につかなくて。裕里子さんのことなんか忘れて、風のなかを思いっきり走りたいって」

裕里子は耳をふさぎ、しゃがみこんだ。

「ねえ、私たち、どうなるんだろう」

俊介は膝《ひざ》をつき、ゆっくりと裕里子におおいかぶさった。唇を吸い、セーターの下に手を入れ、フロントホックをはずした。それからキュロットスカートのなかに手を差しいれ、ショーツの上から指でなぞった。彼女は俊介の髪に手を入れ、くしゃくしゃにした。

「なにもしないって、電話で」

裕里子がにらんだ。俊介は手の動きをとめた。

「やめないで」

「どっちなの」

「甘えさせてくれないんだから」

裕里子はそう言って、舌の先で上唇を舐《な》めた。

「そうやって挑発するんだ、裕里子さんは」

「なにを言ってるの」

「なにを望んでるんですか、俺に」

「たぶん、あなたと同じ」

俊介は裕里子を抱えあげ、ベッドに運んだ。服を脱がし、腋《わき》の下や膝の裏に舌を這《は》わせた。それから腰に手をあて、ゆっくりと入っていった。彼女は眉間《みけん》にしわをよせ、シーツをつかんだ。あえぎ声がみるみる大きくなり、俊介は思わず口をふさいだ。

コンドームをつけかえる余裕もなく三度の射精を終えると、俊介は目を閉じ、彼女の腕の内側に唇をつけた。しばらくそのままじっとしていたが、彼女は俊介の手首をつかんで時計を見ると、飛びおきた。下着を拾いあつめ、大急ぎで着けた。すでに五時をまわっていた。送っていくと俊介が言うと、裕里子は首を横にふった。

「ねえ、今度はいつ会える」

「ごめん、わからない」

「約束してくれないと、もう二度と会えないような気がする」

「やっぱりあなたのほうが、甘えてる」

裕里子は俊介の唇の脇にキスをした。それから、今夜必ず電話すると言って、急いで部屋を出ていった。

☆

水曜日の二時に歯医者の予約が入っている。そういうことにしたのだと、裕里子は言った。定休日なので店の問題はないが、帰りが遅いとご主人や義母に疑われる。だから三時半には部屋を出なければならないという。

「だから、たった九十分の密会」

「密会」と俊介は言った。「妙に時代を感じさせるな」

「あなた、からかってるの」

裕里子は本気で怒った。

俊介は彼女の腰を引きよせ、うなじに口をつけた。細身の黒いパンツの上にグレーの上着を羽織っている。夢中で身体をさぐると、彼女は悲鳴を上げ、腕から逃げようともがいた。俊介は彼女の顔をそっと上向け、キスをする前にじっと見つめた。今度は彼女のほうがしがみついてきた。

服を脱がしあい、ベッドに入った。俊介は上からかぶさるようにして、顔や乳房にキスをした。太腿《ふともも》の内側に手を入れ、性器を指でさぐった。それから大急ぎでコンドームをつけ、両脚のあいだに割って入った。

一回目のあわただしいセックスを終えると、今度は裕里子が上に乗った。腰を動かしながら、結合部に手をそえ、小さな声でうめく。俊介が腰を突きあげると、彼女は大きくそりかえり、後ろ手で足首をつかんだ。頭をふり、頬を紅潮させ、歯を食いしばった。あごをときおりブルッと震わせ、そのたびに子宮が痙攣《けいれん》したように収縮する。太腿に小さな汗の粒が浮かんだ。射精する寸前、その太腿が俊介を強くしめつけた。

俊介は息を切らし、ベッドにうつぶせた。裕里子が倒れるように重なってきた。肩甲骨に乳房が押しつけられ、俊介はうっとりと目を閉じた。首筋に彼女の吐息がかかり、背中ごしに彼女の動悸《どうき》が伝わってくる。

ふいに彼女の頭が重くのしかかってきた。ベッドのなかで彼女が眠るのは初めてだった。

俊介はじっと動かずにいた。

「安達くん、すごくよかった」

裕里子は耳もとでささやくと、身体を起こし、ヘッドボードにもたれた。俊介も起きあがり、彼女の肩に頭をのせ、首もとに口をあてた。窓から差しこむ夕暮れの光が彼女のなだらかな腹部に降りそそいでいる。

「ねえ、あと三十分」と俊介は言った。

裕里子は腕の背で額の汗をぬぐうと、黙って俊介の脇腹をなでた。その手がゆっくりと上下し、腰骨の上で静止した。

「だめよ、もう行かなくちゃ」

俊介は立ちあがりかけた彼女の手を引きよせた。

「それじゃ、あとせめて五分」

裕里子はなだめるように俊介の首筋をなでた。ふたりは同じ匂いを発散させていた。その匂いが部屋に満ちていた。俊介は彼女の肩に手をかけ、髪の根元に軽くかいている汗の匂いを吸った。それから汗で湿ったうなじに歯をあてた。

「だめ、そんなところ」

五分はたちまちすぎた。俊介はてのひらで重さをはかるように乳房を下から持ちあげた。

「ひとつだけ、わがままを言わせてください」

「わがまま?」

「次に会うときまで、ご主人としないでください。それがいちばんつらいんです」

俊介はそう言いながら、自分の口をついて出てきた言葉にびっくりした。それは本心ではなかった。子どもっぽいわがままを言って、彼女をこまらせたくなっただけだった。どうせ拒否されるだろうと思っていた。

だから彼女の反応にはむしろとまどった。彼女はつめていた息を吐きだし、わかったわ、と言った。俊介は顔を伏せ、乳房と肩のあいだのなめらかな肌のくぼみに唇を押しあて、赤いしるしができるまでそこを吸った。

裕里子は首をふり、ベッドから降りた。俊介がじっと見守る前ですばやく下着をつけ、服を着た。俊介はベッドから降り、ふたたび硬くなった性器を突きだした。

彼女は一瞬、性器に目をやり、くしゃくしゃになったシーツのしわを手でのばすと、部屋を出ていった。

俊介は全裸のまま、しばらく部屋のまんなかに立っていた。それからベッドに寄りかかり、彼女が頭をのせた枕の匂いをかいだ。


毎週水曜日の二時にドアチャイムが鳴った。

たまにはゆっくり話をしたいね、と裕里子は言いながら、上着を脱ぎ、ハンガーにかけた。

俊介も同じ気持ちだったが、ふたりですごせる時間はあまりに短い。彼女を引きよせ、抱きしめた。それからプールの脱衣所で着がえる子どものように先を争って服を脱ぎ、下着だけになってベッドにもぐりこんだ。

たがいの身体をさぐりあいながら、俊介は連続ドラマの再放送を見ているような気分になった。昼下がりに放送される、出演者がふたりだけの九十分ドラマ。

俊介は彼女の肩に口をつけ、キャミソールを脱がす。胸の内出血のあとが消えていないことを確かめ、ブラジャーをとる。腕の内側から乳房に唇を移し、ショーツのなかに手をすべりこませる。彼女の腰がピクンと動く。

たがいの身体をなでたり、舐めたり、叩《たた》いたりしているうちに、ふたりとも汗まみれになる。俊介はゆっくりと彼女のなかに入っていく。彼女は自分の手の甲をかみ、うめき声を殺す。身体がひとつになっても、ふたりの手はシーツの上で行きあたりばったりに求めあう。そうして二回のセックスを終えると、シャワーを浴びる時間もなくなっている。だが、しばらく手と手を放すこともできない。

「ねえ、つらくなる前に別れよう？　もう、これっきりにしよう？」

両脚のあいだに割って入る寸前、裕里子は必ずそう言った。それを聞くたびに俊介はひどく切ない気分を味わった。だが、同時にだまされているような気もした。

「だって半年たったら、札幌を出ていくんでしょ」

「それはわかりません。本社勤務も多いですから」

「でもどうせすぐに転勤。新聞社と銀行、そのへん似てるからわかる」

「本社勤務でなくても、小樽とか苫小牧《とまこまい》とか室蘭とか、近い支社もあるし、支局だったら、千歳《ちとせ》とか岩見沢《いわみざわ》とか夕張《ゆうばり》とか」

「室蘭？　夕張？」

「会おうと思えば会えます」

　半年という時間の区切りに意味などなかった。彼女もそれはわかっているはずだった。いまは気づいていないだけで、あしたにも関係が終わってしまうような事態が待ち受けているかもしれない。秘密をかかえ、先の見えない状態のまま、週に一度の密会をいつまで続けていけるのか。彼女はその不安を打ち消すために、それと同時にこれが最後になるかもしれないセックスを貪《むさぼ》るために、そんな言葉を口にするのだった。

　九月の最後の水曜日、俊介はふたたび彼女のこまった顔を見たくなり、写真を撮らせてほしいと頼んだ。

　証拠が残るようなことはしたくない、と彼女は答えた。町の写真館ならともかく、コンビニのDPEは機械的に受けつけるだけだから、だれにもわからない。俊介はそう言って、彼女を説得した。

　裕里子は窓辺にすわった。一枚だけ撮れば、それでよかった。だが、彼女がじっと動かずにいるので、俊介はさまざまに角度を変え、シャッターを切った。セルフタイマーをセットして、ふたりで並んで写った。彼女はすぐに笑顔をとりもどした。だが、フィルム一本分を撮り終えると、ふいにベッドに腰をおろし、両手で顔をおおった。俊介は膝をつき、彼女の肩に手を置いた。

「ねえ、どうしたの」と手首をつかんで顔から引きはなすと、彼女は顔をそむけた。

「私たちのこと、いつかだれか気づくよ」

彼女は俊介の胸を押しのけ、立ちあがった。

「ご主人、なにか言ったの」

彼女はドアのほうを見たまま首をふった。

「そうじゃないの、いまはまだなにも。でもそのうちきっと、逃亡中の犯人みたいな気持ちになる。早く捕まえてくれって、叫びたくなるような気持ち」

裕里子はハンガーから上着をとった。夕飯の材料を買ってから帰るという。買い物につきあってもいいかと、俊介は訊《き》いた。彼女はなにも言わずに部屋を出ていった。俊介はしばらくしてから部屋を出た。

札幌駅の手前で追いついた。裕里子は東急の食品売場に入ると、俊介を無視するように、魚介売場から野菜売場へと足早に歩きまわった。俊介は彼女の手からかごを奪いとった。

「買い物をしているだけで、だれもなにも言わないよ」

「安達くん、がっかりするよ」

裕里子はレタスをかごに入れながら言った。

「迷惑ですか」

「そうじゃなくって」と彼女は首をふった。「こんなんじゃ、とてもつきあえないよ」

俊介は唇をかみ、店内に視線を泳がせた。

レモンを積んだワゴンの前でひとりの女が足をとめ、じっとこちらを見ていた。髪を男のように短くカットしていたので、最初はわからなかったが、それは小夜子だった。裕里子は野菜を選んでいて気づかない。

「ねえ、あそこ」と俊介は小声で言った。裕里子が顔を上げると、その瞬間、小夜子はくるりと後ろを向いた。

「どうしよう」と俊介は言った。

裕里子はかごにトマトを二袋入れると、小夜子に向かって歩いていった。俊介はかごをさげて続いた。

「あら、小夜子さんじゃない」と裕里子が声をかけた。

小夜子はふりむくと、「なによ、ふたりそろって」と言った。「全然気がつかなかったじゃない。でもなんなのよ、こんなところで」

「じつはね、デートなの」と裕里子が言った。「ぜったいに秘密よ」

小夜子はワゴンからレモンをひとつ取った。そしてそれをシャツの袖《そで》でこすり、いきなりがぶりと齧《かじ》った。

「あんた、夜の生活、拒否してるんだって？」

裕里子が顔をしかめると、小夜子はにやりと笑った。

「耕治さん、かわいそう」

俊介はじっと小夜子の顔を見た。

「なによその顔」小夜子はあごを上げ、俊介に好戦的なまなざしを向けた。「言いたいことがあるなら、言ってみなよ」

「いや、べつに」と俊介は言った。

「デートのこと、主人には内緒よ」と裕里子が含み笑いをして言った。

「あんた、ばかじゃないの」

小夜子はそう言って、齧りかけのレモンを俊介のかごに放りこむと、豆腐一丁と長ネギを入れただけのカートを押し、レジに向かった。

俊介は黙ってかごのなかのレモンを見た。

「これだけ言っておけば、本気にはとらないでしょ」

俊介は裕里子の言葉にうなずき、レジのほうに目をやった。小夜子が拳《こぶし》をふりあげ、店員になにか文句を言っている。

「かなり不安定みたいですね、彼女」

「ふつうに会話ができただけ、きょうはまだまし」

裕里子はそう言って、俊介の手からかごを取った。

「でも安達くん、こういうの、もうやめようね」

俊介はうつむき、フレアスカートから伸びた彼女の足を見つめた。どうしたの、と裕里子が訊いた。俊介は顔を上げ、一週間はすごく長いです、と言った。裕里子は首をふり、彼女が出ていってから帰ってね、と言った。

10月

十月一日の月曜日、北海道新報社の内定式が行なわれた。社長のあいさつに続き、内定者の氏名が読みあげられ、次々に舞台に上がった。

男子三十九名、女子四名、全員が壇上に並びおえると、俊介は司会者に指名され、舞台の中央に進んだ。

名前が五十音順のトップという理由だけで、内定者を代表してあいさつをすることになったのだが、マイクに向かうと緊張がいっきに高まった。式の参加者は管理職に限られているというが、それでもホールの客席はほぼ埋まっている。

「私は鹿児島で生まれ育ちましたが、子どものころから北海道の自然と風土にあこがれていました。学生時代にリュックを背負って北海道の自然を訪ね歩いたという、父親の話を何度となく聞かされた影響かもしれません。

中学の夏休みの自由課題では北海道の歴史を調べました。過去数万年間、北海道はユーラシアの半島でした。地殻変動をくりかえし、最後に島になったのは数千年前のことですが、この大地に本格的に人の手が加えられるようになってからまだ百年です。この若々しい土地へのあこがれは高校時代にますますつのり、ふるさとから遠く二千キロも離れた北海道大学に入学しました。

それから四年、このたび北海道新報社の内定をいただきました。たった四年間、札幌で暮らしただけで、数万年前の大地に思いをはせる私は、内定をいただいたことですっかり興奮し、いちじるしく冷静さを欠いております。来年の四月、入社のおりには先輩の方々に徹底的に鍛えなおしていただきたいと思っております。どうかよろしくお願いいたします」

会場はしんと静まりかえっていた。俊介は場違いなことを言ったのではないかと不安になったが、最後に頭を下げると、客席から大きな拍手がおきた。

式はあっけないほど早く終わったが、プログラムのメインは一泊二日の内定者研修だった。筆記試験は札幌、東京、大阪の三会場で行なわれたし、面接も札幌と東京の二か所で実施された。だから今回初めて札幌本社を訪れた学生も多く、本社ビルの前に観光名所の時計台があることを知って、歓声を上げる女子学生もいた。

ホールを出ると、電算製作部員の案内で、編集局、広告局、制作局の順に、新聞の製作工程を見学した。道新オーロラネット、デスク端末、画像サーバー、ディッパーホストコンピューター、紙面送信システム。室蘭工大と筑波《つくば》大のふたりの学生が競うように質問し、ほかの内定者ばかりか、案内係の部員をおおいに辟易《へきえき》させた。

見学会が終わると、四十三名の内定者は二台のバスに分乗し、宿泊施設のあるキロロリゾートに移動した。そして休むまもなく研修室に集合し、「私の自分史」の発表会が始まった。

一人あたりの持ち時間は五分だったが、それぞれかなり工夫をこらしていた。子どものころのビデオを持参した者や、ギターを弾きながら自分史を歌う者もいた。

俊介は式のあいさつで自分史をすませたので余興をやりますと言って、トランプのマジックを披露した。発表会は予定の時間を大幅に超え、夕食をはさんで、十時すぎにようやく終了した。ビールや日本酒が運びこまれ、人事部長が乾杯の音頭をとった。〇時前にお開きになったが、それぞれの部屋に戻ってからも宴会は続けられ、俊介の部屋では全員が朝の五時まで飲みあかした。

翌日は朝食のあと、数人ずつのグループにわかれ、先輩社員に配布するための「内定者紹介パンフ」を制作した。タブロイド四ページだての紙面構成を話しあい、レイアウトを引き、原稿を書いた。

俊介は寝不足と二日酔いでふらふらだった。制限時間の三時間ぎりぎりでようやく仕上がったが、満足のいく出来ではなかった。だから、本社に戻るバスのなかで配られた内定者の住所録を見てびっくりした。作業をいち早く終えたグループが自主的に作ったものだという。人事部長が彼らの奮闘ぶりと手ぎわのよさをほめた。

午後二時、本社前で解散となった。道外の学生たちのほとんどがそのまま千歳空港に向かったが、夜のススキノを楽しむために自費で札幌にもう一泊するという学生が四人いた。俊介は彼らと喫茶店に入り、小一時間ほど話をしてからアパートに戻った。

留守番電話が二本入っていた。俊介はスーツの上着を脱ぎ、ネクタイの結び目をゆるめると、冷蔵庫から缶ビールをとりだした。再生ボタンを押すと、裕里子の声が流れた。

——私です。このあいだの件、問題ないから安心して。うちの人、小夜子さんから聞いたみたいだけど、まったく気にしていない様子です。それでね、きょうはちょっとうれしいお知らせ。あさっては十二時から六時までゆっくりできます。主人は朝からゴルフ、お義《か》母《あ》さんも午後から外出します。お昼ごはん作ってあげるから、いっしょに食べよう？　時間、あけておいてね。

　俊介はビールをひとくち飲み、やったね、とつぶやいた。次は賀恵だった。

——西野です、おひさしぶり。きょうはたぶん内定式ね、おめでとう。道新内定の件、本多さんから聞きました。教職だと思ってたので、びっくりしてます。うちの母もすごく喜んでましたよ。いつかどこかで祝杯、挙げますか？　でも、こんなことを平気で言う私に、安達くん、あきれてるよね。最近、嫌なことが続いて、学生時代のこととか、安達くんのこととか、よく思い出すの。ごめんね、つまらないこと言って。ただ、おめでとうって言いたかっただけなんだ。どうか気分を悪くしませんように。ほんとに、おめでとう。

「ありがとう」と俊介は口に出して言った。賀恵の声はなつかしかったが、それ以上の感情はわいてこない。二本ともきのうかかってきた電話だった。俊介は聞きなおしのボタンを押し、机の上のコルクボードに目をやった。

——私です。このあいだの件、問題ないから安心して。うちの人、小夜子さんから聞いたみたいだけど……。

コルクボードには、大学の時間割や、卒論の参考文献リストや、道新から受けた電話のメモにまじって、二枚の写真がピンでとめてある。一枚は裕里子の横顔のアップ。あごを少しだけ上に向け、薄く目を閉じている。俊介の冗談に笑いだす寸前の顔だが、まるでオーガズムにむかって駆けのぼっているときの表情のように見える。もう一枚はふたりで正座をして並んで撮った写真。彼女は首をかしげ、俊介の肩に頭をのせている。

このほかにも、机のひきだしにフィルム一本分の写真が入っている。俊介はビールを飲みながら写真を眺め、留守電の声を何度も聞きなおした。いつまでも飽きることがなかった。

☆

翌日、俊介は時計を見て飛びおきた。すでに十一時をまわっていた。カーペットに掃除機をかけ、シンクに放りこんだままの食器を洗った。それから大急ぎでシャワーを浴び、洗いたての白い綿シャツを着て、ドライヤーで髪を乾かしていると、ドアチャイムが鳴った。

俊介は玄関に走り、ドアを開けた。

「留守電、聞いてくれた？」

裕里子はマーケットの袋をかかえ、にっこり笑った。

「三十回くらい聞きました。それより、こっち」

俊介は彼女の手をとり、コルクボードの前にひっぱっていった。

「ね、いい感じに写ってる」

「そう？」と裕里子は首をかしげた。「こっちのほう、目をつぶっちゃってる」

「そこがいいんです、すごく色っぽくて」

「だって、笑うのこらえてるだけよ、これ」

俊介は彼女の腰に両腕をまわした。

「裕里子さん、あのとき、こういう顔をするんだ」

「嫌だ、安達くんたら」

裕里子は身をよじった。俊介はその腰を引きよせた。ペイズリー柄のグレーのブラウス、同じ柄のジャカードの上着、膝丈《ひざたけ》の黒いフレアスカート。

「小樽のときと同じ服ですね」

「嫌な人。そんなに服、持ってないのよ、私」

「ちがうんです。夢に出てくる裕里子さんはいつもこの服を着てるんです。それで、俺はこんなふうにする」

俊介は上着のボタンをはずし、ブラウスの胸に顔を埋めた。彼女の両腕が俊介の頭を抱きしめた。そのまましばらくじっとしていた。髪が濡《ぬ》れてる、と裕里子が言った。俊介は顔を上げ、彼女の頬を両手ではさんだ。

「それから、こうやって、見つめあう」

だが、見つめあうにはたがいに接近しすぎ、唇しか見えない。夢とちがうな、と俊介は言った。裕里子が首をふり、しがみついてきた。俊介は服の上から身体をさぐった。服が乱れ、キスで唾液《だえき》がまざりあった。

「そんなに焦らないで。時間はあるんだから」

俊介は裕里子の口を口でふさいだ。上唇と歯茎のあいだのひんやりとした箇所に舌を差しいれた。彼女の手は俊介の首に巻きついたまま離れない。相手の足を踏んだり、床にしゃがみこみそうになったりしながら、ベッドに移動した。歯と歯をぶつけあい、唇をむさぼりあった。服を脱ぐあいだもキスをやめなかった。

「ねえ、ちょっと待って」

裕里子はマーケットの袋を開け、肉のパックを冷蔵庫に移した。それから大急ぎで下着をとり、からみあうようにしてベッドに倒れこんだ。俊介が上になったり、裕里子が上になったりしたが、唇は離れなかった。唇から足の指まで、ふたりの身体はぴったりと重なっていた。

安達くん、と裕里子がつぶやいた。その瞬間、俊介は頭の奥にしびれるような充足感をおぼえ、彼女の白い尻《しり》を両手でつかんだ。胸につけた赤いしるしを吸った。

「安達くん、だめ」

俊介はうろたえた。まだコンドームをつけていない。射精する直前、そのことに気づいた。だが、身体を離すどころか、両手で尻をつかんだまま最後の一滴まで流しこんでしまった。俊介は黙って裕里子の上から降りた。彼女は額の汗をおさえるように手をあて、しばらく動かずにいた。俊介はじっと彼女の息づかいを聞いていた。

「なぜ、こんなことしたの」と裕里子が言った。

「夢中になって、つい忘れてしまって」

「嘘よ、そんなの」

裕里子は枕もとに手をのばすと、俊介の裸の胸の上にティッシュペーパーの箱を置いた。そして数枚抜きとり、自分の脚のつけ根にあてた。俊介は勃起《ぼっき》したままの性器をティッシュでぬぐい、箱を枕もとに戻した。

「そんなつまらない嘘、つきません」

裕里子は首をふり、片肘《かたひじ》をついて起きあがった。

「ごめん、私も悪い。あんまり気持ちよくて、つけてって言えなかった」

俊介はしわくちゃになったシーツで額の汗をぬぐい、彼女の顔を見た。

「すみません、これから気をつけます」

一瞬の間を置き、裕里子がふきだした。

「なんか、変な会話よねえ。こんなに幸せなのにごめんとか、すみませんとか、どうしてふたりとも謝るのよ。ねえ、お腹、減った？」

俊介はうなずき、裕里子の肩にキスをした。

「でも、もうちょっと休んでからね。おいしいごはん作ってあげるから」

裕里子はまだ肩で息をしていた。

「なにか冷たいものでも飲みますか」と俊介は言った。「きょうはいろいろ、とりそろえてあるんです」

「そうなんだ？　なにがあるの」

「ポカリスエット、ウーロン茶、グアバジュース、コーラ、それからビール」

「ビールがいいな」

俊介が身体を起こしかけると、裕里子はそれを制し、裸のままベッドから降りた。そして背中を向けて、俊介のシャツを羽織ると、「あなたは？」と訊《き》いた。

同じものを、と俊介は答えた。彼女はうなずき、冷蔵庫の扉を開けたが、後ろから観察されていることに気づいたのか、床に膝をついて缶ビールを二本とりだした。

ベッドの背にもたれ、ふたりでビールを飲んだ。

「ご主人のこと、訊いていいですか」と俊介は言った。

「こんなときに？」

「ええ、こんなときだから。小夜子さんとは、どういう関係なんですか」

「あなたから見ると、ずいぶん変に見えるでしょうね」

「だれが見ても変ですよ。彼女が正太くんに会いたい気持ちはわかるんです。でも離婚したご主人と会うのは理解を超えてます。それも頻繁に会ってるんでしょう？」

裕里子はうなずいた。「毎週土曜、彼女のつきそい」

「病院?」

「ちがう、彼女の家」

「だから、それはつまり、どういう関係なんですか」

「わかった。あなたが訊いてるのは、ふたりがセックスしてるかってこと?」

「そういうことも含めてです」

「それはない。それはないと思ってる」

「よくわからない」

「しかたないの。彼女にはあの人が必要なんだから。あの人がいないと、生きていけないんだから。離婚したからって、それですべてが切れるとはかぎらないのよ」

「全然わかりません」

「そうよね」

「よかったら、もう少し聞かせてくれませんか」

「でも、あなたには関係ないわ」

俊介は首をふった。「このあいだ正太くん、言ってました。最近いろんなごたごたがあって、家のなかが暗いって。結婚したこと、後悔してるんだろって、裕里子さんに訊いたら、どんなことがあってもぜったいに後悔したくないって答えたって」

「正太、そんなことまで、あなたに話してるの」

「どんなことがあってもって、どういうことですか」

裕里子はビールをひとくち飲み、少し長い話になるけど、と前置きをしてから話しはじめた。

小夜子が初めて精神科の医者にかかったのはいまから十年前のことだという。原因ははっきりしている。それは生後四か月の次男の窒息死だ。救急病院の当直医は事故死として処理したが、死後一か月ほどたってから、小夜子は自分が殺したのだと言いはじめた。夜泣きが激しいので、口のなかに軍手をねじこんだのだという。

軍手なんてこの家のどこにある、とご主人が訊くと、軍手ではなく手ぬぐいだった、と彼女は言いかえた。どの手ぬぐいだと訊くと、手ぬぐいではなくすりこぎだった、とさらに言いかえる。

この時期、彼女の精神状態をもっと気づかっていればと、ご主人はいまでも苦しんでいるという。

当時、彼は建設会社に勤務していた。小夜子とは職場結婚だった。結婚当初は両親と同居していたが、正太が生まれた翌年、実家のラーメン店から二キロほど離れた東本願寺前にマンションを買い、そちらに移った。仕事柄、出張が多く、次男が病院にかつぎこまれた夜も彼は家を空けていた。

まもなく小夜子の様子がおかしくなった。やたらと舌打ちをしたり唸《うな》ったり、額をピシャピシャと叩《たた》いたりする。彼が何度注意しても、服を裏返しに着る。自分の子どものころの話をついきのうのできごとのように話す。そうかと思えば、突然、ばか笑いをする。涙で目をうるませ、痙攣《けいれん》したように笑いつづける。

「いまでもときどき彼女、そういうことがあるの。でも笑いやんだときは、もう笑ったことも忘れてるらしい。なにがおかしいのって訊いても、ポカンとしてる」

「ほんとに忘れてるのかな」と俊介が言うと、そうなのよね、と裕里子はうなずいた。

「お医者が言うにはね、夢のなかで笑うのと同じだって。夢からさめると、なにがおかしかったのか思い出せないでしょう」

そのとき、正太は四歳だった。ご主人は小夜子の負担を少しでも減らそうと、正太を実家の母親にあずけた。それが裏目に出た。彼女は手首を切った。一度目は静脈を切っただけで大事にはいたらなかったが、二度目は手首をえぐるようにして動脈を突き刺した。

ご主人の発見が早かったため、彼女は一命をとりとめたが、外科から精神科にまわされ、自殺衝動がおさまるまで入院することになった。

回復は比較的順調で、二か月後に週末の帰宅許可が出て、三か月後には退院した。週二回の通院と薬の服用で、どうにか日常生活を送れるようになった。ご主人は彼女の願いを聞きいれ、実家から正太を呼びもどした。

だが、安定した暮らしは一か月と続かなかった。彼女は通院を拒み、ご主人がもらってきた薬も、飲んだから心配するなと言いながら、平気でくずかごに捨てた。

アナウンサーに話しかけられてこまっている。彼女はある日、ご主人にそう訴えた。私のやったことはすべてテレビに知られてしまった。マンションの駐車場で見知らぬ人たちが立ち話をしている。私をからかっているのだ。買い物に出ると、私の前をなにげなく横切っていく男がいる。テレビのレポーターにちがいない。通りですれちがう人が必ずせきばらいをする。私に自首をすすめているのだ。パチンコ店の景品交換所の従業員が強盗に刺されたと新聞に出ていた。従業員の名は小川と書いてあった。それは私の旧姓だ。私への嫌がらせだ。彼女はそうしたことを毎日のように彼に訴え、やがて寝室に閉じこもり、食事もとらなくなった。

彼女は精神分裂病と診断され、ふたたび入院した。今度は退院まで二年かかった。だが退院後、やはり三か月ももたず再入院と、それ以降、病院から出たり入ったりをくりかえす。裕里子がご主人と知りあったとき、彼は長年の看病で疲れきっていた。自分の親ばかりか、小夜子の親にまで離婚をすすめられているが、彼女を見捨てることはできない、と彼は言った。裕里子はそんな彼の誠実さにひかれたという。

だが、裕里子とのつきあいが深まるうち、ご主人の気持ちも少しずつ変わっていく。ある日、彼は会社の顧問弁護士に相談した。妻が入退院をくりかえし、もう七年になる。四つのときに実家にあずけた息子も十一歳になる。この七年間、自宅の妻と実家の息子のあいだを行き来してきたが、そんな二重生活もそろそろ限界かもしれない。彼がそう言うと、七年といえば失踪《しっそう》宣告の申し立てが受理されるほど長い年月です。法律はあなたの味方をします、と弁護士は答えたという。

その言葉で、彼は離婚を決意した。裕里子が結婚を申しこまれたのは、それから半年後のことだ。暇を出されねえよう精々がんばりな。実家の母親がそう言って彼女を励ますと、裕里子は女中でねえ、と父親は声を荒げた。

義母の八千代との関係には苦労したが、それでも東本願寺前のマンションでご主人と正太の三人で暮らしていたころは幸せだった。夫婦の歯車がうまくかみあわなくなったのは三年後のことだ。義父が急な病で亡くなり、義母ひとりで店をやっていけなくなった。

店に入って母を手伝ってくれと、ご主人は有無を言わせぬ口調で言った。そのころ裕里子は市内の銀行でパートの営業をしていて、それなりの収入を得ていた。

ラーメン店を続けることがそんなに重要かと、彼女は訊いた。いまはおふくろの気持を大切にしたい、おまえならわかってくれるはずだ、とご主人は答えた。裕里子はパートをやめ、店の手伝いを始めた。

小夜子の退院が決まったのは、それからまもなくのことだ。初めはだれもがそれを信じられなかった。離婚届に判を押したあと、彼女はまるで人が変わったように担当医の示すプログラムを実践したのだという。

ご主人は東本願寺前のマンションを小夜子の名義に変えた。退院後、小夜子はマンションで暮らしはじめ、一家三人は八千代と同居することになった。同時にご主人は勤務先を退社し、ラーメン店の店主におさまった。それが去年の暮れのことだ。

「毎週末、ご主人はそのマンションに行くんですよね。土曜の夜ということに、なにか意味があるんですか」

裕里子はうなずき、ビールを口に運んだ。

「入院中、調子がよくなると週末ごとに一時帰宅の許可が出たの。そのころのなごりだろうね。手首を切ったのが土曜の夜だったって、そういう話も聞いてる」

「よく平気でいられますね」

「平気でいられると思う？」

裕里子はベッドから手をのばし、空になった缶を床に置いた。

「すみません、そうじゃなくて、裕里子さん、さっき言ったでしょう。彼女にはあの人が必要なんだ。あの人がいないと生きていけない。だからしかたないって。離婚したからって、すべてが切れるとはかぎらないって」

裕里子はすばやく下着をつけ、服を着た。それからベッドの上にかがみこみ、俊介の額にキスをした。

「でもそのおかげで土曜の夜、セイコーマートであなたと出会えたわけだから」

すでに二時をまわっていた。裕里子はキッチンに立つと、手早く米をとぎ、炊飯ジャーのスイッチを入れた。

俊介はプレーヤーにカオマの「ワールド・ビート」をかけ、彼女のとなりに立った。

「これ、いま流行《はや》ってるやつね」

裕里子は腰でリズムをとった。

「そう、ランバダ。あとで踊ろうか」

俊介は裕里子の脇腹に手をあてた。彼女は笑いながら首をふり、マーケットの袋の中身をテーブルに並べた。帆立て貝柱の缶詰、ジャガイモ、タマネギ、生姜《しょうが》、ネギ、万能ネギ、ニンニク、レタス、片栗粉。

「なにか手伝う？」と俊介は言った。ジャガイモを四センチ角に、タマネギを一センチ幅の櫛形《くしがた》切りにしてくれと彼女は言った。クシガタ？　と俊介は訊《き》いた。それじゃ、とりあえずジャガイモを、と彼女は言った。

俊介がジャガイモと格闘しているあいだ、彼女は冷蔵庫から鶏の骨つき肉をとりだし、塩こしょうをふり、すりおろしたニンニクをまぶして下味をつけた。それから生姜を千切りにし、タマネギを櫛形切りにした。鍋《なべ》に生姜を入れてサラダ油で軽く炒《いた》め、続いてあいびき肉を炒める。そこにジャガイモとタマネギを入れて炒め、水を加えてふたをした。

「片栗粉を水で溶いてくれる？」と彼女が言った。

鍋が煮立ったところで彼女はアクをすくい、砂糖を加えた。落とし蓋《ぶた》をして五分ほど煮て、醤油《しょうゆ》を加えてさらに煮込む。それから寝かしておいた鶏の骨つき肉に片栗粉をまぶし、たっぷり油を入れて煙の出ている中華鍋で揚げた。俊介は彼女の手ぎわのよさに惚《ほ》れぼれとした。

まもなく中華鍋から香ばしい匂いが漂ってきた。彼女は鍋のふたを開け、箸《はし》でジャガイモをつついた。十分やわらかくなっている。そこに水溶き片栗粉を入れ、とろみがついたところで、火をとめた。

「これで、フライドチキンとジャガイモのそぼろ煮のできあがり。もう一品はレタスの帆立てあんね」

俊介がレタスを細切りにしているあいだに、彼女はみじん切りにしたネギを、油の残っている中華鍋でさっと炒め、帆立て貝柱を加えてさらに炒めた。それから缶汁を加えて煮込み、煮立ったところで、片栗粉でとろみをつけた。皿にレタスをもり、煮立った帆立て貝柱のあんをかける。フライドチキンを皿にのせ、ジャガイモのそぼろ煮を小鉢にもり、万能ネギの小口切りを散らす。

「さ、ぜんぶ終わった」

彼女がそう言った瞬間、炊飯ジャーのスイッチが保温に切りかわった。神業ですね、と俊介が言うと、彼女は舞台を終えた役者のように静かに頰笑んだ。

「それは食べてから言ってほしいな」

俊介はCDをジプシー・キングスに替え、彼女は茶碗《ちゃわん》にご飯をよそった。テーブルに向かいあい、いただきます、と声をあわせた。そのときドアチャイムが鳴った。

裕里子はビクッと肩を震わせ、まちがって毛虫でもつまんだような手つきで箸《はし》を置いた。

俊介は人さし指を唇に押しあて、息をひそめた。

ドアの鍵《かぎ》はかかっているが、キッチンの窓が少しだけ開いている。窓のすきまから部屋のなかをのぞきこむのは難しいが、ギターの奏でるジプシー・ロックと食事の匂いはまちがいなく廊下にもれている。

この状況で留守をよそおうのは不自然だったが、訪問客があきらめて立ち去るのを待つしかなかった。俊介はリモコンに手をのばし、プレーヤーのスイッチを切った。裕里子はテーブルの上で手を組み、首だけドアのほうに向けている。そのまま息をつめた状態が続いた。

チャイムを一回だけ鳴らし、静かに応答を待つような客に俊介は心当たりがなかった。大学の連中ならすぐに声をかけてくるだろうし、セールスなら数回鳴らして立ち去る。だが、訪問客はドアの外でじっと息をひそめ、動く気配もない。俊介は裕里子と顔を見あわせた。

そのときチャイムがいらだたしげに三回続けて鳴り、「いるんだろ、安達さん」と訪問客が言った。

ご主人の声だった。裕里子は顔色を変え、ベッドに駆けよった。シーツのしわをのばし、毛布と掛け布団を整えた。俊介は足音をしのばせて玄関に行き、彼女のパンプスをつかんだ。そして浴室のドアを指さした。

裕里子はテーブルの皿を見つめ、黙って首をふった。ご主人なら料理を一目見ただけでわかってしまう、そう言いたいのだろう。それにいつまでも待たせるとかえって疑われてしまう。彼女は手の櫛で髪をなでつけ、かすかにうなずいた。俊介はパンプスを玄関に戻すと、息をつめるようにしてドアを開けた。

「いや、突然、すみません」

ご主人はそう言いながら、足下のクリーム色のパンプスに目をやった。

「いまちょうど、お昼ご飯を作りにきてくださって」

俊介は口ごもった。

「あなた、どうしたの」と裕里子が後ろから言った。

ご主人は猫背になり、上目を使って彼女を見た。

「ここでなにをしてる」

「だから、いつもコンビニのお弁当だって聞いて、たまには手料理を作ってあげようと思って」

「そうか、楽しそうだな」

ご主人はジャンパーのポケットに両手を入れ、唇の端をゆがめた。足下が少しふらついている。

「あなた、酔ってるの」

「ああ、酔ってる。上がっていいかな」

「ええ、どうぞ」と俊介は言った。

ご主人は上がり口にしゃがみ、大きな身体を折り曲げるようにして靴を脱いだ。

「歯医者じゃなかったのか、水曜の二時は」

彼はそう言って、テーブルの料理を眺めた。

「ううん、先週で終わったの、治療は」

「電話を入れてみたが、予約が入ってなかったからな」

「なぜ電話なんかしたの。いつもの歯医者さん混んでるから、別のところに変えたのよ」

「なるほど、そういうことか」

「ねえ、ゴルフはどうしたの」

ご主人はそれに答えず、ベッド、本棚、勉強机と、部屋のなかを点検するように見てまわり、コルクボードの前で足をとめた。俊介は思わず目をつむった。

「楽しそうに写ってるじゃないか。ごていねいに日付まで入ってる。九月二十六日というと、先週の水曜か」

ご主人はふりむき、俊介を見た。

「どうして俺がここに来たのか、ふしぎでないか」

俊介は身体を硬直させたまま黙っていた。

「俺もな、まさかきみが相手だとは思わなかった」

「あの、それはまったくの誤解です」

俊介がそう言うと、ご主人はベッドに目をやった。

「裸の写真は撮らなかったのか」

「なんてことを言うの！」と裕里子が叫んだ。「お昼ご飯を作ってただけじゃない」

「毎週、水曜日に」

「きょうが初めてよ」

「それじゃ、ほかの日はなにをしてた？　写真を撮ったり、東急で買い物したり、あとはなにをしてたんだ」

ご主人は冷凍した魚のように表情をなくしていた。俊介は奥歯をかみしめ、彼の視線から逃れるように顔を伏せた。

「もうやめて、あなた酔ってる」

ご主人はあごをしゃくり、俊介を見た。

「素面《しらふ》じゃ、こんなことは訊けない。きみは家内のこと、なんて呼んでる」

「はい？」

「裕里子さん、だろ」

ご主人はそう言って、俊介をじっと見つめた。

「無言電話の相手にそんな呼び方するもんじゃない」

「あなた、どういうこと」

「言いわけがあったら、家に帰ってから聞く。ここであまり見苦しいことはしたくない」

「ねえ、誤解よ。安達くん、なんとか言って」

ご主人がふいに笑いだした。

「安達くんか。それできみは、裕里子さんか」

「涌井さん」と俊介は言った。「たしかに写真を撮ったり、買い物をしたり、誤解されてもしかたないかもしれませんが」

「やめな。言いわけは家内から聞く。きみからは聞きたくない」

「ねえ、あなた、わかった。家に帰ってから話そう？　誤解なんだから」

裕里子はご主人の腕をとった。ご主人は彼女の手首をつかみ、そっと放した。

「これが誤解だったら、土下座して謝る。もし誤解じゃなかったら、どうする」

俊介はテーブルの料理と裕里子の顔を交互に見た。

「弁当ばかりじゃ栄養がかたよるからって、お昼ご飯を作ってもらっただけです」

ご主人はうなずくと、玄関に向かった。そして靴に足を入れながら、「きみの顔は二度と見たくないが、そういうわけにもいかないだろうな」と言った。

ふたりの足音がゆっくりと階段を下りていった。俊介はしばらく動けなかった。激しい動悸《どうき》とともに、吐き気がこみあげてきた。口を押さえ、キッチンに立った。シンクに顔をつっこんだが、粘つく唾液《だえき》しか出てこない。喉《のど》の奥に指を差しいれると、空っぽの胃が裏返るように波打った。

☆

正太はビニール袋から顔を上げると、ぼんやりと窓の外を眺めた。人も車もすべてスローモーションで動いている。耳元ではボンボンボンという音が聞こえている。

「おーい、次は俺の番だよぉ」

徹がニタニタ笑いながら、手をのばしてきた。喋《しゃべ》り方も動作もひどくのろい。正太はシンナーがこぼれないようにビニール袋の端を結び、ベッドの上に放りなげた。

「おーい、なにすんだよぉ」

徹はプールに飛びこむように、ゆっくりと弧を描いてベッドに倒れた。ほんとうは倒れるまで〇・五秒もないのだろうが、たっぷり三秒かかっているように見える。部屋が暗いように思え、正太は蛍光灯のスイッチを入れた。光の粒子がきらきらと乱反射して、目にさしこんできた。徹はビニール袋に顔をつっこんでいる。

「おい、徹」と正太は声をかけた。「もうやめろよ、歯とけるぞぉ」

徹は顔を上げると、ふうーっと長い息をついた。

「なんだよぉ、おまえだって、よだれ垂らしてるぞぉ」

「自分といっしょにすんなよ」

正太は勉強机の椅子から立ちあがり、ベッドにバタンとうつぶせた。いっしょだよぉ、と徹が言って、正太の尻《しり》の上に足をのせた。

「重てえよ、徹、じゃまだよ」

正太はつぶやくと、リモコンでCDのボリュームを少しだけ上げ、目を閉じた。

――ヘイ神様ぁ　いつでも一番高い場所から　神様ぁ　きみはぼくらを見下ろしている
退屈じゃないのかって心配になるのさぁ　他人の毎日ばかりを見ている毎日

彼女の歌を深夜のラジオで聴いて、正太は一発でファンになった。リズムに乗っているようで乗りきれない。のびやかなようで、妙にぎこちない。川村かおりって、どんな女の子なんだろう。彼女の歌を聴くたびに正太はひどく息苦しい気分を味わったが、CD情報誌で彼女の写真を見つけたとき、そのクールで淋《さび》しそうで整った顔立ちが、あまりにも歌からうけるイメージ通りだったのでびっくりした。だが、きょうの彼女の声はえらく間延びして聴こえる。なんだか憂うつになってくる。

「おい、なんか下で、音したぞ」

耳もとで徹の声を聞き、正太は目を開けた。耳をすますと、階段を上ってくる足音が聞こえる。

「なあ、どういうことだよ」

まだ四時前だった。きょうは六時をすぎないと、だれも帰ってこないはずだった。正太はあわてて立ちあがり、プレーヤーの停止ボタンを押し、ドアを内側からロックした。それから窓を開け、部屋の空気を入れかえた。

学校を早退したことは別にばれてもかまわないが、アンパンがばれたらまずい。正太も徹も、勝手口にシューズを脱ぎ捨てたままだった。裕里子がそれに気づき、部屋に乗りこんでくるにちがいない。

「やべえな」と徹がささやいた。

父の耕治が階段を上りながらなにか言い、裕里子が小声で言いかえした。正太はじっと息をひそめていたが、ふたりの足音はそのまま子ども部屋の前を通りすぎた。

徹がポケットからマイルドセブンをとりだした。ちょっとやめろよ、と正太がたばこに手をのばしたとき、居間で大きな物音が聞こえた。タンスかテレビかサイドボードか、そんなものが引き倒された音だった。その振動が正太の部屋にも伝わってきた。

「なんだよ、いまの」と徹が言った。

正太は黙って顔をしかめた。

——いったい、いつからなんだ！

父のどなり声が聞こえ、裕里子の悲鳴が重なった。

——ねえ、やめて、正太が帰ってきてる。

——それがどうした。息子に知られたくないようなことをしたのか、おまえは。

「まずいとこ来ちゃったな」と徹が言った。

正太は眉《まゆ》をひそめ、居間から聞こえてくる声に耳をすました。

——だから、あなたの誤解なのよ。私の話、なにも聞いてくれないじゃない。

——よく平然としてられるな、え？　取り乱してるのは俺だけか。おまえはいつだって冷静だよ、そうやって自信たっぷりにな、俺を見くだすような目で見る。

——私がいつあなたを見くだすような目で見たの。

——俺だって土下座したいよ。くだらない早とちりだった、疑って悪かったたって、おまえらの前で土下座したいよ。したけどな、おまえにはアリバイがないんだよ。

——ねえ、そんな言い方はよして。

——裕里子、俺はおまえのことをな、最後まで追いつめたくなかった。少しくらい逃げ場を残しておいてやろうと思ってたんだ。

父は声をつまらせた。あとはほとんど泣き声だった。

——おまえは九月から、歯医者に五回通ってるはずだ。そのアリバイがないんだよ。市内の歯医者にかたっぱしから電話した。でも、おまえはどこにも通ってない。説明してくれよ、納得のいく説明をしてくれよ。なして黙ってる？　やっぱり五回とも、あの野郎のところに行ってたのか、え？　それでなにをしていた？　こんなことをしてたのか？

「帰るよ」と徹が言った。

「悪いな」と正太は言い、ドアのロックをはずした。

裕里子の悲鳴に続き、服を引き裂く音が聞こえた。

——なんだ、これは。あの野郎がつけたんだな、え？　おまえってやつは、こんなことまでさせてたのか、あんなガキに。もう言い逃れできないだろ、え？

「おやじ！」と正太は居間に向かってどなった。「友だちがいま帰るから、ちょっと静かにしてくれよ」

居間がにわかに静かになった。おまえも苦労するよな、と徹は言い、マイルドセブンをさしだした。正太が黙ってそれを受けとると、徹は階段を下りていった。
正太はドアを閉め、ベッドにあおむけになった。
居間は静まりかえったままだった。息子に知られたくないようなことをしたのか？　こんなことをしてたの
か？　なんだ、これは。あの野郎がつけたんだな、え？　おまえってやつは、こんなこと
までさせてたのか、あんなガキに。
ふたたび大きな物音が聞こえ、続いてガラスの割れる音がした。正太は思わずベッドか
ら起きあがった。自室を出て、居間の前に立った。
――俺がなにをした？　小夜子のことか？
ふすまのむこうから、父のおし殺した声が聞こえた。
――どうしても信じられない。なしてこんなことになった？　教えてくれよ、こんなこと
は二度とないって、言ってくれよ、なにかのまちがいだったって。つらいが、忘れる。忘
れるように努力する。もう二度とこんなことはないって言ってくれ、頼む。これだけ裏切
られても、おまえを憎めない。こんな俺を笑んのか？
正太はじっと息をつめていた。裕里子のすすり泣く声が聞こえた。
――なんだ、どういうことだ、え？　そんなに、あんなガキがいいのか？　答えろよ、ど
っちが先に誘ったんだ。
父の声が裏返った。肉を打つ鈍い音に続き、裕里子のうめき声が聞こえた。

ろ？

——なあ、おまえ、こんなことをして、この先どうせ、恥ずかしくて生きていけないだ

裕里子のすさまじい悲鳴が上がり、次の瞬間、コンセントが引きぬかれたようにふいに静かになった。父の荒い息づかいだけが聞こえてくる。

正太はがまんできずに、ふすまを開けた。父は裕里子の上に馬乗りになり、両手で首をしめあげていた。彼女は大きく目を見開き、父の腕を叩《たた》いている。

信じられぬ光景を目にして、正太は声を出すこともできず、その場に立ちつくした。父の親指は裕里子の喉《のど》にくいこんでいた。彼女は苦痛に顔をゆがめ、唇を震わせている。激しくばたつかせていた足も、平泳ぎをするようにゆっくりと動くだけになった。

父がふりむき、正太を見た。彼女は手をのばし、苦しまぎれに父の耳をつかんだ。父はその手を払いのけ、「正太、こいつはな」と言った。

正太は拳《こぶし》をにぎりしめ、父に飛びかかった。シャツの衿《えり》をつかんで引きよせ、顔面を殴りつけた。拳は眉間《みけん》に当たり、次の瞬間、父は後ろに倒れた。そのすきに裕里子が起きあがった。ブラウスの胸がはだけ、下着が見えている。彼女は喉に手をあて、激しく咳《せき》こんだ。それから衿もとをかきあわせ、居間を出ていった。

サイドボードが倒れ、ワイングラスが割れ、ウィスキーのミニチュアボトルが散乱していた。正太は立ちあがると、上から父を見下ろした。父はしばらくあおむけに倒れていたが、やがて片肘《かたひじ》をついて起きあがった。そして額に手をあて、何度も頭をふった。正太は

黙って自分の拳を見た。上背があり、体重も八十キロを超える父がこんなにあっけなく倒れるとは思わなかった。

父は薄くなった頭頂部をなでながら、「正太」と震える声で言った。「おやじを殴って、どんな気持ちだ」

正太はいらいらした。そんなことより、あんたはいま首をしめて、ほんとうに殺そうとしたのか？

「すわれよ」と父が言った。「男同士の話だ」

正太はまったく同じ台詞《せりふ》を聞いたことがあると思った。父さんは再婚することにした。とても気立てのいい人で、年もまだ若い。父さんにはもったいないほどきれいな人だ。母さんと呼べなかったら、姉さんでもいい。新しい家族がひとり増えるんだ。気持ちよく迎えてやってほしい。これは男同士の話だ。

「すわれ、話したいことがある」

正太は首をふった。「おやじとあの人の話だろ。俺には関係ねえよ」

「おまえの母さんの話だ」

「母さんなんていねえ、俺には」

父は正太の顔をじっと見上げた。

「あの人はうちの家族だよ。でも母さんじゃねえ。だから俺の問題じゃねえ。ぜんぶおやじの問題だよ。自分の問題なのに、息子を巻きこむなよ」

父はふいに立ちあがり、正太のトレーナーの胸もとをつかんだ。

「たしかに俺の問題だ」

正太の胸を軽く押すと、父は階段を下りていった。

勝手口が閉まるのを確かめてから、正太は自分の部屋に戻った。ベッドに腰かけていた裕里子がゆっくりと顔を上げた。頬が腫《は》れあがり、片目が充血している。正太は後ろ手でノブをつかんだまま、ドアにもたれた。ブラウスはボタンがちぎれただけでなく、片方の袖《そで》がやぶれ、肩がむきだしになっている。

「徹くんだった？　ごめんね、変なところ見せて」

「着がえろよ、おやじ出てったから」

正太がドアを開けると、裕里子は部屋を出ていった。確かめたいことがあったが、怖くて訊《き》けなかった。ベッドと壁のあいだにビニール袋がはさまれていた。正太は袋を手にとり、顔をつっこんだ。もうなんの匂いもしない。電話を入れてみよう、ふと思った。子機に手をのばし、番号を押した。呼びだし音一回でつながった。

「もしもし」と聞きとれないほど小さな声が言った。

「俺だけど」と正太は言った。

「ああ、正太くん」

相手はそう言ったまま、黙っている。

「先生さ、今度の家庭教師、休みにしない？」

正太は自分の口から出てきた言葉にびっくりした。

どうして、と彼は言った。どうしてって、と正太が口ごもっていると、そうだな、と彼はつぶやいた。

「そうだな、こっちもちょっと忙しくて、来週に延ばしてもらえると、助かるな」

「なあ、先生」

「なに」

「おとなのやることって、めちゃくちゃだよな」

「なにかあったのか」

「しらばっくれるなよ、先生」

「正太くん」と受話器のむこうから暗い声が聞こえた。

「やめてくれよ」と正太はさえぎった。「それより先生、元気なさそうだから、新しいネタ教えてやるよ。ヘリコプターを見たら、三回手を叩いてから、指で三角形を作るんだ。そんなかからヘリコプターを見るといいことがあるって。あともうひとつ、いいこと編な。飛行機雲を見っけたら、腕をのばして人さし指を立てて、指が雲より長けりゃいいことあるって」

「やってみるよ、ヘリコプターと飛行機雲だな」

ドアが開き、裕里子が顔をのぞかせた。

「悪いけど、ちょっと」

「じゃ先生、切るから」

正太はそう言って、子機を充電台に戻した。裕里子が息を飲むのがわかった。だが、彼女はなにも訊かなかったし、正太もなにも言わなかった。彼女はすでに新しい服に着がえていた。それは授業参観や保護者会のときに着てくるサーモンピンクのスーツだった。

正太は居間に入った。倒れたサイドボードをふたりで持ちあげ、元の位置に戻した。ワイングラスやウィスキーのミニチュアボトルはすでにかたづけられていた。

「ありがとう、助かった」と裕里子は言うと、ボストンバッグとコートを手に持った。

「また里帰りかよ」と正太は言った。

裕里子は首をふり、階段を下りていった。正太はその後ろ姿を見送っていたが、大きく息をつくと階段を駆けおりた。暖簾《のれん》を下ろした店の暗がりのなかで、裕里子がふりむいた。

「なにがあったんだよ。息子に知られたくないことって、なんだよ。なあ安達先生か?」

裕里子は黙って両手を開き、よろめくように近づいてきた。そして正太を抱きしめ、なにかうわごとのようにつぶやいた。

「なんだって?」

訊きかえした正太を突きとばすと、裕里子は勝手口のドアを押しあけ、外に走りでた。

正太はしばらくその場に立ちつくし、カウンターの止まり木に腰をおろした。まもなく五時半だった。どうせおやじは小夜子のところに行ったのだろう。祖母とふたりだけで夕飯を食べるのは耐えられなかった。

「家出したいのは、俺のほうだよな」

正太はポケットからマイルドセブンをとりだすと、カウンターのマッチで火をつけた。

☆

俊介はテーブルの料理をかたっぱしからゴミ袋に放りこんだ。炊飯ジャーの電源を引きぬき、湯気の立つご飯も放りこんだ。それからラジオのスイッチを入れ、ベッドの脚にもたれた。

――銃声ひとつ響くことなく、世界史が動いた一九八九年十一月九日。私たちはあの日の感動をけっして忘れないでしょう。二十八年間、冷戦の象徴として東西を隔てていたベルリンの壁が崩壊したあの日から一年。きょう、一九九〇年十月三日、東西ドイツは既成の枠組みを超え、ついに統一を果たしました。歓喜にわく市民の声をお聞きください。

俊介は窓の外に目をやった。降りだした雨がいつのまにか雪に変わっている。電話が鳴った。俊介はあわてて受話器をとった。

「安達くん」と小さな声が言った。「もうおしまい、なにもかも」

裕里子の声は聞きとりにくかった。俊介は受話器を耳に押しあてた。

「いまどこにいるの」

彼女は答えない。すすり泣く声だけが聞こえる。

「ねえ、どこからかけてるの」

「大通公園」

「すぐに行く、公園のどこ」

「もう、どこにも帰れない」

裕里子は受話器のむこうでしゃくりあげた。

「ご主人、どうしてる」

「私、ひとりでどこかに行く。もうこれ以上、あの人を裏切れない、あなたのことも」

「待って、切らないで。とにかくそこに行くから」

「これから、いろいろ訊かれると思うとつらいの。でもそれはしょうがない、私が悪いんだもの。でも私より、あの人のほうが、もっともっとつらいのよ」

「ねえ、ひとりで行くって、どこに行くの」

「わからない。だれも知らないところ」

俊介は息を深く吸いこみ、ゆっくりと吐きだした。

「裕里子さん、ふたりで逃げよう」

受話器に手がかぶせられる気配がした。

「もしもし、聞いてる？　もしもし、裕里子さん」

俊介は叫んだが、彼女は押し黙ったままだった。

「とにかく三十分以内に行く。ぜったいに待ってて」

駅前の喫茶店を指定して、俊介は電話を切った。

来週の金曜日に、道新の販売部主催の懇親会が入っていた。それは学生向けのミニコミ紙を準備している販売所の所長たちと一杯やりながら、若者の新聞離れを食いとめる策をねろうという会だった。

俊介はベッドにうつぶせた。これからのことを冷静に考えるべきだと思った。自分にとっていちばん大切なものはなにか、それだけを考えるべきだった。しかも、いますぐにその答えを出さなければならない。

ひとりでだれも知らないところに行く、と彼女は言った。それはどういうことなのか。彼女はひどく混乱している。たった二時間のうちに、家庭を捨てる覚悟を決められるはずがない。ご主人の前から何日か姿を消し、たがいの気持ちが落ちつくのを待って、話しあいを持とうと考えているのかもしれない。たぶん、そうだ。そうにちがいない。ふたりで逃げよう。とっさにそう言ってしまったが、彼女のほうが迷惑に思うかもしれない。

だが、ふたりでどこかに身を隠すとしても、来週の金曜まで猶予は八日間ある。それまでになんらかの打開策がみつかる可能性もある。

いや、結論など出そうと思えば、いますぐにでも出る。喫茶店に行かなければ、それですべてが終わるのだ。ご主人がふたたびどなりこんできたとしても、何発か殴られれば、それですむのだ。

でも、ほんとにそれでいいのか？　彼女を裏切って後悔しないのか？　彼女の買い物についていかなければ、彼女の写真を撮らなければ、無言電話の相手に声をかけていなければ、こんなことにはならなかった。こうなったのも、すべて自分のせいなのだ。

心臓が激しく打ち、胃がきりきりと痛んだ。腕時計に目をやった。電話を切ってから、すでに二十分が経過している。

俊介は飛びおき、財布の中身を確認した。バイトの給料と仕送りの残りが九万円入っている。奨学金が振りこまれたばかりなので、銀行の口座には三十万ほど残っている。尻《しり》のポケットに財布をねじこみ、革ジャンを羽織った。部屋のあかりを消そうとして、一週間ほどホテルに身を隠すことになるかもしれないと考え、机の上にあったポケットラジオと読みかけの『北方文化講座』をショルダーバッグに放りこんだ。それから靴に足を入れ、あわてて部屋に戻った。北海道新報社から連絡が入るかもしれない。電話を留守録に切りかえてからアパートを出た。雪は少し小降りになっていた。傘を忘れたことに気づいたが、引きかえす気にはなれなかった。

駅前の喫茶店まで走った。裕里子は奥の席に隠れるようにすわっていた。腫《は》れあがった頬を隠すようにコートの衿《えり》を立てている。

足下に置いてある大きなボストンバッグを見て、俊介はうろたえた。彼女はほんとうに家庭を捨てる覚悟を決めたのだろうか。だが、喫茶店で彼女の気持ちを確かめるわけにはいかない。

俊介は彼女の手を引いて店を出た。行き先の当てはなかった。駅前通りを足早に歩き、札幌グランドホテルの前で足をとめた。彼女にみじめな思いを味わわせないためにもここに泊まろうと思った。グランドホテルは札幌でもっとも歴史のあるホテルだった。

裕里子はうつむいたまま首をふった。

「お金の心配ならいらない」と俊介は言った。

「ここは、いや」

俊介はその口調の強さに驚いたが、理由を訊《き》く余裕はなかった。駅前に戻り、東急ホテルに飛びこんだ。すでに満室だった。隣接する第一ワシントンも満室だった。

寒さのために彼女の唇は紫色になっている。俊介はたばこに火をつけて彼女にくわえさせ、北大附属植物園前のビジネスホテルに向かった。そこは北大を受験したときに泊まったホテルだった。

チェックインをすませると、裕里子はコートも脱がずにベッドのふちに腰かけ、両手で顔をおおった。そして指のすきまからゆっくりと長い吐息をついた。俊介は黙って上から見下ろした。どんな言葉をかければいいのかわからない。彼女が口を開くのを待った。だがいつまでも黙っている。やがて肩が小さく震えはじめた。

俊介はベッドの前にひざまずき、裕里子の肩に手を置いた。その手を彼女はにぎりしめ、「ごめんね」と言った。「こんなことに巻きこんで」

「なにを言ってるんだ、ふたりの問題じゃないか」

俊介の声は少しうわずった。自分でも芝居の台詞《せりふ》みたいだと思った。

「いいのよ、安達くん、むりしなくて。でもできたら、朝までいっしょにいて。朝になったら、ひとりでどこかに行く。だれも知らないところに」

「そうやって、ひとりで決めるなよ」

俊介はコートの衿もとから髪の束をもちあげ、首筋に唇をあてた。裕里子は顔を上げ、充血した目を向けた。

「どうしようっていうの」

「いっしょにどこかに行こう」

「自分の言ってること、わかってる？ 大学はどうするの、就職はどうするのよ」

「ちょっと待って、そんなこと、いますぐには決められない。でもとにかく裕里子さんをひとりにはできない」

俊介は床にひざまずいたまま、裕里子の腰に手をまわした。

「もうやめて、お願い。私のことなんか忘れて。別れるしかないの。つらいけど、ほんとにつらいけど、しょうがないのよ」

「ご主人は、正太くんはどうするの」

「どうにもならない」

「それでいいの、後悔しないの？」

裕里子は顔をゆがめ、俊介の頭を抱きしめた。

「やめて、そんな言い方」

「ねえ、ひとりでどこへ行くつもり」

「東京のどこか」

「知りあいでもいるの」

「いないから行くのよ」

俊介は顔を上げ、「わかった、俺も行く」と言った。「お金は持ってきた。なんとかなる」

人妻と一週間だけ東京に駆け落ちる。それは映研が作るモノクロームの十六ミリフィルムの世界を思わせた。そのあいだに彼女の気持ちも落ちつくだろうし、ご主人と話しあいを持つなら、それくらいの冷却期間も必要だろう。俊介はそう思い、裕里子の手をにぎりしめた。

あなたを道連れにはできない、と彼女が言った。でもいま別れたら永久に会えなくなる、と俊介は答えた。それからたがいに自分のことを考えるために押し黙った。

話は堂々めぐりをくりかえし、一睡もせずに朝を迎えた。俊介は一晩中、裕里子の手を離さなかった。猶予はとりあえず八日間ある。だがこの手を離したら、それで終わりだと思った。彼女がほんとうにすべてを捨てる決心をしたのかどうか、それはわからない。ふたりは手をにぎりしめたまま始発電車で千歳空港に行き、七時五十分発の羽田行きに乗った。

☆

羽田に着いたのは九時すぎだった。足早にモノレール乗り場に向かう乗客に背を向け、ふたりはスタンドで熱いコーヒーを飲み、サンドイッチをつまんだ。

「どう見えるだろうね」と俊介は小声で言った。「上京した弟を迎えにきた姉さん、あるいは親戚《しんせき》の叔母《おば》さん」

裕里子はのばした指先をぼんやりと見ている。顔色はあいかわらず良くない。目のまわりに隈《くま》ができている。

「ごめん、つまらないこと言って。でも、そんなにつらそうな顔しないでほしいな」

俊介は裕里子の顔をのぞきこんだ。

「ちょっと静かにして」

彼女は片手をあげ、顔の前の小虫を追いはらうようなしぐさをした。エプロンをつけた女がカウンターのむこうから、こちらを見ている。俊介はしかたなく口をつぐんだ。

飛行機のなかでも、俊介はしゃべりどおしだった。口を開いてないと不安だった。だが、今後のことについて具体的な話はなにもしていない。飛行時間は一時間半もなかったし、となりの席の乗客がじっと耳を傾けているような気がして肝心なことを話せなかった。裕里子が銀行勤めをしていたときに作った口座に四十万ほど預金が残っているので、ふたりの所持金をあわせれば八十万円になる。ただそのことを確認しただけだった。

ジャンパー姿の男が新聞をくず入れに放りこみ、コーヒーを注文した。

「ゆで卵は？」と女が訊いた。

「もらうよ」男は裕里子をちらりと見て、カウンターに三枚の硬貨を並べた。

「固くゆでるのね、ハードボイルドね」

「毎朝、同じこと言わせんなよ」

男はたばこを口にくわえ、何度も紙マッチをすった。だが、なかなか火がつかない。

俊介は男の震える指先を眺めながら、裕里子のご主人のことを考えた。ゆうべはご主人も眠れなかったにちがいない。妻はじきに戻ってくる。初めはそう思っていたはずだ。だが、夜がふけても帰らない。彼はバイクを飛ばす。アパートのドアを叩《たた》く。だが、人の気配はない。妻の駆け落ちを知った夫はどんな気持ちになるのだろう。正太くんはいまなにを考えているだろう。

「いま考えていること、当ててみようか」と裕里子が言った。

俊介は黙って皿のピクルスを見ていた。

「ねえ、会社のことでしょ」

男が聞き耳を立てているのがわかった。

「いまなら引きかえせるよ」

俊介は顔を上げ、目をまるくした。

「そんなもったいないこと、しないよ」

「そう？　大丈夫？　安達くん」

「なにが」

「むりしてない？」

男が小さく舌打ちをした。

「むりしてるよ、初めての経験だもの」

「そういう意味じゃなくって」

「大丈夫、俺のほうが荷物が少ない」

裕里子はかすかに首をふると、空になったカップを受け皿に戻した。

「うらやましいね、朝っぱらから」

男がカウンターのなかの女に声をかけた。女は紙ナプキンを折る手を休め、裕里子のほうを見ている。

裕里子はボストンバッグを手にとり、ごちそうさま、と言った。

「はい、ごちそうさま」と男が言った。

俊介は裕里子の手をつかみ、カウンターを離れた。

「ねえ、どこか当てでもあるの？」と裕里子が言った。「東京のこと、私、ほとんどわからないから」

「いや、悪いけど、俺も全然。高校の修学旅行でたしか浅草に泊まったけど、ホテルの名前もおぼえてないくらいだから。でも、上野のあたりには安くて清潔なホテルがありそうな気がする」

俊介がそう言うと、彼女はふいに足をとめた。

「それはどういうこと？」

「だから、いまいちばん必要なのは落ちつける場所を確保することだと思うんだ。静かなホテルでゆっくり話しあえば、きっと打開策が見えてくる」

「打開策ってなに」

「だから、これからどうするか」

「安達くん、やっぱり引きかえしたほうがいい」

「ちょっと待って、なにを言いだすの」

「だって、なにをゆっくり話しあうの。ホテルなんて、アパートが見つからなかったときの話でしょ。限られたお金しかないんだから、そのなかで早く住むところをさがさなくちゃ、でしょう？」

俊介は狼狽《ろうばい》を気取られないように、彼女の手をとり、モノレール乗り場に向かって足早に歩きだした。

「わかった、でもそれならアパートより、まずはウィークリーマンションに入ったほうがいいと思うな。なにをするにも足場が必要だし」

裕里子は呆《あき》れたような顔をした。

「どうして？　そんなの、もったいないよ」

「だって自炊する設備もあるし、布団とか食器とか冷蔵庫とか、生活用品はひと通り揃ってるっていうし」

「でも、どうせすぐに揃えなければならないのよ。とにかく限られたお金しかないんだから」

俊介は口を開きかけ、思いなおしてうなずいた。裕里子は冷静さを欠いているが、それを指摘すれば口論になる。とりあえずいまは彼女の考えにしたがうしかないと思った。駆け落ち一日目の朝に札幌に引きかえすようなことはしたくなかった。

モノレールに乗り、浜松町《はままっちょう》で降りた。キャッシュ・ディスペンサーでふたりの預金を全額引きだし、キヨスクで三文判を買った。迷ったあげく浜松という名を選ぶと、彼女は俊介の肩に額を押しつけ、声を出さずに笑った。

駅前の不動産屋に入った。濃紺の制服を着た女がカウンターごしに頬笑んだ。

「どのあたりをおさがしでしょう」

俊介が首をかしげると、女はカウンターに地図を広げ、「当社は都内全域を扱っておりますが」とほっそりとした指で東京湾をなぞった。「とりわけウォーターフロントの物件が豊富でございます」

「そうか、海の近くっていいね」と裕里子が言った。

女はふたりの顔を交互に見た。

「失礼ですが、入居されるのは」

裕里子は黙って二本指を立てた。

「おふたりで？」

「姉といっしょです」と俊介は言った。

女は唇の端をしぼりあげ、パソコンのキーを叩いた。

「お部屋がふたつにキッチンとバス。ご予算はおいくらくらい」

「相場はどれくらいなんです」と裕里子が訊《き》いた。

「八万円くらいから、いろいろございますが」

「八万円でさがしてください」

女はうなずくと、該当するファイルを呼びだした。プリントアウトされた物件は二件しかなかった。しかも雑費を含めると九万円を超えてしまう。所持金から逆算して、八万円以上の部屋を借りることは不可能だった。

やっぱりウィークリーマンションを当たったほうが、俊介がそう言おうとして物件説明書から顔を上げると、「ひと部屋でいいんです」と裕里子が言った。

女はかすかに首をかしげ、ふたたびキーを叩いた。物件は豊富にあった。

「姉だなんて言うから」と裕里子がささやいた。

ソファにすわり、ひとつひとつの説明書を見比べ、彼女はふたつの物件にしぼりこんだ。ともにワンルームマンションで、ひとつは八万二千円、エアコン、バス、収納ベッド付、十一階建ての十階。もうひとつは七万八千円で、ベランダ、エアコン、バス、シャワー付とあり、八階建ての五階だった。間取り図を見せてもらったが、両方ともほとんど同じ部屋にしか見えない。

「じかにご覧になるのがいちばんですわ」

女にすすめられ、車に乗りこんだ。若い男の運転する車はモノレールの軌道をくぐりぬけ、倉庫の並ぶ埠頭《ふとう》へ向かった。工事中のビルがやたらと目につく街だった。空に突き刺さるクレーン、低空を飛びまわるヘリコプター、運河のほとりに建つカフェの白いバルコニー、水門の脇に停泊している屋形船、港湾労働者専用の宿泊所。俊介は押し黙ったまま、窓の外を眺めた。

初めに案内されたのは八万二千円の物件だった。建物は新しく、窓から東京湾を一望できた。収納ベッドを引きおろすと、部屋はたちまち寝室になった。けっこういい部屋じゃない？　でも決めるのは、もうひとつを見てからね、と裕里子は言った。

車は運河にそって走り、やがて老朽化したビルの前に停まった。旧式のエレベーターは途中で故障したのかと思うほど、ゆっくりと上っていった。部屋は先ほどの物件より広く、日当たりも良かったが、窓からの眺めが良くなかった。倉庫と倉庫のあいだに海がわずかに見えるだけだった。

だが、裕里子はこちらのほうを気に入った。洗濯物を干せる南向きのベランダがあることと、浴室が広いことが決め手だという。

不動産屋に戻るとカウンターの女が頬笑み、「いかがでした？」と言った。

こちらに決めます、と裕里子は七万八千円のほうの物件を指さした。

「ありがとうございます、こちらへどうぞ」

女は丁重に頭を下げ、ふたりを応接セットに案内すると、契約時までにこちらをご用意ください、と言った。

さしだされた用紙には、入居者全員の住民票、保証人の印鑑証明書、当社指定の火災保険加入申込書とある。

俊介は思わず裕里子の顔を見た。大学の入学時に札幌のアパートを借りたとき印鑑証明は必要なかった。住民票についても、後日郵送すると言ったまま、鹿児島から取りよせるのを失念してしまったが、不動産屋はなにも言ってこなかった。だから浜松という名の保証人を仕立てあげ、キヨスクで買った三文判を押せばそれですむと軽く考えていた。

「あの、住民票と印鑑証明、用意してないんですが」

俊介がそう言うと、女はにっこり笑った。

「ご心配なく、どちらのお客さまもそうですから。必要書類がそろった段階で、正式契約をさせていただきますので、本日は仮契約となります。なにか身分を証明できるものをお持ちですか」

「免許証があります。住民票のかわりになりますか」

「いえ、住民票は別に用意していただきます」

裕里子はたばこを出したが、火をつけずにぼんやりとしている。

「じつはきょう、地方から上京してきたんです。きょうじゅうに契約して、入居したいんですが」

「申しわけございませんが、貸し主との連絡や確認事項がございますので、正式契約から入居まで、通常、中二日いただいております。ですから、本日中に必要書類をそろえていただいたとしても、入居のほうは」

「わかりました」と裕里子が言い、ソファから腰を上げた。俊介もあわてて立ちあがった。

「お待ちください」と女が引きとめた。「免許証をコピーさせていただければ、貸し主に至急ファックスで確認をとります。先方の用意さえ整えば、あすにでも入居できる可能性もございます。手付金は一万円程度でけっこうですから」

「ごめんなさいね、なにぶんこういったこと初めてで。順序が逆だったの。保証人をお願いする方にあいさつをすませてから、また伺うわ」

女はそれ以上、引きとめようとしなかった。書類を封筒に入れてさしだすと、丁重に頭を下げ、またのご来店をお待ちいたしております、と言った。

不動産屋を出ると、俊介は大きなため息をついた。

「なんだか、むだなことに時間使ったみたいだな」

「そうでもないんじゃない？　勉強になったもの。お茶でも飲もうか」

裕里子はそう言って、道の向かいの喫茶店を指さした。

コーヒーが運ばれてくるあいだ、彼女はテーブルに書類を広げ、もう一度読みはじめた。俊介はそんな彼女に「ねえ、裕里子さん？」とおそるおそる声をかけた。「ウィークリーマンションなら料金を前払いすればすぐに入れる。身分証明は必要だろうけど、保証人なんていらないはずだよ」

「だめよ、そんな弱気じゃ」と彼女は書類から目を離さずに言い、それから大きくうなずいた。

「なにかわかった？」

彼女は顔を上げ、「そうね、まず第一に」と言った。

「入ったところがまずかったの。町の小さな不動産屋を選ぶべきだったのよ。世間には保証人を頼めない人なんてたくさんいるでしょ。そんな人、東京には何万人もいると思うの。印鑑証明なんかなくても入れる部屋が、どこかにぜったいにあるはずよ。第二に、入居者は安達くんひとりっていうことにしたほうがいい。私は親戚のつきそい。第三に、この部分だけど」

彼女は書類の一か所を指でしめした。

「さっきは気づかなかったけど、保証人の印鑑証明書の下に小さく、もしくはこれに代わるものってある。ここになにかヒントがあるような気がするの」

「ヒントって？」

「銀行ではね、連帯債務者はもちろん、連帯保証人の印鑑証明はぜったい必要なの。でも不動産の業界はもう少し合理的で、免許証とかパスポートとか写真照合できるものがあれば本人として認めるってことじゃないかな」

なるほど、と俊介はうなずいた。だが、どうすれば保証人の件を解決できるのか、いくら考えてもわからない。とりあえず俊介が借り主となり、裕里子が保証人の妻の役回りを演じることにして、喫茶店を出た。

山手線《やまのて》に乗り、一駅目の田町駅で降りた。駅前通りを少し歩いただけで、裕里子のイメージ通りの不動産屋がみつかった。ガラス戸ごしに白髪まじりの男の姿が見える。デスクに新聞を広げたまま、電話の相手と話をしている。

「ね、こういうところよ」と裕里子は言い、ガラス戸を開けた。パチンコの景品交換所のように狭く、カウンターと客用の椅子が三脚あるだけだった。

男は電話を切ると、軽くうなずき、メガネをかけた。

「八万円くらいでさがしてるんですが」

俊介がそう言うと、男は物件のファイルをめくりながら、「このあたりは意外と少ないんだよ、昔からの都営住宅ばかりで」と言った。「でも最近、若い人向きの物件も増えてきてね。ここなんかどうかな」

さしだされたファイルをふたりでのぞきこんだ。

「雑費込みで八万三千円。ワンルームだが約十畳ある。ふたりでも十分住める」

「あの、入居はぼくのほうだけです。きょうは叔母《おば》につきそってもらって」

「ああ、そうだったの、申しわけない。で、どうかなこの部屋。建物自体は古いけど、七階の東南の角部屋、日当たりはいいし、静かだし、環境はいい」

「ほかにはどんな物件が」

「きょうのところはこれくらいだな。見てみる？」

「あの、その前に住民票と印鑑証明、用意してないんですが、できたらきょうすぐにでも入居したいんです。上京してきたばかりで、事情がよくわからないんですが」

「免許証かなにか、見せてもらえる？」

俊介は学生証をとりだし、カウンターに置いた。

「へえ、北海道大学って、国立だよねえ、優秀なんだねえ。でも、どうしてこっちに」

「こちらの大学の教授に卒論の指導を受けることになったんです」

「ああ、そう。住民票はあとでいいよ。で、こちらの親戚の方が保証人かい？」

「ええ、そのつもりだったんですが」と裕里子が言った。「じつは主人、知りあいの保証人になって苦労した経験がありまして、今回、私が急にこの話をしたので、ちょっとこじれてしまって、お恥ずかしいことですが」

「いや、ご主人のお気持ちもよくわかりますよ。それじゃ、まあ、保証人の件はあとにして、連絡先だけうかがっておきましょうかね」

「親戚の連絡先も必要なんですか」と俊介は訊《き》いた。

「緊急連絡先としてね、家主さんに届けなけりゃならないんですよ」

「いや、叔母も北海道からつきそってきたんです」

俊介がそう言った途端、男の表情が変わった。

「ああ、そう。そうすっと、保証人はどうするの」

「ですから、そこのところを相談したいんですが」

「親には頼めないの？」

「ええ、ちょっと事情があって」

「あのね、事情があるんなら、初めから正直に話してもらったほうがいいんだよ。こっちだって商売でやってんだから。ふたりで住むところをさがしてんだろ」

裕里子がうなずき、黙って頭を下げた。

「こんな商売、長くやってるとわかるんだよ、申しわけないけど。いろんな人が部屋を借りにくるけどね、はっきり言って貸すか貸さないか、基準はふたつしかない。犯罪に関係していないか、家賃をきちんと払ってくれるか、このふたつだけだよ、つきつめて言えば。あんた、北大の学生さんでしょ、立派なもんだよ。だからきちんと払ってもらえることがわかれば、喜んで貸しますよ」

「ええ、それはもちろん」と俊介は言った。

「それじゃ、一年分前払いしてもらえる？」

俊介はびっくりして首をふった。

「三か月分なら」と裕里子が言った。

「ちょっと足りないな。よかったらここに電話してみてよ、保証人を紹介してくれるから」

男はデスクの電話機をつかんでカウンターに置いた。

俊介はさしだされた名刺の番号を押した。電話に出た男は、用件を言いかけた俊介をさえぎり、「実印と印鑑証明ね、用意できるよ。いまどこから?」と言った。田町の駅前だと答えると、「ああ、おやじさんの紹介ね。二十万のところ、十八万に負けとくから」と言った。これから伺えばすぐに用意してもらえるんですね、と確認すると、即日なら三十万円だという。また電話しますと言って、俊介は受話器を置いた。

男はデスクに片肘《かたひじ》をつき、新聞を読んでいる。俊介は裕里子に電話の内容を伝えた。

彼女は何度かうなずき、「そんな大金、先方に払うくらいなら」と男に聞こえるように言った。「こちらにいくらかお支払いして、便宜をはかっていただいたほうがいいんじゃないかしら」

男は新聞から顔を上げると、ネジがほどけるように表情をゆるめた。

「あんたら、危なっかしくて見てらんないよ。貸せる部屋がいまひとつだけある。ただしほかの物件に比べて、ちょいと割高になる」

「八万円以上だったらむりです」と裕里子が言った。

「いや、雑費込みで八万。そっちの希望通りだよ。でも見てもらえばわかるが、このあたりの相場で五、六万ってとこの部屋だ。足下を見てるって言いたいんだろ?　まあ、そういうことだよな。でもこんなにばか正直に手の内さらす業者もいないって。三か月分前払いしてもらって、礼金、敷金、手数料が一つずつ。それからお礼金としてもう一つ、それでどう？　あわせて七か月分」

五十六万円を支払うと、手もとには十六万五千円しか残らない。だが、不動産屋に八万円多く払うだけですむなら、話にのってもいいと、俊介は思った。

裕里子のほうを見ると、彼女も黙ってうなずいた。

「部屋を見せてください」と俊介は言った。

男はうなずくと、すぐに家主に電話をかけた。

「ちょっとまあ、事情はあるんだけどね、学生さんときれいなお姉さん。うん、まかせてもらえるかな、そう、いつもの通りで。これから連れてくから」

電話を切ると、男は上着を羽織り、「案内するから」と言った。

男の運転する軽自動車は運河にかかる橋を二回渡り、高速道路の下をくぐった。浜松町の不動産屋に紹介された物件に近づいているような気がしたが、運河と倉庫のある風景はどこも似通っていて、よくわからなかった。

倉庫街を抜けると、目の前に東京湾が広がった。男はそこで車を停めた。七階建ての古いビルだった。エレベーターに乗り、五階でおりた。

部屋にはすでに家主が待っていた。廊下のように細長いフローリングの部屋だった。キッチンのスペースを含めても六畳ほどしかない。窓は東向きで、カーテンの代わりにシーツが吊《つる》してあり、ベランダはあったが、エアコンはなかった。押入れを開けると、布団が二組と電気こたつが入っていた。

「前の人が置いてっちまったんだよ」と家主が言った。「いらなかったらこっちで処分するから」

ベランダには幼児の三輪車が雨ざらしになっていた。壁にはドラえもんのポスターが貼ってある。こんな狭いところで一家三人が暮らしていたのだろう。俊介は胸のつまるような思いで、浴室のドアを開けた。バスタブの縁にアヒルの玩具《おもちゃ》がのっていた。

不動産屋に戻り、契約書にサインをしたあと、見てないから書いてよ、と男に言われ、俊介は保証人承諾書にでたらめな住所と名前を記入し、キヨスクで買った三文判を押した。

「もし俺をだましたら、ほんと怒るよ。すぐに出てってもらうからね」

男はそう言って、もう一通の用紙をさしだした。家賃を滞納したときは鍵《かぎ》をつけかえられても文句は言わないといった趣旨の念書だった。俊介が財布の残額を数えているあいだ、裕里子はガス会社の連絡先をたずねたり、商店街の位置を確かめたりした。

不動産屋を出ると、地図のコピーを片手に、芝浦運河ぞいの道を歩いた。

「ちょっときついけどね」と裕里子が言った。「なんとかなるよ」

俊介は黙って彼女の顔を見た。

「やっぱり後悔してる？」

「現実感がないんだ」

した。

「ほんと、夢を見てるみたい」

「裕里子さんこそ、後悔してない？」

彼女はうなずき、肩にもたれてきた。

「でも、もう遅いよ」

新居の日の出ビルは、田町駅から徒歩で二十分ほどの距離だった。裕里子は地図を指さした。

「この海岸通りって、さっき車で通ったかな」

「たぶん走ってないよ。おしゃれな店がありそうだね」

俊介はそう言ったが、海岸通りと名づけられたその道はひどく殺風景で、すれちがう人の姿もほとんどなかった。それは大型トラックが砂ぼこりを舞いあげて走るだけの道路だった。

日の出ビルの右どなりは運送会社、左どなりは橋梁《きょうりょう》会社だった。エレベーターに乗りこむと、俊介は待ちきれずにキスをした。抱きあうようにして廊下を歩き、五〇五号室のドアを開けた。

家具ひとつない部屋はまるで空っぽのコインロッカーだった。俊介は窓辺に立った。羽田を発ったジェット機が音もなく飛び去っていく。ふりかえり手招きをした。

「ねえ」と俊介は両手を広げた。裕里子は笑いながら胸に飛びこんできた。

立っていられなくなり、床にくずれおちた。そうしてガス会社の男がドアをノックするまで、床の上で抱きあっていた。抱きあっていないと不安だった。

男はガス栓を開き、警報器の確認をすると部屋を出ていった。裕里子は買いそろえるべき日用品の話を始めた。その前に熱いシャワーを浴びないか、と俊介は言った。

浴室は製氷室みたいだった。ふたりは足踏みをしながらたがいの身体にシャワーをかけあった。裕里子は後ろ手にバスタブにつかまり、腰をつきだした。ノズルを陰部にあてると、震えはますます激しくなった。

浴室を出て、タオルがないことに気づいた。それでしかたなく、彼女の着がえのTシャツでたがいの濡《ぬ》れた身体をぬぐった。

「ねえ、お布団だけど」と服を着けながら裕里子が言った。「どうする？　安達くんさえよければ、私はあれでがまんするけど」

「いや、ぼくは全然」

「それじゃ、シーツだけ買えばいいね」

すでに三時近かったが、裕里子は二組の布団をベランダに干してから部屋を出た。冷静になって話しあうべきことが山ほどあるような気がした。だが、とりあえず必要なのはシーツとタオルだった。寝具店に入ると、裕里子は掛布団カバーとシーツと枕とタオルとバスタオルとクッションを選び、カーテン売場に向かった。一七八センチね、レールはあるわ。彼女は店員と話しながらカーテンを見てまわった。

「ちょっと暗めのがいいね」

裕里子はグレー地の霜ふりのカーテンを指さした。

レジスターは四万七千円の数字を打ちだした。俊介は少しうろたえた。彼女は財布から紙幣を抜きだし、五枚数えてレジの女に手渡した。残金はすでに十一万八千円しかないはずだった。

そば屋に入った。裕里子はビールを注文すると、「安達くん、元気ないね」と言った。

「お金の心配してるんでしょ。でも考えなくていい、そんなこと」

「そんなわけにはいかないよ」

「大丈夫」と裕里子はビールをひとくち飲んで言った。「私は二度目でしょ、こういう買い物には馴《な》れてるの」

「二度目」と俊介は言った。

「しかたないでしょ、事実なんだから」

俊介は黙ってうなずいた。

雑貨屋でシャンプーと石けんと歯みがきを買い、部屋に戻った。寝具店の配達がくると、裕里子はさっそくカーテンをとりつけた。部屋がたちまち暗くなった。俊介は布団を敷き、下着だけになってもぐりこんだ。彼女を呼んでみたが、返事はない。まもなく浴室から水の音が聞こえてきた。長い髪をシャンプーする彼女の姿を思い浮かべながら、俊介は眠りの斜面をすべっていった。

翌日は朝から晴れわたっていた。トラックの出入りも少なく、倉庫街は静かだった。俊介は今後のことについてゆっくりと話しあいたかった。だが、裕里子は脇目もふらずに買い物のメモを作った。

俊介は朝食もとらずに、急《せ》きたてられるように商店街へ向かった。食器、鍋《なべ》、やかん、フライパン、包丁《ほうちょう》、まな板、炊飯ジャー、オーブントースター。買うものは山ほどあった。金はいくらあっても足りなかった。両手に持ちきれなくなるとマンションに戻り、ふたたび商店街にくりだした。何度もそれをくりかえした。俊介はやがて口を開くのも億劫《おっくう》になった。

昼食の時間になると、裕里子はわざわざ商店街とは逆方向の埠頭《ふとう》へ行き、定食屋に入った。夜になると酒を出すその店は港湾労働者のたまり場だった。なぜこんなところに、と俊介が訊《き》くと、新しく住む街のことはよく調べておかなくちゃね、と彼女は答えた。

男たちは無遠慮に裕里子を見た。俊介はマグロのなかおち定食を、裕里子はモツ煮定食を注文した。俊介は男たちの視線が気になって落ちつかなかったが、彼女はとてもくつろいでいるように見えた。メニューの短冊と並んで、女子店員募集の貼り紙があった。彼女はしばらくそれを眺めていた。

カウンターのなかから店主が声をかけてきた。彼女はうなずき、古い知人にあいさつをするように答えた。

「そうなの、越してきたばかりなの。すごくおいしいわ、また寄らせてもらう」

店を出てふたたび商店街に向かった。裕里子はスナックや居酒屋の前を通りかかるたびに、店構えを確かめるように足をとめ、窓があればのぞきこむしぐさをした。

俊介は黙って彼女のあとに続いた。洗剤、洗面器、トイレットペーパー、ゴミ袋、洗濯ばさみ、スリッパ、くずかご、米、ミソ、醬油《しょうゆ》、夕食の材料。そして最後に食器戸棚とテーブルと冷蔵庫。

部屋に戻ると、裕里子は夕食の用意にとりかかった。俊介は食器戸棚に食器を入れ、トイレットペーパーをとりつけ、浴室で下着を洗った。サンマときんぴらとけんちん汁の夕食を終えると、ふたりで風呂に入り、布団に入った。財布にはもう四万円しか残っていない。

「週払いの仕事、さがさないとね」と裕里子が言った。

俊介は言葉を返すことができず、小さくせきばらいをした。マンションは静まりかえり、物音ひとつ聞こえない。裕里子は天井をじっと見つめている。なかなか眠れそうになかった。

☆

――どうだい、ドアーズ、六八年のヒットナンバーだ。

枕もとでラジオのDJがしゃべっている。裕里子は朝食の用意をしている。俊介は布団に横になったまま、窓ごしに四角く切りとられた青い空を眺めた。満員の夜行列車で一夜をすごし、見知らぬ土地でふいに目ざめたような気分だった。

――ヒットポップスからロックへ、時代は大きく変わっていく。セックス、ドラッグ、ロックンロール。えっ、古いって？　セックス、スポーツ、ロックンロール？　冗談だろ。

一九六八年、それは俊介の生まれた年だった。マラソンの円谷《つぶらや》が自殺し、十九歳の永山則夫がタクシー運転手とガードマンを射殺し、全学連が新宿駅を占拠し、べ平連がベトナム帰休米兵に脱走を呼びかけ、慎太郎と青島とノックが国会議員になり、川端康成が「美しい日本の私」を説き、「帰って来たヨッパライ」が大ヒットし、白バイ警官に変装した男が三億円の強奪に成功した。

この年のことなら、俊介はたいていのことを知っている。小学六年生の夏休みに「私の生まれた年のできごと年表」を作ったからだ。

俊介は布団から起きあがると足音をしのばせ、裕里子に近づいた。黒地のプリントスカートに白いブラウス。彼女はバッグに着がえを何着かつめてきた。背後から抱きしめると悲鳴が上がり、足下に包丁が落ちた。俊介はそれをすばやく拾いあげ、頬に押しあてた。

「ふりむかないで。料理を続けて」

「ちょっと、やめなさいよ」

俊介は包丁を押しあてたまま、ブラウスの背中のボタンに手をかけた。

「ねえ、危ないじゃない。いったいなんの真似」

裕里子はきざんだ大根を鍋に放りこんだ。俊介はまな板に包丁を戻すと、ボタンをひとつだけはずし、うなじに唇をつけた。

「くすぐったいったら」

裕里子は身をよじり、スプーンでミソをすくった。

「どんなことがあっても、ずっといっしょにいよう?」

俊介は耳もとでささやいた。

「ほんとにそう思ってる?」

「明け方、ずっと寝顔を見ていたんだ」

俊介はそう言って、ふたつ目のボタンをはずした。

「すごく苦しそうに息をしていた。まぶたがピクッと動いて、唇のまわりに汗を浮かべて、鼻の下に産毛みたいなヒゲが生えていて、なんだかすごく生々しいなって」

裕里子がふりむき、ちょっとなによそれ、と指で俊介の胸を突いた。俊介は両手で彼女の腰を引きよせた。

「自分に誓ったんだ。この人を守る、どんなことがあっても守りぬくんだって、寝顔を見ながら」

「鍋《なべ》が沸騰してる」

裕里子は俊介を見つめ、後ろ手で鍋の火をとめた。そして首にしがみついてきた。Tシャツの袖《そで》をつかみ、喉《のど》に唇を押しつけてくる。抱きあうようにして布団に倒れこんだ。服を脱ぐ間も惜しんで、唇を求めあった。

だれも知らない古いビルの一室で、ただひたすら交わる。俊介はそんなことを望んでいたわけではなかった。だが、欲望の火が消えかかると、たちまち不安が頭をもたげてくる。だから火種を絶やさぬよう、たがいを励ましあうしかなかった。

俊介は裕里子の手首をつかんで二の腕を裏返し、腋《わき》の下に唇をつけた。それから首の後ろに腕をまわし、片脚だけ高くもちあげ、抱えこむようにして、彼女のなかに入っていった。

彼女はとても大きな声を出した。突きだしたあごが震えだし、あふれた涙が耳の穴に流れこんだ。ねえ、壊れちゃうよ。彼女の声を聞きながら、俊介は射精した。

「新婚生活って、みんなこんな感じなのかな」

俊介はそう言って、トランクスを手にとり、前と後ろを交互に眺めた。

「なぜ私に訊くの」

裕里子はすばやくショーツをつけた。

「いや、だって」

「似たようなもんじゃないの、どこも」

「なんだ、そういうこと言うんだ」

裕里子は首をふり、台所に立った。

「ごめん、いちいちガキっぽくて」

「べつに」と裕里子はつぶやくと、ミソ汁の鍋にふたたび火をつけた。

「ちがうんだ、そうじゃなくて」

俊介は言いかけて、すぐにあきらめた。布団をベランダに干し、東京湾を眺めながらたばこを吸った。クレーンがのろのろとコンテナを吊《つ》りあげている。一本吸って部屋に戻ると、すでに朝食が並んでいた。

ラジオをＮＨＫに替えると、落ちついた女性の声が流れてきた。

――中山外務大臣は、昨日、開かれた衆議院安全保障特別委員会で、協力隊が多国籍軍の指揮下に入ることは想定しないが、自主的に判断し、支援協力する、との政府見解を示しました。これはさる十月三日、陸上自衛隊幹部が記者懇談会で、紛争がおきると小銃などが必要であり、イラクが首都を攻撃したら地対空ミサイルが必要になると発言したことに対して、翌四日、依田防衛事務次官が記者会見で、危ないところには行かないというのが政府の考えだ。ミサイルを使う地域への派遣は考えておらず、前提がちがうと述べるなど、中東貢献か、海外派兵かをめぐり、エスカレートする議論に歯どめをかけるため、あらためて政府見解を示したものとみられます。

「きょうは六日だよね」と俊介は言った。

「そうだけど、どうかした？」

「いや、カレンダーとかないと、すぐに日付がわからなくなる」

「新聞とろうか。毎日きちんと読んでたんでしょ。ないと落ちつかないよね」

「必要ないよ、新聞なんて、ぜいたくだよ」

俊介の口調は自分でも驚くほど険しかった。

「まあ、そのうちでいいか」

裕里子はつぶやくように言ってラジオのほうを見た。

朝食を終えると、俊介は食器を洗い、裕里子は洗面所の鏡の前で化粧をし、サーモンピンクのスーツに着がえた。部屋を出て、鍵《かぎ》をしめながら、さっきの話だけど、と裕里子が言った。

「さっきの話?」

「安達くん、あんまりすごいから驚いたの。若い人って、みんなそうなの?」

「みんなが、なんだって」

「いじわる」と裕里子は声をひそめた。「だから、一日間で五回もやるみたいな」

俊介は首をすくめた。彼女のうるんだ目を見ただけで腰がだるくなり、ジーンズのジッパーが窮屈になる。

「だからね、逆に不安になって」

同じだよ、ぼくも不安でしかたない。俊介はその言葉を飲みこんだ。彼女を安心させる言葉が見つからなかった。俊介は消えていく沈黙を追いかけるように、「安達くんっていうの、もうやめようよ」と言った。

エレベーターで同じ階の女の子と乗りあわせた。女の子は軽く会釈をすると、点滅する階数表示を見上げた。ジーンズの上下がよく似合い、ストレートの髪がきれいだった。俊介は彼女の横顔を盗み見た。裕里子は俊介の腕にすがりついていた。

運河にそって歩き、橋の手前で立ちどまった。裕里子は歩いてさがしてみるという。そこで右と左に別れた。

俊介は裕里子の姿が見えなくなるまで待ち、それから電話ボックスに飛びこんだ。札幌のアパートにかけ、暗証番号を押した。だが、留守電にはなにも録音されていなかった。両親はまだ駆け落ちのことを知らない、そう考えていいのだろうと思った。

受話器をいったん戻し、少しためらってから北海道新報社にかけ、人事部の饗場主任を呼びだしてもらった。保留音が延々と続き、不安がよぎったとき、内線が切りかわり、どうしました、と彼の声が言った。

「すみません、来週の懇親会に出席できなくなったんです」と俊介は言った。「高校時代の恩師が急に亡くなりまして、ちょうどその日、葬儀なんです。とてもお世話になった先生なので、ぜひともそちらのほうに。ほんとうに申しわけございませんが」

「いや、そんな気がねはいりませんから。うん、こっちはただの飲み会だから大丈夫」

「なにか連絡事項があれば、すみませんが留守電に入れておいてください。最近、ちょっと部屋を空けがちですが、必ず外から確認しますから」

受話器のむこうで彼の笑い声が聞こえた。

「内定式もすみましたし、当面こちらからの連絡はないと思いますよ。まあ、最後の学生生活、謳歌《おうか》してください。こちらとしては、あとは無事に卒業していただくだけですから」

「そうですか、ありがとうございます」

俊介は礼を言って、受話器を戻した。

駅に向かって歩きながら、いったいなにをしているんだろうと思った。どうしたらこの状況を打開できるか、いまこそ冷静に話しあわなければならない。それを避けていては事態はいっこうに進展しない。それなのに彼女にひっぱられるように部屋を借り、生活用品を買いそろえ、今度は仕事をさがしている。

彼女にしたって、こんな不安定な暮らしにいつまでも耐えられるはずがない。少なくとも俺は耐えられない。俊介はそう思い、いや、その気になれば一時間半で札幌に帰れるのだと思った。今夜は仕事で遅くなるからと、裕里子に嘘をつきさえすれば、懇親会への出席も可能だったのだ。あらためてそのことに気づき、饗場主任に電話を入れたことを悔やんだが、いまさら恩師の葬儀を取り消すわけにはいかない。

俊介はアルバイト情報誌を買って喫茶店に入り、短期の仕事を選んでかたっぱしから電話を入れた。

冷凍食品の出入庫、ハムの箱詰仕分け、ビル硝子《ガラス》クリーニング、航空機内客室整備、つくだ煮製造補助。すべて定員に達していた。なかばあきらめ、「返本整理、十六時〜二十三時、六千円」に電話をすると、履歴書と印鑑を持ってきてくれという。俊介はウェイトレスからボールペンを借り、アルバイト情報誌の付録の履歴書にでたらめな経歴を記入し、喫茶店を出た。場所は飯田橋だった。

手続きを終え、一時すぎにマンションに戻った。裕里子は戻っていなかった。俊介はコンビニ弁当で昼食をすませると、バッグから『北方文化講座』をとりだした。

卒論の提出日は十二月二十一日だった。文献さえ読んでおけば、一か月で完成させることができる。ゆっくりとページをめくり、引用できそうな箇所に傍線を引いた。だが、裕里子がいつ帰ってくるかわからない。卒論の文献を隠れるように読んでいることを知ったら、ひどく裏切られた気分になるにちがいない。それが気になり、容易に集中できなかった。三時をまわっても、彼女は戻らなかった。俊介は置き手紙を書いて部屋を出た。

会社には四時前に着いた。すでに浜松の名のタイムカードが用意されていた。点呼と体操のあと、すぐに仕事に入った。雑誌を決められた冊数ごとに束ね、パレットに積みあげる。パレットがいっぱいになると、荷物用のエレベーターに乗せ、倉庫に運びこむ。それだけの作業がじつに六工程に分けられていた。

俊介は結束機に雑誌を積む係だった。新人は必ずその係に配属されるらしい。コンベアが動いているかぎり、かたときも休めない。いちばんの軽作業は結束機を操作する係だった。彼らは雑誌が積まれるのを待ち、足下のペダルを踏む。ビニールひもが自動的に雑誌を結束する。横で一回、縦にして一回。それだけの仕事だった。

作業は休みなく続けられ、やがて六時のチャイムが鳴った。結束係の男はペダルを踏みかけ、チャイムが鳴ると同時に作業を中断した。俊介が積みあげた雑誌は、その瞬間むなしく崩れた。ただ踏みさえすればいいものを男は踏まなかった。

俊介は就業開始時に配られたチケットをもって食堂へ行った。たった二時間で疲れきっていた。丼飯《どんぶりめし》にお茶をかけて流しこんだ。夕食の時間は三十分だった。チャイムが鳴り、ふたたび作業が始まった。

雑誌を積みながら、俊介は何度もため息をついた。裕里子はすべてを捨てたのに、自分はまだなにも捨てていない。一か月先のことはおろか、一週間後のこともわからない。だが、それはすべて自分自身で決めることだ。恐怖が頭のなかでざわめき、水に垂らしたインクのように、先の見えない不安が胸のなかに広がっていく。自分の意志で自分の生き方を決めることがこれほど怖ろしいことだと、いままで知らなかった。

終了のチャイムが鳴り、男たちが更衣室に引きあげていく。俊介は十一時をさす壁の時計と雑誌のインクで黒くなった手を交互に見て、しばらく呆然《ぼうぜん》としていた。

マンションに帰ったのは〇時少し前だった。テーブルに置き手紙があった。ハーバーダストで働くことになった。一時には帰るとあり、店のマッチが置いてあった。

俊介はシャワーを浴び、電気を消して布団にもぐりこんだ。水商売の仕事を選ぶなら、相談してほしかった。相談されても、どうせなにも言えないだろう。彼女を不愉快な気分にさせるだけかもしれない。だが、ひとこと相談してほしかったと思った。

ハーバーダストは、海岸通りの一本裏手の雑居ビルの地階にあった。埠頭《ふとう》の定食屋から戻る道すがら、裕里子は人魚のイラストの看板の前で足をとめ、落ちついた感じの店ね、と言った。そのときおぼえた違和感を俊介は思い出した。看板を見ただけで、店の雰囲気がわかるというのだろうか。地下へ続く階段をのぞきこむと、薄暗い通路のさきに重厚な木の扉が見えた。

裕里子はなかなか帰ってこなかった。二時をすぎてようやくドアが開き、アルコールの匂いが漂った。俊介は闇のなかに目を凝らした。話しかけたかったが、神経がとがっていて、どんな言葉をかけても険悪になりそうだった。

ごめんね遅くなって、彼女は小声で言うと、服を脱ぎ、浴室に入った。俊介は返事をするかわりに寝返りを打った。裸になって抱きあえば、ささくれた気分もいやされる、そう思い、身じろぎもせずに待った。

だが、シャワーの音はいつまでたっても止まない。それがさまざまな想像をかきたて、俊介は根拠のない嫉妬《しっと》心に苦しんだ。たまりかねて布団から起きあがろうとしたとき、浴室のドアが開いた。俊介はあわてて目を閉じた。彼女は歯をみがきはじめた。焦《じ》らすためにわざと時間をかけているような気がした。ようやく彼女が布団に入ってきたとき、俊介はやっと身体が通るくらいの、小さな眠りの穴のなかに落ちていった。

毎日が規則正しくすぎていった。俊介は九時に起き、裕里子は十時に起きる。トーストとコーヒーの朝食をすませると、ふたりで散歩に出た。東京の地図を買い、歩いた道をぬりつぶしていく。海岸線にそって浜離宮まで二キロ、慶応大学をすぎて東京タワーまで歩いても二キロだった。マンションから半径二キロ以内の道をたちまち踏破した。昼どきになると部屋に戻り、食事をとった。そして全裸になって布団にもぐりこんだ。

俊介が仕事に出ると、裕里子は細々としたものを作って、スナックに出るまでの時間をつぶした。手芸品店で端布を買ってきては、ノブカバーや鍋《なべ》つかみやウォールポケットを作り、ビールの空き缶に雑草を植えて窓辺に並べ、スナックから持ち帰ったおしぼりタオルで動物のぬいぐるみを作った。俊介は仕事を終えて戻るたびに、部屋のなかに必ずなにかひとつ目新しいものを見出した。

そうして一週間がすぎ、金曜日になった。

その日は初めての給料日だった。俊介が三万二千四百円、裕里子が六万五千円、ともに週払いだった。俊介は結束機に雑誌を積みあげながら、たびたび壁の時計に目をやった。まもなく五時になる。北海道新報社の懇親会が始まる時刻だった。その会には面接試験の前に訪ねた販売所の所長も出席しているはずだった。

安達くんは欠席ですか、それは残念だな。そう言って白い歯を見せて笑う所長の顔が思い浮かんだ。内定が出てから一度報告に行ったが、あいにく彼は留守だった。懇親会であらためて礼を言おうと思っていた。

仕事を終え、顔を洗おうとすると、洗面器が横に流れていくように見えた。ベルトコンベアを流れる雑誌を何時間も見ているためだろう。飯田橋のホームに入ってくる電車を見ただけで気分が悪くなった。俊介は乗換えのために下りた有楽町の花屋で小さな花束を作ってもらい、マンションに戻った。

裕里子は一時すぎに帰ってきた。キッチンでコップ一杯の水を飲みほすと、ウィスキーの空き瓶に生けた赤いバラに気づき、両腕を広げて抱きついてきた。彼女はそのままじっと動かなかった。俊介は髪をそっとなでながら、どうしたの、と言った。

「ありがとう、いままで」と裕里子が言った。

俊介が顔をのぞきこむと、彼女は首をふった。

「部屋も借りたし、仕事もなんとかやっていけそう。だから安達くんはもう札幌に帰って。お金はいつかきっと返すから」

「なにを言ってるの」

「いま戻れば、大学も大丈夫でしょう？　就職も問題ないでしょう？」

俊介は裕里子のあごに手をあてた。

「ねえ、初めからそう思ってたの」

「ごめんね、でも楽しかった。たった九日間だったけど、いっしょに暮らせて夢みたいだった。いつまでもずっと胸にしまっておく」

「なにひとりで勝手なことを言ってるんだ。そんなことできるわけないじゃないか。だいいち、涌井さんにどんな言いわけができる」

裕里子は身をよじり、俊介の腕から逃れた。

「彼女はひとりで生きていくと言ってどこかに消えた。それでいいじゃない」

「ぼくはね、裕里子さんの家庭を壊したんだ。ひとりで帰って、大学に戻るなんてできない」

「ねえ、あなたには将来がある。別れるしかないの、しかたないじゃない」

「わかった、ずっと考えていたことを言う。いっしょに札幌に戻ろう。涌井さんときちんと話をつける。離婚の手続きをすませたら、鹿児島の両親に会ってもらう。それで、ふたりで小樽あたりで暮らす」

「それなら大学にも通える？」

「都合のいい考えかもしれないけど」

裕里子は首をふった。「それができるなら、私だって逃げてこなかった。でもそんな人じゃないの、あの人。離婚なんて、ぜったいに聞きいれてくれない」

「話してみなければ、わからないじゃないか」

「あなたは涌井のこと、知らないから。こんなこと言うつもりなかったけど、あの日、家を出た日ね、あの人、私を殺そうとしたの。それで自分も死ぬつもりだった」

俊介は裕里子を見た。彼女は顔を伏せて続けた。

「小夜子さんのときもそうだった。去年の暮れ、彼女が突然包丁持って乗りこんできたとき、あの人、刺されるのを覚悟で彼女を抱きしめたの。それを見て私、この人は女の気持ちがわかる人なんだって、そう思った。ねえ、もうこれ以上、あの人もあなたも、傷つけたくない」

俊介は彼女の腕をつかんで引きよせた。あなたには女の気持ちがわからない。はっきりとそう言われたようで、ひどくみじめだった。

「そんなことを言って、ずっとひとりで隠れて暮らすつもり？」

「なぜわからないの？　隠れて暮らすもなにも、帰るところなんて、もう私にはどこにもないの。あなたがむりしてるのはわかってる。だから札幌に戻って。いっしょに暮らせて、夢みたいだった」

裕里子はそう言って両手で顔をおおった。俊介は片膝《かたひざ》をつき、彼女の手首をつかんで、顔から引きはなした。

「ねえ、ひとりで生きていくなんて、淋《さび》しすぎるよ」

裕里子は手を下ろしたが、すぐに顔をそむけた。

「つらくなったら、いつでも札幌に帰って。できたら、私が勤めに出ているあいだに」

俊介は首をふり、彼女の肩を抱きよせた。

「ふたりいっしょにいれば、なんとかなる」

彼女は黙っていた。俊介は目を閉じ、髪の匂いをかいだ。しばらく抱きあったままじっとしていたが、どちらからともなく服を脱ぎ、布団にもぐりこんだ。俊介は彼女の手をにぎりしめた。彼女はその手をにぎりかえしてきた。窓の外が白みはじめるころになっても、たがいの手をきつくにぎりしめていた。

翌朝、遅い朝食をとったあと、裕里子はたばこを買いにいくと言って出かけた。だが一時間たっても帰ってこなかった。俊介はマンションの周辺をさがしまわった。ハーバーダストの前を通りすぎ、海に向かって歩いた。

裕里子は桟橋の電話ボックスのなかでうずくまっていた。ノックをすると膝をかかえたまま顔を上げた。俊介はドアを開け、黙って手をさしだした。彼女は目をうるませ、「電話なんか、もう二度としないよ」と言った。

☆

階段を上ってくる足音が聞こえ、ドアの前でとまった。

「なあ、いまの電話」と祖母の声が言った。「だれからよ」

正太はあわててシャツの袖口《そでぐち》で頬をぬぐった。

「開けてけれじゃ、正太。電話、だれからだったのさ」

祖母はドアを何度も叩《たた》いた。正太はベッドから起きあがり、ロックをはずした。

「裕里子だったべか」

正太は黙ってうなずいた。

「んだが、してなんだって？　どこにいるってよ」

正太は首をふり、ドアを閉めようとした。

「したっけ、なんか言ってきたんでないかい」

祖母は必死になってノブをにぎりしめた。

「許してくれって」

正太がそう言うと、祖母はヘッと笑った。

「息子に許してくれってかい」

正太は祖母の肩を押すと、すばやくドアを閉め、内側からロックした。

「どうした、正太、おまえが泣くことだばないっしょ」

「うるせえな、あっち行けよ」

正太がどなると、悪いのはあの女なんだからね、と祖母は言い、階段を下りていった。

ったく、なんだってんだよ。正太はつぶやくと、ふたたびベッドにうつぶせた。

――ねえ、正太でしょう？

電話をとると、受話器のむこうから裕里子の甘い声がささやくように言った。

――よかった、正太じゃなかったら、切ろうと思ってたの。ほんとうに申しわけないって思ってる。謝っても、いくら謝っても、許してもらえないと思うけど、どうしようもなかったの。あのね、お母さん、恋をしたの。こんなの、生まれて初めてなの。でもこんなこと、平気で言う私のこと、ぜったいに許してくれないよね。

ああ、という声が喉《のど》にひっかかった。

――小夜子さんのことで、いろんな思いをしたけど、でもお父さんは悪くないの。お母さんの身勝手で、こんなことになって。でも、後悔はしてない。正太にそれだけはわかってもらいたかったの。ごめんね、たぶん、もうずっと会えないけど、ずっとあとになってい
ろんな問題がかたづいたとき、いつになるかわからないけど、そのときが来たら、正太、会ってくれるよね。

裕里子の言葉は幼稚で、混乱していた。だが、意志の固いことは正太にもわかった。家に戻る気などまったくなかった。

――ちゃんと学校、行ってる？

正太は受話器を戻すと、階段を駆けあがり、自室に入った。膝に肘《ひじ》をのせ、両手で頭をかかえた。鼻のわきを伝わり唇の上でとまった涙を舐《な》めながら、もうだれとも話したくないと思った。アル中のように酒を飲みつづける父とも、朝から晩まで裕里子のことを罵倒《ばとう》しつづける祖母とも、もういっさい関わりたくない。そんな連中とつきあっていたら、自分がだめになってしまう。

プレーヤーにゴーバンズのテープをセットした。それはサッカー部の女子マネの千絵がダビングしてくれたテープだった。千絵のいちばん上の姉貴とボーカルの森若香織が高校の同級生で、ゴーバンズがまだ札幌のベッシーホールとか、駅裏8号倉庫とか、ペニーレーンのライブに出ていたころ、千絵は姉貴に連れられてよく観にいったという。彼女たちもバンドブームでいっきにブレイクしたが、あのころはイギリスのマイナー音楽っぽい曲も演奏していて、いまよりヘタだったけど、ちょっと不良っぽくて、かっこよかったんだ

と、千絵は言った。

どこが不良っぽいんだ？　あいにきてI・NEED・YOU！を聴きながら、正太は洟《はな》をすすりあげた。森若香織の歌のどこをさがしても、不良っぽさなんて微塵《みじん》もなかった。

裕里子が家を出てから十日間、父は店を閉めたまま、朝から酒を飲んでいた。いったいどうしたんだと訊《き》くと、四年間の結婚生活を思い出しているのだと父は言った。

そんなこと訊いてんじゃねえよ、正太は言いかけて口をつぐんだ。父は泣いていた。とても見ていられなかった。オッチャラベから裕里子の両親が駆けつけたときも、父は泥酔していた。ひたすら詫《わ》びる老夫婦の前で、父はうめきながら胃液を吐きちらした。

小夜子が毎日のようにやってきた。彼女は祖母とひとしきり話をして居間を出るとき、「お義母《かあ》さん、お手伝いすることがあれば、なんでも言ってね」といつも同じことを言った。それから子ども部屋のドアに向かって、「正ちゃん、お父さんをよろしくね」と声をかけた。

近所の年寄り連中が噂を聞きつけ、入れかわり立ちかわり祖母を訪ねてきた。耳の遠い老人たちはどなるようにしゃべった。正太はそのたびにテレビゲームやCDのボリュームを上げたが、彼らの声は容赦なく子ども部屋に侵入してきた。

「いいよ、なんでも言ってけれ。いっくらなさぬ仲でもな、息子の家庭教師とできちまうなんて、とんでもねえ女だよ、犬畜生といっしょだ」

「北大の学生さんなんだべ。人生、棒にふっちまって、かわいそうなこった」

「いや、そうでもないんでないかい？　うちの孫も、ほらヨーロッパやらアメリカやら、うろうろして、一年落第したろ。それより楽しいんでないかい。別嬪《べっぴん》の人妻と駆け落ちなんてさあ。飽きたら戻ってくりゃいいんだからよ。棒にふっちまったのは、彼女のほうだろうが」

「なに言ってんのさ、あんた、まったくいい年して、男なんてみんなこうなんだから」

ときおり寝室から父のせきばらいが聞こえたが、居間の年寄り連中はそれが聞こえないのか、聞こえないふりをしているのか、あいかわらず大声でしゃべりつづけた。

「いいや、相手はまだ子どもだ。だまされてんだべ、あの女に。飽きたら戻ってくりゃいいって、あんた、その前につぶされちまうよ」

「そんで、どうしてんだい、耕治さんのほうは」

「どうもこうもなんねえべさ、いつまでもこんな調子じゃ、店もつぶれちまうよ」

「客商売だし、つれえべな、それはわかる。でも小夜子さんが手伝うんでないかい」

「あんた、それじゃ、八千代ちゃんが嫁さん追いだしたように言われっぺよ」

「べつにどう言われてもいいよ、わたしゃ。でも小夜子は使えねえ、病気持ちだば」

夕方になり、彼らが帰ると、祖母は階下の厨房《ちゅうぼう》に下りた。そして夕食のしたくができると、二階に向かって声をかけた。正太は子ども部屋から出る。父も寝室から出てくる。食事は店のテーブルでとった。裕里子がいなくなって、二階の居間に運ぶ人がいなくなったのだ。

色気違い、犬畜生、男狂い、尻軽女《しりがるおんな》、淫乱《いんらん》、売女《ばいた》。祖母は食事のあいだも裕里子を罵《のの》りつづけた。父はそんな祖母をさえぎり、「いずれあいつも、傷ついて帰ってくる。そのときは許してやってもいい」と言った。

「正気か、おめえ」と祖母が言った。

父は黙ってコップの酒をテーブルに置いた。

「正太も聞いてくれ。こんなことになったのも、原因は俺にある。でも、小夜子には俺が必要なんだ。わかるよな。俺が見捨てたら死ぬまで病院で暮らすことになる。つらかっただろうが、裕里子はそれをわかってくれた。おまえの母親としても、ほんとうによくやってくれた。だから、小夜子に俺が必要なように、俺にも正太にも、裕里子が必要なんだ。わかるだろ？　したから帰ってきたら、そのときは許してやろうな」

「そうかい。そんなら学生の親に早く連絡しな。おめえがしねえなら私がするよ」

祖母がそう言うと、父は顔色を変えた。

「ちょっと待ってくれ。そんなみっともないことはやめてくれよ、俺の気持ちもわかってくれよ」

正太はテーブルに箸《はし》を置き、席を立った。どうしたんだ、と父が言った。正太は黙って階段を上り、自分の部屋に入った。あきれかえってなにも言えなかった。

ゴーバンズのテープが終わると、部屋のなかが静まりかえった。ときおり近所の子どもたちの声が聞こえてくる。正太はインタホンのボタンを押し、昼メシは廊下に置いといてくれと、祖母に言った。

「夕飯もな、これからメシはひとりで食うから、廊下に置いといてくれよ」

そう言って切ろうとすると、インタホンに雑音がまじり、「正太」と父の声が言った。

「許してくれって、そう言ったんだな」

「ああ」と正太は言った。

「どこからかけてきた？」

「んなこと、わかるかよ」

「ほかにどんなことを言ってた」

「学校に行ってるかって」

「あとは？」

「たぶん、もうずっと会えないって」

そうか、と父はつぶやき、黙りこんだ。正太はインタホンを切ると、机のひきだしからシンナーの瓶とビニール袋をとりだした。袋にシンナーをたらし、口を押しつけた。ゆっくりと吸いこみ、吐きだしながら、徹はなぜ電話もよこさないのかと思った。

この十日のあいだに電話をかけてきたのは担任の赤堀だけだった。事情はおありでしょうが、登校するように伝えてください。赤堀は電話に出た祖母にそう言ったという。

学校の先生がなぜ知っているのかと、祖母は言った。徹がクラスで言いふらしたのだろう、と正太は思った。以前、裕里子が里帰りをしたとき、「おとなは勝手だよな、自分のことしか考えていない」と正太が言うと、「なに甘えてんだよ。だれだって自分がいちばん大切、当たり前だろうが」と徹は言った。

翌日の夕方、安達先生の父親がやってきた。きのうの裕里子からの電話で父の気が変わり、鹿児島に連絡したのだった。派手なつかみあいでも始まるのではないかと、正太は自室で息をひそめていたが、いつまでたっても居間は静かだった。

二時間ほどして、ドアがノックされた。正太は会いたくないと言ったが、どうしても訊きたいことがあると、安達先生の父親が言うので、ドアを開けた。

部屋に入るなり、彼は土下座をした。正太はびっくりして、ただ見下ろしていたが、息苦しくなって口を開きかけたとき、息子はなにか言ってなかったでしょうか、と彼が言った。

「はい」と正太は言った。

彼は顔を上げた。「なんか言っちょりましたか」

「べつになにも言わなかったけど、でも最後に電話したの、俺だから」

「最後って、札幌を出ていった日ということですか」

正太はうなずき、ヘリコプターと飛行機雲の話をしたんだけど、とジンクスの話をした。

「私は中学の教師をしていますから、子どもたちがそういう話をしていることは知っています。でもなぜ電話でそんな話をしたんですか」

「なんとなく気づいて」

彼は身を乗りだした。「それはどげんことですか」

正太はおやじにはぜったいに内緒だと前置きをしてから、花火の日に約束をやぶって、わざとふたりだけにした話をした。彼は首をふり、名刺をさしだした。

「こんなことをきみに言うのはほんとうに心苦しいが、どんなことでもいい、行き先のヒントになるようなことを思い出したら、連絡していただけませんか」

正太はうなずき、アパートの部屋はもう調べてみたのかと訊いた。

「こいから行きます、涌井さんもごいっしょに」

「そりゃまずいよ」と正太は言った。「だったら俺も行く。おやじ、興奮すると手が出るんだ。危ないよ」

「逆の立場だったら私だってなにをするかわからない」

彼はそう言うと、ふたたび床に額をつけた。もうやめてくれと言っても、彼はなかなか頭を上げなかった。

その夜、正太はインタホンの電源を切った。そしてそれ以来、だれとも口をきかなくなった。三日に一度、父と祖母が寝静まるのを待ち、風呂《ふろ》に入ったが、それ以外は部屋に閉じこもったままだった。徹と孝志と千絵が電話をしてきたが、出なかった。

祖母は食事を運んでくるたびにドアの外から声をかけてきた。なしたの、正太。おまえがそんなに気にやむことはねえ。悪いのはみんなあの女なんだから。かわいそうにな、ほんとにかわいそうに。子どもを平気で捨てる親なんて、犬畜生にも劣るって。出てきな、正太。なにかほしいものはねえか。なんでも言ってけれ。正太、お願いだから鍵《かぎ》を開けてけれじゃ。

二学期の中間試験が始まり、赤堀が家を訪れた。祖母が何度もドアを叩《たた》いたが、正太はベッドに横たわっていた。赤堀が帰ったあと、祖母が父を叱る声が聞こえた。父も寝室に閉じこもり、担任に会わなかったらしい。

店は暖簾《のれん》をはずしたまま、いっこうに開ける気配もなかった。

☆

返本整理のバイトを始めてから三週目の水曜日、俊介は田町駅の階段を上りながら長いため息をついた。切符売場の前で立ちどまり、それから踵《きびす》をかえした。仕事はまたさがせばいい。階段を下り、駅前の道を戻った。

運河にかかる橋を渡り、そのまま道なりに行くと児童公園につきあたる。ジャングルジムとブランコと砂場、ペンキのはがれかけたベンチがふたつ、土に埋めこまれたラクダが二頭。人影もなく静まりかえっている。

俊介は水道の蛇口に口をつけて水を飲み、ベンチに腰をおろした。革ジャンのポケットからたばこをとりだし、紙マッチで火をつけた。深く吸いこみ、ゆっくりと吐きだす。目を閉じると、裕里子の顔が思い浮かんだ。

「せっかくのお休みじゃない。どこか遊びにいこう？」

日曜の朝、彼女は何度もそう言った。

ちょっと疲れてるんだ。出かけるのは午後からにしようよ。俊介はそう言って、いつまでも布団から出なかった。彼女はテーブルに肘《ひじ》をつき、口をとがらせていたが、ニットのワンピースのまま布団に入ってくると、まあ、いいか、こうしてるだけでも幸せ、と言った。

「でも、テレビとかないと、淋《さび》しいよね。その前に、洗濯機も買いたいし、レンジもほしいし。がんばって働くからね、私」

裕里子は早くもこの暮らしになじんでいた。どんなに仕事で疲れていても、いつも生き生きとしていて、日増しに若返っていくようにさえ見えた。彼女の人生と正面から向きあうためには、やはり大学や就職への未練を断ち切るしかないのだと、俊介はいまさらながらそのことを思い知った。

だが、札幌に残してきた生活を捨てる勇気はない。俊介は自分の意気地のなさを呪うように灰色の空をにらみつけ、たばこをくわえたまま首を左右に曲げた。ついでベンチから立ちあがり、上体の前後屈伸を十回、スクワットを三十回やった。

公園の南側は運河に面していた。落下防止用の鉄柵《てっさく》がめぐらされ、ミルクコーヒー色の汚水がコンクリの土台を洗っている。山手線と並行して流れるドブ川のような運河と違って、海にそそぎこむこのあたりは対岸まで百メートル以上ある。ドラム缶を積んだ船が桟橋の手前ですれちがい、高層ビルの最上階に設置されたオレンジ色のクレーンが鉄骨を吊《つ》りあげ、ヘリコプターがモノレールの軌道の上空を旋回している。俊介はたばこを靴底でもみ消すと、ブランコに腰かけた。

北側は団地の敷地と接していた。三時半をまわり、日もすでに陰っているが、ベランダにはまだ数組の布団が干しっぱなしになっている。その色とりどりの布団がひどく淫《みだ》らなものに見えた。ベランダに並んだ布団は夜の夫婦生活の匂いを発散し、誇示している。そんなふうに思えてならない。

俊介は空を見上げた。どこからかラジオの音がかすかに聞こえてくる。パーソナリティの男と女が早口でしゃべっている。目を閉じると、子どもたちの叫び声、鉄の階段を駆けあがる靴音、子どもを叱る母親の声、小鳥のさえずり、トラックがバックする合図音など、さまざまな声や音が聞こえてくる。

三階の窓が開き、ベランダに女が出てきた。布団をかかえ、ちらりとこちらを見た。女の表情はよくわからない。だが、平日の昼下がり、ぼんやりとブランコをこぐ男に好感をもつはずがない。俊介はなにかを考えかけ、それを頭から追いはらった。こんなときに考えることなんてどうせろくなもんじゃない。女は布団をとりこむとすばやく窓を閉め、レースのカーテンを引いた。

子ども用のブランコは低くてこぎにくい。鎖をねじりあげ、腰にあてる板の高さを調節していると、若い母親が自転車を押して公園に入ってきた。荷台に二、三歳の男の子を乗せている。俊介は目の端で彼女を追いながら二本目のたばこに火をつけた。赤と白のボーダーTシャツに、足首までの長さの杢《もく》グレーのジャンパースカートを着け、腰の左右でピンク色のリボンをむすんでいる。短くカットした髪にメッシュを入れているが、顔立ちは幼く、まだ高校生のように見える。

彼女は玩具《おもちゃ》のバケツとスコップを息子に与えるとベンチに腰をおろし、キルティングの手さげから週刊誌をとりだした。ゆっくりとページをめくりながら、ときおり砂場で遊ぶ息子に目をやる。その落ちついた物腰は、彼女が早々と人生の折りかえし地点にたどりついたことの証拠のように見えた。俊介はブランコから降り、ふたたびベンチに腰をおろした。砂場をはさんで彼女と向かいあう恰好《かっこう》になった。

男の子はバケツに砂を入れてはひっくりかえしていたが、やがてズック靴をスコップにして遊びはじめた。母親は週刊誌に熱中し、息子に注意を向けない。脚を組みかえるたびに、スカートのすそから白いふくらはぎがのぞいてみえる。俊介は若い母親の夜の生活を想像して、舌の先を軽くかんだ。

彼女がふいに顔を上げた。そしてかすかに眉《まゆ》をひそめ、週刊誌に戻った。俊介はベンチにあおむけになり灰色の空を眺めた。つかの間まどろみ、寒さに震えて目をさますと、若い母親の姿はなかった。

マンションに戻ると、裕里子はすでに勤めに出ていた。俊介はテーブルに向かい、『北方文化講座』を読んだ。この一冊の本だけが札幌の生活をつなぎとめている。その思いにすがりつくようにページをめくった。両親や妹の顔が思い出された。すでに事実を知らされたにちがいない。両親のあわてようが目に浮かんだ。きっと裕里子に非難が集中しているだろう。両親は彼女を誘拐犯のように責めたてているかもしれない。

部屋はやがて薄暮れに沈んだ。正太くんは学校に行っているだろうか。こんなことで彼の人生が狂ってはいけない。俊介はいたたまれない気持ちになり、セーターの上に革ジャンを羽織り、マンションを出た。

コンビニでサンドイッチを買い、埠頭《ふとう》のベンチで食べた。遠くに見える団地の窓が、ため息をつくように次々と灯《とも》っていく。俊介はゆっくりとたばこを一本吸い、電話ボックスに入った。呼び出し音を三回聞き、受話器を戻そうとしたとき、もしもし、と妹の声が言った。

「もしもし？」と妹がくりかえした。

階段下の電話台の前に立っている妹の姿が思い浮かんだ。やせていて手足が長く、髪は男の子のように短い。バドミントン部に所属し、氷室京介と小泉今日子が好きで、カエルのぬいぐるみやポストカードを集めている。だが、それは中学二年生の妹だ。もう四年近く会っていない。高校三年生の妹は想像できない。

「お兄ちゃん？　お兄ちゃんでしょ。切らんで、そうよね、お兄ちゃんよね」

俺のことは心配するな。俊介はそれだけ言って切ろうと思っていたが、もう少し妹の声を聞いていたかった。

「ねえ、黙ってないで、なにか言って」

腕時計は七時三十五分をさしている。両親は食堂だろうか。それともすでに夕食を終え、居間のテレビの前だろうか。ぐずぐずしていると気づかれてしまう。いや、妹は自室の子機で受けたのかもしれない。

「いま、自分の部屋か」と俊介は訊《き》いた。

「お兄ちゃん！　いまどこにいるの」

「頼む、大声を出すな。元気にやっちょって、大丈夫だ。もう少し落ちついたら、事情を説明すっで、そいだけ伝えっくれ。わかったか」

「だから、いまどこに」

「そいは言えん」

「なん言ってんの。父さん、札幌に行って」

妹の声がとぎれ、次の瞬間、電話が切りかわり、「俊ちゃん」と母の声が叫んだ。「どこにいるの俊ちゃん、あなた、だまされてるのよ。目をさましてお願い。どこにいるの、どげんしたの、聞こえてるの。ねえお願いよ、帰ってきて。なぜ黙ってるの」

俊介は電話を切れずにいた。

「そばにいるのね、その人、出して。お願い代わって。ごめん、いいの、代わらんでいい。俊ちゃん、あなた悪い夢を見てるのよ。どげんしたの、なにか言って、切らんで。ちょっと待って、大切なこと伝えんと。北海道新報社の方から電話があったの。人事部の饗場さん」

「いつ」と俊介は言った。

「ああ、俊ちゃん、やっと声が聞けた」

母は断水した蛇口から空気がもれるようなうめき声を出した。

「ねえ、そいはいつ。なんて言っちょった」

「ちょっと待って、カレンダーに書いちょっで。そう先週の金曜、十九日。連絡がつかないでこまってるって。だからお母さん、息子は旅行に出ていて、親にも連絡をよこさないんですって、そう言っておいたから」

「ありがとう」

「ねえ、お父さんにかわる」

「息子を信じてくれって、そう伝えてください」

俊介はそれだけ言って受話器を置いた。

電子音が鳴ってテレホンカードが戻ってくる。ガラスのドアに額を押しあて、しばらく港を眺めた。動くものはなにもなく、黒い海にただ赤い灯が点滅している。

この一週間、留守番電話を確認していなかった。父が札幌に行ったのはいつなんだろう。当然、アパートの部屋を見ただろう。コルクボードの写真ばかりか、机のひきだしのなかの写真も見たにちがいない。

俊介はふたたび受話器をとり、札幌のアパートの番号を押した。留守電の案内が流れ、暗証番号を押すと、三件の伝言が再生された。

——本多やっけど、わい、どげんした？　授業にはいっこうに出っこんし、いつかけても留守電やし。おいのほうは札幌テレビ系列のプロダクションに就職決めたど。つまり、西野んところの下請け。三人でお祝いすっどって西野が言っちょっど。じゃ、電話待っちょって。

——北海道新報社の饗場です。至急、連絡いただけたらと思います。自宅の番号も教えておきます。

——なんだよ、また、いないのか？　えーと、岡本ですが、ちょっといま遅番の手が足りなくて、週一だけでもできないかって話です。曜日の相談は可能なので、もしできる場合は、日曜の夕方五時までに店長のほうへ直接連絡入れるように。

俊介はもう一度、伝言を再生し、饗場主任の自宅の電話番号を暗記した。そして忘れないうちにすぐに番号を押した。電話はすぐにつながった。安達ですが、と言うと受話器のむこうで、ああ、とつぶやく声が聞こえた。

「すみません、留守にしてまして」

「いま帰ってきたんですか」

「いや、じつは旅行に出ていて、まだ旅先です」

「どちらですか」

「ええ、もちろん国内ですが、いろいろ移動してます。あの、ご用件は」

「それはもうすみました」

「どういうご用件だったんですか」

「いや、例の販売店さんが作る学生向けのミニコミ紙、あの企画で北大の学生にアンケートをとることになったので、協力をお願いしようと。でも、別の方に依頼しましたから」

「すみません、ご迷惑をおかけしまして」

「それより、きみはいまどこにいるんです」

「ええ、ちょっと」

「ご実家に電話しましたよ」

「ええ、聞きました」

「そうですか、ご両親と連絡をとってるなら心配はいらないかな。安達くん、でも大学のほうはどうなってるんですか。採用担当者としてね、万一、きみが卒業できなくなるようなことになったら、それはもう大変なことになるんです。まあ、後期試験はまだ先のことだし、きみはもうほとんどの単位をとってましたよね」

「すみません、そんなことまで、ご心配をおかけして」

「私としてもね、はっきり言って、内定者にこんな気のつかい方をするのは初めてです。どうです？　一度、お会いしましょうよ、今月中はむりですか」

「そうですね。いや、でも今月中といっても、もうあまり日がありませんし」

俊介が口ごもると、「それなら来月に入って」と彼はたたみかけるように言った。「五日の週に会いませんか。五日から九日のあいだのどこかで会いたいですね」

「そうですか、五日の週にこちらから連絡します。そのときにお会いできる日時を確認したいんですが」

「わかりました、そうしましょう」

「ありがとうございます。ご心配をおかけして、ほんとうに申しわけありません」

俊介は受話器を戻しながら、ふと大切なことに思いあたった。東京に来た日に預金の全額を引き出してしまったが、札幌のアパートの家賃が月末に引き落とされるのだ。口座に金を補充しておかなければならない。電話の基本料金などを加え、四万五千円ほど必要だが、いまのところ生活費は裕里子の給料でまにあっているので、稼いだ金はほぼ手つかずに残っている。こんなことで両親に迷惑をかけることはできない。

俊介は電話ボックスを出ると埠頭を歩いた。港湾労働者の宿泊所を通りすぎると、定食屋が見えてくる。店に入りきれない客がドラム缶をテーブルがわりにして、立ったまま酒を飲んでいる。彼らの話し声は遠くからでも聞こえた。鉄パイプとコンテナの積みあげられた一角を左に折れ、冷凍食品倉庫の陰で足をとめた。たばこに火をつけ、向かいの雑居ビルに目をやった。

ビルの一階は絨毯《じゅうたん》の問屋、二階には歯科医院が入っている。地下へ降りる階段の入口にスナックの看板が出ている。岩にすわって髪をとかす人魚の影絵の下に小さく〈ハーバーダスト〉とある。看板は表通りからは見えない。しかも街灯もまばらな薄暗い小路の奥にある。たまたま通りかかった客が冷やかしに入るような店ではない。

薄暗い階段を下り、分厚い木の扉を押し開ければ、そこに裕里子がいる。客に酒をつぎ、たばこの火をつけ、愛想をふりまき、酒をおごられ、たぶんつまらない冗談に笑っている。店の内部がわからないので、それ以上のことは想像できない。

勤務時間は夕方五時から深夜〇時までのはずだが、帰宅はいつも二時前後になる。遅いときは三時をすぎる。いったい何時まで店を開けているのかと訊くと、オーナーが体調をくずして休んでいるので、お客がいるうちはなかなか閉められないのだと、裕里子は答えた。バイトの女の子が三人いて、みんなとても美人だという。それじゃ一度行ってみようかな、と俊介が言うと、人の職場に必要以上の関心をもたないほうがいいと、彼女は真顔で答えた。

街灯の下に三人の男の姿が浮かびあがった。こちらに足早に近づいてくる。三人ともスーツ姿で三十代なかばに見える。俊介は表通りに向かって歩きだした。

すれちがいざま、「いや、なかなかいい店だよ」とひとりが言った。「請求書を送ってくれる店なんて、このあたりじゃ珍しいからな」

しばらく歩いてふりむくと、男たちは階段を下りていくところだった。俊介は彼らといっしょに店に入っていく自分を想像して一瞬足をとめ、すぐに思いなおした。

マンションに戻ると、俊介はウィスキーを飲んだ。急に耐えがたいほどの空腹をおぼえ、カップメンをふたつ食べ、食パンを三枚食べた。それでもおさまらずに冷蔵庫のなかをかきまわした。きゅうりにミソをつけてかじり、服を着たまま布団にもぐりこんだ。

立てつづけに嫌な夢を見てうなされたが、目をさます間際にトンネルへ走りこんでいく自分の後ろ姿を見たような気がしただけで、ほかにはなにもおぼえていない。

闇のなかで耳をすますと、裕里子がトイレで吐いていた。時計を見ると三時をまわっている。ジーンズとセーターのまま眠ってしまったので身体がだるかった。俊介は寝返りを打ちながら、布団のなかで服を脱いだ。洗面所で歯をみがく音が聞こえ、まもなく服を脱ぐ気配がした。黙って毛布の端をめくると、「ごめん、起こしちゃった？」と彼女が小声で言い、布団に入ってきた。コロンとアルコールと歯みがきの匂いがした。

「もっと早く帰りたかったんだけどね、きょうはなんだかすごく混んじゃって」

俊介は三人組の男たちを思い浮かべた。接待経費で飲んで会社に請求書を送ってもらうようなサラリーマンを相手に、三時近くまで飲んで騒いでいたのだろうか。

「ごめんね、お酒くさくて、あとたばこも」

裕里子はそう言いながらも、身体をよせてきた。

「悪いけど、バイトやめたんだ」と俊介は言った。

「そうなんだ？」

「でも、またさがすから」

「ううん」と裕里子は首をふった。「それよりもね、うちのお店に慶応の女の子がいるって言ったでしょ、バイトの子。きょう、彼女に訊《き》いてみたんだけど、安達くん、うまくすれば東京の大学に転学できるでしょ。仕事をさがすより、そういうこと考えたほうがいいんじゃないかな。お金のほうはなんとかなるから」

俊介は腰の腕をほどき、黙って背中を向けた。

「ねえ、気にさわること言った？」

「言わない。眠いんだ」

彼女がそんなことを考えていたなんて、想像もしていなかった。

11月

安達くん、身体に悪いよ。少し控えたほうがいいよ。

裕里子にとがめられるたびに俊介のウィスキーの量は増えていった。饗場主任と会う日を一日でも遅らせたかった。だが、いくら考えてもその理由が見つからない。昼は不安をまぎらわすために、夜はひとりの淋《さび》しさを慰めるためにウィスキーを飲みつづけ、やがて、きのうときょうの区別もつかなくなった。

どうせなら一日でも早く饗場主任に会うべきなのかもしれない。ぐずぐずしているうちに取りかえしのつかないことになる。グラスにウィスキーをつぎながら、そう思う。だが、大学を休んでなにをしているのかと訊かれたら、なんと答えればいいのか。どんな言いわけがあるというのか。すべての結論を先延ばしにすることはぜったいに不可能なのか。考えは堂々めぐりをくりかえし、決心のつかぬまま、約束した期限の九日の夜になった。

ねえ、いい加減にしたら？　いつまで飲んでるの。

ふいに裕里子の声が聞こえ、俊介はグラスを片手に部屋のなかを見渡した。その瞬間、床の上を無数の黒い虫がいっせいによぎるのを見たような気がした。

どげんした、わい、だいぶ弱っちょっど。俊介はつぶやき、指先でまぶたを押さえ、立ちあがった。まもなく〇時になるところだった。キッチンに立ち、グラスの残りをシンクに捨てながら、留守電をまだ確認していないことを思い出した。連絡がないことを心配した饗場主任からなにかメッセージが入っているかもしれない。

部屋を出て、電話ボックスに入った。暗証番号を押し、受話器を耳に押しあてた。だが、用件は録音されていません、と自動応答のテープが流れただけだった。

部屋に戻ると、俊介は蛍光灯の小さなランプだけつけて、布団に入った。部屋の空気が薄く、息苦しかった。目を閉じると、なにか得体の知れないものが襲いかかってくる。それが怖くて天井を見ていた。

遠くで犬の鳴く声が聞こえた。それが心にしみわたった。動物の遠吠《とおぼ》えにはなぜか勇気づけられた。月曜日の朝、饗場主任に連絡を入れようと思った。そしてその日のうちに会いにいこう。とにかく会って話をしてみることだ。思いもよらぬ展望が開けるかもしれない、そう思うと、急に胸の息苦しさが消えた。

裕里子は一時すぎに帰ってきた。金曜の夜にしては早い帰宅だった。お疲れさま、と声をかけると、あら、起きてたの、と彼女は声をはずませた。裕里子はバスタオルを巻きつけたまま布団に入ってきた。俊介はうなじにそっとキスをした。そのままじっとしていると、彼女はすばやく服を脱ぎ捨て、シャワーを浴びると、裕里子はバスタオルを巻きつけたまま布団に入ってきた。

焦《じ》れたように腿《もも》を押しつけ、脚のあいだに脚をすべりこませてきた。俊介はバスタオルを左右に開き、そっと身体を重ねた。尖《とが》っていた神経がやわらぎ、不安で押しつぶされそうになっていた心の強《こわ》ばりがほぐれていく。彼女の唾液《だえき》は冷たいたばこと熱い血の匂いがした。

俊介は裕里子の髪をそっとなでた。彼女は俊介の首もとに顔をうずめていた。訊きたいことがあるんだ、と俊介は言った。彼女は黙って顔を上げた。

「涌井さんとは、どうやって知りあったの？」

「なぜそんなことを訊くの」

「裕里子さんのことは、ぜんぶ知っておきたいんだ」

そう、と彼女は言い、そのまま口をつぐんだ。

俊介は同じ質問をくりかえした。彼女はシーツの上に落ちた髪をつまむと、いつだったかな、と言った。

「銀行に勤めてたころの話、したよね。けっこうプロポーズされたけど、ぜんぶ断わったって、そう言ったけど、そのころ私、じつはある人とつきあってたの。ねえ、やっぱりやめよう？　こんな話」

俊介は首をふった。「裕里子さんにはたぶんいろんなつらいことがあって、涌井さんはそれをまるごと受けとめてくれたんだろ？　それで結婚を決意したんだろ？」

「どうしてそう思うの。つまり私には、過去のあやまちやハンディがありすぎて、初婚でも後妻に入るしかなかったって、そういうこと？」

「ちがうよ、そんなことは言ってない」

「いいのよ、だってそういうことなんだもの」

「そうじゃない、ちがうんだ。もちろん涌井さんが知っていることはぼくも知りたい。でもそれよりも、裕里子さんが生きてきた三十三年間をぼくなりにきちんと受けとめたいんだ。これからふたりで生きていくためには、ぜったいに必要なことだと思うんだ」

わかった、と彼女はつぶやき、メモでも読みあげるように言った。

「相手は職場の上司。結婚していて、中学生の娘がいて、知りあったときは三十九。七年続いた」

七年、と俊介は言った。

彼女はうなずき、二十年くらいに感じる、と言った。

「私が二十歳から二十七まで、相手は三十九から四十六まで。別れる少し前に、二十歳になった娘さんに会ったの。自分がいっきに年をとったみたいな気がした」

俊介は続きを待った。だが、彼女はそれ以上話そうとしない。ショックを受けてもかまわない、それよりもっと知りたい、と俊介は言った。

「ねえ、知らないほうがいいことだってある」

「ぜんぶ知りたいんだ。おたがいに秘密があると、そのうちつらくなる」

「あなたはなにもないの？　隠していること」

「悩んでることならある」

「わかってる。やっぱり、こんな暮らし、むりよね」

「そうじゃなくて」

「いいのよ、安達くん、正直に言ってくれたほうが」

「たしかに、むりはしてるけど」

彼女はうなずき、ふたたび口を開いた。

「ほんとは別れたんじゃなくて、その人、自殺したの」

俊介は思わず彼女の顔を見た。

「私のせいで自殺したの。ねえ、別れるならいまよ」

俊介は自分の動揺を気取られないように、たばこに手をのばした。彼女は小さく息をついた。

「私、その人の子どもを堕ろしたの、二回も」

一度目は両親にも気づかれなかったが、ふたたび妊娠したとき、彼女は産む決意をしたという。だが、彼はそれを許さなかった。どうしても産む気なら、銀行をやめてもらうしかない、と言った。その言葉は彼女の決意をいっそう固いものにした。やめろと言うならやめる。でも子どもの認知だけはしてほしい。それができないなら、支店長に退職理由を正確に伝えると迫った。

彼はそのとき副支店長に昇格したばかりだった。支店長は自己責任を回避するため、本部には事情を伏せておくにちがいない。だが、彼は確実に遠方の支店に異動になり、単身赴任をよぎなくされる。万一、本部に伝わるようなことになれば退職に追いこまれ、関連会社に出向せざるを得なくなる。現実に、以前ひとりの女子行員が上司との長年にわたる関係をつづった文書を本部にファックスしたため、大騒ぎになったことがあった。

認知はできないが、慰謝料の形で養育費を払うと、彼は申し出てきた。それなら月々十万、子どもが成人するまでの二十年間分、二千四百万円払ってくれと、彼女は言った。

それはもちろん本心ではなかった。金がほしくて言ったわけではない。子どもを堕ろすつらさを訴えたい気持ちが、そんな無茶なことを言わせただけだった。それに、四十六歳の男がそんな要求を真に受けるはずがなかった。

だが、驚くことに男はその金を用意し、これでもう俺にはつきまとわないでくれと懇願した。その金を受けとっていたら、いまごろどうなっていたかわからない、と彼女は言った。男が首を吊《つ》ったのは横領罪で逮捕される直前のことだ。彼女も警察の取り調べを受けたという。

「そんなの、ちっとも裕里子さんのせいじゃないよ」と俊介は言った。

「ちがう、追いつめたのは私。私が殺したも同然なの、奥さんや娘さんからすれば……。それから私、毎晩同じ夢を見た。舌がねじれて、よだれが流れて、顔は紫色で、人を呼ぼうとすると、突然目玉が飛びだす。何度も何度も同じ夢を見て、気が狂うんじゃないかと思った」

小さな町ではすぐに噂が広がる。彼女は銀行をやめ、二度目の中絶手術を受け、札幌に出た。そしてススキノのパブで働きはじめた。

「だからいまの仕事には、けっこう馴《な》れてるの。ね、そういう女なの、私。別れるならいまよ。まだまにあうでしょ。いま戻れば卒業できるでしょ？　あなたなら、もっと若くてかわいい恋人がすぐにできる」

俊介は首をふり、話を続けてください、と言った。彼女は顔を伏せ、しばらく黙っていたが、小さくうなずくと、ふたたび口を開いた。

涌井さんとはその店で出会った。彼女は包み隠さず、すべてを話した。彼が自分のことを洗いざらいしゃべったからだ。妻が神経を病んでもう五年も入院している。だが、別れるつもりはない。完治するのは難しいだろうが、がんばって退院してきたら、もう一度、初めからやりなおしたいと思っている。彼はそう言った。

信頼できる話し相手として自分が選ばれたことに、彼女はかつてない幸福を感じたという。彼はきまって週末に訪れ、一週間のできごとを話した。彼女も自分の一週間を報告した。そんな関係が二年近く続き、ある夜、彼は離婚したことを告げる。

「ごめん。やっぱりこんな話、しないほうがよかった」

裕里子が身体をよせてきた。

「ねえ、私、強いから。あなたが突然いなくなっても、平気だから」

「なにをつまんないこと言ってるの。もう寝よう、遅いから」

まもなく四時になるところだった。俊介は裕里子の手をにぎり目を閉じた。しばらくして彼女が口を開いた。

「日曜日、映画でも観にいこうか？　ね、たまにはそういうのもいいよ」

「そうだね」と俊介は言った。

「そうしよう？　閉じこもってるのってよくないよ」

「月曜からまた仕事さがすよ。朝から出かける。帰りの時間がわからないから、夕食は作らなくていいよ」

裕里子はなにも答えなかった。かすかに犬の遠吠えが聞こえた。だが、それは東京湾を渡る風の音かもしれなかった。

「ねえ、私は日曜日の話をしてるの」と彼女は言った。

☆

月曜日の喫茶「百年の孤独」は出勤前のサラリーマンでいっぱいだった。

正太はスーツ姿の彼らにまじって、バネのぎしぎしきしむ椅子にすわり、いちごジャムをたっぷりぬった厚切りトーストをかじりながら、朝刊を拾い読んでいる。

店内はひどく騒々しい。スピーカーから流れるクラシック音楽も、客の話し声にかき消されてほとんど聞こえない。エアコンの吐きだす湿った熱気が、挽《ひ》きたてのコーヒーと半熟卵と酸化した植物油と新聞のインクとたばこと整髪料の匂いをひっかきまわしている。洋服の安売り店からスーツ百二十着など一千万円相当の商品が盗まれ、妻に逃げられた男が三人の子どもと無理心中をはかり、ＢＭＷのエンジン空気量調節絞り弁に欠陥が発見されたらしい。正太は大きなあくびをひとつして、新聞から顔を上げた。

ウェイトレスがトレイにモーニングセットをのせて、こちらに近づいてくる。黒いワンピース、銀色のブレスレット。さして美人でないし、身体つきも貧弱だ。そのうえ厚化粧で、年も若くない。だが、彼女を見るたびに正太の胸はどうしようもなく高鳴《な》る。思わず息をつめ、うつむいてしまう。唇が乾いてひりひりする。その唇を舌の先で舐めながら、彼女がテーブルの横を通りすぎるのを待つ。

カップの底に残ったコーヒーの最後の一滴を飲み、腕時計を見ると七時五十五分。そろそろ出なければならない。足下に置いたスポーツバッグをつかみ、正太は席を立った。トイレに入り、鏡に映った自分の顔をのぞきこんだ。きのう、美容院に行った。軽く脱色して、レザーでカットしてもらった。けさもムースで念入りに整えたので、いちおう髪型は決まっている。だが、さえない顔をしている。寝不足がたたったのだ。

昨夜は四時すぎまでぐずぐずと起きていた。なにをしていたのかと訊かれても、はっきりとは答えられない。ひとりだけの夜はうんざりするほど長い。床の上にサッカーマガジンのバックナンバーを広げ、次々とひっくりかえしながら、裕里子と安達先生のことを考えていたような気もするし、あるいはなにかまったく別のことを考えていたのかもしれない。ほとんどおぼえていない。

「おい、涌井正太」と鏡に向かって小声で言った。「がんばれよ、いじけんじゃねえぞ」

それから舌を出し、なんのこっちゃ、とおどけてみたが、顔はちっとも笑っていない。太い眉《まゆ》とぽってりとした唇、浅黒い肌と高い頬骨。それらは耕治と小夜子から受けついだものだ。どんなに腹立たしいことであっても、それは否定できない。俺は孤児だ、天涯孤独だ、あいつらとは関係ない、そう思ってみても、ふたりから受けついだ血は死ぬまで身体のなかを駆けめぐる。正太は唇の端をしぼりあげ、片目を閉じ、元気出せよな、とつぶやいてから、トイレを出た。

レジで三百円を払い、ガラスのドアを押しあけると、南北線の駅に向かってダッシュした。走れば駅まで三分もかからない。改札を抜け、ちょうど入ってきた電車に飛びこんだ。地下鉄で六分、駅から学校まで八分、始業時間の八時二十分にはぎりぎりまにあう。

正太は電車のドアにもたれ、ほっと息をついた。ひさしぶりの登校で遅刻するのもかっこ悪いし、学活の途中で教室に入っていくことを考えるとゾッとする。

クラスの反応が気になって、きのう、徹に電話を入れてみた。大丈夫、おまえはいまやヒーローだから、と徹は言った。なんだよそれ、と訊《き》くと、アパートでひとり暮らししてる中学生なんて、札幌市内をさがしてもちょっといないぜ、と言う。約束やぶったな、と言っても、徹はなんのことかおぼえていないらしい。

それは一週間前のことだ。このままではもう二度と学校に行けなくなる、正太はそう思い、ひさしぶりに階下に降りた。暖簾《のれん》をはずしたままの店の隅で、父と祖母が昼食をとっていた。アパートの家賃と食費を出してくれと正太は言った。そうしたら学校に行く。父は正太の顔をじっと見つめ、黙ってうなずいた。そんな勝手なことは許さない、と祖母は怒った。父はため息をつき、好きなようにしてやれ、と言った。

息子にこれ以上、自分の哀れな姿を見られたくないのだと、正太は思った。父はたしかに哀れだった。白髪がめっきり増え、無精髭《ぶしようひげ》を剃《そ》ろうともしなかった。これじゃ、捨てられてもしかたないと思った。だが、父は食事を終えると、なにも言わずに不動産屋につきあってくれた。ふたりで足早に狸小路を歩いた。土産物屋の奥さんが店先に立ち、こちらをじっと見ていた。父は軽く頭を下げ、あいつを恨んでるか、と小声で訊いた。

「わかんねえよ」と正太は言った。

小学五年の夏、父とふたりで札幌郊外の病院に小夜子を見舞いにいった。考えてみれば、ふたりだけで歩くのはそれ以来のことだった。その翌日だったか、翌々日だったか、札幌グランドホテルで初めて裕里子に引きあわされ、三人で食事をした。そのときの父のうれしそうな顔を、正太はいまでもはっきりと思い出せる。

「店のほう、そろそろ開けようと思うんだがな、人の目が気になってな」

狸小路を抜けると、父は歩調をゆるめた。

「あのさぁ」と正太は言った。「けっこう酒くさいよ。夜だけにしたほうがいいんじゃねえか、飲むのは」

父は両手を口にあて、そっと息を吐いた。

「そうだな、その通りだ。まったく情けないよな」

そう言って、ふたたび歩きだした。

正太は家から地下鉄で二駅のところに四畳半の部屋を借りた。家賃は二万八千円だった。徹に連絡して引っ越しを手伝ってもらった。ときどき泊まりに来ていいかと訊くので、別にかまわないと答えると、徹は声をひそめ、部屋のことはふたりだけの秘密な、と言った。どうせ孝志に言うんだろ、と言うと、徹はちょっと考えてから、正太と俺と孝志だけの秘密な、と言った。

一か月と一週間ぶりの登校だった。教室に入っていくと、すでに赤堀が待ちかまえていた。体育教師のくせに肥満体で、いつもピンクと黄緑のジャージを着ている。

「あら、涌井くん、元気そうじゃない？」

赤堀は唇を横に広げ、舌足らずな口調で言った。

孝志によればスリーサイズは上から95・85・95で、そのくせ中年好みのロリコン顔だから、先生なんかやめてススキノのデブ専バーにでも行ったほうが幸せなんじゃないかという。髪を脱色するのは校則違反だが、赤堀はなにも言わない。

正太はスポーツバッグを教室の後ろの棚に放りこむと、「そう見えますか?」と言った。

ざわめいていた教室が一瞬、静まりかえった。

「かっこつけんなよ」と最後列の席から徹が大声で言い、孝志が指笛を鳴らした。

うーん、と赤堀は首をかしげた。

「先生がうれしいから、元気そうに見えるのかな」

正太は何度か小さくうなずくと、徹と手のひらをパチンと打ちあわせてから自分の席についた。

「ねえ、ひとり暮らしって、どんなふう?」

となりの席の里美が小声で訊いてきた。なんだそれ、と正太は言った。

「なによ、とぼけちゃって」と里美が後ろの席の奈津にあいづちを求めた。「ねえ?」

「ほんとよねぇ」と奈津が言った。「髪まで染めちゃって、信じらんないよねぇ」

ふたたび教室がざわめきだし、赤堀がゆっくりとした二拍子のリズムで両手を打った。

「はい、みんな静かにして。はい、里美ちゃん、こっちに集中」

里美は唇をとがらせ、赤堀をにらみつけた。

「いいかな? 先生の話を聞いて。きょうから涌井くんが来ました。先生、ずいぶん迷ったんだけど、みんな知ってることだからあえて言うけど、ご家庭にいろいろな事情があっ涌井くんすごくおとなになったっていうか、あんまりしっかりしているんで、先生感激したの。あなたたちの年ごろって、とにかく一番むずかしい時期でしょ。いっぺんに自我に目ざめる時期なのよね。でも先生はそんなあなたたちから学ぶことがとっても多いの。あなたたちと真剣につきあうことで、先生もっともっと成長していきたいと思ってる。涌井くんから学んだことはね、人間としての自立ということなんだけど」

「先生がさ、おとなになったのって何歳んとき?」

だれかが野次を飛ばした。赤堀が声の主をさがしているうちに、自立ってやっぱり固いほうがいいんですかぁ、とだれかが言った。やだ、なに言ってんのよ。俺もさぁ、先生と真剣におつきあいしたいよな。かったるいこと言うんじゃねえよ、ばか。先生は正太がおとなになったって証拠を見ちゃったわけ。正太となにがあったんだよ。

生徒たちが机を叩《たた》き、壁や腰板を蹴《け》とばしながらいっせいにしゃべりだしたため、クラス委員の石原が、先生、もう時間ですと言った。担任は頰を上気させ、またゆっくり話しましょう、と言い残し、教室を出ていった。

三時間目の休み時間、正太が来賓用駐車場の隅でカップメンを食べていると、千絵が上ばきのまま走ってきた。ずっと心配してたんだからね、と千絵は言い、小さく折りたたんだ紙をさしだし、走り去った。開けてみると、「サッカーがきみを待ってるよ! ファイト!!」とピンク色のボールペンで書いてあった。正太はあたりを見まわし、捨て場所にこまってポケットに入れた。

教室に戻る途中、三年生の留年グループに呼びとめられた。彼らはほとんど授業に出ず、空き教室で一日中さいころや花札で遊んでいた。制服も着ていない。五人のうちふたりは去年までサッカー部の先輩だった。

「おまえも、大変なおふくろ持っちまったもんだよな」と黒いダッフルコートを着た相内がにやにやしながら言った。「おまえのおやじが役立たずだからだって、そんなこと言うやつがいるからよ、そんなことは言うもんじゃねえって、きっちり説教してやったんだよ、俺。言っていいことと、悪りぃことがあるってな」

「なんの話だよ」と白いダウンジャケットを着た田村が言った。「なんのこと言ってんのか、さっぱりわかんねえよ」

「本人から聞けよ。目の前にいるんだからよ」

「おい涌井、説明しろよ」と田村が言った。

正太は押し黙ったまま、じっと田村を見た。田村も眉ひとつ動かさず、正太を見ている。もみ消されたたばこを思わせる、ひどく陰険な目つきだった。

「どうしたんだよ」と相内が鼻で笑った。「おまえ、ショック大きすぎて、口もきけなくなっちまったのか」

「俺のおふくろはな、色気違いだよ、犬畜生だよ」

そう言った途端、正太の目の縁が熱くなり、頭のなかでなにかが爆発したような気がした。

「でも死ぬときはだれだってひとりだろ。おやじを捨てたおふくろも、アル中みたいに酒ばっかり飲んでるおやじも、それから俺も相内さん田村さんも、死ぬときはみんなひとりだろ。やりたいことやって、ひとりで死んでくんだ。捨てられた子どもがかわいそうだとか、んなこと言われても、関係ねえよ、全然関係ねえよ。やりたいこと、やりゃいいんだ、そんだけのことじゃねえか」

正太はそう言うと、彼らの脇をすりぬけ、全速力で廊下を走った。そして教室のドアを開け、黙って頭を下げると、自分の席についた。四時間目の授業はとっくに始まっていたが、教室はおしゃべりでわんわんしていた。教師はただ黙々と板書をしていた。正太が入ってきたことにも気づかないようだった。徹は机の上にスパイクをのせ、ブラシでみがきたてていたし、孝志はマンガを読んでげらげら笑っていた。正太は教師の背中をぼんやり眺め、それから机にうつぶせた。

☆

午後〇時二十分、飛行機は定刻どおり千歳空港に着いた。灰色の空から雪が舞いおりている。札幌の現在の気温はマイナス四度だという。

俊介は出迎えの人々のあいだを抜け、札幌市内行きのリムジンバス乗り場に向かった。所要時間は通常で一時間、渋滞時にはそれ以上かかる。ＪＲを利用したほうが速くて確実だが、気持ちの整理をつけるためにもう少しだけ時間がほしかった。

バスはすぐに走りだした。俊介は車窓にもたれ、降る雪を眺めた。雪は漏斗状に渦巻きながら、こちらへ突進してくる。窓の表面をかすめ、後方に飛び去っていく。飽かず眺めているうちに息苦しくなり、目を閉じた。

朝九時半、俊介は饗場主任に電話を入れた。連絡が遅れたことを詫《わ》び、きょうにでも会いたいと言った。

そうですか、と彼は口ごもった。なにかご都合でも、と俊介が訊くと、「いや、もちろん時間は空けます」と彼は言った。「それで、いまはどちらに」

「札幌ではないんですが、午後ならいつでもおうかがいできます」

「そうですか、それでは二時ごろでは？」

「わかりました、よろしくお願いします」

俊介が電話を切ろうとすると、「いや、安達くんね」と彼は早口になって続けた。「おそらく課長も同席することになりますが、それじゃ二時ということで」

道央自動車道に入ると、バスは速度を上げた。次第に恐怖感がつのってきた。なんのために札幌に戻ってきたのか、その理由が急にわからなくなったのだ。

自分のほんとうの気持ちを確かめたい。ぎりぎりまで追いつめられたとき、はたして自分はどちらを選ぶのか、それを知りたい。俊介はそう思い、羽田を発った。ふたたび札幌の地を踏めば、自然と気持ちも決まるだろうと思った。だが、それは錯覚だったと気づいた。

　俊介は車窓を開け、冷たい風に顔をさらした。頰やまぶたで雪を受けながら、そんな気の弱いことでどうする、と胸の内でつぶやいた。とにかく入社は来年の四月だ。とりあえず一度顔を見せれば先方だって安心する。いまは結論を先延ばしにするしかないじゃないか。

　渋滞に巻きこまれることもなくバスは市内に入った。

　俊介は北海道新報社の受付で饗場主任を呼びだし、ベンチで待った。ハンカチで濡《ぬ》れた髪をぬぐい、気分を落ちつかせようと、ラックの新聞に手をのばしたとき、饗場主任が姿を見せた。彼は俊介を見て深くうなずくと、会議室をとってありますからと言った。

　エレベーターに乗り、長い通路を歩いた。彼はそのあいだずっと口をつぐんでいたが、会議室のドアの前で足をとめ、プレートを〈使用中〉に変えると、ここしかとれなくてね、と初めて口を開いた。

　五十人ほど入れそうな会議室だった。こちらに、と彼は大テーブルの角の席を示し、部屋の隅から灰皿をとって戻ると、俊介と九十度になる位置に腰をおろした。

「すみません、いろいろご心配をおかけして」

　俊介は頭を下げた。彼はうなずき、たばこに火をつけた。ドアがノックされ、女子社員が入ってきた。テーブルにお茶を置き、ドアの手前で一礼すると、部屋を出ていった。彼は黙って灰皿の縁でたばこの先をなぞった。

俊介は沈黙に耐えられず、口を開いた。

「販売店さんのミニコミ紙、順調にいってますか?」

「いや、販売部のマターだから、私にはちょっと」

「そうですか、そうですよね」

饗場主任が顔を上げた。「あのね、安達くん」

「はい」

「私もこの間、ずいぶん悩みました」

彼はそう言って、ふたたび目を伏せた。俊介は続きを待った。彼は小さく息をつき、首をふった。そのとき内線電話が鳴った。失礼と言って、彼は席を立った。そして電話をとり、わかりましたと言って、静かに受話器を置くと、テーブルに戻ってきた。

「課長が遅れるようなので、私のほうから話します」

彼はテーブルの上で両手を組んだ。

「この間、ずいぶん悩みました。つまり、当面は自分の胸にしまったまま、きみを信じて待っていようと思っていました。ですが、そういうわけにもいかなくなりました。私がなにを言おうとしているのか想像できますね」

俊介は少し考えてから、「はい」と言った。「ご迷惑をおかけいたします」

彼は上着の内ポケットから手帳を取りだし、ぱらぱらとめくった。

「十月二十四日の水曜日、連絡をいただきましたね。私は十月中に会いたかったが、それはむずかしいと、きみは答えました。どこにいるのかとたずねても、はっきりしない。翌日、どうにも気になって、きみのアパートを訪ねました。大家さんにお話をうかがって、いくつかのことがわかりました。涌井さんという方がきみの部屋を見せてほしいと言って、突然お見えになった。もちろんそれは断ったが、何日かたって、今度はきみのお父さんが涌井さんといっしょに見えられた」

彼はそこで言葉を切り、手帳をテーブルに置いた。

「それで私は、その足で涌井さんのお宅を訪ねました。きみもよく知っている狸小路のラーメン屋さんです」

「饗場さん、ほんとうにご迷惑をおかけしましたが」

「ちょっと待って。最後まで聞いてください。そこで私が涌井さんからうかがった話ですが、さきほども言ったように、当面は私の胸の内にしまっておこうと思っていたんです。五日の週に、遅くとも九日までにお会いする約束をしましたね。判断を下すのは、きみの話を聞いてからにしようと、そう思っていたんです。でも、残念ながら九日になっても、きみからの連絡はなかった。それでしかたなく、上司に相談しました。結論を言います。採用担当者としては、まさに断腸の思いですが、内定を取り消させていただきます」

俊介は膝《ひざ》の上で両手の拳《こぶし》をにぎりしめた。これで自分から辞退を申し出る必要がなくなったわけだ、そう思った途端、膝からふっと力が抜け、そろえていた股《また》がだらしなく開いた。

「わかりました、覚悟はしていました。先ほどこちらから言いかけたことですが、饗場さんの立場として、私のほうから一方的に辞退してきたということにしたほうがよろしければ、そうしてください」

「理由なんて、もうどうでもいいんですよ、安達くん。それより私の社内的な立場まで心配するようなきみが、なぜこんなことになったんです」

「わかりません、でも」

俊介は目を閉じ、息をそっと吐いてから目を開けた。

「でも？」と彼が言った。

「こんなこと、饗場さんに言うつもりはなかったんですが、ぼくはいま生まれて初めて、自分自身の人生を選んだような、そんな気がしています」

「そうですか、私には理解できませんが」

「結果的にこうなっただけだと、そういうことかもしれませんが、でも、こうなったことについては、後悔しないと思います」

饗場主任はふたたびたばこに火をつけると、灰皿を手前に引きよせた。

「ねえ、安達くん、もう一度きみにチャンスをあげたいんだが、でもそのアイデアがない。なにぶん前例のないことですから」

「あの、確認なんですが」と俊介は言った。「今後、両親に連絡をとるようなことはありませんね」

「こちらからはありません。でもね、安達くん」

「ほんとうにご迷惑をおかけしました。失礼させていただきます」

俊介はそう言って、立ちあがった。

「ちょっと待って。もうすぐ課長が来ます」

「なにか別のお話があるんですか」

「採用の責任者は課長ですから」

「でもまだ内定の段階ですから。正式に採用されたわけではありませんし。大学の後輩のためにも、こんな受験者は初めからいなかったことにしていただけると、うれしいです。それだけお伝えください、お願いします」

饗場主任はなにも言わなかった。俊介は一礼すると、会議室を出た。

ビルを出ると、雪は小降りになっていたが、俊介は傘を買った。知りあいに出くわすようなことだけは避けたかった。傘で顔を隠し、JRの高架をくぐった。

セイコーマートの前にさしかかり、俊介は店内に目を走らせた。レジにふたりの男が立っている。ふたりとも見たことのない顔だった。ふたたび傘で顔を隠し、道を急いだ。アパートの鍵《かぎ》を開け、部屋に入った。

留守電のボタンが点滅していた。あわててボタンを押してみたが、すでに聞いた伝言ばかりだった。ふたたび留守録に切りかえ、冷蔵庫に目をやった。一か月もたてば牛乳も野菜も腐っているにちがいない。俊介はおそるおそるドアを開けた。だが予想に反して、冷蔵庫のなかは空っぽだった。きれいに掃除され、電源が切られていた。ゴミ袋も始末されていたし、壁際には新聞がきちんと積みかさねられている。確かめてみると、いちばん新しい日付は十月十四日の日曜版だった。おそらく父はこの日に来たのだろう、と俊介は思った。冷蔵庫の中身を処分し、新聞の配達を止めてくれたのだ。

カーテンを閉じていたので室内は暗かったが、帰ってきたことを近隣の住人に知られるのはまずいと思い、蛍光灯はつけなかった。だが、なぜ知られてはまずいのか、自分でもよくわからない。机のひきだしを開けてみたが、裕里子を撮った写真はなかった。

いつかまたこの部屋に戻る日がくるのだろうか。俊介はベッドに横になり、目を閉じた。大学に休学届と退学届のどちらを出すのか、その選択は来年の春までにすればよかった。学費を払わなければ、自動的に抹籍になるだけのことだった。この部屋の家賃を払いつづけるのは苦しいが、結論を先延ばしにしていることの代償なのだからしかたがない。

俊介は身体を起こし、部屋のなかを見渡した。未練をかきたてるようなものは持ち帰るべきではないと思い、ひきだしのなかの小銭を集めてポケットに入れ、部屋を出た。

まもなく四時だった。札幌駅に向かって歩きかけ、北12条駅から地下鉄に乗った。月曜日の授業は六時限まである。部活が始まるのは四時のはずだった。

四駅目で降り、ナナカマドの並木道を抜けると、じきに校舎が見えてきた。おおよその場所は知っていたが、訪ねるのは初めてだった。

俊介はフェンスにそって歩きながら、広々とした校庭を眺めた。手前に野球部、中央に陸上部、奥にバスケット部員の姿が見える。だが、サッカーコートに人影はなかった。他校に遠征でもしているのだろうか。そう思ったとき、体育館の裏手からサッカー部員が走りだしてきた。紫の地に黒の縦縞《たてじま》のユニフォーム。正太はときおり家でもそれを着ていた。俊介は立ちどまり、二列になって走る部員を先頭から順に見ていった。何度見ても正太の姿はなかった。

部員はトラックを五周するとゴールにネットを張り、それから三人一組になって壁パスの練習を始めた。ひとりがパスを出し、全力で走る。ワンタッチで返されたパスを受け、ディフェンスをかわしてシュートする。一回ごとに三人の役割を替え、練習は何度もくりかえされた。正太はやはり登校していないのだろうか。俊介はフェンスごしに、ぼんやりと彼らのボールさばきを眺めた。

見覚えのある少年の姿が目に入った。正太の部屋で一度だけ会ったことがある。買ったばかりのラルフ・ローレンのレザージャケットを見せにきた、とてもおしゃれな少年だった。彼にたずねれば正太の様子もわかるだろうが、そういうわけにもいかない。俊介は駅の方向に引きかえそうとして、思わずフェンスに顔をよせた。

その少年がパスを出した相手は正太だった。髪を短く切り、そのうえ脱色していたので、気づかなかった。俊介は少しずつゴールのほうに移動していった。正太とは四、五十メートルの距離がある。よほど目を凝らさなければ、こちらには気づかないはずだった。

俊介は正太の動きをじっと目で追った。シュートの順番がまわってくると、固唾《かたず》を飲んで見守った。正太のドリブルはさほど速くなかったが、シュートはことごとくゴールネットを揺らした。そのたびに球拾いをしている一年生が「ナイシューッ！」と声をそろえた。顧問教師が笛を鳴らした。正太はセンターサークルに向かって走りかけ、ふいに立ちどまった。部員に肩を叩《たた》かれても、動こうとしない。こちらをじっと見ているような気がするが、表情がよくわからない。俊介はなにかひとこと声をかけたかった。だが、小さくうなずいただけで、足早にその場を離れた。そのままフェンスの端まで歩き、ふりかえった。そこからは遠すぎて、正太とほかの部員を区別できなかった。

千歳を七時半に発《た》ち、九時に羽田に着いた。浜松町で夕食をとり、マンションに戻った。仕事は見つかったのかと裕里子に訊《き》かれ、嘘の会話をするのがつらかった。まだ十一時前だったが、俊介は布団にもぐりこんだ。

翌朝、八時前に目をさますと、目の前に裕里子の寝顔があった。下のまぶたと鼻筋に汗の粒を浮かべ、口だけで呼吸している。俊介は頬づえをつき、化粧を落としたその顔と、枕の上に散り乱れた髪をしばらく眺めた。

疲れをいやすためだけに、ひたすら眠りをむさぼる彼女を見守るうちに、いとおしさが胸に込みあげてきた。俊介は半開きになった彼女の口に鼻を近づけ、息の匂いをかいだ。彼女はくしゃみをがまんするように息を吸いこみ、胸に顔を押しつけてくる。手をのばし、腿《もも》のつけ根をさぐった。彼女はじっと動かない。指の櫛《くし》で陰毛をすき、ひだを軽くつまむと、眠いよ、とつぶやき、寝返りを打った。

俊介は布団からそっと抜けだし、しびれた片方の手首をマッサージした。それからキッチンに立ち、水道の蛇口に口をつけて水を飲んだ。カーテンごしに朝の光が差しこみ、部屋はしんと静まりかえっている。頭がすっきりして、全身に力がみなぎっていた。俊介は顔も洗わずに服を着て、埠頭《ふとう》へ散歩に出た。

一日が魅惑的に始まっていた。東京湾の上空は晴れわたり、ヘリコプターが低空で飛びまわっている。俊介は正太の顔を思い浮かべながら、三回手を叩いて指で三角形を作り、そのなかからヘリコプターを見た。それからゆっくりと埠頭を歩いた。かつて経験したことのない解放感が身体の隅々に満ちてくるのがわかった。一夜明けただけで、これほど気分が楽になるとは思っていなかった。これでようやく彼女の人生に真正面から向きあうことができる。運河ぞいの道を戻りながら、俊介は何度も自分にそう言いきかせた。

マンションに戻ると、裕里子は朝食を作っていた。白いパジャマの上に赤いカーディガンを羽織っている。本人はそれを否定するが、この一か月で彼女はかなりやせた。あおむけになると脇腹の骨が浮きあがるようになったし、乳房も少しだけ小さくなった。

俊介はテーブルに肘《ひじ》をつき、「ねえ、裕里子さん」と声をかけた。「今度は長続きする仕事をさがすから、お金がたまったら、どこか旅行にでも行きたいね」

「きのうはどこに行ってたの?」

ガス台に向かったまま、裕里子が言った。

「どこって、いろいろだよ。なかなかいい仕事がなくて」

「私はもう帰ってこないと思った。だからお店から戻って、あなたの寝顔見たとき、ほんとにびっくりした」

俊介は立ちあがり、後ろから彼女の肩に手を置いた。

「どうしてそんなこと言うの」

裕里子がふりむき、首をふった。

「わからない。でも、もう帰ってこないと思った」

俊介は彼女の腰に手をまわし、引きよせた。

「裕里子さん、ちょっと疲れてるよ。旅行より、新しい布団を買うほうが先かな」

「安達くん、ほんとに後悔してない？」

「してない。だから、その話はもう終わりにしよう？」

裕里子はうなずくと、ガス台に向きなおり、溶き卵をフライパンに空けた。たちまち香ばしい匂いがたちこめた。朝食はしめじ入りのオムレツだった。

☆

俊介は日刊紙の広告を見て、新橋の警備会社と五反田《ごたんだ》の運送会社をたずねた。だが、両社とも、身分証明などの審査が思いのほかきびしかった。

水商売は自分にはむりだとわかっていたし、コンビニは必ず履歴書の確認作業をするので危険だった。それで大崎のパチンコ店をたずねたが、実働八時間といいながら、拘束時間はほぼ毎日十一時間だった。それでは裕里子との生活が完全にすれちがってしまう。二十五万円の月収は魅力だったが、話だけ聞いて事務所を出た。

次は大塚の雀荘《ジャンそう》だった。電話で問いあわせたところ、おしぼりやコーヒーを運ぶだけの仕事だが、客の数があわないときは客にまじって打つこともあるという。勤務時間についてたずねると、いちおう深夜〇時には閉めるが、いろんなシフトがあると、電話に出た男はあいまいな答え方をした。札幌にもシャッターを閉めながら朝まで営業している雀荘があったが、東京では二十四時間営業の店も多いらしい。そのあたりのことは、面接でじかに訊《き》かなければ教えてもらえないのだろう。

まもなく五時半だった。俊介は山手線の車両のドアにもたれ、窓外の景色に目をやった。駅前のロータリーで客待ちをするタクシーの列。線路ぞいに立ちならぶダンス教室や、整形外科や、料理学校の看板。赤や緑やオレンジに次々と色を変えていくラブホテルのイルミネーション。東京でしばらく暮らしていく決意を固めた途端、見るものすべてが新鮮に感じられるようになった。目黒《めぐろ》で空席が埋まり、渋谷《しぶや》で混みはじめ、新宿から先は身動きできない状態になった。

俊介の目の前に女の背中があった。衿《えり》に毛皮のついた、いかにも高価そうな服を着ているが、ウェイブのかかった髪には白いものが目立つ。ときおり見える横顔はとても上品で、往年の映画女優を思い出させる。

毛染めをするだけで十歳以上若返るのに、俊介がそんなことを考えていると、斜め前の男がむりやり身体の向きを変え、女と向かいあう恰好《かっこう》になった。上体をそらせるようにして、女の手に自分の下腹を押しつけている。女は大きなバッグを持っていて、手を動かせない。

男は二十代前半で、女はどう見ても五十前後だった。若い男の情熱にとまどっているのか、そういった事態に対処できないのか、女はうつむいたままじっとしている。男は調子にのって、手の甲を軽く女の胸にあてたりしている。

池袋駅に停車する寸前、電車の揺れにあわせ、男が女にしがみつく恰好になった。女はバランスをくずし、俊介に倒れかかった。ドアが開き、俊介は両手で女の肩を支えたまま、ホームに押しだされた。

俊介は男をにらみつけた。男は表情を変えず、ホームを歩き去っていく。ふいに女がよろけ、しゃがみそうになった。俊介は女を抱えあげ、大丈夫かと訊いた。女は大きく息を吸うばかりで吐くことをしない。喉《のど》をつまらせ、顔を赤くしている。

乗客が次々と車両に乗りこみ、発車のベルが鳴った。少し休みますか、と俊介は言った。女は胸に手をあて、うなずいた。俊介は女を抱きかかえ、ベンチに運んだ。女は目を閉じたまま、なにか小声で言った。痴漢にあったショックだと思っていたが、そればかりではないようだった。どうしたんですかと、俊介は訊いた。

「心臓がとまる」と女は言った。「苦しい、もうだめ、とまる、とまっちゃう」

「だれか呼びます。救急車、呼びましょう」

俊介は駅員をさがした。女はバッグに手を入れ、薬の袋をさぐりだすと、震える手でカプセルや錠剤を頬ばり、ベンチに横になった。ホームの先に飲み物の自動販売機があった。ちょっと待っていてください、と俊介は言い、ベンチを立った。腕時計は五時五十五分をさしている。大塚の雀荘には六時に行くと伝えてあった。

俊介が缶入りのミネラルウォーターを買って戻ると、女はベンチに身体を横たえたまま、携帯電話に向かって細い声をしぼりあげていた。

「だから飲んだってば。でも苦しいの、どうするのよ、とまっちゃったら。ね、早く来て」

女はそう言って電話を切った。

俊介は女の後頭部に手を差しいれて膝《ひざ》にのせ、缶の飲み口を唇にあてがった。女はあごを引き、ごくりと飲みこんだが、口の端からこぼしてしまった。俊介はハンカチをとりだし、衿の毛皮についた水滴をぬぐった。

女はようやく落ちついたのか、静かに目を閉じると、俊介の膝の上でかすかにうなずいた。ホームを行く人たちが好奇のまなざしを向け、次々と通りすぎていく。

「どなたか、迎えにこられますか」

俊介が訊くと、女はゆっくりと身体を起こし、親指を突きたてた。俊介は黙ってその親指を見た。上品で端整な顔立ちとそのしぐさは、いかにも不釣りあいだった。

「ちょうど山手線に乗ってて、いま駒込《こまごめ》だっていうの。すぐに迎えにきてって言ったら、逆回りだから一時間かかるって。ね、つまんない冗談でしょ」

俊介は携帯電話を借りて、大塚の雀荘に連絡を入れようと思った。だが、彼女は無造作に電話をバッグに放りこんでしまった。

まもなくスーツ姿の男が足早に近づいてきた。女が手短に状況を説明すると、家内が大変お世話になってと、男は丁重に礼をのべ、よろしければいっしょに食事でも、と言った。俊介がそれを断わると、それじゃお茶だけでも、と彼は言った。

「ね、そうして」と女が俊介の腕をとった。

ひどく自然な誘い方だったし、たとえ相手が見知らぬ他人でも、ひとことふたこと親しげな会話をかわしただけで心がなごむ気がした。俊介は誘われるままに、ふたりについていった。西口を出て、ホテルメトロポリタンに入った。ガラス張りのティーラウンジではドレス姿の女性がグランドピアノを弾いていた。

男は工藤と名乗り、俊介は浜松と名乗った。自己紹介を終えると、奥さんはハンドバッグを持ってトイレに立った。

ツイードチェックのスーツに、レンガ色のネクタイをしめ、オールバックの髪を丁寧になでつけた彼と、黒いショートジャケットに、黒いスリムパンツの似合う彼女はファッション雑誌に載ってもおかしくないようなカップルだった。だが、ふたりにはかなり年の差があるように見える。それが俊介の興味を引いた。

男は彼女の後ろ姿を見ながら、「いや、ほんとにご迷惑をおかけして」と言った。「大変だったでしょう？　心臓がとまるのだの、死にそうだの」

俊介はその口調に驚き、男の顔を見た。

「自分が心臓病にかかってるって、思いこんでいるんですよ、彼女」

彼はこちらに向きなおり、小さくうなずいて見せた。

「病院でいくら検査を受けても、脈拍がちょっと多いくらいで、どこにも異常はないって言われるんですが、それが信じられなくて、もうあちこちの内科や循環器科をまわって心電図とかね、検査はひと通り受けたんです。で、どの医者も、心配はいらないって。でも、忙しい病院の外来では聞きたいことも聞けないって言って、また違う病院に行くんです」

「いや、でも」と俊介は言った。「息をするのもほんとに苦しそうでしたよ」

「そうです、ほんとに苦しいんです。とくに満員電車がいけないみたいで、心臓がドキドキしてね、息が苦しくなって、めまいがして、手足や唇もしびれるらしい。ひどいときには心臓がとまりそうな気がして、パニックになるんです。そうなったら、もう手がつけられません。自分で救急車を呼んだことが、いままで何度もありますから。でもきょうはあなたがそばにいてくれて助かった。また病院に駆けつけなければならないところでした」

「薬を飲まれていましたが」

「あれはね、軽い精神安定剤です。抗不安薬っていうのかな、処方してもらったんです。

それにしても妙な病気でしょう? 自分で心臓病と思いこむだけで、呼吸困難に陥ることもあるっていうんですから。心臓神経症って病名までついてるんですよ」

俊介が半信半疑でうなずいていると、彼女が戻ってきた。化粧を直してきたのだろう、テーブルの上の小さな明りのなかに目鼻立ちの整った顔が浮かびあがった。

ウェイトレスがコーヒーと紅茶を運んできて、右と左にカップを分けた。

「おいくつ?」と奥さんに訊かれ、「もうすぐ二十二です」と俊介は答えた。彼女はシュガーポットのスプーンを目の高さに持ちあげ、首をかしげている。

「いや、ひとつです」俊介があわててカップを前に出すと、彼女は目尻《めじり》にしわをよせた。

「あのときのあなたと同じ」

「こんなに若かったかな」彼は腕を組み、俊介を正面から見た。「いやね、家内と知りあったとき二十二だったんです、私も。もう二十年も前のことですが」

俊介はうなずき、コーヒーをひとくち飲んだ。

「出会いは、万博のお祭り広場でした。知ってます? EXPO'70、太陽の塔」

「ええ、いちおう生まれてましたから」

「そうか、つい昨日のことみたいだけど、きみが生まれてから成人するまでの年月だもの、二十年はやっぱり長いやね。私と家内の出会い、どんなふうに想像します? いま思い出しても、ほんとに劇的な出会いです。ふたりは結ばれる運命だと直感しました」

「なによ、酔ってるの」と奥さんが言った。「初対面の方に向かって」

「いや、それがふしぎなんだ。浜松さんとはなぜか初対面と思えない」

「万博のコンパニオンだったんですか、奥さんは」

俊介がたずねると、彼は愉快そうに目を細めた。

「惜しいけど、ちょっとちがうな。学生さんですか」

「ええ」と俊介は言い、ちょっと口ごもったが、偽名を使ったうえに嘘をつくのはやめようと思った。「大学に籍はありますが、いまは行ってません」

「もったいないな、それは」

「と、ぼくも思います。でも、いろいろ事情があって」

「そうですか、私は大学に行けなかったんでね、そんな話を聞くと、やっぱりもったいないなと、どうしてもそう思ってしまうんですよ」

「あなた、失礼よ」と奥さんが肘《ひじ》で彼をつついた。

「いいんです、その通りですから。じつはあまり大きな声では言えないんですが、ある女性と出会って、のんびり学生をやっているわけにもいかなくなったんです」

「ほう、込みいった事情がおありのようですね」

「すみません、初対面の方にこんな話をして」

「そんなことはありません、なにかのご縁だ。それじゃ先立つものが必要でしょう」

「それでいま仕事をさがしているところです」

奥さんがちらりと彼を見た。彼は小さくうなずくと、「浜松さん」と言った。「私は占い師じゃないですが、勘がいいほうでね、相手の女性は結婚されてますか」

俊介は遠慮なくふたりを見くらべた。

「失礼ですが、おいくつ離れていらっしゃるんですか」

「と言いますと？」

「ぼくのところもかなり離れてますから」

彼が身を乗りだした。「ほほう、おいくつ違います」

「ちょうど一回りです」

「負けました、うちは十歳です。どうです、年上女房はいいでしょう」

「年上年上って、ねえ、浜松さん？　ひどいでしょ」

彼女は黒真珠のネックレスに手をやり身をよじった。

「若いときはいいけど、この年になるとね、もうおばあちゃんみたいで嫌ですって、いくら言ってもその話ばかりするんだから、この人ったら」

まもなく七時になるところだった。俊介はコーヒーの礼を言って立ちあがった。

「よろしければ連絡先を」と彼が言った。

このまま別れてしまうのも惜しいような気がした。どこか得体の知れない夫婦だが、なにかこまったことが起きたときに相談にのってくれる人たちのように思えた。

東京に来たばかりでまだ電話を引いていないんです、と俊介が言うと、ここに泊まってるから、よかったら今夜遊びにきて、と奥さんがマッチをさしだした。

ホテルの前で握手をして、右と左に別れた。夫妻は腕を組み、南口のガードのほうへ歩いていった。俊介は池袋駅に向かって歩きながらマッチに目をやった。ホテル根岸館、鶯《うぐいす》谷《だに》駅より徒歩三分、とある。ふりかえると、ふたりの姿はすでになかった。

マンションに戻ると、テーブルの上に置き手紙があった。俊介は手紙を読みながら、裕里子が作っておいてくれた夕食を食べた。ロールキャベツと、かぼちゃのサラダと、混ぜごはん。どんなに疲れているときでも、手を抜かずに作ってくれる。

——お疲れさま。お仕事、見つかりましたか? あせらないでね。お給料が少し悪くても、長く続けられる仕事のほうがいいです。だから、くれぐれもむりしないように。それにお金のこと、そんなに気にする必要はありません。いまの仕事、そんなにつらくはないし、だってなによりも、ふたりの生活のために働いているんだもの、少しくらいつらいことがあってもなんでもないわ。

でもこういうことを書くと、安達くんまた怒るんだろうな、俺の立場がないって。でもね、こうしていられるだけで幸せなんだから、立場がどうのなんてやめよう? 身体のこと、心配してくれてうれしかった。私もなるべくむりはしないようにします。年末年始、温泉に行こうね。草津とか箱根とか、鬼怒川《きぬがわ》とか、楽しみです。それでは行ってきます。なるべく早く帰ります。裕里子

俊介は手紙を二回読み、シンクで食器を洗い、風呂《ふろ》をわかした。風呂から上がると、ま

だ九時前だった。裕里子が帰ってくるまでの五時間、ひとりでやりすごすにはあまりにも長い。俊介は革ジャンを羽織り、部屋を出た。田町駅まで歩き、山手線の内回りに乗った。

鶯谷駅までちょうど二十分だった。マッチの裏に印刷された地図を見ながら、言問《こととい》通りを渡り、一方通行路に入った。根岸館はホテルとは名ばかりの、となりのモルタルのアパートにも見劣りのする宿だった。

あの夫婦がこんなところに泊まっているはずがない。俊介はマッチの地図を何度も確認したが、やはりその宿にまちがいなかった。帳場をたずねると、三人は泊まれないよ、と男が言った。

「すぐに帰りますから」

「べつにすぐに帰れとは言わないけどさ、いちおう声をかけてくれよ、帰るときは」

男はそう言って、奥にひっこんだ。

俊介は爪先立《つまさきだ》ちで階段を上った。帳場の男に教わった竹の間のドアをノックすると、奥さんが顔をのぞかせた。夕方とはうって変わり、彼女は緑色のジャージの上下を着ていた。六畳間の中央にテーブルがあり、一升瓶と湯飲みとキムチがのっている。おひとりですか、と俊介が訊《き》くと、じきに戻るからと言い、座布団を裏返してすすめた。

「あんたが来るか、賭《か》けたのよ。これで五万いただき」

「五万ですか」

「でも稼ぎがそれ以下だったら、賭はお流れだっていうんだから、いいかげんなもんよ」

俊介は座布団にすわり、部屋のなかを眺めた。窓の下に旅行鞄《かばん》がふたつ並べられ、壁のハンガーには黒いショートジャケットと黒いスリムパンツがかかっている。彼女は湯飲みに一升瓶の酒をつぎ、俊介の前に置いた。

「どうしたの、驚いた？」

俊介は正直にうなずいた。

「家を借りたり、買ったりするの、面倒でね」

「ここはもう長いんですか」

「だいたい一か月もすれば飽きるよ。そしたら別の宿にかわる」

「でもお金、けっこうかかるでしょう」

「まあ、こんなとこでも一泊五千円からするからね」

彼女は冷蔵庫の前にかがみこみ、タラバ蟹《がに》をとりだすと、盆にのせて運んできた。

「これ、おいしいよ。さっきアメ横で買ってきたの」

「すみません、夜分」

「なによ、まだ九時半じゃない」

彼女も連れてくればよかったのにと言われ、この時間は働いてるんです、と俊介が答えると、「ねえ、どんな女なのよ」と奥さんが言った。「けっこう複雑な事情があるんでしょ。聞いてあげるよ、言っちゃいなさい。気が楽になるよ」

彼女はものすごいスピードで蟹を食べ、湯飲みの酒を飲んだ。俊介は蟹の足を割りながら、なにもかもしゃべりたい衝動にかられたが、なんとかそれに耐えた。

「あの、そちらは四十二と五十二ですよね」

俊介がそう言うと、彼女は露骨に顔をしかめた。

「もう一度、年の話をしたら怒るからね」

「いや、ちがうんです。おふたりとも若く見えるので、いちおう確認の意味で」

「べつに確認してもらわなくてもいいけどさ。そうか、あんたのところは一回り違うってわけだから、二十一と三十三か。いいじゃない、人生花ざかり。最高じゃない。みんな、うらやましがってるよ。妬《ねた》むやつもいるだろうけどさ。大切にしてる? 彼女のこと」

「おかわりしていいですか」

奥さんはあごで一升瓶を示した。俊介は湯飲みに酒をつぎながら、大切にしたいのに逆のことをしている、と答えた。

「でも、愛してるんでしょ」

「そのはずです」

「なんか頼りないねえ」

「もうひとつ訊きたいんですが、さきほどお会いしたときと雰囲気がずいぶんちがうような気がするんですが。いや、すみません、変なことを」

「いいよ、べつに。ちっとも変じゃないよ。外では金持ちの奥さん役やってるの、仕事柄ね。わかるでしょ」

「いや、ちょっと」

「そうだよね、あんた、堅気の学生さんだもんね。で、あんたら駆け落ち？」

俊介はうなずき、蟹に手をのばした。

「あんた、怖がることなんかないよ。じつはうちもそうなんだ。警察官の旦那《だんな》を捨てて逃げたんだからさ、たいしたもんだよね、私も。あんな情熱、もうどこにもないよ。駆け落ちしてどれくらい」

「一か月半です」

「ちょうどつらい時期かな、わかるよ。それを乗りこえるとね、世間なんかなんでもないって、大手ふって歩けるようになるから、もう少しだよ。親兄弟に連絡したい。生きてるくらいは伝えたい。でも、それをするのは乗りこえてから。わかるだろ？　彼女をものすごく傷つけることだからね。もしわからなくなったら、この世でいちばん大切なものはなにか、自分の心に正直に聞いてみるんだ。なにか見当違いのこと言ってるかな、私」

俊介は首をふった。彼女はキムチをつまみ、俊介の湯飲みに酒をついでから続けた。

「人生なんてほんと短いよ。大切なものを見つけたら、ぜったいに放しちゃいけない。そんなもの、めったにないんだから。あんたはまだ元の暮らしに戻れるかもしれない。でも、彼女には元の暮らしなんて、もうどこにもないんだ。子どもはいなかったんだろ？」

目を伏せると、テーブルが滲《にじ》んだ。

「それはきついね。あんたじゃない、彼女のほうだよ」

「わかってます」

「そんな女、いないよ。大切にしな」

工藤さんは十一時をすぎても帰ってこなかった。俊介はすすめられるままに酒を飲みつづけ、奥さんの携帯電話が鳴ったときにはすっかり酔っていた。

「なによ心配してたじゃない。浜松さん、いらしてるのよ。ねえ、どこにいるの。もう、ほんと、ずっと心配してたんだから。なんでもっと早く連絡くれないの。心臓がまた変になったら、どうするのよ」

俊介は彼女の甘えた声を聞きながら、こんな夫婦の形もあるんだな、と酔った頭でぼんやりと考えた。駆け落ちしてから二十年間、ふたりはずっと励ましあいながら生きてきたのだろう。離れて暮らすことなど、とても考えられないのだろう。

「ねえ、うちの人から」

奥さんが携帯電話をさしだした。俊介はうなずき、電話をかわった。

「ああ、浜松さん、申しわけない。仕事の関係で、ちょっと遅くなりそうなんです。せっかくお越しいただいたのに、ほんとに申しわけない」

「いや、こちらこそ、お酒をごちそうになって」

「そんな酒でよかったら、一升でも二升でも飲んでってくださいよ。それで、お詫《わ》びのしるしと言っちゃなんだけど、ぜひ食事に誘いたいんですが。よかったら彼女もいっしょに、ね、あすの夜はどうですか」

「夜はちょっとだめなんです」

「それなら、お昼ごはんにしましょう。銀座においしい中華の店があってね、あすの一時、どうですか。気がねなんて、ほんとに無用ですから」

「そうですか、それじゃ、お言葉に甘えて」

俊介はそう言って、電話を奥さんに返した。彼女は電話に向かって何度もあいづちをうち、「ねえ、お願いだから、早く帰ってきて」と言って、電話を切った。

まもなく〇時になるところだった。終電の時刻が気になり、俊介は腰を浮かした。

「ちょっと待って。孔雀楼《くじやく》っていう店でね、とってもおいしいのよ」

奥さんは日本酒の包装紙に地図を書いてさしだした。

俊介は小さく折って尻《しり》のポケットに入れた。

「楽しみね、あした」

彼女は唇の端をしぼりあげ、ふたたび湯飲みに酒をついだ。

☆

その夜、裕里子の帰宅が遅くなり、工藤夫妻と出会った経緯を話す余裕はなかった。それで朝になってからその話をすると、彼女は急に怒りだした。どうしたの、と声をかけても答えない。彼女は黙って布団から出ると、キッチンの換気扇の下でたばこに火をつけた。

 俊介はパジャマ姿の彼女をじっと見守った。

「ねえ、怒ってるのよ、私。見ず知らずの他人に駆け落ちのことを話すなんて、いったいなにを考えてるの」

「でも、ほんとに気持ちのいい人たちだったんだ」

俊介がそう言うと、彼女はゆっくりとふりかえった。

「気持ちのいい人だったら、だれにでもそうやってべらべらしゃべるの？」

「そんなわけないだろ」

「はじめまして、私が家族を捨てて駆け落ちした女ですって、そう言えばいいの？」

俊介は布団から起きあがった。

「どうしたんだよ、そんなこと言ってないじゃないか」

彼女はたばこをもみ消すと、洗面所に移動し、歯ブラシをくわえた。

「でも、約束しちゃったのよね」

「いいよ、電話して断わるから」

「でもそれじゃ、男が立たない」

「そんなこと、どうでもいいんだ。ただ、東京にはぼくらと同じような人たちが、たくさんいるんだってことを知って、励まされる気がしたんだ」

「気持ちはわかるけど、だからって自分たちのことまで言う必要はないでしょ」

そんな会話が朝食のあいだも延々と続き、もうやめよう、と俊介が話を打ち切ろうとしたとき、やっぱり私、疲れてるのかな、と彼女は言った。

むりしなくていい、と俊介は言ったが、彼女はいったん銀座に行くと決めると、今度はそのことで頭がいっぱいになり、さっそく洗面所の鏡の前に立った。勤めに出るときよりも念入りに化粧をほどこし、準備が整うとすぐに出かけたがった。まだ早すぎると俊介は言ったが、彼女に急《せ》かされ、正午すぎにマンションを出た。

孔雀楼は銀座七丁目にあった。有楽町で降りると、俊介は包装紙の地図に示された道順にしたがって、数寄屋橋《すきやばし》交差点を渡り、三愛《さんあい》の角を右に折れた。

札幌を思い出すね、と俊介が言うと、ほんとよね、と裕里子がうなずいた。

碁盤の目のように整備された街路はもちろんのこと、銀座四丁目交番はススキノ交番を思い出させるし、都庁と日比谷《ひびや》公園の位置関係は、道庁と北大植物園にそっくりだし、銀座の中央通りにも札幌の駅前通りにも、三越と三愛と松坂屋がある。しかも並んでいる順番まで同じだった。松坂屋の前をすぎ、次の角を左に折れ、二本目を右に入った。そこで思わず足をとめた。

向かいのビルに〈北海道新報社東京支社〉の看板がとりつけられている。

「安達くん」と裕里子が言った。

俊介は黙ってビルを見上げると、彼女の手をにぎりしめ、ふたたび歩きだした。

「工藤さんには浜松っていうことにしてあるんだ」

俊介がそう言うと、彼女は小さくうなずいた。

孔雀楼は支社のワンブロック先にあった。約束の時刻より早く着いたが、案内された個室ではすでに工藤夫妻が待っていた。

「わざわざお運びいただいて恐縮です」

工藤さんが裕里子のために椅子を引いた。直立不動の姿勢を保っていたウェイターが深々と一礼し、メニューを配った。俊介が品数の多さに目をまるくしていると、まかせてもらえますか、と工藤さんが言い、裕里子の好みを確認しながら手ぎわよくオーダーした。海ツバメの巣のスープ、里芋のフライドポテト、燻製合鴨《くんせいあいがも》の丸焼き、ホタテ貝と黄ニラの炒め、海老《えび》すりみの団子揚げ、小籠包《しょうろんぽう》。

ビールで乾杯したあと工藤さんは老酒《ラオチュウ》に切りかえた。

奥さんは裕里子を眺め、「いいわねえ、若いって」と言った。「お店に出ていらっしゃるんですって」

裕里子は俊介を軽くにらみ、バッグからスナックの名刺をとりだした。

「特徴のない小さな店ですが、よろしければ一度ご夫婦でいらしてください」

「海岸二丁目ねえ」と奥さんは首をかしげ、「銀座でも十分に勤まるわよ、ねえ？」と工藤さんに同意を求めた。

「ええ、こんなにお美しい方だ。銀座でも赤坂でも六本木でも、引く手あまたですよ。でも、若い亭主にはちょっと酷でしょうね」

俊介が返事にこまっていると、ただのおばさんですから、と裕里子が言った。

奥さんは合鴨の肉を割きながら上目づかいに裕里子を見た。

「それってなに、私へのあてつけ？」

「そんなつもりじゃ」

「冗談よ。若い人を見ているとうらやましくて、嫌味のひとつも言いたくなるでしょ」

工藤さんは裕里子のグラスにビールをつぎ、「どうです？」と言った。

どれもとてもおいしいが、とりわけ里芋の料理には感心したと、彼女は答えた。

「いや驚いた。美しいだけでなく、お目も高い」

工藤さんは両手を広げ、ことさら声を低めた。

「支配人が上海から極秘にレシピを持ち帰ったそうなんですよ」

極秘にね、と奥さんが笑った。

工藤さんは顔をしかめた。「きみはそうやって、すぐ笑う。よくないよ」

「ひさしぶりに若い女性とお食事して、この人興奮してるの。気になさらないでね」

裕里子はちょっと首をかしげただけで食事を続けた。赤いニットのワンピースは肌の白さを引きたて、胸のふくらみをくっきりと浮きあがらせている。

「興奮というより羨望《せんぼう》ですよ。若い男の手にはあまるんじゃないか。ねえ、浜松くん」

工藤さんは裕里子に遠慮のない視線をそそぎ、彼女のビールが少しでも減るとすぐにつぎたした。

奥さんの手がのびてきて、俊介の腕にそっと触れた。

「ねえ、浜松さん。私ったら、なぜこんな男と二十年も連れそってるのかしらねえ」

「こんな男とね」と工藤さんは言った。「でもまあ、つまりはそういうことだな。世の中にはこんな男が多いから、身体を張って彼女を守ってあげなさいと、言いたかったのはそういうことです」

「そうかな、逆よね」と裕里子が言った。

「逆？」と奥さんが訊いた。

裕里子はうなずくと、自分のグラスに勢いよくビールをついだ。

「守ってあげてるのは私のほう。でもそれが彼にとっては重荷なんじゃないかと」

「いや、まいったな」工藤さんはおおげさに首をふった。「きみはほんとに憎たらしいほど幸せな男だ」

少し飲みすぎだよ、俊介が注意すると、裕里子は鼻筋にしわを寄せて笑った。

工藤さんはますます能弁になった。この店は素材からして違うんです。鶏肉は地鶏にかぎっているし、豚は無菌飼育のものしか仕入れない。小籠包はアツアツのスープが飛びだすから火傷《やけど》しないように注意してください。そうだな、女性陣には茘枝紅茶《れいし》を頼みましょうか。楊貴妃《ようきひ》が愛した茘枝の果汁が入っているんです。

「詳しいんですね」と裕里子が言った。

「じつはね、この店にも何度か営業にきてるんです」

工藤さんは小声でそう言って、名刺をさしだした。

「なかなかいい返事をもらえませんが」

知りあいの事務所の隅を間借りして、広告代理業を営んでいるのだという。社名は㈲HFCサービスとあり、住所は恵比寿《えびす》西一丁目とある。

「むずかしそうなお仕事」と裕里子が言った。

「いやいや、体力勝負ですよ」と彼は腕を軽く叩《たた》いた。「代理店を名乗ってはいますが、スタッフは私と家内のふたりだけです。交通媒体がメインですが、みなさんが想像する電車の中吊《なかづ》りとか、駅貼りポスターというような、そんなメジャーな仕事ではありません。駅のホームにベンチがあるでしょう。あのベンチの背の広告看板が私の専門です。先日、家内が持病の発作にやられて、浜松さんにご迷惑をおかけしたときも、看板に落書きがあるとクライアントから連絡をうけて、駒込駅に駆けつけていたんです。ベンジン、ブラシ、ボロ布の三点セットを持って、飛んでいくわけです。やっと獲得した新規のお客さまですからね、必死ですよ」

俊介は黙って夫妻を眺めた。恵比寿に事務所を持ちながら、旅館を泊まり歩く。ふつうに考えれば、それはひどく不自然なことだが、駆け落ちしたことのハンディを背負いながらも、自らの仕事と居場所を確保している彼らの生き方には目をみはるものがあった。

「それで、うかがったところによれば、浜松さんはいま仕事をおさがしだという。それなら私の仕事を手伝っていただけないかと、そう思うんですが、どうでしょう」

「待ってください」と俊介は言った。「きのうお会いしたばかりで、きちんとした自己紹介もしてませんが」

「あなたはまだお若いのに、家内にとても親切にしてくださった。それだけで十分です」

「あなた、ギャランティの話もきちんとなさいよ」

奥さんが口をはさんだ。工藤さんはうなずくと、「最初の一か月は」と指を一本立てた。「試用期間ということで固定給三十万のみ。二か月目からは固定給にプラスして、営業実績に応じた歩合制をとりたいと思っています。どうでしょうかね、浜松さん」

「少し高すぎません？」と裕里子が言った。「営業の素人に三十万は条件が良すぎます」

「なるほど」と工藤さんは唇をすぼめた。「そうかもしれません。しかし、試用期間のあとも続けていただくかどうかは、こちらも検討させていただきますから。それでよろしければ浜松さん、週明けにでも、詳しい説明をしたいんですが」

俊介はうなずき、名刺に目をやった。

「この住所のところにうかがえばいいんですね」

「いや、その前に、実際に仕事を見ていただこうかな。うん、そのほうがいい。事務所にはそのあと案内します。月曜の朝九時、メトロポリタンのティーラウンジで待ちあわせましょうか」

「わかりました、よろしくお願いします」

俊介が頭を下げると、ごめん、余計なことを言って、と裕里子が耳もとでささやいた。

食事を終え、四人で店を出た。工藤さんは腕時計に目をやり、歌舞伎を一幕だけ見ませんかと言った。しつこい人は嫌われます、近いうちにまた四人で会うことを約束して、四丁目の交差点で別れた。夫妻は腕を組み、歌舞伎座のほうへ歩いていった。

俊介は立ちどまったまま彼らを眺めた。

「どう思う？　あの人たちのこと」

「あなたには悪いけど」と裕里子は言った。「工藤さんって、どうも好きになれない」

「どういうところが？」

「日焼けした顔に比べて、手が白すぎる」

「なんだ、なにを言いだすのかと思ったら」

俊介はふきだしたが、彼女は表情を変えなかった。

「ずいぶん熱心に仕事の話をしていたけど、ほんとうは仕事なんてどうでもいいと思っているような、いや、ちがう、そうじゃないな。その熱心さとお金を稼ぐことはまったく別のことだって考えてるような、そんな感じ。うまく言えないんだけど」

「でもまあ、様子を見ながら働いてみるよ。三十万あれば、裕里子さんも店のほう、やめられるし」

俊介がそう言うと、彼女はふいにあごを引き、ワンピースの胸のあたりに視線を落とした。それからがっかりしたような顔つきになって、俊介を見上げた。

「スナックで働くの、そんなにいや？」

「ううん、そうじゃなくて」

俊介は口ごもった。たしかにスナック勤めはいやだった。男に酒をつぎ、男の他愛のない話に頬笑む彼女を想像しただけで、やりきれない気分になった。

「ぼくが昼間働いて、裕里子さんが夜働くと、完全にすれちがってしまうだろ？　それだけは避けたいんだ」

彼女はしばらく黙っていたが、やがて小さくうなずき、そうね、とつぶやいた。

三時を少しまわっていた。行きたいところでもあるかと、俊介は訊《き》いた。裕里子は黙って首をふった。それでしかたなく、三越のライオンの前でしばらくぼんやりしていた。

赤と緑のクリスマスカラーでディスプレイされたショーウィンドウの前を、家族づれやカップルが足早に歩いていく。俊介は次々に通りすぎていく彼らを眺めながら、あのとき小樽のホテルに入っていなければ、いまここでこうしてふたりで立っていることもなかったと思い、そのときふと、同じ場面をかつて経験したことがあるように思われる、あの奇妙な感覚にとらわれた。

ふたりは手をつなぎ、人と車の流れを眺めていた。

あなたがなにを考えているのかわからない。裕里子はそう言った。あれはいつのことだったか。

日が陰り、風が急に冷たくなった。俊介は彼女の手をつかみ、革ジャンのポケットに入れた。

「ねえ、どうしたの」

ポケットのなかで裕里子が脇腹をつついた。俊介はその指先をにぎりしめた。

「なにかを思い出しかけているんだけど、どうしても思い出せない」

「そんなに大切なこと？」

俊介は首をふった。「ごめん、こっちに来てから、デートをする余裕もなかった」

「いま、してるじゃない」

「そうじゃなくて映画を観るとか、ドライブするとか」

「私はね、いっしょに朝ごはん食べるだけで、デートしてる気分だけどな」

「ほんとに？」

「そうは思わない？」

「キスしようか、みんなの見てる前で」

「だから、そういうのは安手の映画」

「いいよ、安っぽくても、なんでも」

裕里子はポケットから手を引きぬくと、おまわりさーん、と小声で言い、交番に向かって走りだした。俊介は笑いながら追いかけた。

☆

月曜、朝九時のティーラウンジは思いのほか混んでいた。ほとんどがホテルに宿泊したビジネスマンで、広げた朝刊に目を走らせながら、コーヒーを飲んでいる。

「それにしても浜松さん、お世辞抜きで、彼女はほんとにいい女ですよ。どうやって見つけたんですか。彼女が相手なら、だれだって駆け落ちしたくなりますよ」

工藤さんはそう言って、たばこに火をつけた。

「ほんとよね、私が男だったら、絶対やりたくなるね」

奥さんの言葉に、工藤さんは小さく舌を打った。

「下品な言い方するなあ」

「やりたい気持ちに、上品も下品もないでしょ」

「そんなことばかり考えてるわけではないんだよ、男は」

「この年ごろの男の子はね、一日中そんなことばっかり考えてるの。あなただって、そうだったじゃない。忘れちゃった？　二十年前のこと。男の子はそれでいいの。下品ていうのはね、ああいう男のこと」

奥さんは眉《まゆ》をひそめ、窓ぎわの席に目をやった。

俊介も先ほどからその男のことが気になっていた。紫色のシャツにオレンジ系のネクタイという派手な恰好《かっこう》をしているが、そろそろ六十歳に手が届きそうに見える。となりにはどう見てもまだ十代なかばの、褐色の肌の女の子がすわっている。

「メスティソでしょうね」と工藤さんが言った。「フィリピンとスペインの混血です」

俊介はその女の子から目を離せなかった。目もとが涼しげで、額がきれいだった。細い肩と薄い胸が痛々しかった。男は女の子の肩に手をまわし、耳もとでなにかささやきかけては高笑いをしている。

「メスティソには美人が多いんですが、それにしてもきれいですね、あの子。西洋と東洋の美がみごとにとけあっています。何世紀にもわたってヨーロッパに力ずくで犯されつづけたアジアの悲しみそのものですよ、彼女は。その悲しみを日本の成金が買いたたく」

「ねえ、そろそろお仕事」と奥さんが言った。

「うん、まずは私たちの仕事を実際に見てもらう。そういう話でしたね」

工藤さんはそう言いながらも、六十男から目を離さない。男がジャケットの内ポケットに手を入れると、女の子は祭壇に向かって祈るように両手を組んだ。男は札入れから紙幣をとりだし、無造作にワンピースの胸もとにねじこむと、コートをかかえて席を立った。

「出ましょうか」

工藤さんが立ちあがった。俊介は窓ぎわの席に目をやった。女の子は胸もとから抜きとった紙幣を折りたたみ、ハンドバッグにしまっている。奥さんは夫の吸いかけのたばこを灰皿のなかでもみ消してから席を立った。

男は勘定書にサインをすると、コートを羽織りながらまっすぐに出口に向かった。女の子が手をふっているが、見向きもしない。工藤さんはレジに代金を置くと、回転ドアに向かい、男と同じ仕切りに入った。

俊介は奥さんといっしょに次の仕切りに入り、もう一度女の子のほうに目をやった。ジュースのストローを口にくわえ、上目づかいにじっとこちらを見ている。その眼差《まなざ》しは情熱的で、ひどく切ない。

そのとき奥さんがふいに低くうめき、回転ドアの手すりにつかまった。ドアの動きがとまり、その反動で工藤さんが後ろから男にすがりつく恰好になった。奥さんはその場にしゃがみこんだ。顔をのけぞらせ、喉《のど》に手をあてている。俊介は彼女の腋《わき》の下に両手を差しいれ、抱きおこした。

ホテルの従業員が走ってきた。ドアの外では工藤さんがしきりに頭を下げている。俊介は従業員の手を借り、奥さんを抱きかかえて外に出た。男は顔をしかめただけでなにも言わず、池袋駅の方向に歩き去った。

「とりあえず病院です」と工藤さんが言った。

従業員が正面玄関からタクシーを誘導してきた。工藤さんは奥さんを座席に乗せ、となりにすわった。俊介は助手席に乗った。目白駅でひとりだけ降ります、と工藤さんが言った。

タクシーは一方通行路を何度か曲り、山手線ぞいの道に出ると、スピードを上げた。

「こんなときに申しわけないが」と工藤さんが言った。「買い物を頼みたいんです。オレンジカードを三十五万円分買ってください。クライアントの販促用なんです。個人名義になっていますが、事務所のカードです」

俊介は手渡されたクレジットカードを見た。YASUO KAMATAの刻印がある。

「本人でなければ使えないでしょう?」と俊介が言うと、「いや、裏書きしてないから大丈夫」と彼は言った。「私は病院に送りとどけてから行きます。恵比寿駅西口の喫茶店シャガールで待っていてくれませんか」

「わかりました。それでいくらの券を買えば」

「うん、一万円券を三十五枚です」

タクシーが目白駅前で停まった。確認すべきことがほかにあるような気がしたが、俊介は後部座席で胸を押さえている奥さんを見て、急いで車から降りた。

構内に向かって歩きながら、肝心なことを聞き忘れたことに気づいた。あわててふりかえったが、タクシーはすでに走り去ったあとだった。

YASUO KAMATAはどんな漢字をあてるのか。鎌田康男、蒲田靖男、釜田保男、窯田泰男……、ありふれた名前だが、氏名の組みあわせは何通りもある。いくら裏書きがないといっても、まちがった漢字は使えない。考えたあげく、ひどく簡単なことに思いあたった。

俊介はみどりの窓口にクレジットカードを提示し、アルファベットでサインをした。

「今月はオレンジカードの売上げ強化月間なんです。いや、ありがたいです」

若い駅員は気味が悪いほど愛想がよかった。

俊介は山手線に乗り、恵比寿駅で降りた。喫茶店シャガールは雑居ビルの地階にあった。ピアノの曲が静かに流れ、数人の客がソファでうたた寝をしている。

コーヒーを注文し、たばこに火をつけた。三十分ほどで工藤さんがやってきた。俊介の向かいに腰をおろすと、ここは昼間でも飲めるんですと言って、ウェイトレスにビールを注文した。俊介は奥さんの様子をたずねた。

「いや、いつもこんな具合でしてね」と彼は苦笑した。「浜松さんには一日でも早く手伝っていただかないと」

「ええ、ぼくにできるような仕事でしたら」

「それで、お願いしたカードのほうは」

俊介は上着のポケットからオレンジカードとクレジットカードをとりだした。彼はうなずき、それを受けとった。どんな漢字をあてるのか聞き忘れたのでアルファベットでサインをしたが、あとで問題にならないだろうかと、俊介は訊《き》いた。

ウェイトレスがビールを運んできた。彼はグラスにビールをそそぎ、ひとくち飲むと、「なんの問題もありません」と言った。「オンラインでチェックするのは、そのカードが使えるかどうか、そのことだけです。機械で本人確認はできません」

「でもまちがった漢字でサインしたらアウトですよね」

「いや、それでも大丈夫。裏書きがないんだから、サインを照合できないでしょう？　だから極端な話、カマタではなく、浜松とサインしてもかまわないんです。カードを提示した人が本人ということになるわけです」

「けっこういい加減なんですね、カードって」

俊介がそう言うと、穴だらけです、と彼は言った。

喫茶店を出ると、工藤さんは駒沢通りを黙々と歩きはじめた。途中で右に折れ、住宅街に入り、レンガ造りのマンションの前で足をとめた。エレベーターを使わずに階段を上り、二階の端の部屋のチャイムを鳴らした。ドアには〈HFC〉の表示がある。

「ね、ここです」と工藤さんが言った。

若い男が顔をのぞかせ、工藤さんを認めると、黙ってドアを開けた。きみはここで待つようにと、工藤さんは言い、部屋に上がった。

俊介は玄関のすみに置かれた一脚の椅子に腰をおろした。壁には〈写真を持ち帰った場合は五十万円いただきます〉と書かれた貼り紙があり、カーテンで仕切られた通路の奥からクラシック音楽が聞こえてくる。

ふいにドアが開いた。俊介がふりむくと、「あら、だれも出てこない？」と女が言った。

「初めてなの？　なにを見てきたの、スポーツ新聞？」

女は緑色のドレスに毛皮のコートを羽織っていた。裕里子と同じくらいの年に見える。

俊介は思わず立ちあがり、ただのつきそいです、と答えた。

女は靴を脱ぐ手を休め、爆《は》ぜるように笑いだしたが、奥の部屋から戻ってきた工藤さんを認めると、「なんだ、あんたの連れ」と言った。

工藤さんは俊介の顔を見て、目を細めた。

「きみにはたしかに女を見る目がある。お世話になっていきますか」

俊介が首をふると、女は名刺をさしだした。

「予約は前日でもオーケーだからね」

彼女がカーテンの奥に消えるのを待ち、俊介は工藤さんに向きなおった。

「どういうことなんですか」

「まあ、ちょっと待って」と彼は片手をあげた。「これから説明しますから。歩きながら話しましょう」

「だって、ここに事務所を借りているんでしょう?」

「そのことも含めて、すべて説明します」

工藤さんはそう言って階段を下りていった。マンションを出て、ふたたび恵比寿駅に向かった。俊介がHFCの意味をたずねると、彼は苦笑した。

「すれてないというか、想像力がないというのか。Hは人妻です」

「人妻FC。人妻ファンクラブですか」

「なるほどね、今度変えるように言っておきます。人妻不倫クラブより新鮮味がある」

「風俗業界の広告をやっているってことですか」

工藤さんはそれに答えず、細い道に入った。駅に戻る道ではなかった。どこに行くのかと訊くと、静かに話ができるところだと彼は答えた。

小学校の脇を通りすぎ、公園に入った。敷地のすみにキリスト教会が建っている。午前十一時の公園に人影はなかった。工藤さんはベンチに腰をおろした。

「家内とは万博会場で出会ったって話をしたでしょう？　おぼえてますか」

俊介はうなずき、となりにすわった。

「それが仕事の話につながるんですか」

「そうです、万博会場が私のデビューです。二十二歳の夏、スリという仕事が自分の天職だと知りました。おや、浜松さん、驚きませんね」

「十分に驚いています」と俊介は言った。「落ちついているように見られますが、じつは反応が遅いだけです」

「うん、きみの話し方にはなにかスタイルがあっていいですね。これで私の仕事をひととおり見ていただいたわけですが、いかがでしょう」

「つまり、クレジットカードのカマタヤスオは、メトロポリタンのあの客ですか」

俊介はそう言って、工藤さんの顔を見た。彼はうれしそうにうなずいた。

「いや、やっぱりきみに声をかけて正解だったな。理解が早くて助かります。収穫は現金七万とクレジットカード三枚です。私は残りの二枚を使って、新宿駅と渋谷駅で三十五万円ずつ、同じ買い物をしました。三十五万が限度です。それ以上になると、要注意のフラッグが立ちますから。金券ショップに持ちこめば、額面の九十四、五パーセントで買いとりますが、身分証明が必要です。学生証、持ってるでしょう？　いや、それを使わせてくれとは言いません。本名でブラックリストにのったらおしまいですから。それで先ほどのようなところに持ちこむわけです。金券のブローカーですね。総額百五万円分ですが、換金の手数料を引かれて八十四万。現金七万とあわせて、九十一万の収入です」

工藤さんは上着の内ポケットから紙幣をつかみだし、三十枚数えてさしだした。

「三人の仕事なので、三等分します。初任給の前払いです。いつもこんなにうまくいくとはかぎりません。でもビギナーズラックはある。きみのおかげです」

俊介は首をふり、立ちあがった。

「そんな金、受けとれるわけないでしょう」

「いや、驚かれるのは当然です。でも、もう少しだけ話を聞いてください。むり強いはしませんから。それで、できたらもう一度すわっていただきたいんですが」

俊介はたばこをとりだし、火をつけてから、ふたたび彼のとなりに腰をおろした。

「だれにでも罪悪感はあります、当然です。人の財布を掏《す》って楽しい気分でいられるはずがない、私だってそうです、それが正常な神経です。でも、カードは別です。被害を受けるのはクレジット会社と保険会社で、カードの持ち主じゃない。盗難カードや偽造カードによる被害総額は、年間二百億をこえています。その程度のリスクは先方も見込んでいます。年度予算に織りこみ済みなんです。二百億ですよ。私の稼ぎはその〇・一パーセントにも満たない。ささやかなもんです」

俊介は背中をまるめ、静かに煙を吐きだした。

「広告代理店の話、まったくの嘘なんですね」

「すみません、ぜんぶ作り話です。というのはね、きみなら私の仕事を理解できると直感したんです、池袋のホームで初めてお見受けしたときに。でも、裕里子さんはむりだとわかりましたから。それであんな作り話を」

「それはどういうことですか。訊きたいのはつまり、その理解できると直感したっていう部分ですが」

「それが先ほど言いかけた話ですが、いいですか、続けますね。若いころの私にスリの技術を徹底的に教えこんだ人がいます。彼の言葉はいまでもよくおぼえています。勤勉に仕事をしながら一生世の中に見出されずに終わること、それが成功を意味するのはスリだけだと。盗むという行為は、初めは特定の必要にもとづいている。しかし、その必要が満たされてしまうと、それは次第にまったく別のものに変わっていく。自分は他人より少しだけ豊かで、少しだけ自由で、少しだけ強い。つまり、この世の中で、代替不可能な自分という存在を確認するために、スリを働くようになる、そう言ったんです、彼は。もちろん二十二歳の私には、そのことの意味はまだ理解できませんでしたが、浜松さんには理解できるかもしれない、そんな気がしたんです、直感的に」

俊介は黙って足を組み、膝《ひざ》の上に両手を置いた。彼は話を続けた。

「すぐれたスリは、服のどこに財布が入っているか、直感的に感じとることができます。つまり、感情移入の達人です。彼の五感と思考と意志は、最短経路で結ばれています。もっとも重んじるのは非暴力、なにごとにも動じない冷静さ、いかなるときにも立ちすくむことのない大胆さ、この三つです。与えられたチャンスを大胆に、あるいは慎重につかむ能力、機敏さ、勇気、鋭敏な目、すばやい手などが要求されます。スリは泥棒仲間では、もっとも穏やかで慎重な少数派のエリートなんです」

「いくら誘われても、仕事を手伝う気はありません。単純な興味だけで訊《き》きますが、奥さんとは加害者と被害者として出会ったというわけですか、万博会場で」

ああ、なるほど、ああ、と彼は何度もうなずいた。

「あながち違っているとも言えません。浜松さんの言い方からすれば、私は加害者になりそこね、家内は被害者になりそこねた。まわりくどいな、だって彼女、警察官には見えないでしょう？」

「婦警さんだったんですか」

「あの日は非番だったんですね、私の仕事を見破ったのは後にも先にも彼女だけです」

この人の話は信用できない、俊介はそう思い、「女優にもなれたんじゃないですか？」と言った。「先ほどの演技もたいしたものだったし」

「そうですか、言っておきますよ、家内も喜びます。回転ドアをとめるところまでは打ちあわせの通りでした。でも、そのあと発作を起こしたのは予想外のことです。どうです、私と組んでみませんか。三十万プラス歩合なんて話をしましたが、五十万、百万だって、可能です。考える時間が必要なら、今月いっぱい待ちます。なんといっても十二月がいちばんの稼ぎどきですから。家内の具合が悪いとき手伝いが必要になるんです。でも安心してください。危ないことは一切させません。私のモットーは、第一に非暴力、第二にいかなる道具も使わない、第三に客は金持ちにかぎる、そんなところです」

俊介はつまさきでたばこをもみ消し、立ちあがった。

「何度でも同じことを言いますが、その気にはなれません。あまりにも生き方がちがいます」

工藤さんはうなずき、ベンチから腰を上げた。

「そうですか、まあそうでしょうね、わかりました。これは初任給ではありません。きょうの仕事に対する報酬です。今後、手伝っていただけなくてもさしあげます」

彼はそう言って、紙幣の束をさしだした。俊介は首をふり、歩きだした。

「堅いですね、きみは、コチコチですね。それじゃ、疲れるでしょう」

背後から彼の声が追ってきた。公園を出て、駅に向かった。地下鉄の入口の手前で立ちどまると、工藤さんはポケットベルをさしだし、これはプレゼントだと、ささやくように言った。浜松さん、電話を引いてないんでしょう？　彼女と連絡をとるときなんか、すごく役に立ちますよ。業者から流れてきたものでね、料金は一切かかりません。不要になったら捨ててください。

俊介は黙ってそれを尻《しり》のポケットに入れた。工藤さんはあごをしゃくりあげ、人さし指を舐《な》めた。それから風向きを測るように突き立て、日比谷線へ続く階段を下りていった。

マンションに戻ると、ドアのむこうから男の声が聞こえた。俊介はあわてて靴を脱ぎ、部屋に上がった。テレビの前にすわっていた男がふりかえり、会釈をした。

「ね、すごいでしょう」と裕里子が言った。「キャンペーン期間でね、二割引きなの」

二十九インチのBS内蔵型。代金はキャッシュで支払ったという。週払いの給料ではとても一度に払えるような額ではなかった。

電器屋はベランダに出ると、手すりにBSアンテナを取りつけながら、当社はJSBの指定代理店ですから、こんなサービスができるんですよ、と言った。

サービスとはアンテナの取りつけのことなのか、JSBの加入料が割引きにでもなるのか、それとも成約記念だといってテーブルの上に置いたブック型世界時計のことをいっているのか、わからなかった。彼はテレビの映り具合を確かめ、こんなもんですかねご主人、と言った。JSBの放送は四月からだった。彼女が来年の春のことまで考えてテレビを買ったのかと思うと胸が熱くなった。

「年末年始はテレビがないとね」と裕里子が言った。

テレビは国連がイラクに対する武力行使容認の決議をしたというニュースをくりかえし伝えていた。クウェート撤退の猶予期限は、来年の一月十五日だという。

「すごくいいタイミングでしょ」

「国連決議にまにあったってこと?」と俊介は言った。

「ちがうわよ。今度の日曜、TBSの秋山さんが乗ったロケットの生中継があるのよ、知らなかった?」

「知らなかった」

「だめ、そんなことも知らないんじゃ。テレビとか見てると元気出るよ」

猶予期限は一月十五日か、と俊介は思った。そのころになればふたりにも結論が出ているかもしれない。

「どうしたの深刻な顔して」と裕里子が言った。

俊介は電器屋が帰るのを待ち、「キャッシュで払ったって、そんなお金がどこにあったんだ?」と言った。

「安達くん、誤解するから」

「説明もないんじゃ、誤解しようもない」

裕里子はベランダのアンテナのほうに目をやった。

「チップをためてたの」

俊介はリモコンでテレビの音量をしぼった。

「二か月もたってないのに、客のチップでこんなすごいテレビが買えるのか」

「そうなの。やましいことなんて、ぜったいにないから言うけど、二万とか三万とか、平気で渡す客がいるの。もちろん私だけじゃなくて、ほかの女の子にも」

信じられない、と俊介は言った。

「それがいるのよ、不動産屋とか幼児教育の先生とか、為替《かわせ》のブローカーとか。フリーのシステムエンジニアっていう人から十万もらってこまってる子もいるけど」

裕里子はテーブルごしに俊介の手をつかんだ。

「ごめんね、安達くん、でも信じて。やましいことあったら、こんな話、ぜったいにしないもの」

「当たり前じゃないか」

俊介は裕里子の手をテーブルの上に戻した。

「しょうがないの。チップを拒否すると、とってもまずい雰囲気になるのよ」

俊介はたばこに火をつけながら、ほんとうに今回かぎりであれば、工藤さんから金を受けとってもよかったと思った。初任給の前借りをしたんだ。チップだかなんだか知らないけど、今度そいつが来たら、つきかえしてやれよ。金を受けとっていれば、彼女にそう言って、三十万の金をさしだすことができた。

「それで仕事の話、どうだった？」

裕里子が灰皿をさしだした。

「ちょっときついかもしれない」

俊介がそう言うと、そんなにむりすることないからね、と彼女は言った。

☆

　夜の八時すぎに正太がコインランドリーから戻ると、郵便受けの前の暗がりで、小夜子が待っていた。

「ひたしぶり、正ちゃ。入っていい？　いいでひょ」

　舌がもつれている。そうとう強い薬を飲んでいるのだろう。正太は眉《まゆ》をひそめた。

「ね、すぐ帰るから、三十分らけれいいから。うんと、それじゃ十分らけ、ね？」

　小夜子はまた一段と太っていた。昔、四十キロを切って、これ以上やせたら命が危ないと言われたこともあったらしいが、いまの姿からはとても想像できない。

　正太が黙ってうなずくと、「ひゃぁ、うれしい」と彼女はかすれた声を上げた。アパートの場所を教えたのは祖母にちがいない。正太は舌を打ち、階段を上った。

　ドアを開け、あかりをつけると、小夜子が後ろから部屋のなかをのぞきこんだ。

「あらぁ、きれいにしてる。えらいな、正ちゃ」

　正太はさげていたスポーツバッグを床に置き、ファスナーを開けた。シャツとパンツをとりだしてハンガーに吊《つる》し、下着やタオルをタンスのひきだしに放りこんだ。

「そうか、洗濯してきたんら。ひとりぼっちれ、ろうやってんか、心配してたんよ。すごいなぁ、正ちゃ。なんか急におとなっぽくなって、こっちのほうが子どもみたいれ、恥ずかしいよねぇ」

小夜子は窮屈そうに正座をすると、テーブルに風呂《ふろ》敷包みを置いた。

「食べてもらおうと思って、作ってきたんよ」

彼女はそう言って、包みをほどいた。重箱に鶏の唐揚げがぎっしりつまっている。

「な、正ちゃの好物。いっしょに食べよ」

「ちょっと待てよ」と正太は言った。「十分だけって、言っただろうが」

小夜子は口をとがらせ、わりばしをパチンと割ると、唐揚げをつまんで口に入れた。

「こんなふうに外側らけカリッと揚げるのって、けっこうむずかしいんよ」

彼女はそう言って、食べかけの肉を正太の目の前に突きだした。正太は思わず顔をそむけた。

「こんな時間だぜ。夕めしなんてとっくにすませたよ」

「四時間半も病院、待たせっから。それから買い物して、急いで作ったのにな、もうこんな時間らもん」

「それによ、こんなに食えないだろうが、五人分くらいあるんじゃねえか」

「おすそわけしようか、おとなりさん、どんな人？」

「知らねえよ」

「あいさつしてこようか」

「やめてくれよ。なあ、もう十分たったって」

「そんなにいっしょにいるの、嫌なん？」

正太が黙っていると小夜子が腕にすがりついてきた。

「な、お願いらから、ひとつらけれも食べて。食べるとこ、見せて」

「わかったよ、ちょっとやめろよ」

正太は彼女の手をふりほどくと、唐揚げを指でつまんで口に放りこんだ。

「ろう？」と小夜子が言った。

正太はゆっくりと味わうように食べた。

「ねえ、ろう？」

「うまいよ。外側がカリッとして、ちょっと辛くて、なかは柔らかくて」

小夜子の目からみるみるうちに涙があふれた。彼女は唐揚げを口に入れ、くちゃくちゃと音を立ててかみ、ごくりと飲みこんだ。

「なぁ正ちゃ、こんな変なおばさん、かっこ悪くて、会いたくないよね。れも、二十歳になったら、いっしょにお酒、飲んでほしいな。それが夢なんら、な、正ちゃ」

正太がうなずくと、「ほんとにぃ？」と小夜子は悲鳴のような声を上げた。正太は台所に立ち、タオルをとって彼女に放りなげた。

「あぁ、来てよかった、うれしい、ほんとうれしい」

小夜子はタオルをにぎりしめ、頰に押しあてた。

「なぁ正ちゃ、泊まってっていい？」

正太はうなずきそうになり、あわてて首をふった。だが、早く帰れとも言いにくい。しばらく押し黙ったまま、たがいの顔を見る恰好《かっこう》になった。小夜子の赤らんだ頬は赤ん坊のようにつるつるしていた。まばたきもせず、じっとこちらを見つめる目は驚くほど澄んでいる。

「れも、よかった」

小夜子はつぶやくと風呂敷をたたみ、立ちあがった。

「なあ、こんなに食べらんねえよ」と正太は言った。

だが、彼女の耳には入らないようだった。

「ほんと来てよかった」

小夜子はもう一度つぶやくと、部屋を出ていった。

なぜなのかわからない。小夜子が帰ると、無性に淋《さび》しくなった。正太は壁にもたれ、ウォークマンを聴きながら、シンナーを吸った。

――星空にハシゴを立てかけて、きみの住む街を見おろしたいな。三日月に腰かけてきみを待つよ。ぼくが見えているかい、きみが好きさ。

つぶやくように口のなかでメロディをなぞった。

――三日月に腰かけてきみを待つよ。ぼくが見えているかい、きみが好きさ。

曲が終わり、頭のなかが静まりかえった。星空に頭から落下していくような不安に胸をしめつけられ、吐き気がこみあげてきた。正太は畳にうつぶせ、目を閉じた。

めまいの渦のなかでふしぎな夢を見た。犬一匹いない地下道に、真紅の花びらがはらはらと舞いおりてくる。花びらを黒いコウモリ傘で受けとめながら、正太は地下道を歩いていく。花びらは吹雪のように降りしきる。やがて腰のあたりまで降りつもり、眼球の奥から温かいものがあふれだしてくる。

目をさますとブリーフが濡《ぬ》れていた。べたべたして、ひどく嫌な匂いがした。正太はたまらなくなってアパートを飛びだした。だれかに声をかけてもらいたくて、人通りの多い道を歩きまわった。抱きあうようにして歩いていくアベックがうらやましかった。

コンビニで雑誌を立ち読みしてから、ゲームセンターに入った。ゲーム機のあいだを歩きまわった。ポケットには五百円玉がひとつだけ入っていた。金があるうちは街をうろつきまわれると思った。だが、大切に使わなければすぐになくなってしまう。ここで使いはたしてしまえば、頼りになるものはなにひとつなくなってしまう。

ひとりの女の姿が目に入った。女は台の上に積みあげた百円玉を何度も入れなおしている。ひどく下手クソで、すぐにゲームオーバーになってしまう。

正太は少し離れたところから彼女を見ていた。黒いワンピースに銀色のブレスレット。「百年の孤独」で見るときと同じ恰好をしていた。仕事を終えたあと、ひとりでゲーム機に向かう女の姿は淋しかった。

女は舌打ちをすると、たばこに火をつけた。それから顔を上げ、正太と目があうと、手招きをした。

「すごくいいタイミング。教えてくれない？　全然できないの」

正太はうなずき、向かいの席にすわった。顔見知りというだけで馴々《なれなれ》しく声をかけてくるウェイトレスの気持ちがわからなかった。裏技や超裏技を教えると、彼女はすっかり興奮してしまい、いつまでも同じゲームをやめなかった。千円札を何度両替したかわからない。正太は呆《あき》れかえって彼女の顔を見た。

だらしなく口を開け、首を軽くふりながらボタンを操作しているときの彼女は、うんざりするほど平凡な年増女《としま》だった。だが、敵に追いつめられ、助けを求めてくるときの彼女はひどく魅力的に見えた。正太にかわると、彼女はおおげさな悲鳴を上げ、正太の顔とゲーム機の画面を交互に見比べながら、どうしてよ、どうしてなの、と何度も訊《き》いた。

正太の指導で彼女の腕前はいっきに上がった。ねえ、見てみて、すごいよ。彼女はそう言って、正太の腕をつかんだ。次はどうするの、教えて、どうするんだっけ。

スーツ姿の男が大量のメダルをぶちまけてしまい、彼女の足下に転がってきた。店員が飛んできてマグネットでメダルを拾いあつめた。だが、彼女はゲームに熱中するあまり、そうしたことにも気づかなかった。

やがて午前〇時になり、有線放送が消え、店内の照明が明るくなった。彼女は席を立つと、「あんた中学生でしょ！」と、そのことに初めて気づいたように言った。「帰らなくちゃだめじゃない。こんな時間にふらふらしてちゃいけないよ」

「でもあんたもさ」と正太は言った。「こんな店にひとりでいるのって、なんか淋しいよ」

「かわいくない」

彼女は頬をふくらませ、階段を上っていった。正太もあとに続いた。黒いワンピースに包まれた丸い尻《しり》がすぐ目の前にあり、階段を上るたびに下着の線がくっきりと浮きあがる。彼女はふいに立ちどまると、正太に背中を向けたまま、両手を使って髪をもちあげ、うなじを見せるようなしぐさをした。正太は思わずうつむいた。

店の外に出ると、彼女はあごに中指をあて、正太を観察するように眺めた。

「最近の中学生って、ずいぶん背が高いんだ。私だって、そんなに低いほうじゃないんだけどな。ねえ、よかったら送ってくれない？　この辺、酔っぱらいが多くて」

正太は返事にこまって、あたりを見まわした。

「こんな時間のひとり歩きは危険なのよ」

彼女はそう言って、正太の腕をとった。

そのあとのできごとのいっさいは、シンナーを吸いながら見た夢の続きのようにぼんやりしている。古い木造アパートの薄暗い玄関や、カビ臭い廊下や、木のドアの菱形《ひしがた》のすりガラスや、まずい中国茶や、口紅をぬぐったティッシュや、脱ぎ捨てられたストッキングや、冷たくてしめっぽい布団や、枕もとの香の匂いや、ずっと流れていたインドの音楽や、棚にならんだ紫や赤や緑のガラスの小瓶や、壁につるされた薔薇《ばら》のドライフラワーや、台所の隅にうずくまっていた白い猫。

お布団を干す場所もないのよ。折れそうな腕で正太を抱きしめながら彼女が言った。正太は霞《かすみ》がかかったような彼女の顔を見て、この人はきっとすごく悪い病気にかかっているんだ、と思った。だからこんなにやせているんだし、もうすぐ死んでしまうとわかっているから、子どもでも相手にするんだ。彼女は正太の眉《まゆ》に唇をつけ、だからお布団冷たいけど勘弁してね、と言って、下腹に手をのばしてきた。

冷たい指先や、イチゴのように赤い舌や、唾液《だえき》にまじったたばこの匂いや、乳くさいため息や、鼻の脇のソバカスや、頬にはりついた赤っぽい髪や、首の深いしわや、耳の穴に吹きこまれた生温かい息や、腋《わき》の下のざらっとした感触や、乳房についた下着の跡や、乳房の下に浮きでたあばら骨や、ひんやりした白い尻や、太腿《ふともも》の内側の湿り気。

「ねえ、眠っちゃだめ」

彼女の声で正太は目を開けた。布団から出るとのろのろと服をつけた。彼女は正太が服を着るのを布団のなかからじっと見ている。この人は何歳くらいなんだろう、と正太は思った。二十五歳くらいだと思っていたが、もしかすると三十歳をすぎているかもしれない。

「ねえ、そのバッグとって」と彼女が言った。

正太がハンドバッグを渡すと、彼女は小さな手帳をとりだし、鉛筆でなにか書いてページをやぶった。

「あらためて、こういう者です、今後ともよろしく」

さしだされた紙には、芦田加南子《あしだかなこ》と書いてある。

「あんたは？」

「なんで」

「なんでって」と彼女はちょっと口ごもった。「だって名前も知らないんじゃ、淋しいじゃない。それとも、なにもなかったことにして、お別れする？」

正太は目をそらした。鏡台に自分の足が映っている。

「ねえ、初めてやった相手が私で、後悔してる？」

「正太っていうんだ、字は正しくて太い」

「ふうん、正しくて太い、正太くんか」

彼女は布団から腕を出すと、投げキッスをした。

「とっても頼もしかったよ」

正太は女のアパートを出ると、人通りの絶えた住宅街の並木道を歩きだした。手も足も砂がつまったように気怠かった。自分が彼女に与えたもの、それはわかりすぎるほどわかりきったものだった。今夜持ってきて、今夜ふたたび持ち帰るアレでしかないのだから。

だが、それを与えることで、なぜこんなにも虚《むな》しくなるのか。

心のなかで動くものがあった。正太は立ちどまり、それをじっと見つめた。祖母の八千代が言うように、ふたりは獣のような暮らしをしているにちがいない、正太はずっとそう思ってきたし、俊介に組みしかれてあえぐ裕里子の姿を想像して興奮をおぼえ、そんな自分を嫌悪したりもした。だが、そんな暮らしがいつまでも続くわけがなかった。

校庭で俊介の姿を見かけた日の夜、正太は鹿児島に電話を入れた。

「でも遠かったから、ほんとに先生だったかどうか」

正太がそう言うと、それは息子でしょう、と俊介の父親は言った。北海道新報社に出向いたあと、立ち寄ったのだろうという。息子は内定を取り消されたんです。札幌に戻るかには未練もあったんでしょうが、それにしても、きみになにを伝えたかったんでしょう。

そんなことはわからない、と正太が答えると、つまらないことを言ったと、彼は電話のむこうで詫《わ》びた。

正太は女の名前の書かれた紙をちぎって捨てながら、ふたりは後戻りのできない荒《すさ》んだ日々をただやりすごしているだけにちがいないと思った。そんな人生がひどく怖ろしかった。

アパートに戻ると、すでに三時をまわっていた。正太は服のまま布団にもぐりこんだ。心臓がどきどきして、いつまでも眠れなかった。

☆

裕里子の帰りを待つ夜は長い。三時をすぎても彼女は帰ってこなかった。俊介はその淋《さび》しさをまぎらわすようにテレビの前にすわり、CNNのキャスターにブーイングを浴びせ、サダム・フセインの演説に拍手した。

——さる十月十日、イラク兵士が病院の保育器から嬰児《えいじ》をとりだし、冷たい床の上におきざりにするのを目撃したと、十五歳の少女が人権に関する議会コーカスで証言し、世界中に衝撃を与えましたが、このような残虐行為により、三百十二人の赤ん坊が死にいたったと伝えられる一方で、経済制裁による医薬品不足により、イラクの幼児死亡率も倍増していると、アムネスティ・インターナショナルは指摘しています。

俊介はテレビを消し、マンションを出た。小雨が降っていた。電話ボックスに入り、ハーバーダストの番号を押した。だが、いくら呼びだしても、だれも出ない。

裕里子のやつ、いったいだれとどこにいるんだ？　なにをしてるんだ？　相手は不動産屋か？　為替《かわせ》のディーラーか？　それともシステムエンジニアか？　閉店後のスナックに虚しく響きわたる呼びだし音を聞きながら、俊介は嫉妬《しっと》心をかきたてられて、さまざまに想像をめぐらせ、そのときふいに賀恵の財布のなかにコンドームをみつけた日のことを思い出した。

それはつきあって半年ほどたったころのことだ。割り勘は味気ないので、交互に奢《おご》りあうことにしていたが、その日は賀恵が払う番だった。彼女はテーブルに財布を置くと黙ってトイレに立った。レジで勘定をする女の脇でそれを見守る男の気持ちを察して、彼女はいつもそうする。そうした濃《こま》やかな気づかいに俊介は彼女の魅力を見出していたが、紙幣を抜きだそうとして、財布の奥にそれをみつけた。店を出てから問いつめると、「女は自分で自分の身を守るしかないの」と彼女は言った。「男って、いつ突然やりたがるか、わからないじゃない」

少なくとも俊介に関してそんなことは一度もなかった。セックスをするのはいつも俊介の部屋だったし、机のひきだしのコンドームも切らしたことがなかった。そのことを指摘すると、「おたがい束縛するのやめようよ」と彼女は言った。「結婚してるわけじゃないんだから」

俊介は受話器を戻し、電話ボックスを出た。閉店後のスナックを訪ねてもなんの意味もないが、ほかに当てもなかった。運河にそって少し歩いただけで、前髪の先から雨滴が落ちた。立ちどまり、水銀灯を見上げた。光の輪のなかに浮かびあがる雨足は思いのほか強く、顔に降りかかる雨は海の匂いがした。

道路はまっすぐに続き、三つ先の信号まで見渡せる。その信号が同時に赤に変わった。タクシーが交差点を右折し、こちらに向かってきた。俊介は道の端によけて車を見送り、次の瞬間、足早になって引きかえした。

タクシーはウィンカーを出し、マンションの前で停車した。俊介は電話ボックスの陰で足をとめた。ドアが開き、ひとりの女が出てきた。やはり裕里子だった。

裕里子は深々と頭を下げた。タクシーはなかなか走りださない。反対側のドアが開き、男が降りようとした。彼女は首をふり、男を車に押しこめた。俊介は黙ってそれを見ていた。男はあきらめきれず、今度は窓を開けて手をさしだした。彼女はその手をにぎり、なにか小声で言った。タクシーがようやく走りだした。

次の交差点を通りすぎるのを見届けてから、裕里子はマンションに入った。俊介は電話ボックスの陰から飛びだすと、エントランスに駆けこんだ。エレベーターのドアが閉まる寸前だった。彼女はあわててボタンを押した。ドアがふたたび開いた。

「どこに行ってたんだ」

俊介はそう言って、彼女をじっと見た。黒地に華やかなシルバーの花柄がプリントされた、胸もとの切れこんだドレス。それは彼女が初給料で買った服だった。

「どうしたの、安達くんこそ」

「車で送ってもらうほど、遠いところに行ってたのか」

「誤解よ、ねえ、こんなに濡《ぬ》れて」

裕里子は革ジャンについた雨滴を払った。

「ごまかすなよ」

「なぜ、そんな言い方するの」

「またチップをもらったのか」

裕里子が首をふり、腰に抱きついてきた。

「おすし屋さんに連れてってもらったの、麻布十番《あざぶじゅうばん》の。ひとりじゃないわよ、お店の子ふたりもいっしょ。ごめんんね、心配してくれてたんだ」

俊介は腕を下ろしたまま、上昇していく階数表示を見上げた。五階でランプがとまり、ドアが開いた。俊介は彼女の腕をふりほどくと、足早に廊下を歩き、部屋に入った。そして服を脱ぎ、タオルで髪をぬぐい、布団にもぐりこんだ。

裕里子は洗面所で手早く化粧を落とすと、あかりを消し、下着だけになって布団に入ってきた。

「ほんとにごめんね、心配かけて」

彼女はそう言って、身体をよせてきた。俊介は寝返りを打ち、背中を向けた。

「ねえ、おすしをごちそうになるのも、だめなの？」

俊介の背中に彼女の頬が押しあてられた。

「だめなんだ、俺、ほんとにガキで」

裕里子は息をつき、身体を離した。

一度くらいなら手伝ってもいいかもしれない。俊介はふとそう思った。まとまった金が手に入れば、彼女も夜の勤めをやめることができる。俊介は身じろぎもせず、工藤さんの顔を思いうかべた。

翌日、裕里子が勤めに出たあと、タイミングをはかったようにポケットベルが鳴った。俊介は部屋を出て、電話ボックスに入った。表示された番号を押すと、呼び出し音一回でつながった。

「あら、うれしい」と工藤さんの奥さんの声が言った。「やっぱり私の神通力ね」

「ご用件は」と俊介は言った。

「うちの人がね、何度連絡しても、かかってこないって言うから、私がしてみたの。そしたら、すぐじゃない。こないだはごめんなさいね、驚いたでしょ。いきなり手伝わされて、仲間に入れなんて言われてもね、むりだと思うの、ふつうは。でもせっかく知りあいになれたんだから、もったいないじゃない。もっと気軽におつきあいしましょうよ。どう、これから遊びにこない？ そこから近いわよ、前よりいいところ」

どこに泊まってるんですか、と俊介は訊《き》いた。

「それがね、品川プリンス。ほんとうは高輪《たかなわ》プリンスにしたかったんだけど、あるだけお金使っちゃうわけにもいかないしね、どう？」

「わかりました、おじゃまします」

俊介がそう言うと、電話のむこうで歓声が上がった。

手元には返本整理の給料の残りが三千円ほどあるだけだった。俊介は田町駅前の酒屋でウィスキーを買い、ホテルの部屋を訪ねた。

さほど広くないが、シンプルで清潔感のあるツインルームだった。俊介は奥さんに手を引かれ、窓ぎわのソファに腰をおろした。

「家内に叱られましたよ。あんたはせっかちだって」

工藤さんは笑みを浮かべ、大きなグラスにシャンパンをそそいだ。ルームサービスをとったのだろう、丸テーブルの上にはローストビーフやチーズの皿があった。

「それでは、再会に乾杯」

奥さんの合図でグラスをあわせた。彼女は黒のスパッツにボトルネックセーター、工藤さんはコーデュロイのパンツにアーガイル模様のセーターを着ている。とてもスリの夫婦には見えない。奥さんが一息に飲みほすと、工藤さんはすぐにグラスにそそいだ。

「ここんとこ、浜松さんの話ばっかりだったんですよ、やっぱり若い男はいいって」

「そうじゃないでしょ？　若いころのあなたに似てるって、そういう話をしたんじゃない」

「どこが似てるんですか、浜松さん、迷惑ですよね」

奥さんはグラスを軽く揺すりながら俊介を見た。

「もちろん顔とかじゃなくてね、なんていうのかな、若いってなんにもないってことでしょ。地位もお金も人脈も経験もなんにもない。それなのに、あなたはなにを背負ってるの？　胸の奥になにを秘めてるの？　っていう感じかな。女としては放っておけないのよ」

「母性本能をくすぐるってやつだな」

「つまんない言い方。でもまあ、そういうことだけど」

奥さんはそう言って、工藤さんの腿《もも》に手を置いた。

「親子ほど年の離れた女に放っておけないって言われても、放っておいてくれって感じですよねえ、浜松さん」

「なによ、それ、ひどいんだから」

奥さんが腿をつねる真似をした。工藤さんはその手をそっとにぎりしめ、「彼女とはどうやって知りあったんですか」と言った。

どこにでもありそうな話です、と俊介は言った。

「その、どこにでもありそうな話って、現実にはそうあるもんじゃないですからね。ぜひとも聞きたいな」

もっと飲みなさいな、と奥さんが俊介のグラスにシャンパンをつぎたした。俊介はウィスキーの入った紙袋をさしだした。こんな気はつかわないように、と工藤さんは言い、冷蔵庫に氷をとりにいった。

俊介は裕里子との出会いから話しはじめた。奥さんは話のいちいちにため息をついた。新聞社の内定が取り消されたところまで話が進むと、「そうなんだ？」と彼女は言った。

「あんたって、そういう人だったんだ」

工藤さんは黙って三人分の水割りを作った。グラスの中身が少なくなると、新しく氷を入れ、ウィスキーをそそいだ。俊介は夢中になってしゃべりつづけ、工藤さんがずっと口をつぐんでいることに気づいたのは、ずいぶん後になってからだった。すみません、酔っぱらって、と俊介は謝った。

彼は小さく笑い、「いや、おっしゃるとおりです」と言った。「生きていれば人は何度も人生の岐路に立ちます。そのたびに自分の意志で進むべき道を選ぶことができる。でもほとんどの人がその権利を放棄しています。どうしてなんでしょうね、だいたいぼんやりしていて、自分が岐路に立っていることさえ気づかない。選ぶことを怖がっているんです、無意識のうちに。人生、一度しかありません。世間体や他人の思惑にゆだねて生きていくなんて、そっちのほうがもったいない話です」

「いい年してね」と奥さんが言った。「この人、まだこんな青臭いこと言ってるの」

工藤さんはたばこに火をつけ、深く吸いこんだ。

「それはそうと浜松さん、きょうはなぜ我々に連絡をする気になったんですか」

「いいじゃない、そんな話。せっかく遊びにきてくれたんだから」

「いえ、いいんです」と俊介は言った。「たぶんいまの話でいえば、岐路に立っていることに気づいたんです。でも、目をつぶって飛びこむ勇気はありません」

「いや、目をつぶっちゃだめですよ、そんなことしたら後悔するだけです。自殺行為です。いいですか、私は目をつぶって、この仕事に飛びこんだわけじゃない」

「でも、目を開けて飛びこむ勇気なんてありません」

「浜松さんはせっかちですねえ、私よりせっかちだ」

工藤さんはそう言って、奥さんのグラスにウィスキーをそそいだ。

「人生は味わうべきもので、飛びこむものではありません。味わうためには馴《な》れが必要なんです。たとえて言えばね、行きずりの女との情事より、馴れ親しんだ妻との気心の知れたセックスのほうがはるかに味わい深い。そういうことです」

「なに言ってんだか」

奥さんは首をすくめ、たばこをくわえた。工藤さんはすばやくライターの火をさしだした。

「スリという仕事は、人生をより深く味わうための修業なんです。テクニックだけ身につけても不毛です。とはいえ、まあ、最低限の素質は必要ですが。手先は器用なほうですか」

俊介はうなずくと、財布からテレホンカードをとりだし、グラスの下に差しこんだ。

「あら、なにか見せてくれるの」

奥さんが身を乗りだした。俊介はカードの隅に中指を置き、こんなことならできますと言って、次の瞬間、グラスを動かさずにカードを裏返してみせた。

「まあ」と奥さんが声を上げ、「もう一度、表に返せますか」と工藤さんが訊いた。

「それはちょっと難しいです」

俊介は手のなかに隠したもう一枚のカードを見せた。

「こうして種明かしをすると、ものすごくつまらないので、怒る人もいますけど、初めから二枚重ねておいて、上の一枚を引きぬいただけです。高校のときにおぼえたんです。ちょっと練習するだけでできますよ」

工藤さんは人さし指と中指のあいだにはさまれたカードをじっと見つめた。

「日本人は人さし指より薬指のほうが長い。薬指を使ってみたらどうでしょう」

俊介は驚いて自分の薬指を見た。いままで読んだマジックの入門書に、そのような指摘はなかった。だが、たしかに理にかなっているように思える。俊介はテレカを中指と薬指にはさむ要領でためしてみた。初めのうちは薬指が動きづらかったが、人さし指と長さをそろえるために中指を曲げる動作がなくなる分だけ、カードを早く動かせることがわかった。しかも二本の指の長さが近くなるため、ミスを犯しにくくなる。

「気づきませんでした、いままで」

工藤さんは目だけで笑うとソファから腰を上げ、旅行鞄《かばん》から洗濯ロープをとりだした。

「なにが始まるんです」と俊介は言った。

彼はそれに答えず、壁から壁にロープを渡しはじめた。奥さんが湯飲みを置き、一升瓶をさしだした。俊介が湯飲みに手でふたをすると、彼女は顔をほころばせた。

「あんたね、息子みたいな年の子を酔わせて口説こうなんて思わないから、安心なさいな」

俊介はうなずき、手を離した。彼女は湯飲みになみなみと日本酒をついだ。

工藤さんはロープに上着を吊《つる》し、内ポケットに財布を入れた。そして準備が整うと、セーターの上にトレンチコートを羽織った。

「いいですか、ここは電車のなかです。お見せできるのは一度だけです」

工藤さんは上着に対して四十五度の角度で立ち、身体をほんのわずか傾けた。内ポケットに手がのびた。そう見えた次の瞬間、彼の手はすでにトレンチコートのポケットのなかにおさまっていた。俊介はつめていた息を吐きだした。工藤さんはトレンチコートのポケットから財布をとりだすと、ためしてみなさい、と言った。

有無をいわせぬ口調に気圧《けお》され、俊介は上着の前に立った。呼吸を整え、中指と薬指の先を内ポケットに差しいれ、財布をつかんだ。引きぬいた瞬間、涼しい音色が響いた。財布を見ると鈴がくくりつけてある。

「鈴が鳴らなければ成功です。プロになれます」

「浜松さん、怖がってるじゃないの。ほんとにあんた、せっかちなんだから」

奥さんがそう言ったが、彼はかまわず続けた。

「経験から会得したピックパキトの極意です。二度と教えませんから、よく聞いておいてください。いかなる状況でも、手の甲を相手の身体に向けた状態にする。これが基本です。ポケットを身体から浮かしやすくし、なおかつ身体にふれてしまう危険をさけるためです。それから親指、人さし指、小指は軽く折りまげる。必要に応じて動かしてポケットのなかのしわを伸ばし、二本のハサミの出入りを助けるわけです。必要に応じて、というところが重要です」

俊介は財布をポケットに戻すと、教えられたとおりの方法でためしてみた。だが、ポケットのしわをのばそうとして小指が引っかかってしまい、鈴は一度目より大きな音を立てた。三度目、四度目と鈴の音は小さくなったが、引きぬく速度が遅くなった。しばらくその練習に熱中した。そろそろ終電の時間だと言われ、我に返った。

工藤さんは財布から紙幣をとりだすと、三十枚数えてさしだした。

「もっと肩の力を抜いて、浜松さん。自分に向かないと思ったら、やめればいいんです」

俊介は黙ってうなずき、それを受けとった。

奥さんがロビーまで送ってくれた。つまらないおみやげだけど、と彼女は小さな金色の鈴をさしだした。俊介はたずねられるままにマンションの住所を教えた。だが歩道橋を渡り、品川駅の改札を通ったときには、早くもそのことを後悔していた。

終電に乗り、マンションに戻った。俊介はテーブルに一万円札を並べ、それを眺めた。札幌のアパートの家賃を払うのはもうやめようと思っていたが、自分が振りこまなければ、両親が払いつづけるにちがいない。それを思うとつらかった。俊介は家賃の分だけ財布に入れた。

裕里子は二時前に帰ってきた。彼女に嘘はつきたくなかったが、ほかに手はなかった。工藤さんから初任給を前借りしたのだと言って、俊介は二十五枚の一万円札をテーブルに置いた。

「これをチップ男に返してほしいんだ」

彼女は首をふり、指先でまぶたを押さえた。

「お願い、もうその話はやめて」

「ねえ、ちがうんだ」と俊介は彼女の肩に手を置いた。「これは裕里子さんを苦しめるための金じゃない。そいつに勘違いさせないための金だよ」

「ありがとう、でもこれは生活費として、大切に使わせてもらうから」

裕里子はそう言って、紙幣の束をにぎりしめた。

第四章　冬

12月

午後三時すぎ、向かいのホテルから一組のカップルが出てきた。女はサングラスで顔を隠し、肥満気味の身体をディオールのスーツで包んだ五十前後の人妻風。男は薄手のブルゾンにマフラー姿の三十代の遊び人風。

工藤さんはうなずくと、席を立った。俊介はあわててカップを置き、ドーナツショップを出た。数メートルの距離を置いて、ふたりのあとを尾《つ》けた。

女は男の一歩前を歩いていたが、ゲームセンターの前で足をとめると、ふいに男の腕にすがりつき、「ねえ、今度はいつ」と言った。

工藤さんは行き先を失い、そのままゲームセンターに入った。俊介もそれに続いた。

「連絡入れるよ」と男が言った。

「だってあなた、いつも」

「たまたまだって、きょうは」

「そうだ、ネクタイ買ってあげる」

「だから俺、ちょっと用があるんだって」

「わかったわよ、だから今度はいつ」

男は小さく舌打ちをすると、女の腰を引きよせ、耳もとでなにかささやいた。

「ばかじゃないの、あなた」

女は顔をしかめ、身体を離した。

「おい、冗談だよ」と男が笑いながら、女の髪に手をやった。女はその手を払いのけた。

「あなたみたいにね、頭の悪い男を相手にしてると、気分が悪くなる」

「なんだよ、ちょっと待てよ」

男は声をかけたが、追いかけようとしない。照れ隠しに肩をすくめただけだった。

「五つ数えてからね」と工藤さんは小声で言い、女のあとを尾けはじめた。

俊介はズボンのポケットのなかで、親指から小指まで順に折りまげ、それからドーナツの入った紙袋をかかえて歩きだした。

女は左肩に大きめのバッグをさげ、道玄坂《どうげんざか》をゆっくりと下っていく。ウィッグをつけているのか、ウェイブのかかった茶色の髪は不自然なほどボリュームがある。

109の前をすぎ、地下鉄に連絡する下り階段にさしかかった。工藤さんはにわかに歩く速度を早め、女の前に出た。俊介も小走りになって間隔をつめ、ふたりで女をはさむ恰《かっ》好《こう》になった。工藤さんは女の一段下を、俊介は三段上を歩く。

工藤さんが指先をそっと舐《な》めた。それが合図だった。

「先輩じゃないですか!」

俊介は背後から声をかけた。工藤さんが足をとめ、ふりむいた。

その瞬間、女はバランスをくずし、工藤さんに倒れかかった。工藤さんは女の身体を片手で受けとめ、同時に空いたほうの手でバッグの口金を開け、財布を抜きとった。そして女の背中ごしに、俊介がさしだした紙袋に放りこんだ。

女は工藤さんに身体をあずけたまま首をひねり、サングラスの奥から俊介を見上げた。

「すみません」と俊介は頭を下げた。「人違いでした」

工藤さんは口金を閉め、大丈夫ですか、と女に訊《き》いた。

「どこさわってるのよ。いやらしいんだから」

工藤さんはあわてて脇腹から手を離した。女は眉間《みけん》にしわをよせ、胸のボウタイを結びなおすと、階段を下りていく。俊介は階段を駆けあがり、地上に出た。歩行者用の青信号が点滅している。小走りになってスクランブル交差点を渡った。

ハチ公の後ろで工藤さんの奥さんが待っていた。俊介はドーナッと財布の入った紙袋を手渡すと、恵比寿行きの切符を買い、JRの改札口を通った。

喫茶シャガールで待っていると、十五分後に工藤さんが、三十分後に奥さんがやってきた。収穫はクレジットカード一枚と現金八万円だったという。三十五万円分のオレンジカードは、換金の手数料をさしひくと二十八万円になる。

「合計三十六万、ちょうど三で割れます、いい感じですね」

工藤さんは上機嫌だった。俊介はうつむいたまま、コーヒーカップを口に運んだ。

「なに、すぐに馴《な》れますよ。どんなことにも動じない冷静さ、いかなる状況に接しても立ちすくむことのない勇気、チャンスを逃さずにつかむ機敏さ、そうした能力をみがくための修業なんです、この仕事は」

「なによ、またお説教？」と奥さんが言った。「浜松さん、気にしないでね」

俊介は黙って灰皿の縁をたばこでなぞった。

「修業を積みかさね、細心の注意を払い、そして一生世の中に見出されずに終わる。それが成功を意味するのは、我々の仕事だけです。若いころはそれが不満で、とかく目立つふるまいをしたがりますが、それはとりかえしのつかない失敗をまねきます。肝に銘じておいてください。換金してきてもらえますか。次は六時半に新宿駅のアルプス広場で会いましょう」

工藤さんはそう言うと勘定書をもって立ちあがった。

☆

正太は頭の後ろで手を組み、煙を吐きだしながら店内を眺めた。冬休みに入ったので土曜も日曜もなかったが、週末はやっぱりいつもより浮きたつ気分になった。

徹が灰皿のなかでたばこをもみ消しながら、「もっとましな曲、ねえのかよ」と言った。もろびとこぞりて、ジングルベル、きよしこの夜、ウィンター・ワンダーランド、サンタが町にやってくる。店に入ったときから、くりかえしかかっている。

どっか行こうぜ、と孝志が言った。どこへ、と正太が訊くと、カラオケ？　と徹が言った。

「おもしぇくねえよ、野郎だけで」

孝志がため息をつき、徹があごをしゃくった。

「おい、ちょっと見ろよ」

女の子たちが階段を上ってきた。真っ赤なワンピース、続いて白いセーターと革のミニスカート、最後に黒いジャンパースカート、順番に顔を見せた。

徹と孝志が両脇から正太の腿《もも》を思いきり叩《たた》いた。俺、赤な、と孝志が小声で言い、俺は白、と徹が言った。

「おーい、おネエさん、きみたちの席はここだよー」

孝志がとなりの席を指さした。赤いワンピースがふたりの了解をとるようにふりむき、三人そろってプッとふきだすと、トレイをかかえて近づいてきた。

「なんで、ここがあたしたちの席なのよ」と赤いワンピースが言った。

「あれ、店の人に聞かなかった？」と孝志はびっくりした顔をした。「きみたち、抽選に当たったんだよ。だから、このスペシャルシートにすわれる」

「どこがスペシャルなのよ」と白いセーターが言った。

「まあ、それはだな」と孝志が口ごもると、「じつは俺たちも抽選に当たったんだ」と徹が話を引きとった。「ラッキーな出会いのある席だって。いま、やっとその意味がわかったよ。ねえ、きみたち、事務所はどこ？」

「事務所？」と黒いジャンパースカートが言った。

「だってモデルさんだろ？　雑誌で見たことあるぜ」

「オヤジ臭くない？」と白いセーターが言った。

「まあまあいいから、すわんない？」

孝志がそう言って、椅子を引いた。赤いワンピースはポテトとコーラをのせたトレイをテーブルに置くと、あとのふたりにうなずいてみせた。

たちまちうるさいおしゃべりが始まった。徹も孝志も決めた女の子以外には笑いかけもしない。正太はマイルドセブンに火をつけながら、黒いジャンパースカートの子と目をあわせたが、適当な話題がみつからず、窓の外に目を移した。

「やだあ、なによこの人。なに言ってんのよぉ」

赤いワンピースが悲鳴を上げた。

「だって素人には見えないぜ。八十五のDはあるよな」

孝志がそう言って、乳房を下から持ちあげるしぐさをすると、「ほんとにそう見える？」と彼女は胸をつきだすようにした。「でも実際見たら、がっかりするよぉ」

「ひぇー、あのお嬢さま学校かよ」と徹が言った。

「みんな、そう言うけどさ」と白いセーターが言った。「お嬢さまなんて、ほんの一部。うちなんかただの魚屋よ。この子んちは社長だけど」

黒いジャンパースカートが首をふり、正太を見た。

「社長っていっても、ほんとに小さい会社なんだから」

「関係ねえよ、俺には」と正太は言った。

「まあ、そうよね」と彼女はうつむいた。

「えーッ、だれが?」と赤いワンピースが言った。「だれがアパートでひとり暮らしなの」

孝志が正太に親指を向けた。

「いいな、いいな、あこがれちゃうな。でも、なんでそんなことが許されちゃうわけ?」

正太は黙って孝志をにらみつけた。

ひとしきりしゃべってから、連れだってマクドナルドを出た。女の子たちの買い物につきあって三越とパルコをまわり、ゲームセンターでぬいぐるみを三つとって女の子にプレゼントし、ホテルアルファのロビーで一服して外に出ると、あたりはもうすっかり暗くなっていた。

孝志は赤いワンピースの腰に手をまわし、徹は白いセーターと腕を組み、正太は黒いジャンパースカートと手をつなぎ、ホワイト・イルミネーションで飾られた大通公園のなかを歩きまわった。黒いジャンパースカートは真理という名前だった。

「おなか減ったよお」と白いセーターが言った。

「どうしようか」と徹が言い、「俺、そんなに金もってないぜ」と孝志が言った。

「正太くんのアパートに行ってみたいな」と赤いワンピースが言った。

「あたしも」と白いセーターが言った。

　真理が正太の顔をのぞきこみ、あたしも行こうかな、と言った。

「狭くて六人も入れないよ」と正太は言った。

「んなことないさ」と徹が言った。

「よし、正太の部屋でパーティーだ。盛りあがろうぜ」

　孝志はそう言って、赤いワンピースの腰を引きよせた。

☆

「渡辺のやつ、今日の内示、蹴《け》ったらしいぜ」

「蹴ったって、おまえ、そんなことしたら、ただじゃすまないだろ？」

「ま、すまないだろうな」

　六時半をまわり、新宿駅の山手線内回りホームは会社帰りのサラリーマンやOLであふれている。俊介はスーツ姿のふたりに目をやった。衿《えり》に社員バッジをつけている。それなりの企業の社員なのだろう。

「でもわかるよ、あいつの気持ち。大阪から戻ってきて二年だろ、息子が高校に入ったと思ったら、今度は福岡だろ。もう疲れたんだよ、わかるよ。資材管理でも出荷センターでも倉庫でも、どこだっていいんじゃないか？　クビにならなけりゃ」

「でも、戻ってきたら次長だろ。いちおう受けてれば」

「だれがそんなこと言った」

「次長待遇で行けってんだから、戻ってきて給料減ることないだろ、いくらなんでも」

「そんなのわからんさ。年齢給と職能給の比率がどうの、最近言ってるだろ、人事が」

　ホームに山手線の電車が入ってきた。俊介は中指で眉《まゆ》をさすりながら、ちらりと工藤さんのほうを見た。ベンチに腰かけ、のんびりと夕刊紙を広げている。奥さんは人待ち顔で清涼飲料水の自販機の横に立っている。

「俺だったら蹴れないな。蹴るときはやめるときだよ」

「やめてどうすんの」

「どうにもならないよ。だから蹴れないと言ってんだ」

　ドアが開き、満員の乗客が降りてきた。降りきらないうちに発車のチャイムが鳴りだすと、降りる者と乗りこむ者がもみあい、肩や肘《ひじ》をぶつけあう。ふたりの男たちは最後に乗りこんだ。ドアはすぐに閉まり、電車が走りだす。ホームはいっとき静かになるが、地下通路から階段を上ってくる乗客でたちまちあふれかえる。

　俊介はふたたび工藤さんのほうに目をやった。この時間帯の山手線は二分おきに入ってくるが、すでに六本見逃した。ターゲットを選ぶ工藤さんの基準ははっきりしている。クレジットカードを三枚以上所持し、財布を掏《す》られたと気づいてもその場ではけっして騒がず、暴力を受けなかっただけ幸いだったと、胸をなでおろすような中年男。それが理想だという。だが、外見だけでカードの所有枚数まで判断するのは不可能に思える。

――まもなく8番線に東京行き快速電車がまいります。

ホームにアナウンスが響きわたり、工藤さんが新聞から顔を上げた。

――最近、スリや置き引きの被害がたいへん増えております。皆さまには十分お気をつけください。続いて12番線に、渋谷、品川方面行きがまいります。

工藤さんはうなずき、ベンチから腰を上げた。彼が選んだターゲットは飴《あめ》色のフレームのメガネをかけた五十前後の男だった。グレーのスーツの上に濃紺のコートを羽織り、薄くなった髪をきっちりと七三に分けている。

ＪＲは我々の仕事の手助けをしてくれる。工藤さんはそう言ったが、それは真実だった。このアナウンスが流れると人は反射的に財布のある場所をさぐるのだ。俊介もその男がコートのポケットに手を入れるのを見た。

男は10番線のホームに立っている。中央線と山手線の電車が同時に入ってきた。奥さんがすばやく男に近づいていく。電車が停まり、いっせいにドアが開いた。ホームは双方の乗降客でごったがえし容易に前に進めない。奥さんと工藤さんが男の前後に寄りそうようにして乗りこみ、俊介は工藤さんのすぐあとに続いた。

発車のチャイムが鳴った。それを合図に奥さんが小さな悲鳴を上げ、後ろの男に倒れかかった。工藤さんは両手を広げ、男の腰を支えるようにしてふたりを受けとめる。ごめんなさい、と奥さんが男に謝り、いや失礼、と男が工藤さんに謝った。俊介は手渡された財布を革ジャンのポケットに入れ、回れ右をした。だが、乗りこんでくる客に阻まれ、降りられない。もがいているうちにドアが閉まりかけた。あわてて手をのばしたが、まにあわなかった。ドアが閉まり、電車が走りだした。

俊介はポケットのなかで財布をにぎりしめ、じっと唇をかんだ。男から少しでも離れたかったが、むやみに身体を動かすのもまずい。工藤さんがふりむき、かすかに眉をひそめた。俊介は思わず目を伏せた。

次の代々木《よよぎ》駅まで二分。そのあいだに男がコートのポケットに手を入れ、財布がないことに気づいたらどういうことになるのか。掏られたと気づいても、その場ではけっして騒がない。ほんとうにそういうタイプの男なら切りぬけられるだろうが、もし騒ぎだしたらどうなるのか。男はまっ先に工藤さんを疑うだろう。だが、工藤さんには証拠がない。大丈夫だ。

いや、男は乗客に向かって次々とポケットや鞄《かばん》のなかを見せろと迫るかもしれない。そうなったらアウトだ。たとえあなたが警官でも、鞄を開けろと言う権利はありません。そんな言い逃れをして代々木で降りたら、ますます疑われるだけだ。俊介は高鳴る鼓動をしずめるように胸に手をあてた。

そのとき、短めの脱色した髪をオールバックになでつけた女子高生が手をのばし、男の肩をつついた。

男がいぶかしげな顔でふりむくと、彼女はなにか小声で言った。男はあわててコートのポケットに手を入れ、顔をしかめた。財布のないことに気づいたのだ。

だが、男はなにも言わない。中空を見すえ、押し黙っている。やはり工藤さんの見立ては正しかった。俊介は乗客の陰に隠れるように少しだけ身体を動かした。

「あんたぁ！　スリだって言ってんだよぉ！」

女子高生が喉《のど》の奥からしぼりだすような声で言った。

「この男だよ、この目で見たんだから」

彼女はそう言って、工藤さんを指さした。乗客の視線がいっせいに集まった。男はうなずくと、ふいに工藤さんの手首をつかみ、次で降りましょう、と言った。

「ちょっと待ってください」

工藤さんは自由なほうの手で男の腕を軽く叩《たた》いた。

「いったいなんですか、人聞き悪いな」

「私の財布だよ」と男が震える声で言った。「乗る前まではあったんだ。あんた、さっきぶつかったとき……」

工藤さんはうなずいた。「わかりました、次で降りましょう。私はべつにかまいません。警察でもどこにでも行きます。調べてもらえばすぐにわかりますから。でもほんとうにこのなかにスリがいるなら、私たちが降りたらホッとするでしょうね」

男は老いた犬のように目をうるませ、工藤さんを見つめた。乗客は自分の財布を確認すると、黙ってふたりを見守った。代々木駅に近づき、電車がスピードを落とした。それじゃ降りましょう、と工藤さんが言った。

男は小さくうなずき、女子高生に目をやった。

「きみ、たしかに見たんだね？」

「ああ、だから見たよ」

女子高生はうんざりしたように言った。

電車が停まり、ドアが開いた。数人の乗客が先を争うように飛びだし、となりの車両に移った。男はがっくり肩を落とした。工藤さんは男をかばうように背中に手をあて、ホームに降りた。その動作だけで一瞬のうちに工藤さんは加害者でなくなった。奥さんも続いて降りた。俊介と目をあわせたが、少しも表情を変えなかった。

電車が走りだすと、あちこちで小さなため息がもれた。だが、口に出してスリの話をする者はひとりもいない。この車両にまだ乗っている可能性があるからだ。

俊介はポケットのなかで財布をにぎりしめ、女子高生のほうを見た。きつめのメイクをしているが、顔立ちはまだ幼い。俊介はいっときも早く電車を降り、外の冷たい風にあたりたかった。だが、女子高生が次の原宿《はらじゅく》で降りたので、渋谷まで乗りつづけることになった。

☆

アパートのドアを開けた途端、「ええーッ、どうしてぇ」と赤いワンピースが言った。「男の子のひとり暮らしでさ、こんなにきれいに片づいてるのって、ちょっと変じゃない？　ほんとはカノジョいるんじゃないのぉ」

女の子たちは部屋を見ていちいち感心した。へえー、押入れをベッドにしてんだ。だから広く見えるんだ、あったまいぃー。お風呂《ふろ》だってちゃんとあるじゃない。ふうん、食器もちゃんとそろってる。キャー、かわいいお茶碗《ちゃわん》。自分でごはん作るの？　ええーッ、すっごーい、ちゃんと自炊してるんだ。冷蔵庫開けちゃうよ。なにこれ？　焼き豚自分で作っちゃうの？　信じらんなーい。こいつんちラーメン屋なんだ。へえー、そうなんだ、でもすっごーい、焼き豚自分で作れちゃうなんて。

女の子たちが騒いでいるあいだ、正太は買ってきたものをテーブルに並べた。シュウマイとキムチとコロッケとえびせんと柿の種とみつ豆とカップラーメンはコンビニで買い、缶ビールと缶チューハイとワンカップは自販機で買った。金はぜんぶ女の子たちが払った。

真理が両手を頬にあて、「うらやましいな、こういう生活」と言った。

「でもちょっと理解ありすぎじゃない？　あんたんち」

赤いワンピースがそう言うと、「そんな話、つまんないよ」と真理が言った。

徹がラジカセのスイッチをオンにした。

「おお、りんけんちゃん。しぶいぜ、沖縄行きたいぜ」

孝志が腰をふりながら缶ビールを配り、「さ、始めるぜ」と徹の合図で乾杯した。すわったままリズムをとる白いセーターに、「今度、ふたりだけで旅に出ようぜ」と徹が言い、「高校生になったらね」と白いセーターが答えた。

「おおベイビー、そんなに待てねえよ」

徹はそう言って、彼女の腰に手をまわした。

「ねえ、変なこと言うけど」と真理が言った。「変なふうに思わないでね。初めて会ったのに、なんだかずっと昔から知ってるみたいな気がして」

正太はうなずき、缶ビールを飲んだ。たしかに彼女を見ているだけで、なつかしいような妙な気分になった。じつは私、腹違いの妹なの。そう言われても納得してしまうかもしれない。正太がそのことを言うと、彼女は目をまるくした。

「どうして？ 私もいま、同じこと考えてたの。突然、兄さんだよって言われても、そうか、兄さんかって思うだけじゃないかって」

「今度おやじに訊《き》いとくよ、隠し子はいないかって」

「私も母親に訊いてみるね」

「なにヒソヒソやってんだよ」と孝志が言った。

「なんだかあやしいよぉ」と赤いワンピースが言った。

「なるほどね、フロントホックね」

徹が白いセーターの背中をなでた。

「これこれ、早まるでない、夜は長いぞ」

彼女は徹の手を叩き、くすっと笑った。

「なんか楽しくなってきたぞ」

孝志は赤いワンピースの膝《ひざ》に手をのばしたが、その手はすばやく払いのけられた。

ビールがすべて空になり、缶チューハイとワンカップを開けた。徹と孝志がワンカップのいっき飲みに挑戦した。孝志は途中であきらめたが、徹は最後の一滴まで飲みほした。

真理は缶チューハイに口をつけ、すごくおいしいね、と言った。飲みなれてるな、と正太が言うと、母親の遺伝なの、と言って、ほんとうにおいしそうに飲んだ。

「暑いよぉ、どうにかしてくれよぉ」

徹がろれつのまわらぬ口調で言って、あおむけに倒れた。孝志がシャツのボタンをはずしにかかった。徹はしばらく笑っていたが、上半身が裸になるころには寝息を立てはじめた。

「よっしゃー、いいもん見せてやっか」

孝志が徹のパンツのジッパーに手をかけた。

「かわいそうよぉ」と白いセーターが言った。

「驚くなよ。はっきり言って、そうとうでかいぞ」

「そんなに？」と赤いワンピースが言った。

「やだぁ」と白いセーターが正太の肩にもたれた。

ジッパーを下ろすと、白いブリーフが見えた。孝志はパンツを少しずつ下げ、ブリーフのふちをつまんだ。

「やだぁ、ほんとにぃ？」

白いセーターが赤いワンピースを見た。赤いワンピースは真理を見た。真理はブリーフからはみだした陰毛をじっと見ている。

「こっから先は、男の手じゃ色気がねえや」

孝志は女の子の顔を順ぐりに見た。

「なに言ってんのよ」と白いセーターが言った。

ブリーフがあっというまにふくらんだ。

「なあ」と徹が目を閉じたまま言った。「だれでもいいから、早く抜いてくれよ」

「なによ、眠ったふりしてたのぉ」

赤いワンピースがブリーフの上から性器をつかんだ。

「やだ、ほんとにおっきい！」

徹は起きあがり、あわててジッパーを引きあげた。

「なんだよ、おまえ」と孝志が口をとがらせた。「徹のほうがいいのかよ」

「ばかみたい」と赤いワンピースが言った。

「酒が足んねえな」と徹が照れくさそうに言った。

「買いたしに行こうか」と白いセーターが言った。

「なんか、めちゃシラケた」

孝志が頭をかくと赤いワンピースは頬をふくらませた。

「あんた、子どもなんだから」

徹と白いセーターが手をつないで部屋を出ていった。孝志は赤いワンピースの手首をつかんで引きよせた。彼女は首をふっているが、離れようとしない。孝志は気持ちよさそうに、ワンピースの上から乳房をもみあげている。正太は真理の肩に手をまわした。真理はうつむいたままじっと動かない。

「もうお終《しま》い！」と赤いワンピースが言って、孝志を突きとばした。

☆

九時をまわってもポケットベルは鳴らなかった。携帯電話にも何度かかけてみたが、電源が切られていた。俊介は喫茶シャガールを出ると恵比寿駅に向かった。

スリは現行犯で、かつ被害者が届け出を行なわないかぎり、刑事はなにもできないという。あんなことで工藤さんが捕まるはずがない、そうは思ったがやはり心配だった。男の財布にはクレジットカードが三枚、現金が三万二千円入っていた。そのほかにキャッシュカード、総務部副部長の肩書きの名刺、タクシーの領収証、歯科医院の診察券、レンタルビデオ店の会員証を模したイメクラの会員証。

駅前のロータリーに郵便ポストがあった。俊介は現金だけ抜き、投函口に男の財布を放りこんだ。名刺が入っているので、確実に本人に戻る。銀行やクレジット会社に盗難の連絡をすませたあとでカードが戻っても意味はないが、それでもいちおう財布本体は戻るし、駅のゴミ箱に捨てることに比べれば、まだしも心が痛まない。

切符を買い、改札を通った。山手線の内回り電車はすぐに入ってきた。俊介は車両のいちばん端の席に腰をおろすと、窓枠に肘《ひじ》をつき、目を閉じた。

スリという仕事に少しずつ抵抗を感じなくなっていく。そんな自分を俊介は想像していなかった。ぶつかり役とガード役しか経験していないせいもあった。直接自分の手を汚していないという思いこみもあった。だが、それより大きいのは偽名の力だった。

それじゃ浜松さん、行きますから。工藤さんの指示で動いているのは、北大文学部に籍の残っている安達俊介ではなかった。

安達俊介は呼びだしがかからない日でも、毎朝九時半に部屋を出る。渋谷のミニシアターで香港やインドの映画を観たり、神保町《じんぼうちょう》の古本屋で文庫本を買って喫茶店で読んだり、港区立図書館の視聴覚室でCDを聴いたりして時間をつぶし、裕里子が勤めに出たあと部屋に戻る。

この三週間に得た報酬は四十八万円だった。初めの一か月は固定給という話になっているので、その金は彼女に渡せなかった。だが一月になれば、営業成績に応じた歩合だと言って、渡すことができる。そうすれば彼女も夜の仕事をやめられる。それまでの辛抱だった。

電車が五反田に停まり、向かいの席に二十歳前後の女が腰をおろした。英文科の学生だろうか、分厚い英語の原書を読みはじめた。ナイロンの黒いブルゾン、短めのキュロットパンツとロングブーツ。ときおり頬にかかる髪を指先でかきあげる。そのしぐさに惹《ひ》かれ、俊介は息をつめるようにして彼女を見守った。十二月二十一日、きょうは卒論の提出日だった。彼女の住む世界はすでにあまりにも遠かった。ほんとうに瞬く間に遠ざかってしまった。俊介はそっと息をつき、目を閉じた。

工藤さんは食事をするときも服を買うときも、掏《す》ったクレジットカードを平然と使用した。紛失届が提出されたあとでも、カードはそのまま何度でも使えるのだという。大手のクレジット会社は、国内に三百万店の加盟店をかかえているが、オンラインになっているのは百貨店やホテルや量販店をはじめとする五十万店にすぎない。だから、残りの二百五十万店では、カードの有効期限が来るまで使い放題なのだという。

「その対抗策としてね、クレジット会社は被害にあった会員の顔写真を加盟店に配布して、客の面通しを依頼したりしています。でも、効果はほとんど上がっていません。まあ、当然でしょうね。店側がいちばん恐れるのは客とのトラブルですから。あの店は客を疑っている。そんな噂が立ったら、たまりませんよ。それに、もし不正使用を発見したとして、警察に通報するでしょうか。まずしないでしょうね。店の利益にならないことに積極的になるわけがない。だから浜松さん、心配することはありません。これは来年の七月まで使えます」

初仕事のあと、工藤さんはそう言って、一枚のクレジットカードをさしだした。裕里子をまじえて銀座で会食したときの代金も掏ったカードで支払ったのだという。俊介はそのとき押し問答をする気にもなれず、カードを受けとったが、その日のうちに捨ててしまった。

電車は品川をすぎた。まもなく田町に着く。だが、ひとりだけの部屋に帰る気にはなれなかった。浜松町で降りると北口を出て、東京湾に向かった。

海岸通りをゆっくりと歩いた。外車専門のショウルームの前ではサンタクロースが震えながらチラシをまき、ボウリング場からは赤鼻のトナカイが流れていた。ファミリーレストランの前庭ではモミの木の豆電球が輝き、運河ぞいのカフェの窓枠には綿の雪が舞いおりている。腹が減っていたが、家族づれでにぎわう店には入りづらかった。俊介は桟橋に向かって歩き、水門の手前にあるハンバーガーショップに入った。

客は二組のカップルだけだった。ヒューイ・ルイスが大音量で流れ、ピンクのブレザーを着たふたりの店員がカウンターのなかで大声でしゃべっている。

俊介はクアーズとチリバーガーを注文し、窓ぎわの席に腰をおろした。トレイの返却台の手前に観葉植物の鉢があり、そのわきに赤い木枠の電話ボックスがあった。

自動ドアが開き、一組の客が入ってきた。男は四十すぎだが、女の子はまだ十代に見える。ふたりは父と娘にも、男と女にも見える。俊介はむさぼるようにチリバーガーを食べ、BGMがハワード・ジョーンズに変わったところで、クアーズを片手に席を立った。

電話ボックスのドアを閉めると、店の喧騒《けんそう》が遠のいた。札幌の十桁《けた》の電話番号を押し、それから四桁の暗証番号を押した。留守電を確認するのは一か月ぶりだった。

――用件が二件、録音されています。

メッセージが流れ、俊介は受話器に耳を押しあてた。

――本多やっけど、びっくりしたよ。きょう、わいのアパートに呼ばれっせ、おやじさんからいろいろ聞いたけど。ほんと負けた、わいには。道新の内定蹴《け》るなんて、そげんよか女《おなご》やっとか？　こげん言い方もなんやけど、こっちはどうせ暇やし、なにかこまったことがあったら、遠慮なく連絡くれよ。わいのこと考えっと、妙にぞくぞくしっせ、落ちつかなくなっどー。なあ、この留守電、聞いちょったろ？　テープの再生状態からしっせ、外から聞いちょるってわかっでよ。安達、いまどこで聞いちょっと？　まあ、よか。いつか彼女、紹介せえよ。

俊介は手のなかの受話器をぼんやりと眺めた。それは三週間ほど前の伝言だった。父は北海道新報社と連絡をとり、ふたたび札幌に行ったのだろう。だが、どのようにして本多の名前を知り、連絡をとったのか。それを考える間もなく、二件目が再生された。

――言いたいことはたくさんあるが……。

俊介は思わずフックを押し、電話を切った。クアーズをひとくち飲み、カウンターのほうに目をやった。中年男が財布を取りだし、飲み物を注文している。そのとなりで女の子がつまらなそうな顔をしている。

戻ってきたテレホンカードを引きぬいたとき、簡単なことに気づいた。電話機に短縮番号を登録していたのだ。01からかければ、賀恵、岡本、本多の順につながることになる。おそらく父は賀恵や岡本にも電話を入れたにちがいない。俊介はテレホンカードをふたたび差しこみ、リダイヤルボタンを押した。本多のメッセージを早送りで再生すると、なつかしい父の声が聞こえてきた。

――言いたいことはたくさんあるが、父さんはおまえを信じているし、おまえはもう子どもじゃない。連絡をくれ。電話が嫌なら手紙でもよか。こいからどげんすっつもりか、聞かせっくれ。頼んだぞ、待っちょって。

父の伝言はあっけないほど短かった。俊介は店を出るとき、もう一度カウンターに目をやった。中年男は女の子の顔をじっと見ている。女の子は顔をしかめ、男からたばこを奪うと、灰皿のなかでもみ消した。

しばらく埠頭《ふとう》ぞいに歩き、それから海岸通りに向かった。マンションに戻る前にもう一度電話ボックスに入った。工藤さんの携帯電話はあいかわらず電源が切られたままだった。

ポケットベルが鳴ったのは一時半すぎだった。俊介は表示された番号に電話をかけた。

「いや、申しわけない」と工藤さんが言った。「連絡だいぶ遅れました。ちょっといろいろありまして」

「でもほんとによかったです。ぼくのミスのせいで、もしかして捕まったんじゃないかと」

俊介がそう言うと、愉快そうな笑い声が上がった。

「そうですか、そんなに心配かけましたか。でも、あの場合、危なかったのは浜松さんのほうですよ。最近の女子高生、根性すわってるし、怖いですからね。それで、あの彼氏ね、疑って申しわけなかった、お詫《わ》びをしたいが、なにぶん財布を掏られてなにもできないって、涙ながらに言うんです。さすがに嫌な気分になりました」

俊介はあらためて自分のミスを詫び、それから財布の中身について報告した。現金三万二千円の取扱いについてたずねると、「それは差しあげます、とっておいてください」と彼は言った。「じつはあれから、家内がまた具合が悪くなりまして、病院へ連れていったり、なんだかんだありまして。まあ、彼女の趣味みたいなもんですけどね、さっき睡眠薬飲ませて、やっと休んだところです、へとへとですよ。美人妻はどうしてます？」

「この時間はまだ店です」

「ああ、そうですか。それできみはいまどこから」

「どこからって、マンションの前の公衆電話です」

「それは淋《さび》しいな。よかったら、こっちに来ません？　新橋の第一ホテル。あすの打ちあわせもしたいし」

「いや、土日はちょっと……」

掏りを働くことより、彼女に嘘をつくことのほうがつらいのだと、俊介は言った。働きに出ると言って、映画館や公園で時間をつぶす。仕事の調子はどうかと訊《き》かれ、ようやく一件とれたと、嘘の上塗りをする。

「だから、土日は嘘をつかないですむんで、ホッとするんです。それに平日はほとんどすれちがいなんで、店の休みの日はいっしょにいたいんです」

「わかりました。また連絡入れます」

俊介はそのあっさりとした返事に感謝する気持ちになった。電話を切ろうとすると、ちょっと待って、と彼が言った。俊介は受話器を持ちなおした。

「浜松さん、この先、ずっと隠れて暮らすと思うとつらいでしょう」

「そんなこと、できるわけないでしょう」

俊介は思わず語気を強めたが、彼はのんびりとした調子で続けた。

「そうかな、それしか道はないと思いますが」

「工藤さんとは考え方が違うんです。世間に認めてもらうための手続きはきちんと踏むつもりだし、ころあいを見て両親を説得しようと思ってます。いつまでもこんなことをしているつもりはないんです」

「なにが世間だよ」と工藤さんが舌を打った。「親より先に、旦那《だんな》のほうだろうが。きみ

「それに、世間に認めてもらう必要なんてどこにある？　私と仕事をして、なにを学んだのどこに惚《ほ》れたんだ、彼女はほんとうに、え？」

俊介は彼の口調の変化にたじろいだ。

「それに、世間に認めてもらう必要なんてどこにある？　私と仕事をして、なにを学んだんだ。いつまで甘ったれてるつもりなんだ」

「工藤さん、ぼくは工藤さんの生き方を否定しません。憧《あこが》れるところも少しあります。でもぼくはぼくなりに、逃げ隠れしない生き方をみつけたいんです」

くぐもった笑い声が聞こえ、電話は切れた。

まもなく二時だった。電話ボックスを出ると、俊介は埠頭に向かって歩きだした。水銀灯が等間隔に並ぶ通りをゆっくりと歩き、南浜橋を渡り、あかりの消えた定食屋の前を通りすぎた。運がよければ二十分ほど待つだけですむかもしれない。俊介はハーバーダストの前で足をとめた。

だが、五分も待つ必要はなかった。まもなく階段の下から裕里子の声が聞こえてきた。俊介は彼女の驚く顔を見たくて、冷凍食品倉庫の物陰に身体を隠した。

いいだろう？　サヨコ、と男の声が言った。なんだ人違いか、俊介はたばこを足でもみ消した。ねえ、酔ってらっしゃるわ、と甘い声が言った。

俊介はコンテナの陰から、そっと顔を出した。やはり裕里子だった。男は五十歳前後に見えた。背が高くて恰幅《かっぷく》がよく、いかにも仕立てのいいスーツを着ている。

「いや、酔ってるのはきみのほうだ」

男が裕里子の肩に手をかけた。彼女はするりと身をかわした。

「ね、車を拾いましょう」

裕里子はそう言って、表通りのほうに歩きだした。だが、そうとう酔っているのだろう、足下がふらついている。俊介はふたりに向かって歩きかけ、その場に立ちすくんだ。男が彼女の手首をつかみ、強引に抱きよせた。

俊介は動けなかった。裕里子が抵抗していたのは初めのうちだけだった。男の背中を叩《たた》いていた手が、ふいにだらりと下がった。耳のあたりに唇をつけられ、彼女は顔をのけぞらせた。男の手が彼女のドレスの背中から腰に下りていく。俊介は思わず目を閉じた。

「ばかにしないで」と裕里子が言った。

俊介は地面に片手をつけ、顔を上げた。

「そんなに怖い顔するなよ。もう来れなくなる」

男はそう言って、札入れを尻《しり》のポケットに入れた。

「お越しいただかなくてけっこうです」

「ちょっと待った。少しは俺の気持ちも察してくれよ。こんなに紳士的な男、ちょっとほかにいないだろうが。どこが気にくわないの」

裕里子は黙って男をにらみつけた。

「まいったな、ほんとに惚《ほ》れちまいそうだよ」

男はそう言って片手をあげると、表通りに向かって去っていった。

　裕里子はしばらく男を見送っていたが、手に持っていたコートを羽織ると、足早に歩きだした。俊介はコンテナの陰から、じっと見守った。彼女は埠頭に向かって歩いていき、海上バス発着所の前で足をとめた。俊介はたばこに火をつけ、時間がすぎるのを待った。彼女はなぜすぐに抵抗することをやめたのか、なぜ小夜子の名前を使っているのか、客からまだチップを受けとっているのか。怒りや嫉妬《しっと》や疑いが頭のなかを飛びかった。

　裕里子は水銀灯の光の下で身じろぎもせず、東京湾を見つめていた。二十分たっても動こうとしない。もう耐えられなかった。俊介はゆっくりと近づいていった。

「お客さん、今夜はもう船は出ないよ」

　声をかけると、裕里子はコートのポケットに両手を入れたままふりむいた。

「帰ってこないから、ずいぶんさがしたよ。なにしてるの、こんなところで」

　裕里子はうつむき、黙って首をふった。

「ねえ、はっきり言う。いつまでもこうして、隠れて暮らしているわけにはいかないと思うんだ。まず、ぼくがひとりで札幌に戻る。涌井さんときちんと話をする」

　裕里子が顔を上げた。

「私はこのままでいいの、これで幸せなの」

「結婚しよう。だからその前に離婚してくれないか」

　俊介はそう言って、彼女の腰に手をまわした。

「だめ」と裕里子は俊介の唇に指をあてた。「もっと冷静になって。結婚なんて、そんなに軽々しく口にすべきじゃない。あなたの人生、取りかえしがつかなくなる」

俊介はおどけて首をすくめてみせた。

「でも、これで裕里子さんにふられたら、ほんとに取りかえしがつかなくなる。いっしょにいるかぎり、取りかえしがつくと思うんだ。それに結婚しないと、ほかの男にとられそうで」

「なぜそんなこと言うの。それはどういう意味？」

俊介は思わず目を伏せ、いろんな客が来るだろ、と言った。腰にまわした手のやり場がなくなり、しかたなく革ジャンのポケットに入れた。

裕里子は眉《まゆ》をひそめ、うなずいた。

「月五十万で、愛人になれとかね」

「そんなやつ、まともな男じゃない」

「でも私たちだって、そんなにまともじゃないよ」

裕里子はそう言って、バッグからティッシュをとりだすと背中を向け、小さな音を立てて洟《はな》をかんだ。

帰り道はふたりともずっと口をつぐんでいた。部屋に戻ると、裕里子はさっそく風呂《ふろ》をわかした。身体がすっかり冷えきっていたが、俊介は風邪気味だと言いわけをして布団にもぐりこんだ。店の前で目撃した光景が脳裏を離れなかった。

裕里子は風呂から上がると、パジャマ姿のまま布団のわきに正座した。俊介は眠ったふりをしていたが、やがて耐えられなくなり、もう寝ろよと言った。彼女は小声で抱いてと言い、身体をよせてきた。俊介は押し黙ったまま身体を硬くしていた。しばらくたがいに息を殺していたが、どちらからともなく眠りに落ちた。

☆

浅い眠りが延々と続き、短い夢をいくつも立てつづけに見た。ほとんど眠れなかったような気がしていたが、まぶしい朝の光で目をさましたとき、正太はいつのまにか自分がぐっすりと熟睡していたことに気づいた。

「やっと起きたね」と真理が言った。「みんなもう、とっくに帰ったよ」

明け方になって、親の起きる前に帰らないとまずいと赤いワンピースが言いだし、それなら私も帰ると白いセーターが言い、孝志と徹が送っていったのだという。

「ぜんぜん起きないんだもん、正太くんたら。赤ちゃんみたいにすやすや眠ってて」

時計を見ると、すでに九時半をまわっていた。

「おまえんちは平気なのか」と正太は言った。

「ぜんぜん平気。心配する人なんてうちにはいないの」

正太は窓の外に目をやり、マイルドセブンに手をのばした。ひさしぶりによく晴れわたっている。

「歯ブラシ使えよ、俺んでよかったら」

真理はうなずき、台所に立った。

ラジカセは小さな音でゴーバンズの曲を流していた。真理がテープを入れたのだろう。正太はマイルドセブンをひとくち吸い、目を閉じた。二日酔いでがんがんする頭の隅に、ゆうべのばか騒ぎの余韻がまだ残っている。

眠ったのはたぶん三時すぎだった。白いセーターがトイレにうずくまって吐き、赤いワンピースは壁にもたれて苦しそうにうなっていたが、真理はまだ缶チューハイを飲みつづけていた。よくそんなに飲めるな、と正太が言うと、だから遺伝だって、と彼女は答えた。

「ったく、色気もなにもねえよな」

徹が白いセーターを抱きかかえてトイレから戻ってきた。こっちもだよ、と孝志が赤いワンピースの背中をさすりながら言った。真理は顔をのけぞらせ、缶チューハイの最後の一滴を舌にたらすと、あーあ、もう空っぽ、と言った。

徹と白いセーターがもつれるように布団に倒れこみ、孝志が赤いワンピースをあおむけに押したおした。正太はテーブルを部屋の隅に寄せ、黙って横になった。

蛍光灯を消したのは真理だった。しばらく小さな悲鳴や忍び笑いが聞こえていたが、やがて静まりかえった。真理は正太のとなりでじっと横たわっていた。

正太は寝返りを打ち、真理の胸に手をあてた。ジャンパースカートの上からでも、かすかに上下しているのがわかった。彼女はじっと天井を見上げている。正太は息をつめ、スカートのすそに手をのばした。

「やだ」と真理が言った。正太は驚いて手を離した。目を凝らすと、彼女もじっとこちらを見ている。そうして長いあいだ、たがいに見つめあっていた。

徹のいびきに真理がくすっと笑った。正太は彼女の手をつかんだ。彼女はその手をにぎりかえしてきた。

「俺のおふくろ、大学生と駆け落ちしたんだ」と正太は言った。真理はうなずき、身体をよせてきた。

そのときの彼女の息の匂いまで、正太ははっきりとおぼえている。だが、そのあとの記憶がなかった。正太はたばこを消し、台所に目をやった。ジャンパースカートのすそから、ちょっと太めの足がのぞいている。たぶん彼女の手をにぎったまま眠ってしまったんだろう。

真理は歯みがきを終えると、水道の水で顔を洗い、ポケットからハンカチを出した。

「そこのタオル、使えよ」

正太は声をかけた。窓を開けると冷たい風が吹きこんできた。真理はコットンポーチから小さなブラシをとりだし、髪をとかしている。

「コーヒーでも飲みいくか」

手すりに布団を干しながら、正太が言うと、真理はうなずき、ひとり暮らしってほんとにいいね、と言った。

連れだってアパートを出た。真理は伸びあがるように深呼吸をした。朝の陽ざしが彼女の短い髪の上できらきらと光った。正太は彼女の胸に目をやり、てのひらに残っているかすかな感触を思いだした。彼女はまぶしそうに目を細めた。

土曜日の「百年の孤独」は客が少なく、ひっそりとしていた。この時間帯の客はだいたい決まっている。ひとり暮らしの大学生、散歩の途中に必ず寄る老人、いつもカウンターで新聞を広げている男。目があうとあいさつ程度の会話をかわす常連ばかりだった。

奥まった席にならんで腰をおろすと、水を運んできた芦田加南子が「正太くん、おはよう」と言って、テーブルにコップを置いた。

「モーニングふたつ」と正太は言った。

「妹さん？　じゃないわよねえ」

加南子がそう言うと、真理がくすっと笑った。

「ごめんなさいね、変なこと言って」

加南子が立ち去るのを待ち、「やっぱりなんか似たとこがあるんだよね」と真理が言った。「顔が似てるわけじゃないし、どうしてなのかな」

「電話したほうがいいんじゃねえか」と正太は言った。

「あとでする」と真理は答えた。

モーニングセットが運ばれてくると、真理はトーストにジャムをぬったり、ゆで卵をむいたりして、世話を焼きたがった。加南子がカウンターから、じっとこちらを見ていた。

正太が顔をしかめると、彼女はかすかに眉を上げた。

真理がゆで卵に塩をふり、口もとにさしだした。正太は新聞を読みながら、それを食べた。

「私も家、出ちゃおうかな」と真理が言った。

正太が黙っていると、彼女はコーヒーカップの縁を指でなぞりながら、「じつは、うちも離婚寸前なんだ」と言った。「いちばん初めの原因は父親の浮気。よくある話でしょ、つまんないでしょ。でも、十年以上も続いてたっていうんだから、浮気っていうのとは少しちがうのかもしれない。相手の女の人もそれがもとで離婚しちゃったし、母親なんかもうすっかり酒びたり。昔はね、台所でチビチビやってたけど、いまなんかもう紙パックのお酒がずらーっと並んでるの、流し台に」

正太は新聞から顔を上げ、「そういうのは遺伝しないよ」と言った。

まあね、と真理は言い、トーストをかじった。

「もう別れちゃえばって、ふたりには言ってるんだけどね。五年くらい前、小三のときだから六年前か。離婚はしないけど別居しようって母親が三つの提案をしたの。すごいでしょ、三つの提案、思いっきりシンプルでね。一、私が真理を連れて出ていく。二、あなたが出ていく。三、真理が中学を卒業するまで、妻ではなく家政婦として同居する。それで父親は三番を選んだの。当時は私、母親の味方だったから、そうか、ものごとってこうやって決めるんだって、すごく感心したんだけど、でもね、それは作戦だった」

「作戦?」と正太は言った。

「そう、考えぬいた作戦。彼女も浮気してたの。私、小二のとき、カウンセリングに通わされてたんだけど、そんときの先生が相手。三つか四つ年下でバツイチ。うちの父親ったら、三番を選んだもんだから、彼女が夜遅く帰ってきても、なんにも言えなくなって。そのうち彼女もどんどん大胆になって、週末はほとんど外泊。日曜の夜になって帰ってくるようになって。

ごめんね、聞かなくてもいいよ、話したいだけだから。あのころは母親のほうが威勢よかったんだけど、いつのまにかバツイチとうまくいかなくなって、いまは酒びたり。若いふりしてるけど、もう四十よ。ね、ふしぎでしょ。もうふたりとも、浮気の相手なんかいないんだよ。でも、私が中学を出たら離婚するって。あと二か月とちょっと。なんで私の卒業と離婚が関係あるのかって、わかんないでしょ。でも、ふたりで話しあって決めたことだっていうの。延々と罵《ののし》りあって、話しあって決めたことが、たったそれだけだっていうんだから、笑っちゃうよね、なんだっていうんだろうね」

「笑うようなことじゃねえよ」

正太は席を立ち、レジに向かった。真理があわてててついてきた。芦田加南子がゆっくり両目を閉じてみせた。正太はふたり分の代金を払い、店を出た。

「ねえ、なんで怒ってるの」

真理が正太のセーターの肘《ひじ》をつかんだ。

「怒ってなんかいねえよ」

正太は少し足早になった。

「駆け落ちだもんね、そっちは。ショック大きいよね」

正太は思わず足をとめた。

「よく言うよな、おまえ」

真理はうなずくと、正太の腕に手をかけた。

「うちのクラスに何人もいるよ。親の離婚ぐらいでさ、すっごく落ちこんでるの、とかね、そういうの聞くと、ほんとかなーって」

正太は前かがみになって歩いた。女の子と腕を組んで歩くのは初めてだった。

「だって、傷ついたりしてるところ、人に見せたくないでしょ。だからさ、なにげに落ちこんでるふうなこと、言う子がいると、そんなに自分がかわいいのぉとか、そんなの嘘じゃんって、いじわる言いたくなっちゃうし、やっぱり子どもよねぇって、見られんの嫌だから、別に平気よーって感じにしてないと」

アパートの手前で真理が立ちどまった。どうしたの、と正太は言った。

「噂の母親」と真理は言い、まっすぐに歩いていった。

階段の下に女がしゃがみこんでいた。黒っぽいコートを羽織り、足下にトートバッグが倒れている。

「なんで、ここにいるのよ」と真理が言った。

彼女は階段の手すりにつかまり、のろのろと立ちあがると、ふいに真理の手首をつかんだ。

「あんたこそ、なにしてるの」

「やだ、放してよ。なんで、ここがわかったのよ。そうか、かたっぱしから電話したんでしょ、友だちに。やめてよ、そんなこと」

彼女は手首をつかんだまま、真理の頭を平手で叩《たた》いた。

「あんた、自分がなにやってるのかわかってるの。中学生のくせに男の部屋に泊まるなんて、みっともないんだから、ほんとに、さかりのついた猫みたいに」

真理は叩かれながら、母親の腕をねじりあげた。

「なによ、それ。それが娘に言う言葉？　朝から酒飲んで、どっちがみっともないのよ」

「ちょっと痛いじゃない。やめて、ひどいじゃないの」

「酔っぱらって娘をなぐる親はどうなのよ。ひどくないっていうの」

真理はそう言って、つかんだ腕を離した。母親は膝《ひざ》から地面にくずれおちた。真理は黙って踵《きびす》をかえした。

「待って、真理ちゃん」と彼女が言った。

真理は小走りになって交差点を渡り、まもなく見えなくなった。正太はかがみこみ、手をさしだした。真理の母親はしゃがんだまま、力なく首をふった。トートバッグから紙パックの酒がのぞいてみえる。

「こんなとこにすわってると、通報されちゃうぜ」

正太は声をかけ、階段を駆けあがった。ドアの鍵《かぎ》を開けてふりかえると、彼女は腰を深く折り、地面に額を押しあてていた。

☆

目をさますと、すでに十一時近かった。俊介は布団にくるまったまま、キッチンの裕里子を見た。レタスをちぎりながらため息をもらし、コーヒーのドリッパーに湯を注ぎながらため息をもらしている。俊介はその後ろ姿を眺めながら、テーブルの上のたばこに手をのばした。ライターで火をつけると、裕里子がふりむいた。

「あら、起きた？」

「どうしたの、裕里子さん、ため息ばかりついて」

彼女はかすかに目を細めただけで黙っている。俊介はたばこを一本吸い終えると、パジャマの上からセーターをかぶり、ベランダに布団を干した。

「ねえ、温泉、どこにしようか」

裕里子がトーストとサラダとコーヒーを運んできた。

「いまからじゃ、もうどこも予約でいっぱいだよ」

俊介がそう言うと、「平気、さがせばどこか空いてるって」と彼女は言った。「箱根とか伊豆とか、そのあたり。温泉につかって、おいしいもの食べて、のんびりしたいね。どうしたの？　顔色良くないよ」

俊介はうなずき、コーヒーカップを手にとった。

「ねえ、どうしたの」

「工藤さんの仕事、向いてないように思うんだ」

「やっぱり営業って、つらい？」

俊介は黙ってコーヒーを飲んだ。裕里子はトーストにバターをぬり、皿に置いた。

「向き不向きはあると思うけど、でも、どんな仕事も馴《な》れるまではきついよ。がんばってほしいな。ねえ、いつまでだっけ？」

俊介は少し考えてから二十四日で仕事納めだと答えた。

「そうなんだ？　いいな早くて。お店のほうは二十八日から七日まで、とにかく十一連休だから、最低三泊くらいはしたいよね」

「年末はきびしいけど、年明けならまだどこか空いてるかもしれないね」

俊介がそう言うと、裕里子は口をとがらせた。

「安達くんたら、なんでそんなこと言うの。おいしいお料理を食べながら紅白見て、露天風呂《ぶろ》で初日の出を見るの。それで元旦の朝食はお屠蘇《とそ》とお節料理でしょ、特別料金でちょっと高そうだけど、そういうの、いいよね。それでね、来週に入るとお店のほう、すごく遅くなりそうだから、今夜ふたりでクリスマスやろう？　六本木とかそのあたりで、たまには思いっきり夜遊びしようよ」

裕里子は食事のあいだ、ずっとしゃべりつづけた。俊介はトーストをかじりながらあいづちを打ち、サラダを食べた。食事を終え、たばこに手をのばしたとき、ポケットベルが鳴った。

「きょうは休みでしょ」と裕里子が言った。

俊介はうなずき、すぐに戻ると言って、部屋を出た。電話ボックスに入り、工藤さんの携帯の番号を押した。

「いや、ほんとに申しわけない」と彼は言った。

用件をたずねると、仕事を手伝ってくれと言う。ゆうべ断わったはずだと、俊介は答えた。

「それが、家内の具合がまだ良くなくて。今回はひとりではちょっと難しいんです。一時間だけでいいんです。きみもまとまった金がほしいでしょう？　大きなチャンスなんです。一時に来てもらえれば、二時には終わります。目標は二百万、たった一時間で二百万です。仕事場は帝国ホテルです。ジャケットを着てきてください」

彼は強引だった。来るまで待っています、浜松さんを信じています、そう言って、有楽町の喫茶店を指定し、一方的に電話を切った。

マンションに戻ると、裕里子は食事の片づけを終え、換気扇の掃除をしていた。

「ねえ、安達くんは窓でもみがく？」

彼女は電話の内容について、なにもたずねなかった。

俊介はスプレーとタオルを受けとると、窓に白い泡を吹きつけながら、ササラ電車の走る札幌の冬の街路を思い浮かべた。夕暮れになると、駅前通りのアカシア並木がいっせいにライトアップされ、靴みがきのおばちゃんたちが集まってくる。観光客は凍った雪に足をとられながら、その美しさに歓声を上げ、恋人たちは大通公園のベンチでよりそい、ホワイトイルミネーションの消える夜十時を待つ。無数の電球が輝くシンボルオブジェばかりか、夜空に浮かぶ広告のネオンさえなつかしかった。

窓みがきを終えると、俊介は浴室の掃除にとりかかった。ナイロンたわしに洗剤をつけ、壁に浮いたカビを落としていく。

「どうしたの、よく働くね」

裕里子が浴室をのぞき、目をまるくした。

「美容院に行ってきていいかな。ついでに旅行会社ものぞいてくる。いい宿があったら、決めてきていいよね」

俊介は壁をみがく手を休め、よろしく願いします、と頭を下げた。

「なによそれ、他人行儀な言い方」

彼女は服を着がえ、部屋を出ていった。俊介は浴室の掃除を終えると、テレビのスイッチを入れた。十二時半になるところだった。

この時期になると、どの局も一年のニュースの総集篇を放送している。長崎の本島市長、銃撃で負傷。ソ連共産党一党独裁を放棄。南アフリカのマンデラ氏、二十八年ぶりに釈放。永山則夫、死刑確定。神戸の女子高生、校門にはさまれて死亡。光進の小谷代表、証券取引法違反で逮捕。イラク軍、クウェートに侵攻。東西ドイツ統一。TBSの秋山さん、日本人で初の宇宙飛行。ポーランド大統領に連帯委員長のワレサ氏。

「さて、今年、日本人にいちばん愛された女性は？」と女子アナが言った。

「愛される理由、二谷友里恵」

俊介がつぶやくと、女子アナが頰笑んだ。

「そうです、あのさわやかで可憐《かれん》な笑顔に日本中が魅せられました。コマーシャルに続いて、お待ちかね、紀子さまの特集です」

テレビを消し、ブレザーの上にコートを羽織った。ほんとうに二時に終わるなら、たぶん裕里子より早く戻ることができる。俊介は足早になって駅に向かった。

一時五分すぎに指定された喫茶店に着いた。俊介がドアを開けると、工藤さんは勘定書をもって席を立った。

「来ていただけると思っていました」

工藤さんは店を出ると時間を惜しむように、線路ぞいの道を足早に歩きだした。

「じつはこの仕事がうまくいったら、しばらくどこか暖かい土地で骨休みしようと思ってるんです。家内の病気は神経のほうですから、東京を離れてゆっくりするのがいちばんなんです。それでまあ、与論島に行こうかと」

「奄美《あまみ》の与論島ですか」と俊介は訊《き》いた。

「うん、ほら、私らが若いころ、沖縄はまだ米国の統治下だったでしょう。詳しい話はできませんが、そのころパスポートをとれない事情がありまして、いくら連絡船を乗り継いで逃げても、与論がさいはての地だったんです。七一年から七二年にかけて、半年ほど暮らしました。フリークスのコミューンなんかじゃないですよ、と言っても、浜松さんにはわかりませんね」

赤信号で足をとめた。俊介は彼の横顔に目をやった。

「いや、諏訪瀬《すわのせ》島のコミューンとか、ヤマハのボイコット運動とか、時代が少しちがいますが、そのあたりのことなら知ってます。じつは鹿児島の出身なんです」

「なんだ、そうでしたか、残念ですね、そんな話もしたかったですね」

「すぐに行くんですか」

「準備が整ったら出かけます。東京を離れる前に連絡しますよ。とにかく家内は浜松さんのファンですからね、別れの酒を飲みたがると思いますよ」

信号が変わった。工藤さんは横断歩道を渡りながら、小声で続けた。

「これから行くのは呉服展示即売会です。警備のほうは比較的手薄です。警備員は多くても二、三名。いつもどおりガード役をお願いします。これを使ってください」

彼はそう言って、黒いクラッチバッグをさしだした。

東宝ビルの角を曲がると帝国ホテルは目の前だった。俊介は工藤さんに続いてロビーに足を踏みいれた。ソファに腰をおろすと、彼はまっすぐに前を見たまま、ささやくように言った。

「客のメインは、三越の上得意です。着物を年に一千万買うような女たちです。土地成金の女房が半分、残りはサラ金やパチンコ屋の社長夫人、そんな種族と考えてください。すぐにターゲットに接触します。なりゆきでいきますが、話は私にあわせてください」

正面玄関に次々とハイヤーが停まり、和服姿の女たちが降りてきた。そのほとんどが即売会の客なのだろう。エスカレーターに乗り、二階の会場に向かっていく。

工藤さんはふいに立ちあがると、足早にひとりの女に歩みよった。

「あの、失礼ですが」

女が足をとめ、こちらを見た。ブルーの地がひときわ目立つ和服を着て、頭上にカーリーのヘアピースをつけている。年は五十前後で、脂肪の浮いた顔を白く塗りこめている。

「柏原先生の奥さまではございませんか」

「ううん、違うけど」

「たいへん失礼しました。西陣の柏原俵造先生の奥さまとばかり。申しわけございません、先日、テレビでお見受けしたときに、たしかその帯を」

「あら、そうなの、これを？」

女は首をかしげ、帯じめに手をやった。

「失礼ですが、どちらの先生のお作でしょうか。いや、不躾《ぶしつけ》な質問で恐縮です」

「ああ、これはね、桃山千代太先生」

「そうでしたか、私の勘違いでした。いや、それにしてもすばらしい。桃山先生の作品は、手織りならではの温かみと重厚さが魅力です。つづれ織りは素朴なだけに、すぐれた図案と絵心のある織り手の感覚が織りあがりの優劣を左右しますから」

俊介は驚いて工藤さんの顔を見た。

「ずいぶん詳しいのね」と女が言った。

「ええ、私も図案のほうを手がけておりますので。これは弟子です」

俊介はあわてて頭を下げた。

「じつはですね」と工藤さんは口に手をあて、女の耳もとでささやいた。「きょうは新作の偵察なんです。よろしかったら、ごいっしょしていただけませんか。なにぶん男ふたりでは目立ちすぎます」

「あら、おもしろいのね。それじゃ、見立てていただける？」

「ええ、私でよければ、喜んで」

工藤さんはそう言うと、女の肘《ひじ》に軽く手をそえ、エスカレーターに乗った。

二百五十坪ほどの広間にはすでに百人近い客が入っていた。俊介はふたりのあとについて歩いた。着飾った女たちの白粉《おしろい》と香水の匂いでむせかえるようだった。

女が松と鶴の図柄の着尺《きじやく》の前で足をとめると、六十がらみの売り子が近づいてきた。

「奥さま、これは江戸時代初期の能装束の文様を下敷きにしております。とてもお品のよいお作です。いかがでございましょう、ご主人さま」

女は照れて首をふったが、「少し地味ではないかな」と工藤さんは平然と言った。「若い人にはシックだが、この年になればもっと大柄な模様のほうが映える」

「うらやましいですわ、奥さま。おやさしいご主人に、お坊ちゃままでごいっしょで」

売り子はひとしきり商品の説明をしてから立ち去った。

「いやだわ」と女が甘えた声を出した。「あなたのほうがずっと年下なのに」

「とんでもない」と工藤さんは言った。「私のような者が連れあいに見られるなんて光栄です」

広間の一角で歓声が上がり、拍手がおきた。中年女性のあいだに熱狂的なファンをもつ舞台俳優が会場に入ってきた。女はそちらのほうに釘《くぎ》づけになった。

「あそこと、あそこね。もうひとりはあそこ」

工藤さんは警備員の位置をあごで示した。俊介は黙ってうなずいた。

会場はたちまち異様な熱気につつまれた。舞台俳優は求められるままに、客と次々に握手をしている。

「見立ててもらいますか、彼に」

工藤さんがそう言うと、「ああいうの、だめなの」と女は言い、ゆっくりと歩きだした。

「そうでしょうね、よくわかります」

工藤さんはうなずき、足をとめた。「光琳水《こうりんみず》ですね。上品であでやかで、奥さまの雰囲気にぴったりです」

女は着尺を肩にかけ、頬笑んでみせた。百八十万円の値札がついている。

「錦地に古典模様を織りだした帯をあわせたいですね」

「帯まで手が出ないわよ。これが六桁《けた》ならね、うちの人に相談しなくても、買えるんだけど」

舞台俳優が女のほうに近づいてきた。

「そうですか？　私がご主人なら、買って差しあげますがね」

女は舞台俳優のほうに気をとられて、工藤さんの言葉を聞いていない。

「ちょっと一周してきます、後ほどまた」

工藤さんはそう言って、女から離れた。

俊介は少し歩いてから、ふりかえった。舞台俳優が女の後ろに寄りそうように立ち、「いいんじゃないの」と言った。「買っときゃいいじゃない」

女は目をうるませ、鏡のなかの自分をじっと見つめている。工藤さんは会場を見渡し、留め袖《そで》のコーナーに向かった。俊介もそのあとに続いた。白髪まじりの短めの髪を紫色に染めた女が袋帯を選んでいた。何本も並べているが、どれも気にくわないらしい。売り子が立ち去ると、工藤さんは足早に近づいた。

「失礼ですが、こちらはどうでしょう」

工藤さんはそう言って、女の目の前に帯を広げた。

「特販の方？　じゃないわよね」と女が言った。

「ただの職人です。きみ、ちょっと持って」

俊介は両手で帯を持った。女のワニ革のハンドバッグが帯の下に隠れる恰好《かっこう》になった。

「礼装用のものは、どうしても重々しくなりますから、たれ先から六割通しで織りだされたものを選ぶほうが、若々しく見えますね」

工藤さんは片手をさりげなく帯の下に入れた。

「そうね、言われてみるとたしかに」

女がうなずいた。その瞬間、工藤さんの指先がすばやく動き、俊介のクラッチバッグに財布が投げこまれた。

「いや、むしろこちらのほうがいいかな」

工藤さんは別の帯を広げてみせた。

「そうね、こっちもいいわね」

「すみません、余計なことを言いまして」

工藤さんは軽く頭を下げ、女から離れた。俊介はクラッチバッグをかかえて彼に続いた。会場を一周し、ふたたびカーリーのヘアピースをつけた女のもとに戻った。

「どうかしら、これ」

女がカキツバタの図柄の着尺を広げ、肩にかけてみせた。百二十万円の友禅小紋だった。

「ご主人さま」と売り子が笑みを浮かべて言った。「とてもお似合いですよね」

「なかなかのものだな。でも、仕立てあがったときの柄つきがちょっと気になるな」

「あら、どういうこと」と女が言った。

「模様がちょっと長いだろう? 上前《うわまえ》のところにきちんと中心がくるかどうか」

「ご主人、お詳しいんですね。でも奥さまの背丈でしたら、そんな心配はございませんよ」

売り子はそう言って、女を鏡の前に導くと、着尺を身体に巻き、ピンで止めはじめた。女はハンドバッグの置き場をさがすように、あたりを見まわした。工藤さんはさりげなく手をさしだした。女はすみませんと言って、彼に布製のハンドバッグを手渡した。

俊介はすばやく警備員の位置を確認した。ひとりは舞台俳優につきそい、二人目は出口付近に、三人目は羽織のコーナーに立っている。俊介は三人目の警備員の注意をそらすため、羽織のコーナーに向かって足早に歩き、トイレの場所をたずねた。

「会場を出て、つきあたりを」

警備員がそう言いかけたとき、工藤さんの携帯電話が鳴りだした。工藤さんは抜きだしかけた財布をあわててハンドバッグに戻した。

「なにしてるの!」

女が叫び、客たちがいっせいにそちらを見た。

警備員は立ちふさがる俊介を押しのけ、工藤さんに向かって走りだした。俊介は反対側に走りかけ、思わず足をとめた。出口付近にいた若い警備員が血相を変えてこちらにやってくる。ふりかえると、工藤さんはすでに取りおさえられ、床に膝《ひざ》をついている。俊介は足がすくみ、その場から動けなかった。若い警備員はそのまま俊介の脇を走りぬけると、工藤さんに飛びかかり、片腕をねじりあげた。

いま走りだしてはいけない。俊介は自分に言いきかせた。ほとんどの客はなにが起きたのか知らない。落ちつけ、ぜったいに走るな。俊介はクラッチバッグをかかえ、出口に向かった。

「待ちなさい、きみ！」

ふいに背後から呼びとめられた。俊介は一瞬、背筋をのばして足をとめ、次の瞬間、全力で走りだした。

受付の男の制止をふりきって会場を飛びだし、下りのエスカレーターを駆け降りた。ロビーを走りながらふりむくと、制服姿の警備員が追いかけてくる。

「そいつを止めて！」と警備員が叫んだ。

俊介は近づいてきたドアボーイをふりはらい、正面玄関を飛びだした。映画館の入ったビルの先を左に折れ、線路ぞいの道をしばらく走ってふりむくと、警備員はまだ追いかけてくる。俊介は駅前のガードをくぐり、人波をかきわけ、上着のポケットから切符をとりだした。山手線の発車のベルを聞きながら改札を抜け、一段おきに階段を駆けあがり、閉まる寸前のドアに体当たりするようにして電車に飛び乗った。

ドアが閉まったとき、喉《のど》の奥から小さなうめき声がもれ、あわてて口をふさいだ。仕事の前には不慮の事態にそなえて、最寄り駅からの初乗り切符を必ず買っておくように。工藤さんのそのアドバイスを守っていなかったら、いまごろどうなっていたかわからない。電車が走りだしても、動悸《どうき》はおさまらなかった。捕まらずにすんだという安堵《あんど》感と、警察に追われるかもしれないという恐怖が交互に襲いかかってきた。目を閉じると、警備員に取りおさえられた工藤さんの姿が浮かんだ。腕をねじあげられた彼は表情を失っていた。ほとんど放心状態だった。

次の新橋駅で、俊介は電車を降りた。トイレの個室に入り、クラッチバッグを開けた。そこに入っていたのは財布ではなく、紙幣でふくらんだ銀行の封筒だった。俊介は立っていられず、便器にしゃがみこんだ。数えてみると、ちょうど百万円だった。

俊介は尻《しり》のポケットに銀行の封筒をねじこむと、トイレットペーパーを手に巻きつけ、便器の底に残った水に浸し、クラッチバッグをこすった。それで指紋が消えるものかわからなかったが、ほかのやり方が思いつかなかった。十分近くこすり、立ちあがった。そしてクラッチバッグを壁に立てかけ、トイレを出た。

田町駅には二時半すぎに着いた。駅前の美容院をのぞくと、鏡のなかの裕里子と目があった。じきに終わると言われ、俊介はソファで待った。

彼女はまるで別人だった。肩に届くストレートの髪をばっさりと切り、毛先だけパーマをかけ、栗色にカラーリングしている。髪型だけで印象がこんなに変わるものだろうか。

とてもまぶしく、華やいで見えた。

「どう？　イメージチェンジは」

店を出るとき、裕里子が小声で言った。俊介はあいづちを打てずに、うつむいた。

「だめ？　似合わない？」

「なんだかとても明るくて」

「それはほめてるの？　ねえ、前のほうがよかった？」

いや、と俊介が口ごもると、裕里子は首をふった。

「似合うよって、ほめとけばいいの、こういうときは」

「そんなことない、すごく似合うよ」

「もう遅い」と裕里子は足早になった。

俊介はそのあとを追いかけた。旅行会社に入り、宿をさがした。伊豆、箱根は予約でいっぱいだった。日光、那須《なす》、草津とエリアを広げてみたが、やはりどこも満室だった。だが、俊介にとって年末年始はどうでもよかった。ほんとうはいますぐにでも東京を離れたかった。

「信じられない」と裕里子が言った。

女子従業員はコンピューターの画面から顔を上げ、露骨に眉《まゆ》をひそめた。

「いまの時期は、春休みのご予約がメインですので」

「契約してない旅館もあるわけよね」

「はい？」と女子従業員が首をかしげた。

俊介は裕里子をうながし、旅行会社を出た。

「いくらなんでも、どこかに一部屋くらい空いていると思わない？」

裕里子はあきらめきれない様子だった。

「ねえ、だったら」と俊介は言った。「いまからレンタカー借りて、どこかに行かないか」

「なんなの、急に」

「ふたりだけのクリスマスだよ。たとえばね、軽井沢から松本に抜けて、諏訪《すわ》の公共温泉に入って、うまそうな店をさがして、地元の名物料理を食べて、夜がふけたら街道ぞいのホテルに泊まる。ラブホテルがいやなら、富士五湖あたりまで足をのばして、車のなかで眠ったっていい。そうしようよ。あすの朝、ふたりは湖のほとりで目をさます」

「ねえ、悪いけど」と裕里子は言った。「そういうのは若い女の子に言ってよ」

「なんだ、そういう言い方をするんだ？」

「だって私、来週はずっと遅くなるって言ったでしょ。だからあしたはゆっくりしたいの。車のなかで眠るって、なんなの？　そんなことしたら身体がもたないわよ」

「来週、お店を休むわけにはいかない？」

「安達くんは休むの？　そんないいかげんなことでいいの？　私ね、こんな不安定な暮しだからこそ、いいかげんな働き方をしちゃいけないって思ってる」

「宿がとれないからって、喧嘩《けんか》することはないいんだ」

「喧嘩なんかしてないじゃない」

俊介はうなずき、彼女の腰に手をまわした。そして押し黙ったまま運河にかかる橋を渡った。橋の下のよどみに目をやると、小さな波紋があちこちに広がっている。まるで雨が落ちているように見える。だが、それは川底の汚物から発生したガスが、表面にのぼってくるための錯覚にすぎない。彼女は何度もため息をもらした。

マンションのエレベーターで同じ階の住人と乗りあわせた。三十前後のひとり暮らしの男だった。男は裕里子を無遠慮に眺め、感心したように何度もうなずいた。

「いや、失礼。テレビでよく見かける女優さんと勘違いしました」

「お上手ね」と裕里子が言った。

「ほんとですよ、ほんとにそう思って」

男が女優の名を口にすると、裕里子はうれしそうに身をよじった。俊介は男をにらみつけた。男はこまったように目をそらしたが、彼女はそのことに気づかない。

俊介はエレベーターを降りると、足早に開放廊下を歩き、ふと足をとめた。

ドアの前に工藤さんの奥さんがしゃがみこんでいた。俊介は思わず腰を折り、手をさしだした。彼女は目を瞬《しばた》き、しがみついてきた。

「なにがあったの。捕まったの、捕まっちゃったのよ」

彼女は両手でコートの衿《えり》をつかんだ。俊介は揺すられながら、懸命に言葉をさがした。

「わかった、わかったから落ちついて」

「さっき携帯に連絡が入ったの、でもあの人からじゃなかった」

「ねえ、落ちついて。話はあとで聞くから」

「入ってもらったら？」

裕里子がドアを開けた。俊介は首をふった。

「ちょっと込みいった話なんだ。ここじゃ話しづらいですよね、工藤さん」

「どうぞ、入ってください」

裕里子が部屋のあかりをつけた。奥さんはうなずき、あわただしく靴を脱いだ。裕里子はストーブをつけ、座布団をすすめると、台所で湯をわかしはじめた。

彼女はなにも知らないんだよ。俊介は奥さんの耳もとでささやいた。工藤さんは広告代理店業でしょ。そういう話だったでしょ。

「捕まったのよ」と奥さんはしゃくりあげるように言った。「戻ってこないのよ」

俊介は彼女の手首をつかんだ。裕里子がふりむき、こちらをじっと見ている。俊介はあわてて手首を放した。

裕里子が紅茶を運んできた。カップを右と左に分けると、お話を聞かせていただけますか、と言った。

「もういいよ」と俊介は言った。「裕里子さんには関係ないことなんだ」

「ご主人、どうなさいました」

「だから関係ないって」

裕里子がすっと息を吸った。

「やめて、そんな子どもっぽい言い方」

「ごめんなさい、取り乱して」

奥さんは床に手をつき、頭を下げた。

「顔を上げてください。ご主人が捕まったと、そうおっしゃいましたか」

「ううん、それはまだわからない」

「よかったら、詳しく話していただけませんか。なにがあったんですか」

「事務所でしませんか、仕事の話は」

俊介はそう言って、彼女の肩に手を置いた。

「そのほうがいいですよね」

「なぜ、ここではだめなの」と裕里子が言った。「私に聞かれたくない話でもあるの」

「ちがうんだ。工藤さん、ちょっと大きなミスをしてしまって。事務所に連絡が入るかもしれないし、帳簿とか顧客の資料も点検してみたいし」

「そういうことなんですか」と裕里子が言った。

奥さんは顔を上げ、首を大きく横にふった。

「ねえ、なんでよ。なんで大きなミスをして、あんただけ無事なのよ」

俊介は思わず目をそらした。奥さんは裕里子に向きなおって続けた。

「私、具合が悪くてね、浜松さんとふたりだけじゃ危ないから、きょうはやめといたほうがいいって言ったんだけど、あの人、人の言うこと聞かないから。入場者チェックは甘そうに見せといて、並の警備じゃないのよ、帝国ホテルって」

裕里子の顔色が変わった。俊介は立ちあがり、ふたりに背を向けた。窓を開けると冷たい風が吹きこんできた。倉庫街には大型トラックがせわしなく出入りしている。

「さっき連絡が入ったの、携帯に。でもあの人からじゃなかった。黙ってるから切ろうとしたら、大森さんじゃないですかって。違うって答えたら、おかしいな番号はあってるよな、とかなんとか言って、名前を確認しようとしたんだ、刑事が」

俊介は窓を閉め、事務所で話しませんか、と言った。奥さんはうなずき、腰を上げた。

まもなく四時半になるところだった。

「なるべく早く戻る」と俊介は言った。「遅くても六時半には戻るから」

裕里子はうつむいたまま、黙ってカップの縁を指でなぞった。

部屋を出ると、俊介は奥さんの手を引き、足早に廊下を歩いた。

「ねえ、なにがあったの」と彼女が言った。

俊介は首をふっただけでなにも答えなかった。エレベーターに乗りこむなり、ふたたび彼女にコートの衿をつかまれた。

「なんであんただけ無事なのよ」

俊介は衿をつかまれたまま黙っていた。一階に着き、扉が開くと、彼女の手が離れた。

「どこか人のいないところで」と俊介は言った。「そこでぜんぶ話しますから」

彼女はうなずき、口をつぐんだ。

しばらく運河ぞいに歩いた。彼女はときおり足をもつれさせ、しゃがみこみそうになった。俊介はそのたびに手をつかんで引っぱりあげた。

まもなく日没の時刻だった。夕陽がモノレールの軌道に隠れると、あたりはにわかに暗くなった。埠頭《ふとう》に近づくにつれ、海から吹きつける風に心細さもつのったが、倉庫街に足を踏みいれた途端、等間隔にならぶ水銀灯がいっせいに点《とも》り、路面を明るく照らしだした。

夜の滑走路のような倉庫街を抜けると、細長いベルトのような公園に出る。俊介は公園の車止めの脇を通り、海に面したベンチに腰をおろした。

あたりに人影はなく、車の走る音だけがかすかに聞こえてくる。俊介は花壇の葉牡丹《はぼたん》を眺め、それから彼女の横顔に目をやった。白髪まじりの髪が乱れ、下のまぶたがゆるみ、ひどく疲れた顔をしている。胸もとを大きくV字型にカットしたセーターも、脚にぴったりとしたスパッツも、彼女を貧相に見せるだけだった。

「ねえ、わけを話して」と彼女が言った。

俊介はうつむいたまま、呉服の展示即売会場で起きたことを話しはじめた。彼女はあいづちも打たず、黙って耳をかたむけていたが、話が終わると、「わかんない」と言った。

「あんた、なにかヘマやったの？　あの人を見捨てて、なにもしないで逃げてきたの」

俊介は首をふり、ずいぶん迷った末に口を開いた。

「携帯電話に連絡入れたでしょう？　一時半すぎに」

彼女は眉《まゆ》をひそめた。「私のせいだっていうの？」

「ちょうどそのとき鳴りだしたんです」

彼女は顔を洗うように両手で頰をこすった。

「上野のクリニックで急に不安になって、待合室からかけたのよ。やめたほうがいいって言おうと思って。でもなぜなの、仕事中はぜったいに切ってるはずなのに」

「続きがもう少しあります」

俊介はそう言って、百万円の現金の話をした。そしてポケットから紙幣の入った封筒をとりだし、彼女の膝《ひざ》の上に置いた。半分はあんたのものだと彼女が言った。

「ぼくはいりません。そのかわり約束してほしいんです」

俊介はそう言って、彼女の顔を見つめた。だが、その続きを言えずに唇をかんだ。

彼女は片手でハーフコートの衿をあわせ、「わかってるよ」と言った。「私はあんたなんか知らない、会ったこともない。そういうことだろ」

俊介はうなずいた。鼻の奥が熱くなった。

「この二十年、いつかはこんな日が来るだろうとは思ってたけどね」

彼女はそう言って、紙幣の入った封筒をすばやく手さげバッグに入れた。

「どっちかひとりだけ捕まったら、残されたほうはどうするかって、いろんな場合を考えて、何回も話しあってきたよ。でもね、いざこんなことになると、決めたことなんてなんの役にも立たない。飲むかい」

彼女はコートのポケットからウィスキーの小瓶をとりだした。俊介がそのすすめを断わると、彼女は顔を上向けてひとくち飲み、私はこの世に存在しないことになってるんだ、と言った。駆け落ちして十一年目に戸籍から抹消されたのだという。その年、父親が死んだからだ。

連絡をとったんですか、と俊介が訊《き》くと、そんなことは役所に確認すればすぐにわかる、と彼女は答えた。兄弟のだれかが母親に忠告したにちがいない。もうこの世にいないかもしれない娘の住民税やらなにやらを、いつまで払いつづける気なのかと。その母親がいまもまだ生きているかどうか、役所に確かめればわかる。だが、わかったところで、どうにもならない。

彼女は小瓶のキャップを開け、「驚いてたね、裕里子さん」と言った。

おさえていた怒りがこみあげてきた。なぜ彼女の前でしゃべったのかと、俊介は言った。

「あんたね、だましちゃいけないよ」

彼女はそう言って、俊介の胸を人さし指でついた。

「あんないい女、いないよ。大切にしなよ、秘密を作っちゃいけない、裏切りだよ」

俊介はブレザーのポケットからポケベルをとりだした。

「これ、返します。これでもう彼女に嘘をつかなくてすみます」

彼女はうなずき、それをバッグにしまった。

「美空ひばりが塩酸をぶっかけられた話、知ってる?」

俊介は黙って首をふった。

「国際劇場に出演中にね、十九歳の女の子が塩酸ぶっかけたの。全治三週間だったかな。ひばりちゃんの醜い顔を一度見たいって手帳に書いてあったって、新聞に大きな記事が出た。私も同じ十九でね、交通係から少年係に配置換えになったばかりだったから、よくおぼえてる。昭和三十二年の一月十三日。あんた、生まれは?」

「それから十一年後です」

「それじゃあんた、私と三十も違うんだ」

彼女はそのことに初めて気づいたように目をまるくした。時計を見ると、六時をまわっていた。俊介は腰を上げた。ふいに手がのびてきて、手首をつかまれた。

「お願い、ひとりにしないで」

彼女は手首をつかんだまま放そうとしない。

「初めてなら、不起訴処分になる可能性だってあるんじゃないですか」

俊介がそう言うと、彼女は顔をしかめた。

「あんたがなに知ってるっていうのよ。とっくに時効も完成してるし、もう二度と会わないから教えてあげるけど、当時の新聞を見れば出てるよ、指名手配の写真」

「指名手配」と俊介は言った。

「そう、爆発物取締罰則違反。ローラーに引っかかりそうになってね、私が情報を流した。

それでいっしょに逃げたんだ。警察から逃げて、仲間からも逃げて、延々と与論島まで」

「仲間って、スリの仲間じゃないですよね」

彼女は小さくうなずくと、俊介の手首を放し、ウィスキーの小瓶を口に運んだ。

☆

ゲームに飽きて電源を切ると、テレビ画面に変わった。司会者がなにかひとことしゃべるたびに、ひな壇に並んだ観客がどっと沸いた。

正太は台所に立ち、カップメンに湯をそそいだ。いったいなにがおかしいのかわからない。テレビを消すと、部屋は静まりかえった。急に不安な気持ちになり、ふたたびスイッチを入れた。チャンネルを替えると、ちょいと待ちーな、と相撲取りの着ぐるみをかぶったお笑い芸人が言った。俺はなーんも聞かされとらん。

正太はテレビを見ながらカップメンをすすり、昨夜の食べ残しのコロッケを食パンにはさんで食べた。だが、それだけでは物足りなかった。冷蔵庫からカップ入りのみつ豆をとりだした。女の子たちが食べたいと言って、コンビニで買ったものだ。結局、酔っぱらってしまい、だれも食べなかった。正太はシロップをかけ、プラスチックのスプーンでかきこんだ。三つのカップをすべて平らげてしまうと、空腹はようやくおさまった。

テレビを消し、アパートを出た。雪が降っていたが、傘をさすほどではなかった。

道の左側には寺や民家がならび、右側にはススキノのネオンが広がっている。正太は札幌トヨペットとホテルコスモのあいだの道に足を踏みいれた。

ここから百メートルにわたって、ファッションヘルスの入ったビルが続く。バナナの気持ち、ななこ倶楽部《クラブ》、プッシーキャット、放課後クラブ、さっぽろ快楽本舗、アーミーエンジェル、すすきの物語、ときめき女学園、ペロペロドール、ウブッ娘倶楽部、それいけ蜜豆隊、猫の子チレット……。店の看板を眺めながら足早に歩き、つきあたりを左に折れた。

キャバレーの前で、ジャンパー姿の男が客を引いていた。酔っぱらいが次々と店に吸いこまれていく。正太は足をとめ、息をつめるようにしてヨークマッザカヤの裏手に入った。ライラック通りにはソープランドがびっしりと並んでいる。地中海、エル・カルチェ、花の館、英国屋、エアーポケット、カティーサーク……。ヘルスと違って落ちついた感じの名前が多い。

通りを抜けると、真っ赤な傘をさした女が近づいてきた。スリットの入ったスカートから黒いストッキングに包まれた脚がのぞいてみえる。正太は立ちどまり、ポケットに手をつっこんだ。一万円札が二枚入っている。

「コンバンハァ」と女が言って、傘の下で首をかしげた。

正太は思わずうつむいた。女はくすっと笑って通りすぎた。正太はポケットのなかでふくらんだ性器をにぎりしめ、狸小路にむかって歩いた。

番外地ラーメンの前を走りすぎようとして、思わず足をとめた。暖簾《のれん》が下がっている。父は知らぬまに店を開けていた。裕里子が帰ってきたのだろうか。そんなはずはないと思ったが、確かめずにはいられなかった。気づかれないように、勝手口から入った。厨房《ちゅうぼう》に父の姿はなかった。祖母と小夜子が忙しそうに動きまわっている。

電話が鳴り、小夜子が出た。首と肩のあいだに受話器をはさみ、ペン立てからボールペンを抜きだすと、軽くあいづちを打ちながらメモをとった。

「パークマンションの裏れしたよね。はい、すぐにお届けれきます」

小夜子は受話器を置き、メモを読みあげようとして、ふいにこちらを見た。正太は勝手口から飛びだした。

「正ちゃ、待ってよ」小夜子の声が背後から追ってきた。正太は全力で狸小路を走りぬけ、駅前通りに出た。そこで立ちどまり、ふりむいた。追いかけてくる者はだれもいない。自販機でビールを買い、大通公園に向かった。小夜子を働かせる父の気持ちがわからなかった。やっていることがめちゃくちゃだと思った。

イルミネーションで飾られた大通公園はカップルでいっぱいだった。ひとつの傘の下で抱きあい、舌をからませている。正太は肩をいからせ、その脇を通りすぎた。

葉の茂った樹木の下で缶を開けた。カップルに囲まれ、ひとりでビールを飲んだ。これからの人生を思うと、やらなければならないことのすべてが、とてつもなく面倒くさいものに思われた。正太は飲みほしたビールの缶を足で踏みつぶした。

そのとき、父と同じ年ごろの男が女の子の肩を抱いて目の前を通りすぎた。女の子は黒いジャンパースカートを着ていた。髪はショートカットだった。

正太は立ちあがり、ふたりのあとを尾《つ》けた。男が女の子の耳もとに口をよせ、なにかささやいた。女の子は笑いながら男の傘から逃れた。そのとき、ちらりと横顔が見えた。やっぱり真理だった。だが次の瞬間、まるで別人のような気もした。

公園を横切り、人気のない裏通りに入ると、ふたりはたがいの腰に腕をからませた。女の子の後ろ姿はとても中学生には見えない。やっぱり人違いだろうと思った。いや、人違いであってほしかった。正太はふたりのあとを追った。前にまわって確かめる勇気はなかった。ふたりはホテルの前で足をとめた。男が女の子の髪をなでると、女の子は首をふって抵抗した。そのとき街灯に照らされ、一瞬だけ女の子の顔が見えた。

真理ではなかった。正太は夜空を見あげ、小さく息をついた。男はひどく強引だった。女の子はひきずられるようにして、ホテルに入っていった。

正太は通りから通りへ歩きまわった。ゲームセンターに入り、メダルゲームをやった。やたらとツキまくり、たった三十分で箱からあふれそうになった。カウンターにメダルをあずけて店を出た。

ふたたび駅前通りに戻り、四丁目の交差点で信号が変わるのを待った。ホワイト・イルミネーションで飾りつけられた舗道は大通公園と同じくらいカップルであふれていた。腕を組み、腰に手をまわし、耳もとでささやきあっている。おめえら、ホテルでもどこでも早く入っちまえよ。正太はつぶやき、路面に唾《つば》を吐き捨てた。

「正太くん？」

信号が変わり、歩きだしたとき声をかけられた。

正太は足をとめ、声のほうに目をやった。革のロングコートを着た女が男と腕を組み、親しげに頰笑んでいる。

「ねえ、おぼえてる？　私のこと」

正太は黙ってうなずき、そのまま横断歩道を渡りはじめた。女は相手の男になにか小声で言い、あわてて追いかけてきた。正太はふたりを無視して歩いた。

「俺、安達の知りあいなんだけど」

信号を渡ったところで男が声をかけてきた。

「少し話、できんかな」

「ねえよ、話すことなんか、べつに」

正太は歩きながら答えた。

「あれから一度も連絡ないのか」

「だから、ねえよ」

「お母さんからは？」と女が言った。

正太は足をとめ、女をにらみつけた。

「ごめん、許して。事情が全然わからないから」

女はそう言って、ねえ？　と男の顔を見上げた。

雪が本降りになってきた。

「どこかでお茶でも飲まないか」

男がそう言って、正太の上に傘をかざした。

正太は首をふった。

「だから、話すことなんかねえって」

「だったら、ひとつ頼みがある」と男は言った。「安達、外から留守電、聞いてるみたいでな。俺も何度か伝言入れてみた。きみからも入れてもらえんかな」

「なんで？」と正太は言った。

「だから」と女が横から言った。「なにか事故に巻きこまれて、助けを求めてるかもしれないし」

「あのさ、もうガキじゃねえんだから、ふたりとも」

正太がそう言うと、「じゃっど」と男がつぶやいた。

そのあいづちの打ち方がなつかしく、「あんたも鹿児島？」と正太は言った。男はうなずき、「俺んこと、あいつ、なんか言っちょったか」と言った。

あんた、安達先生のアパートに女連れこんだろ。正太はそう言ってみようと思ったが、面倒臭くなってやめた。

女が名刺をさしだし、もし連絡が入ったら教えてくれないかと言った。正太は名刺を尻《しり》のポケットにねじこむと、駅前通りを走りだした。

昔のカノジョがデートしてるとこ、見なくてすんでよかったな、安達先生。正太は走りながら鼻で笑い、少しせきこんだ。地下街に避難しようと思ったが、面倒だった。ススキノの交差点に出ると市電の線路にそって走った。道を行く人の傘にぶつかりながら走った。やがてセーターもジーンズもびしょ濡《ぬ》れになった。

缶ビールを二本買って、アパートに戻った。風呂《ふろ》をわかして入り、それから川村かおりを聴きながら、ビールを飲んだ。三日月に腰かけてきみを待つよ。ぼくが見えているかい、きみが好きさ。何度もつぶやくように歌いつづけた。ビールが二本とも空になるころにはすっかり酔っていた。これじゃ、おやじといっしょじゃねえか、正太は舌を打ち、壁に寄りかかった。そしてそのまま、うつらうつらとした。

ドアチャイムが鳴った。正太は顔を上げ、部屋のなかを眺めた。ラジカセの音楽はとっくに終わっていた。正太は立ちあがり、ドアを開けた。

真理が立っていた。髪も黒いジャンパースカートもびしょ濡れだった。

「どうした」と正太は言った。

真理はなにも言わずに靴を脱ぎ、部屋に上がった。

正太はあわてて浴室にバスタオルをとりにいった。タオルをさしだすと、彼女はうなずき、髪をぬぐった。それから壁にもたれ、膝《ひざ》をかかえた。

真理の唇のわきに小さな傷があった。正太は彼女の前にしゃがみ、指先でそっと傷に触れてみた。血はほとんど固まっていた。

「さっき大通公園で」と正太は言った。「真理にそっくりな女の子を見たんだ」

「そんなに似てた？」と真理が言った。

「ほんとにそっくりだった」

　真理はうなずき、顔を伏せた。

「声をかけようとしたんだけど、男といっしょにホテルに入ってったから」

　真理がむしゃぶりついてきた。喉《のど》をつまらせ、しゃくりあげるように泣いた。身も世もない号泣だった。

☆

「私なんかもう、こんなにカサカサで皺《しわ》だらけで恥ずかしいけどね、あの人の手、あんたも知ってるでしょ、柔らかくて白くてしなやかで。駅のホームでも布団のなかでも、ずっと中指と薬指の柔軟体操をしてるの。ねえ、布団のなかでもよ」

「すみませんが、帰ります」

　俊介は彼女の話をさえぎり、ベンチから腰を上げた。海から吹きつける風に身体の芯《しん》まで冷えきっていた。

「なによ、聞いてよ。それであの人ね、寝るときも手袋してるの。ビールの栓だって抜こうとしないんだから」

「駅まで送りますから」

彼女は背中をまるめ、手の甲をこすりあわせた。

「どこに帰れっていうの」

「それじゃ、とりあえず歩きましょう。こんなところにいたら風邪をひきます」

彼女はうなずくと、ベンチから腰を上げ、俊介の腕にすがりついた。

俊介は桟橋を歩きながら、裕里子の顔を思い浮かべた。いまごろひどく心配しているにちがいない。いっときも早く帰るべきだと思ったが、顔をあわせるのがつらかった。いったいどんな言いわけをすればいいのか。

彼女は俊介の肩にもたれ、しゃべり続けた。

「スリは少数派のエリートだって、あの人、難しいことばっかり言って、学校もろくに出てないくせにね。服のどこに財布が入ってるのか、それを直感的に感じとるためには、見ず知らずの他人に感情移入する才能が必要で、直感は鍛えられないから、それは天賦のものだって。そんなエリートがね、捕まるときはあっけないもんだよ」

桟橋の中ほどに船客待合所があった。屋根に東海汽船の大きな看板がとりつけられている。俊介はガラス戸を開け、そのモルタルの建物に足を踏みいれた。

大学の六十人教室くらいの広さがあり、背もたれのないベンチが並んでいる。人の姿はなく、がらんとしているが、寒さはしのげた。

俊介は壁に貼られた航路別時刻表に目をやった。大島行きが二十二時に、八丈島行きが二十三時に出る。今夜の運行はこの二本だけだった。

「あるデザイナーさんのパーティーがあったのね、赤坂プリンスで」

彼女はベンチに腰をおろすと、ふたたびウィスキーの小瓶をとりだした。

「なにかの受賞パーティーだった。お洋服じゃなくて、グラフィックのほう。あの業界って、パーティー入りやすいの。あんたに見せたかったな。とびきりのドレス、レンタルしてね、もう男たちの注目の的」

俊介は時刻表の前に立ったまま、そんなに注目されては仕事に差しつかえるんじゃないですかと言った。彼女は首をふり、ウィスキーをひとくち飲んで話を続けた。

男がシャンパングラスを持って近づいてくるの。お尻のポケットにふくらんだ札入れを入れてないと落ちつかないようなタイプの男。失礼ですが、一杯いかがです。ありがとう、でも私、お酒は弱くて。でしたら香りだけでもどうぞ。それだけの価値はありますよ。主人が男の背後にそっと近づき、私はグラスを口につける。あら、とってもおいしい。あなた、シャンパンメーカーの社長さん？　そう見えますか？　男はさりげなく肩や腕にさわってくる。私はグラスの中身をゆっくりと飲みほす。ああ、ほんとにおいしい。

もう一杯、いかがですか。男は会場を見渡し、コンパニオンをさがす。私は男に倒れかかる。これ以上ないほど上品に。どうしました、男は腋《わき》の下に手を差しいれる。大丈夫ですか。身体を支えるふりをして、おっぱいをそっと下から持ちあげる。私はじっとしている。主人が男の財布を抜きとり、私のケープの下に隠す。どうしたおまえ、主人が言う。ごめんなさい、ちょっと酔っただけ。男は驚いて立ち去る。

「爆発物って、爆弾のことですか」

俊介はベンチに腰をおろし、ずっと気になっていたことを口に出した。

彼女は洟《はな》をすすりあげ、「なんのことさ」と言った。

「だから、さっきの指名手配の話です」

「余計なことを言ったよ。そういう時代だったんだ、あんたにはわかんないよ」

「実家の近くに、なずなっていう喫茶店があったんです。鹿児島市役所のそばです」

「なんだよ、それ」

彼女はウィスキーの小瓶を目の高さにかかげ、残りがわずかしかないことを確かめると、キャップを指先で弾《はじ》きとばした。

「その市役所のそばの喫茶店が、テルアビブ空港で小銃を乱射した日本人ゲリラのアジトだったって、地元ではずいぶん騒がれて、それで興味をもって調べたことがあるんです。工藤さん、七一年から七二年にかけて、与論島で暮らしたって言っていましたが、七一年っていうと、歳暮爆弾とかツリー爆弾とか、一連のテロ事件がおきた年でしょう」

「驚いたね、よく知ってるよ、若いのに。でも、そんな派手な話じゃないよ」

「万博会場で知りあったとき、工藤さんはなにをしていたんですか」

「刑事みたいだね、あんた。さすがにブル新の記者を目ざすだけのことはある」

彼女は顔を上向け、瓶の底に残ったウィスキーを飲みほした。

「工藤さんにとって、スリは仮の姿だったんですか」

彼女はうなずき、空になった瓶をベンチに置くと、「でもね、あんた」と言った。「そんな言い方するなら、私なんかものごころついてからずっと仮の姿だよ。あんたはどうなの。浜松って本名じゃないんだろ。もちろんこっちも工藤じゃない」

俊介はベンチから腰を上げた。

「すみませんが、もう行きます」

「もう会うこともないね」と彼女が言った。

俊介は黙ってうなずいた。

「なんだか息子と別れるみたいでつらいね」

彼女はうつむき、手さげバッグを抱きしめた。

「身体、大切にしてください」

「ありがとう、あんたは彼女を大切にしな」

俊介は頭を下げ、ガラス戸を開けた。そして待合所を出ると、全力で走った。倉庫街を抜け、水門脇の橋を渡り、運河ぞいの道に出た。まもなく八時半だった。

マンションに戻ると、裕里子の姿がなかった。

俊介は浴室に声をかけ、トイレをノックし、部屋を飛びだした。ふたたび運河にそって走り、昨夜、裕里子がたたずんでいた埠頭《ふとう》に向かった。ほかに思いあたる場所もなかった。

だが、そこに彼女の姿はなかった。俊介は人気のない裏道に入り、灯の消えたハーバーダストの看板に目をやり、雑居ビルの階段を駆けあがった。六階の踊り場で呼吸を整え、スチール製のドアを押し開け、屋上に出た。給水タンクの支柱をくぐりぬけ、テレビアンテナを支える針金をまたぎ、手すりにもたれた。

想像していたとおり、そこからは埠頭が一望できた。無数の灯火が海面に映え、湾に迫《せ》りだすように建ちならぶビルのあかりが夜空を照らしている。手すりにそってゆっくりと歩き、足をとめた。埠頭の外れに小さな人影が見えた。俊介はビルの階段を駆けおり、港湾労働者宿泊所の脇を走りぬけた。

裕里子はたばこを口にくわえ、夜の海をじっと見ていた。コートのポケットに両手を入れ、吹きつける風に乱れた髪を直そうともしない。そんな彼女の姿はまるで足下に地面がないような頼りなさを感じさせた。

「ごめん、遅くなって」と俊介は言った。

裕里子は黙って首をふった。

「じつは隠していたことがあるんだ」

俊介は裕里子の腕をとった。その手はすばやくふりはらわれた。

「やめて、聞きたくない」

裕里子は足下にたばこを落とし、かかとで叩《たた》くように踏むと、足早に歩きだした。俊介はあとを追った。

「聞いてほしいんだ。ぼくも苦しかった」

「お願い、なにも言わないで」

俊介は裕里子の肩をつかみ、背後から抱きよせた。

「わかった、言いわけはしない」

「ねえ、私たち、別れたほうがいい」

俊介は裕里子の前にまわり、顔をのぞきこんだ。

「それ、本気で言ってる？」

「私といると、あなた、だめになっちゃう」

俊介は裕里子の手をにぎりしめ、歩きだした。鼻孔の奥に熱いものが突きあげ、街灯の光が滲《にじ》んで長い尾を引いた。海岸通りでタクシーを拾った。彼女はなにも言わずに乗りこんだ。俊介は車のなかでも、手をにぎりしめたまま離さなかった。

六本木の交差点で降りた。裕里子はジーンズに黒いセーター、モスグリーンのコートという恰好《かっこう》だった。プレゼントしたいんだ、と俊介は言った。彼女は首をふった。お願いだから、と俊介は言った。彼女は唇をかみ、小さくうなずいた。

ブティックに入り、ベージュ色のワンピースとモスグリーンのパンプスを買った。それから店員にすすめられ、シルバーのスカーフを買った。ジーンズとセーターとシューズは紙袋に入れてもらった。

俊介が紙幣でふくらんだ財布をとりだすと、裕里子の表情が険しくなった。言いわけはしない、と俊介は言った。彼女は一瞬、唇の端をつりあげ、口を開きかけたが、なにも言わずに店を出た。

ふたりで腕を組み、クリスマスカラーで彩られた街を歩いた。ぜったいに離さない、と俊介が言うと、裕里子は悲しそうに目を細めた。

白人の青年が路上に腕時計をならべていた。裕里子が足をとめると、エルメスね、どうぞ、と青年が言った。ボール紙にマジックで、一つ三千円、ペアで五千円、と書いてある。

「偽物でもけっこう高いんだ」

裕里子は時計をひとつ手にとり、感心したように言った。「でも、よくできてる」

白いシンプルな文字盤に金色の針、ベルトはH字型の金のチェーンだった。

青年はうなずいた。「エルメス本物、機械はセイコー、だから大丈夫、壊れない」

「ふたつで三千円？」と俊介は言った。

青年は目をまるくした。「ノー、ペアで五千円」

「だったら、買わない」

裕里子は、時計を返した。青年は指で耳の裏をかき、おおげさに首をすくめると、オーケー、メリークリスマス、と言った。

腕時計をつけ、手をつないで歩いた。墓地のわきの薄暗い路地を見つけてキスをした。

食べ放題のディスコでもさがそうか、と裕里子が言った。

雑居ビルのエレベーターに乗った。扉が開くと、すぐに入口だった。裕里子はコートと紙袋をクロークにあずけ、階段状になった席のひとつを確保した。俊介は皿に料理を盛り、次々と運んだ。裕里子は水割りと料理を交互に口に運んだ。バイキングのテーブルに新しい料理が運ばれるたびに、俊介は皿をもって飛んでいった。

裕里子はダンスフロアをぼんやりと眺めていた。

「たぶん最年長。なんだかPTAの防犯パトロールみたい」

防犯パトロール？　俊介は笑いながら、彼女の手を引き、フロアに出た。

裕里子がためらっていたのは初めのうちだけだった。彼女は驚くほどダンスが上手だった。俊介はリズムに乗れず、足がうまく動かない。カウンターで水割りを受けとると、席に戻った。まもなく三人の黒人が裕里子を囲んで踊りはじめた。

二時間ほどでディスコを出た。小さなバーに入り、シャンパンで乾杯した。たちまち一本飲みほすと、裕里子はウォッカをチェイサーなしで注文した。俊介も同じものを注文した。競うようにおかわりをした。俊介は裕里子の頬にキスをした。彼女は小さな悲鳴を上げ、俊介の頬にお返しをした。となりの席から歓声が上がった。白人のグループだった。

俊介は裕里子の肩に手をまわし、胸のふくらみにそっと手を当てた。彼女は目を閉じ、ゆっくりと首をふった。店の女が来て、帰ってくれないかと言った。冗談じゃない、と裕里子が言った。なんであなたに邪魔されるわけ。俊介は裕里子の手をとって店を出た。もう一軒行こうよ、と彼女は言った。

飛びこんだ店でワインを飲み、次の店でバーボンを飲んだ。そして四軒目の店で裕里子が突然、チョコレートパフェを食べたいと言いだした。いつのまにか店の女と口論になり、俊介はふたたび彼女を外に連れださなければならなくなった。

夜が明けようとしていた。タクシーはつかまりそうになかった。裕里子は俊介にもたれ、足を引きずるようにして歩いた。俊介がちょっと手を離すと、しゃがみこみそうになった。

俊介は腕に紙袋をさげ、彼女を背負った。少し歩いただけでよろめいた。しっかりしろよ、と彼女が言った。

高校時代、嫌な男がいたのよね。裕里子は俊介の背中に頰をあて、舌のまわらぬ口調でしゃべりはじめた。その男ね、私のこと好きだってうるさいの、つきあってくれって。かっこばかりつけてる嫌なやつだったけど、でもあんまりしつこいから、つきあってあげることにしたの。喫茶店で待ちあわせると、必ずあとから友だちがくる。偶然だと思ってたけどちがうの。カノジョがいるってこと、ただ自慢したいだけなのよ。

そうなんだ？　俊介はつぶやき、飯倉片町《いいくらかたまち》の交差点で足をとめた。赤信号の光が夜明けの空に滲んでいる。

それがある日、電話してきてね、別れてくれって。なんだかわからないけど、突然そう言うの。ああいいよ別れてやるよって、言ってやったの。で、三か月くらいしてから、また電話があったの。もう一度つきあってくれないか、きみのことを忘れられないんだって言って泣くのよ。カノジョにふられたのかって訊《き》くと、そうだって言う。あまりのことに腹も立たなかった。でも私、なんでこんな話をしてるの。

「どうしてだろうね」

彼女はしばらく黙っていたが、やがて俊介の首筋にそっと唇を押しあてた。信号が青になり、俊介はふたたび歩きだした。落ちてきた裕里子の尻《しり》をもちあげ、背負いなおした。彼女の腕は首にしっかりと巻きついている。横断歩道を渡り、首都高の下をくぐった。

「来年のクリスマスはどうしてるかな」と俊介は言った。

裕里子はずいぶん考えてから、「ウィーンで迎えるっていうのはどう?」と言った。

「悪くない」と俊介が言うと、「ウィーン！」と彼女は叫び、「でもなぜウィーンなの」と言った。

俊介は笑った。裕里子さんがそう言ったんだよ。音楽の都よね、だからウィーンがいいんじゃないの。彼女はそう言って、俊介の首にキスをした。

外苑《がいえん》東通りを飯倉二丁目で右に折れ、桜田通りに入った。裕里子は背中で静かな寝息を立てはじめた。このまままっすぐに歩けば、運河につきあたる。そして運河ぞいに左に行けば、マンションが見えてくるはずだった。

夜明けの灰色の空がやがて雪に変わり、音もなく降り落ちてきた。冷たい風に顔を打たれ、舗道を一歩一歩踏みしめながら、俊介は自分がいっそう困難な局面に向かって突き進んでいるような気がした。雪は頭上をきりもなく風に運ばれていく。息が切れ、膝《ひざ》が震えてきた。それにしてもひどく重たかった。

☆

翌日、正午すぎに目をさますと、部屋はしんと静まりかえっていた。買い物にでも出ているのだろう、俊介はそう思い、洗面所に立ち、顔を洗った。歯みがきのチューブを手にとり、そのとき歯ブラシが一本しかないことに気づいた。あわてて部屋に戻り、押入れを開けてみた。

裕里子の服や下着がすべて消えていた。俊介は部屋のなかを歩きまわった。食器棚の上に部屋の合い鍵《かぎ》があった。それでもまだ事態を把握できなかった。テレビの上に置き手紙を見つけ、それを手にとったとき、ようやくすべてを理解した。

——私があなたをだめにしました。こんな生活、続けるべきではありません。大学に戻ってください。ご両親には、ほんとうに申しわけなく思います。すべて悪い夢でした。余裕がないので、お金は置いていけません。敷金一か月分、戻ります。足代にしてください。

俊介はそれを二回読み、部屋を飛びだした。田町駅に向かって走り、駅の階段を駆けあがり、三十すぎの女性が通らなかったかと、改札係に訊いた。

「モスグリーンのコートを着ていて、背が高いんです。髪はショートで、軽くパーマをかけている」

改札係は壁の大時計に目をやった。

「通ったんですか」

「俺は切符を切ってるんだ。コートの色や髪型までおぼえてると思うか？」

俊介は踵《きびす》をかえし、階段を駆けおりた。駅前の商店街を抜け、南浜橋を渡り、ハーバーダストの入った雑居ビルの前に出た。一階の絨毯《じゆうたん》問屋が閉まっていたので、二階の歯科医院をたずねた。中年の女が顔を出した。

俊介がハーバーダストのオーナーの連絡先をたずねると、女は電話番号を押しながら、唇の端をちょっと持ちあげた。

「管理会社の担当さん、大学出たばかりでね、ここの主婦連中に人気なの。エレベーターのランプがひとつだけ点《つ》かないだの、メーターの扉が開かないだの言って呼びだしちゃ、食事に誘ったりね。あら、小野です」

女はちらりと俊介のほうを見て、受話器を持ちかえた。

「ごめんなさいね、デートの誘いじゃないの。嘘おっしゃい、おばさんからかうと怖いわよ。ハーバーダストのオーナーさんって……」

女はメモをとりかけ、ふいに笑いだした。

「なんだ、そうなの。今度サービスで歯垢《しこう》とったげる」

女は受話器を置くと、首をふった。

「知らなかった。この上よ、五〇二号室」

俊介は頭を下げ、二〇二号室を出た。エレベーターで五階に上り、五〇二号室のチャイムを押した。足音と犬の鳴き声が近づいてきて、内鍵をカチッと縦にする音が聞こえ、ドアが細目に開いた。

「浜松と申しますが、お世話になってます」

俊介がそう言うと、チェーンがはずされ、女が顔を見せた。花柄のワンピースの上にクリーム色のモヘアのカーディガンを着け、胸に子犬を抱いている。

「ふうん、あなたが噂の彼氏」

彼女は眉《まゆ》を上げ、かすかに笑った。「なんの用？」

「ちょっとお聞きしたいことが」

俊介が口ごもっていると、「いいわ、入って」と彼女はスリッパをそろえた。

リビングの窓ぎわに玩具《おもちゃ》のような犬小屋があった。子犬は彼女の胸から飛びおりると小屋のなかに走りこんだ。

「ねえ、いつも噂してるのよ、あなたのこと」

彼女はポットを火にかけ、俊介をじっと眺めた。

「一度くらい彼氏の顔、見せてよって言っても、彼女、妙に堅いところ、あるでしょ？職場に連れてくるのはどうもって、職場っていう言い方するんだから」

「すみません」と俊介は頭を下げた。

「なに、謝ってるの」

「帰ってこないんです、昨夜から」

「けんかでもしたの？」

「俺のせいなんです」

彼女はテーブルにティーカップをふたつ置き、向かいのソファに腰をおろした。

「なんだか、うらやましい話よねえ。これでも私、彼女と同《おな》い年なのよ。でも、けんかして帰ってこないなんて話、もう全然関係ない」

彼女はそう言って、腹に手をあてた。

「これで四人目よ、ほとんど子ども製造機」

いったいここでなにをしているのだろう、と俊介は思った。オーナーの奥さんが、裕里子の行方を知っているはずもなかった。

「ねえ、はっきり言うけど」と彼女は声をひそめた。「面接にきたとき、私は反対したのよ。いろいろ面倒な事情をかかえているように見えたから。でもうちの人が気に入って。ごめんね、でもはっきり言ったほうがわかりやすいでしょ」

「あの、なにかご迷惑でも」

「ううん、そんなつもりで言ったんじゃないの。ほんと助かってるの。お客には評判いいし、若い子にも慕われてるし。女もこの年齢になると、めっきり所帯じみてくるか、そうでなけりゃ、水商売の匂いが鼻につくかするもんでしょ。でもふしぎにね、彼女にはそれがないの。男って身持ちの堅い女に熱上げるでしょ」

彼女の言葉にはトゲがあった。嫉妬《しっと》と優越感のまじりあった感情が透けて見えた。

「行き先に心当たりはありませんか」と俊介は訊いた。「お店をやめたいとかそんな話、最近しませんでしたか」

彼女は首をかしげ、カップを口に運んだ。俊介はポケットから手紙をとりだした。

「見せていいの？　私なんかに」

俊介はうなずいた。彼女は手紙に目を落とし、顔をこわばらせた。

「あのね、たいしたことじゃないから、黙っていようと思ってたんだけど、じつはお給料の前借り頼まれて」

いつのことかと、俊介は訊いた。彼女はカレンダーに目をやり、先週の月曜だと言った。

「十七日のお昼すぎに、突然来たの。二週分で十三万、大きな額じゃないし、彼女のことは信用してるから貸したけど」

彼女はそう言って、なにかを思い出したように口をつぐんだ。

「なんでもいいから言ってください」

「それがね、産婦人科を紹介してほしいって言われて。二週間くらい前だったかな、子宮筋腫《きんしゅ》みたいだって言うのよ。そんなに生理が重いのかって訊《き》いたんだけど、はっきり答えないの。まだ筋腫になる年齢でもないから、それでもしかしたら」

「もしかしたら」

おめでたじゃないかと思い、事情を訊かずに、三人目の子を出産した目黒の産婦人科を紹介したのだという。

病院に行って訊いてみる、と俊介が言うと、ちょっと待ちなさい、と彼女は言った。

「本名で診察受けていると思う？　どうせ保険証も持ってないんでしょ」

彼女は産婦人科に電話を入れ、事情を説明した。病院側は問いあわせには応じられないの一点ばりだった。電話は延々と続き、相手が看護婦から事務長にかわった。

彼女はしばらく黙って聞いていたが、首をねじって受話器を肩に押さえつけ、たばこに火をつけると、「ねえ、だからさ」と声を荒げた。「うちの従業員なのよ、家族同様のおつきあいしてるの。そちらに伺ったかどうかくらい、教えてくれてもいいんじゃない？ったく、融通きかないんだから」

ほんとうに妊娠したのなら、と俊介は考えた。選択肢はふたつしかない。裕里子がひとりでどちらかを選んだのだとすれば、答えは考えるまでもなかった。

彼女は受話器を置き、ふりむいた。

「該当する自費患者はいませんって」

俊介は黙ってうなずいた。彼女は住所録を広げ、別のところに電話をかけた。長いこと呼びだしたが、相手は出なかった。彼女は紙片に番号を書き、さしだした。

「白倉さんって、少し前にやめた子なんだけど、なにか知ってるかもしれない。彼女とは仲が良かったから」

なぜやめたんですか、と訊くと、ちょっと体調くずしてね、と彼女は言葉をにごした。

俊介は礼を言い、オーナーの家を出た。そしてマンションに戻ると、置き手紙を読みかえした。「余裕がないので、お金は置いていけません」という箇所が気になった。前借りした金はすでに使ってしまったのか、それともこれから使うということなのか。

裕里子は店を一日も休んでいないと奥さんは言った。だからもし妊娠しているとしても、まだ実行に移してはいないはずよ。彼女は中絶という言葉を慎重に避けた。たしかにこの間、裕里子はそんなそぶりを見せなかった。だが、可能性だけを考えれば、先週のいずれかの日に病院に行ったことになる。

俊介は三十分ごとに部屋を出て、電話をかけた。何度かけても、白倉さんは不在だった。

電話がつながったのは七時を少しまわったときだった。

「べつに仲は良くなかったけどね」と彼女は言った。「大崎の産婦人科を教えてあげたよ、辻村医院っていう。同意書なんかなくても簡単にやってくれるから」

俊介は礼を言って電話を切り、駅へ急いだ。裕里子が妊娠している。にわかには信じられなかった。妊娠の事実を隠してディスコで踊り、明け方まで飲み歩いた彼女の気持ちを思うと、胸がはりさけそうだった。

大崎駅で降り、山手通りを歩く。警察署を左に折れ、細い坂道を上る。立正大学の前を通りすぎ、コンビニの先を右に入る。彼女に教えられた通りに歩くと、辻村医院の前に出た。正面玄関のベルを押しつづけると、しばらくしてあかりがつき、女が顔を出した。

俊介は事情を説明した。そういった問いあわせには答えられない、と女は言った。

「院長を呼べ」と俊介はどなった。

「警察呼ぶよ」と女が言った。

俊介は思わず衿《えり》をつかんだが、女は動じない。

まもなく初老の男が姿を見せ、辻村ですがと言った。

父親の同意を得ずに中絶するのは問題ではないか、対応次第では訴える、と俊介は言った。辻村医師は表情を変えず、かすかにうなずいた。俊介は彼について診察室に入った。

「たしかに二十日にお見えになりました」

医師はカルテに目をやり、あっさりと答えた。

「その日はお帰りになりましたが、本日電話をいただいておりますね。一月四日の二時に予定が入っています」

「キャンセルします」と俊介は言った。

「まあ、よく話しあってください」

医師は席を立ち、ドアを開けた。

☆

一月四日の二時、辻村医院に行けば裕里子に会える。俊介はそれだけにすがるようにして毎日をやりすごした。

窓を閉めきったワンルームでは自分の呼吸しか聞こえない。時の歩みがのろく、一日がなかなか終わらなかった。気づくとひとりごとをしゃべっていた。

夜が更けても眠れず、俊介は両膝《りょうひざ》にあごをのせ、置き手紙の文字を何度も目で追った。ビジネスホテルのベッドのなかでまんじりともせず朝を待つ裕里子を思い浮かべ、終夜営業の喫茶店で黙ってコーヒーカップを見つめる裕里子を想像し、何度もため息をついた。

窓の外でクラクションが鳴り、急ブレーキを踏む音が聞こえた。裕里子かもしれない。あわてて立ちあがり、部屋を出た。エレベーターに乗り、階下に降りた。

だが、あたりはしんと静まりかえっている。寒空の下、街路に立ちつくす裕里子の姿が思い浮かんだ。右手にボストンバッグをさげ、左手でコートの衿《えり》をかきあわせ、信号をにらみつけている。俊介は駆けだそうとして、思いとどまった。万一そのあいだに帰ってきたらと考えると、怖くて外に出られない。

部屋に戻り、革ジャンを着たまま布団にもぐりこんだ。目を閉じると、エレベーターのモーター音が聞こえてきた。それは地鳴りのように響いている。こんな時刻にいったいだれが乗っているのだろう。俊介は耳をすました。

エレベーターがとまり、ドアが開く。靴音が少しずつ近づいてくる。カチャリとノブを回す音。フローリングの床がかすかにきしむ。布団のなかに冷えきった身体がそっとすべりこんでくる。俊介はその肩を引きよせ、抱きしめる。もう二度と離さない。

その日は大晦日《おおみそか》だった。目をさますと、部屋には午後の光が満ちていた。俊介は両手で自分の身体を抱きしめていた。布団から起きあがり、革ジャンを脱いだ。首筋と胸もとにびっしょりと汗をかいている。裕里子はもう東京にはいないのかもしれない。いてもたってもいられなくなり、部屋を飛びだした。

電話ボックスに入り、震える指で番号を押した。

呼びだし音を四回聞き、受話器を戻しかけたとき、「もしもし?」と老女の声が言った。

受話器をにぎる俊介の手に力が入った。

「おまえかい、裕里子かい。なあ、裕里子でないかい。なして黙ってんの」

老女の声は電話線を伝わり、一千キロの彼方から届いてくる。

「前にも電話くれたべや、あれはおまえだべや。なあに、なんも心配いらんだから、声を聞かせてけらっしょ」

なにかひとこと言おうと思った。だが、言葉が出てこない。雑音がまじり、声が遠くなった。俊介は受話器を耳に押しつけた。

「学生さん、まだいっしょにいるんだや。つらいんでないかい、裕里子、なんも心配いらんだから。世間とか親とか、そったらこと気にすんな。な、早く戻れや」

俊介はそっとフックを押し、電話ボックスを出た。

アルコールに逃げこむことだけはやめようと思っていたが、それも限界だった。俊介は部屋に戻ると、グラスにウィスキーをそそいだ。

一月四日、裕里子に再会したら、産んでほしいと言うつもりだった。辻村医院をたずねたときは、本心からそう思っていた。だが、彼女がそれに反対することを望む気持ちも、日増しに強くなっていく。俊介は一方的に結論を出した彼女を責め、自分の不甲斐《ふがい》なさを罵《ののし》った。

テレビをつけると、遅咲きの女性シンガーが下積みの苦労を語っていた。その声が裕里子にそっくりだった。俊介はあわててスイッチを切った。俺の子どもとは限らない。その考えがふいに頭の隅をよぎり、そんなことを考えた自分を呪うように酒をあおった。だが、見知らぬ中年男に押し開かれ、あえぎ声をこらえる裕里子の姿が脳裏を去らない。静寂とともに身体中の毛穴がいっせいに開くような不安にかられ、ふたたびテレビをつけた。

歌手が次々に登場し、楽曲にあわせて口を動かし、目のまわるような早さで交替した。早送りのビデオを見ているようだった。やがて各地の寺で除夜の鐘が鳴り、新年を祝う花火が打ちあげられた。俊介は無性に人に会いたくなり、部屋を飛びだした。

駅に近づくにつれ人通りが増えた。驚いたことに深夜二時をすぎても山手線は動いていた。俊介は吊《つ》り革につかまり、つかのま放心した。明治神宮は若いカップルが目立った。

人波に押されながら参拝し、甘酒を飲み、焚《た》き火で暖をとった。

三が日は落ちついた気分ですごした。井の頭公園まで足をのばし、池のほとりを散歩した。渋谷の靴屋で妊婦のための靴はないかと店員にたずね、ヒールのない赤いシューズを買った。それを裕里子に渡すことで、自分の気持ちを伝えようと思った。それから新宿西口公園のベンチに腰かけ、完成間近の新都庁舎を眺めた。そうしてようやく一月四日を迎えた。

1991年1月

辻村医院のとなりは駐車場だった。俊介はワゴン車の陰で待ちぶせた。だが、二時を十五分すぎても裕里子は現われない。三本目のたばこを消し、医院に入った。

受付には先日の女がいた。

「まだ来てませんか」と俊介は訊《き》いた。

女は露骨に顔をしかめ、きょうはなに、と言った。

「あの、だから彼女はまだ?」

女はあごをしゃくり、キャンセルだって、と言った。

俊介はしばらく女の顔を見つめ、ようやく口を開いた。

「なにか言ってませんでしたか、キャンセルの理由」

「知らないわよ。ほんと、迷惑なんだから」

「ぼくがここを訪ねたこと、彼女に伝えたんですか」

「そんなこと、わざわざ言いません」

ベンチにすわった妊婦がじっとこちらを見ていた。

俊介は声をひそめ、予定日はいつなのかと訊いた。

女がため息をつき、首をふった。

「教えられないんですか、父親に」

「証拠は？」と女が言った。俊介は首をかしげた。

「父親だって証拠」と女は表情を変えずに言った。

俊介はうなずくとジーンズのチャックに手をかけた。

「やめなさい」と女が片手を上げた。「あんた、学生なんでしょ」

「それがなにか？」と俊介は言い、ベンチのほうに目をやった。妊婦があわてて雑誌に視線を戻した。診察室のドアが開き、次の方どうぞ、と看護婦が声をかけた。

妊婦はゆっくりと腰を上げた。ドアが閉まるのを見届けてから、女はおもむろに口を開いた。妊娠十週目に入ったところで、予定日は七月二十五日だという。

「十週目」と俊介は言った。

指を折って逆算すると、十月二十日すぎに妊娠したことになる。女はうなずき、手術を受けるなら二週間以内、患者にそう伝えなさい、と言った。

伝えたくてもどこにいるのかわからないんだよ、俊介は胸の奥でつぶやき、そのとき妊娠をはっきり特定できる日があることに気づいた。返本整理のバイトをやめた日だ。鹿児島に電話をして母親と妹の声を聞き、北海道新報社の饗場主任に連絡を入れた日の夜、俊介は身のすくむような不安に襲われ、一睡もできなかった。目を閉じると気が遠くなりそうで、じっと闇を見ていた。金縛りにあったように身を縮め、自分の心臓の鼓動を聞いているうちに恐怖に駆られて叫びだしそうになり、裕里子をむりやり起こして避妊もせずに抱いた。あの夜にちがいなかった。俊介は戻りかけた女を引きとめ、キャンセルの連絡はいつ入ったのかと訊いた。

女は壁の時計に目をやり、二時間ほど前だと言った。どこからかけてきたのかと続けて訊くと、女はため息をつき、わかるわけないでしょ、と答えた。

裕里子はまだ東京のどこかにいるにちがいない。いまごろ入れちがいにマンションに戻ったのかもしれない。俊介は根拠のない望みにすがるように駅に急いだ。

田町駅の改札を出ると運河ぞいの道を走った。裕里子が部屋で待っている。それはばかげた想像だった。だが、走らずにはいられなかった。

俊介は部屋の前で呼吸を整えた。ただいま、と言ってドアを開けた。もちろん裕里子はいない。床にはカップメンや弁当のクズが散乱し、敷きっぱなしの布団は冷たく湿り、流し台には酒の空パックが並んでいるだけだった。もう帰ろう、と俊介は思った。いつまで一人芝居を続けていてもしかたない。

冷蔵庫の電源を切り、中身をゴミ袋に放りこんだ。調味料やコーヒーや石けんやシャンプーを処分し、鍋《なべ》やフライパンや食器はテレビの入っていたダンボール箱につめた。部屋の整理は一時間ほどで終わった。

「もう帰ろう」と俊介は口に出して言ってみた。

だが、いったいどこに帰ればいいのか。俊介はバッグの底に隠しておいた金をつかみだした。四十万円ほどある。十月四日に入居して、きょうでちょうど三か月だった。この三か月で失ったものは数えきれないが、ただ所持金の額だけが札幌を出てきたときと変わらない。そのことに気づき、俊介は少しだけ笑った。

それから階下に降り、電話ボックスに入った。番号を押す指が自然に動いた。

電話は一回のコールでつながった。

「おいやっけど」と俊介は言った。

受話器のむこうで、うめくような声が上がった。

「切らんでね、そのまま、そのままでね」

母はそう言うと、父を大声で呼んだ。

「それでいまどこにいるの、札幌に戻ったの」

「ううん、東京」

「なにしてるの、そこで。ひとりなんでしょ」

「そいはどげんこと」

「どげんことって、電話があったのよ、涌井さんから。帰ってきたって」

「彼女が？　それはいつ」

「元日よ。元日の夜、電話があって」

「こら、俊介」と父の声が割りこんだ。「早く顔、見せっくれ」

わかりました、と俊介は言った。

「ほんとね」と母が言った。「ほんとに帰ってくるのね」

「また連絡すって」と俊介は言い、電話を切った。

裕里子がご主人の元に帰っている。信じがたいことだった。俊介はふたたび受話器をとり、番外地ラーメンの番号を押した。電話に出たのは八千代だった。

「ああ、あんたか」と彼女は言った。「待ってな、いまかわっから」

保留音がしばらく流れてから受話器がはずれた。

「たいしたやつだな、おめえも」とご主人が言った。

「すみませんが、裕里子さんにかわってほしいんです」

「なに言ってんだ、おめえ」

「大切な話があるんです」

「もう一回言ってみろ」

「すみません、不愉快だとは思いますが」

「いい加減にしろ」

どなり声が聞こえ、電話は切れた。俊介はリダイヤルのボタンを押した。ふたたび八千代が電話に出た。

すみませんが裕里子さんを、と俊介は言った。

「したから、いねえって」

「そちらに戻ってないんですか」

「帰ったよ、実家に」

「わかりました。ありがとうございます」

俊介は電話を切った。部屋に戻ると、大家に宛てて手紙を書いた。

――急に出ることになりました。敷金は家財道具の処分費用に当ててください。テレビは次に入居する方にさしあげてください。

手紙と鍵《かぎ》をドアの新聞受けに入れ、俊介はマンションを出た。

羽田までタクシーを飛ばし、チケットカウンターで便をさがした。千歳からオホーツク紋別《もんべつ》空港に乗り継ぐ便も、旭川への直行便もすでに終了していた。俊介は札幌行きのチケットを購入すると、売店で北海道の地図を買い、北オホーツクまでの道をたどってみた。千歳からちょうど四百キロだった。よほどの悪路がなければ、明け方には着けるはずだった。

☆

——地図にも載ってないの、オッチャラべって。

いつかたがいの故郷の話をしたとき、裕里子はそう言った。たしかに羽田で買った道路地図には、オホーツク海に面したその集落の名は記載されていなかった。

かつて彼女が勤務していた銀行の支店は枝幸《えさし》にあり、実家から車で三十分ほどの距離だったという。俊介はそれを思いだし、場所の見当をつけるしかなかった。

一月のなかばをすぎると、オホーツク沿岸はサハリン沖からやってきた流氷で埋めつくされる。一面の白い氷原の上空を、翼の開張が二メートルもあるオオワシやオジロワシが悠然と舞う。だが、流氷観光の客を乗せて網走を出発したバスは、紋別から北には向かわない。砕氷船乗り場が終点だ。そこで全員がおりる。熱心なカメラマンがさらに北へ足をのばすとしても、せいぜい雄武《おうむ》あたりまでだと、彼女は言った。

——オッチャラべって、この世の果てみたいなところ。

夜を徹してレンタカーを走らせ、明け方にオホーツク海にたどりついたとき、俊介はその台詞《せりふ》がけっして誇張ではないことを知った。

そこはほんとうにこの世の果てみたいだった。雪が風にあおられ、火花のように舞っていた。平坦《へいたん》な海岸段丘が見わたすかぎり広がり、視界をさえぎる山もなかった。いくら走っても、信号はおろか一軒の人家も見あたらない。なにもかもが雪におおわれ、陰影の少ない地平が果てしなく続き、土地も人間もオホーツク海の圧倒的な存在感にひれ伏していた。

うち捨てられたような風景が延々と続き、まぶたが重くなったころ、俊介は国道の脇に〈オッチャラベ〉と書かれた船板の看板を見つけた。遠目には人の住む気配がほとんど感じられなかったが、海岸段丘にきざまれた沢筋に隠れるように、人家がぽつりぽつりと建っている。

裕里子の実家は海の近くにあり、集落でただ一軒の酒屋を営んでいるという。その記憶だけを頼りに、俊介は川べりの道を慎重に下りていった。

道はどんどん狭くなり、やがて車一台が通れるだけの道幅になった。このまま進めば行きどまりになる。

俊介は方向転換のために、一軒の家の敷地に車を乗り入れた。切りかえしながらバックしたとき、庭先に積みあげられた酒瓶のケースが目に入った。

車から降り、家の正面にまわってみた。軒の上に浜風に傷められた〈影山酒店〉の看板があった。あたりはしんと静まりかえり、聞こえるのは波の音だけだった。

俊介はたばこに火をつけた。しばらくその場に立ちつくし、それから車に戻った。寒さと安堵《あんど》のため、急に疲れが出てきた。俊介はシートを倒し、目を閉じた。

一時間ほど眠っただろうか。車窓をこつこつと叩《たた》く音を聞き、目をさました。老人が車のなかをのぞきこんでいた。俊介はあわててシートを起こし、車から降りた。

「影山さんですね。安達です」

俊介は一礼した。彼は鍔《つば》のついた毛糸の帽子を目深にかぶり、憮然《ぶぜん》とした表情のまま、うなずきもしない。

「突然うかがってすみません。ここで待っていると、伝えていただけませんか」

彼は白髪まじりの眉毛《まゆげ》をぐっとしかめた。ずいぶん長いこと車の外に立っていたのだろう。顎髭《あごひげ》についた水滴が凍っていた。俊介はもう一度頭を下げた。

「お願いします。裕里子さんに会わせてください」

「帰れや」と彼は言った。

「帰りません。傲慢《ごうまん》な言い方かもしれませんが、男として責任をとりたいんです」

彼の目が疑わしそうに縮こまった。

「わざわざこんなとこまで来んさって、なしてそったらこと言うの。なんも責任とることないっしょ」

「大切な家庭を壊してしまいました。ぼくの責任です。でも、裕里子さんには後悔させません。ぜったいに幸せにしてみせます。その話をしにきました」

俊介はいっきにそう言った。だが、彼はあいかわらず表情を変えない。

「あんた学生だべさ。まだ先が長かろうが。悪いこと言わん。もう忘れろや」

「身体が心配なんです。お願いします」

「なあに、はんかくさいこと言ってんだ。警察に電話すっか。駐在すぐに来るべさ」

彼はそう言って頭の雪を払うと、家に戻っていった。

「会えるまでここで待ってます」

俊介は彼の背中に向かって声をかけた。雪は小降りになっていたが、海から強い風が吹きつけていた。革ジャンもジーパンもたちまちびしょ濡《ぬ》れになった。ベロアのブーツは水を吸って凍りつき、足の感覚がなくなった。俊介は耳を両手で押さえた。

そのまま十五分たち、三十分たった。髪も眉もまつげも、すすりあげていた鼻水も凍りつき、目を開けていられなくなった。背筋がしびれ、耳の奥で金属をこすりあわせるような音が鳴り、しばらくすると足の指が燃えるように熱くなった。

物音が聞こえ、俊介は薄く目を開けた。ドアが開き、裕里子が顔を見せた。パジャマの上に綿入れを羽織っただけの恰好《かっこう》だが、とてもきれいに化粧をしている。

「待ってた」と俊介は言った。

裕里子はかすかに目を細め、首をふった。

「あの部屋でずっと帰りを待ってたんだ。ねえ、これからのことを話そう？　これからの生活のことや……」

俊介はそこでわずかにためらい、「ぼくらの子どものこと」とささやくように続けた。

「もうぜんぶ終わらせた。これ以上つきまとわないで」

彼女は芝居の台本を読むようにそう言った。

「そんなの、ひどいんじゃないか」

「安心して。あなたは父親にはならない」

「それはどういうこと」

「だからもう、ぜんぶ終わらせたの」

「ねえ、どうして」俊介は凍った髪をかきあげた。「どうして相談してくれなかった？病院のほう、キャンセルしたって聞いて、裕里子さんには会えなかったけど、でもよかったって、そう思ってたのに」

彼女はふいに顔をゆがめ、うつむいた。

「裕里子さん、昔、つらい思いを二回もしたんだろう？　だから、もう二度とそんなことはさせたくないって」

彼女はうるんだ目で俊介を見た。

「あなたには将来がある。私のことなんか忘れて」

「だからなんでそうやって、ひとりで決めるんだよ」

「悪いけど、もう顔も見たくない」

彼女はそう言ってドアを閉めた。俊介はノブに手をかけた。その瞬間、カチャリとロックをする音が聞こえた。信じられない思いが先に立ち、俊介は事態をうまく飲みこめなかった。裕里子の名を呼び、何度もドアをノックしたが、返事はなかった。

俊介は車に戻り、タオルで身体をふき、濡れた服を着がえ、三十分ほど待った。そしてヒールのない赤いシューズをかかえ、ふたたび玄関の前に立った。裕里子の名を呼び、にぎりしめた拳《こぶし》でノックした。

「おい、ほんとに警察に電話すっぞ」

ドアのむこうで父親の声が言った。俊介はドアの前に靴の箱を置き、車に戻った。そして叩きつけるようにホーンを二度鳴らしてから、川べりの道を走りだした。

帰る場所はとりあえず鹿児島しかなかった。だが、札幌から九時間かけて走ってきた同じ道をもう一度戻る気にはなれない。俊介はオホーツク海にそって北上した。

樹木も畑も牧草地も雪におおわれていた。どこまで走っても白と鉛色の風景が続き、すれちがう車もなかった。人の声を聞きたくなってラジオをつけたが、入るのは中国語の放送ばかりだった。視界に入るものすべてが雪におおわれ、モノクロームの世界が続いた。

たぶんそれが原因なのだろう。枝幸港の赤信号を目にしただけで、俊介は思わず涙ぐんだ。信号の赤い光はつぶしたイチゴのように漁村の風景のなかで滲《にじ》んでいた。

北見神威岬《きたみかむい》を通過し、クッチャロ湖に差しかかったあたりで雪がふたたび激しくなった。気温はマイナス二十度近くまで下がっていた。俊介はフロントガラスがくもるたびに暖房をとめ、窓を開けなければならなかった。身を切るような風が吹きこみ、ハンドルをにぎる手がかじかんだ。

まもなくフロントガラスの雪が凍りつき、ワイパーが動かなくなった。ウォッシャー液を噴射しても解けない。俊介は車から降り、ガラスをおおう氷を爪で削り落とし、ふたたび車を走らせた。

しばらく原野と沼が続いた。猿払村《さるふつ》に入ると、海側の対向車線を大型トラックが立てつづけに走り去った。接触事故でも起こせば、裕里子が駆けつけてくれる。そんなばかげた考えに誘われ、最後尾の一台が近づいてきたとき、俊介は意を決してセンターラインを越えた。ホーンが鳴りひびき、あわててハンドルを切った。トラックが轟音《ごうおん》を立ててすれちがった。

二時間ほど走りつづけ、宗谷岬《そうや》に着いた。ガソリンが残り少なかったが、スタンドは閉まっていた。俊介は車を停め、日本最北端の地碑を一瞥《いちべつ》し、稚内《わっかない》に向かった。

右手に宗谷湾を見ながら走り、稚内国道と合流するあたりから町並みが急ににぎやかになった。交差点ごとに信号とガソリンスタンドがあり、旅館や民宿や土産物屋が軒をつらねている。俊介は稚内駅前のレンタカーショップに車を返し、土産物屋の二階にある食堂に入った。

お茶が運ばれてくると、黙ってメニューを指さした。口もきけないほど疲れていた。熱燗《あつかん》を二本空け、温かいうどんをすすった。どんぶりの汁を飲みほしたとき、抗しがたい睡魔に襲われた。俊介はテーブルにうつぶせ、店員に起こされるまで眠った。

食堂を出ると、雪は小降りになっていた。俊介は稚内駅の待合室で一時間ほど待ち、宗谷本線に乗った。そして列車を乗り継ぎ、二日かかって実家に帰った。

「鳩が帰ってきたみたいやね、母さん」

玄関に立った俊介を見て、父はそう言った。母はかたわらで声を出さずに泣いた。

俊介は小学生のころ鳩を飼っていた。屋根すれすれに飛ぶ仲間たちのなかで、一羽の鳩だけが不安になるほど高く飛んだ。ほとんど羽音を立てずに舞いあがり、空の彼方《かなた》で小さな点になって飛びつづけた。俊介はその鳩に「安達一号」と名前をつけ、大阪―鹿児島の六百キロレースに出した。父はそのときのことを言ったのだった。

放鳩《ほうきゅう》は朝の七時だった。夕方の五時までに帰舎すれば入賞の可能性がある。俊介は学校から戻ると、物干し台で帰舎を待った。だが、日が暮れても、安達一号は戻ってこない。電線か鉄塔にでもぶつかったのではないか。いや、鳩舎《きゅうしゃ》に向かっていまも飛びつづけているのかもしれない。俊介は到着台に装置したベルが鳴るのを待ちつづけ、生まれて初めて眠れない夜をすごした。

翌日になっても、翌々日になっても、安達一号は帰らなかった。いまごろどこかの神社の境内で仲間を見つけてんじゃないか、と父は言った。いい男だからモテてしょうがないのよ、と母が言った。つまんないこと言うなよ、と俊介がどなると、レースに出したお兄ちゃんが悪いのだと、妹が言った。一週間ほどたち、完全にあきらめたころ、安達一号は帰ってきた。尾羽が半分ちぎれ、片目が炎症を起こしていた。

俊介は黙って頭を下げると、二階の自室に入った。文庫本がつまった本棚、フラップ扉のついたチェスト、黒いパイプのシングルベッド、緑とオレンジのチェックのベッドカバー。すべてが高校のときのままだった。

両親は息子への対応をめぐって明け方まで話しあったにちがいない。翌朝、ふたりの困惑しきった顔を見て、俊介はそう思った。駆け落ちの顚末《てんまつ》について、裕里子が下した決断について、俊介はすべてを打ちあけたい気持ちだった。だが、それがふたりの出した結論なのだろう、彼らはなにも訊《き》かなかったし、なにも言わなかった。

父の職場の中学も、妹の通う高校も、その日から新学期が始まった。彼らが出かけたあとの静まりかえった居間で、俊介は惚《ほう》けたように一日中テレビを見た。

サダム・フセインは一月十五日の期限までにクウェートを撤退しなかった。紋別に流氷が到来したと、新聞が写真入りで伝えた日、米軍はイラクに空爆を開始した。各空軍基地からB52が標的に向けて無寄港飛行を開始し、インド洋と地中海東部の艦艇から巡航ミサイルが発射された。開戦からわずか一時間以内に、イラク全土の発電所の八十五パーセントが破壊された。

パウエル将軍は全米テレビネットで、この戦争をパーティーと呼び、上水処理プラントや貯水タンクや石油貯蔵所を爆撃した。電話局や放送局や病院を攻撃し、ハイウェイや橋やバス操車場を破壊した。

ガスマスク姿で登場したCNNの女性レポーターがエルサレムから戦況を伝え、流出した原油にまみれた海鳥の映像がくりかえし流された。

フセイン、負けるな。俊介はテレビに向かって何度もつぶやいた。捕虜となった多国籍軍兵士がイラクの国営テレビに映しだされた。ジュネーブ条約違反だとアメリカ政府が抗議すると、イラク政府はバグダッドの乳幼児用粉ミルク製造工場が米軍機に爆撃されたと発表した。

裕里子と暮らした日々がみるみるうちに遠ざかっていく。抗しがたい力がそれらの記憶を葬り去ろうとしている。その恐怖に押しだされ、俊介は電話を入れた。

「勘弁してけらっしょ、やめてけらっしょ」

裕里子の母親はそう言って、一方的に電話を切った。

二度目は父親が出た。「したから、なして電話よこすの。もうなんも関係ねえべさ」

俊介はあきらめきれずに三通の手紙を出した。一通目には、ぼくの子どもでもあるのだから相談してほしかった。いまでも産んでほしかったと心から思っていると書いた。二通目には、あなたの痛みも考えず一方的に責め立てるようなことを書いた自分が情けないと、一通目の内容を詫《わ》びた。そして三通目には、ぼくはひとつも後悔していない。あなたのことは一生忘れないと書いた。

だが、返事は来なかった。そんな息子を母はひどく悲しんでいるように見えた。つまらない生きものだよ、女なんて。妹はそんな言い方で俊介を励ました。父は目をあわせることさえ避けた。

2月

真理はリンゴをむきながら、何度もため息をついた。

「ねえ、なんでだろうね。やっぱり卒業式すんだらすぐだって、引っ越し」

「だって前からの話だったろ」と正太は言った。「卒業したら離婚するって」

「嫌がらせみたいじゃない、そんなの。みんなと離ればなれになって、いちばん悲しい日なのに、なんでわざわざそんな日を選ぶのよ」

「クールにすませたいんだろ、一日でも早く」

真理は顔を上げ、ナイフを持つ手を休めた。

「ずいぶん冷たい言い方するんだ？」

「そっちが言ったんだろうが。一日でも早くって話は」

「でも冷たいよ」

正太は黙って首をすくめた。畳にあおむけになり、両手を思いきり伸ばした。

真理は一月のうちに推薦入学を決めていたが、正太のほうは公立高校の入試を終えたばかりだった。すべりどめの私立はすでに受かっている。だが、そこは平均成績が2と3のあいだくらいの生徒の行く高校だった。

非行に走る勇気もなく、成績を上げようとする意欲もない、落ちこぼれ、負け犬、アニおたく。気のいいやつが多いが、つきあうにはそれなりの緊張感も必要だと、そこに通っている孝志の兄貴が言った。その私立高校には孝志も徹も受かっている。公立に落ちたら、三人でそこに通うことになる。

「うちの父親ね、最近なんか汚くて、だらしなくて。男も四十すぎて、女が手をかけてくれないと、急に老けこむっていうか、みじめっぽくなるよね。はい、どうぞ」

正太は起きあがり、リンゴの皿に手をのばした。皮をうさぎの耳の形に切ってある。

「母親は反対。もうすぐ自由の身だって、露骨にはしゃいでる。お酒の量も減ったし、けっこう身ぎれいにしてるし、変われば変わるもんだよ、ほんと、あんな女にだけはなりたくないって。私、彼女のほうにつくことにしちゃったけど、やっぱり父親の面倒見てあげようかなって、最近。正太くんみたいにひとり暮らしできないし」

「おやじが？」と正太は言った。

真理は首をふった。「ちがうよ、私が」

「できるよ、養育費もらえば暮らせるって、ひとりで」

「ちがうよ、そうじゃなくて、強くないの私、正太くんみたいに。親が別れるのはべつに勝手だけど、そこまでバラバラになるのって耐えらんない」

真理はそう言って、リンゴをかじった。

「ずっと前から、なんかに似てると思ってたけど」

正太はそう言って、真理の顔をのぞきこんだ。そのときドアチャイムが鳴った。

「たぶん孝志だよ、徹はスキー行ってるし」

「なんに似てるって？」と真理が言った。

正太はこたつから腰を上げると、「うさぎだよ、学校で飼ってるうさぎ」と言いながら玄関のドアを開けた。

「ひさしぶり」と裕里子が言った。

「なんだよ、突然」

正太は声を上ずらせた。真理があわてて立ちあがった。

「お友だち？」と裕里子が訊いた。

正太は真理のほうをふりむき、例の人、と言った。

「なによ！」と真理がふいに叫んだ。「なにがひさしぶりよ。正太くんを捨てて、なんでそんな平気な顔してられんのよ」

「やめろよ」と正太は言った。「そんなもんだって、どうせ」

「なんで？　そんなんで、すんじゃうわけ？」

「だから、好きにやりゃいいんだって、みんな」

「やだ、許せない」

真理はコートをつかみ、部屋を飛びだした。

正太は黙ってその後ろ姿を見送ると、こたつに戻り、たばこに手をのばした。だが、裕里子はなにも言わない。コートを脱ぎながら、部屋のなかを見まわしている。正太はその落ちつきのない目の動きを見て、いったいどうしたんだろうと思った。笑顔と泣き顔が二重写しになったような顔をしている。なんだかよく似た別の女を見ているようだった。

裕里子がなんの前ぶれもなく帰ってきたのは元日の夜だった。正太はちょうどそこに居あわせた。祖母にせっつかれ、三が日だけ家に戻っていたのだ。彼女は畳に額を押しつけ、ひたすら詫《わ》びた。ひとりで生きていく覚悟はできている、離縁してくれ。そう言って、そのまま実家に帰ろうとする彼女を、父は必死に引きとめた。

ふたりは夜遅くまで話しあったらしい。どんな話をしたのか、正太は知らない。翌朝、正太が起きたとき、裕里子はすでにいなかった。父はオッチャラベまで連れ戻しにいった。だが、その日のうちにひとりで帰ってきた。

さっさと別れれ、と祖母が言った。落ちついたらもう一度迎えにいく、と父は答えた。そしてそれから毎週のようにオッチャラベに出かけ、家に戻るよう裕里子を説得した。だが、彼女はそれに応じなかった。

正太はそういった話のいちいちを小夜子から聞いた。もう来るなと何度言っても、彼女はそのことを忘れたように手作りの惣菜《そうざい》を持ってアパートを訪ねてきたし、裕里子の代わりに店の仕事を手伝っていた。だから裕里子はもう二度と戻らないものと、正太は思っていた。

近所ではいろんな噂が立っているが、客に訊《き》かれたときは耕治さんの妹だと答えることにしている。正ちゃ、私はね、それでいいの。耕治さんやお義母《かあ》さんに七年間の恩を返せるだけで幸せなの。小夜子はそう言った。

　部屋は静かすぎて、たがいの息づかいさえ聞こえそうだった。裕里子はこたつに入っても落ちつかず、窓の外のちょっとした物音にもおびえた。正太はプレーヤーにUNICORNの新譜をかけ、かったるいボーカルを聴きながら、目の端で彼女を観察した。

「あのね」と裕里子が消え入りそうな声で言った。「聞いてもらいたいことがあって」

　正太は少しだけボリュームをしぼった。

「ありがとう。この二か月近く、ひとつのことだけ考えてたの。結論なんて出るはずないと思ってた。でも隠してるわけにはいかない。っていうか、隠したくないの、正太には。すべて話しておきたい。お義母さんはたぶんわかってくれないと思う。でも正太がわかってくれたら、もしわかってもらえたら」

　裕里子はそこで言葉を切り、小さく息をついた。

「なに言ってんだか、わかんねえよ」

　正太はそう言って、灰皿にたばこの灰を落とした。

　裕里子はうなずき、「じつはね」と言った。「おなかに子どもがいるの、安達さんの子。ひとりで育てようってずっと思ってたけど」

「帰れよ、そんなこと聞きたかねえよ」

「ねえ、なにを言われてもしかたない。子どもを捨てた母親がまた子どもを産むなんて、私だって許せないもの。でも、愛した人の赤ちゃんを産むのは当然なの。正太にはまだわからないでしょう。すごく残酷だけど、あきらめてほしかったから私、お父さんにも彼の子どもの話をしたの。でもそれでもいいから、戻ってこいって」

「なんだよ、それ、どういうことだよ」

「あいつの子でも、おまえが産むんだ。子どもには父親が必要だって。子どもは多いほうがいい。たまにはこんな家族があってもいいだろうって、何度も何度も実家に来て、そう言ってくれて」

「それは、あんたらの問題だよ。俺には関係ない」

「関係ある。だってあなたの兄弟なのよ」

「ちょっと待てよ、なんでそんな話になんだよ。血のつながりもなんもないんだぜ」

「わかった、もっとはっきり言う。私だって堕ろすことは考えた。考えて考え抜いて、でも、できなかった。だから、ひとりで育てようって、覚悟をきめたんだけど」

「勝手な話だよな。彼氏、そのこと知ってんのか」

「ううん、知らない。あの人はね、父親になるにはまだ若すぎるの。もっとふさわしい別の人生があるの、彼には。だから、堕ろしたことにしてある」

正太は思わず裕里子から目をそらした。

「彼氏のこと、まだ好きなんか」

裕里子はうなずかなかったが、否定もしなかった。

「ねえ、これは家族だけの秘密よ。ぜったいにだれにも言っちゃいけないことなの。ほんとは正太にも内緒にって思ってたけど、お父さん、たとえ血のつながりがなくても父親になるって、そう言ってるのよ」

「だから、それはおやじとあんたの問題だって」

「ちがうの、お父さんはみんなでもう一度やりなおしたいって。だから血のつながりなんてどうでもいいって。じつは外で待ってるの。呼んできていい？」

正太はため息をつき、二本目のたばこに火をつけた。

「吸いすぎよ」と裕里子は言い、部屋を出ていった。

おやじのやつ、ほんと残酷だよな。正太はつぶやき、小夜子の顔を思い浮かべた。

ドアが開き、父が顔を見せた。部屋に入るなり正太の手からたばこを奪いとると、うまそうにひとくち吸った。

「聞いてくれたか、正太。春先になればお母さんの腹も目立ってくる。町の連中が騒ぎだす前に、家族の気持ちをひとつにしとかないとな」

「変態じゃないの、あんた」と正太は言った。「自分の女、寝とられて、おまけに子どもまで仕込まれて、そんなきれいごと言うなよ」

裕里子が手をあげ、父がそれを制した。

「いいんだ、むりもない。俺だって決断するまでにずいぶんかかった。じっくり考えてくれ。でもな正太、きれいごとで言ってるわけじゃねえぞ、俺は」

「俺はいま結論を出すよ、そっちがそうなら、俺は小夜子と暮らす」

「そうか、正太」と父は何度もうなずいた。「俺も同じ気持ちだ。小夜子もいっしょに暮らす。マンションを売って、増築しようと思ってる。それがいちばんいい」

「めちゃくちゃじゃねえか」と正太は言って、裕里子のほうを見た。「そんなんで平気なのかよ、あんたは」

裕里子はなにも言わず、顔を伏せた。

「どこがめちゃくちゃなんだ」と父が言った。

「そんなの、どうせすぐにぶっ壊れる」

父の眉《まゆ》がつりあがり、その目からふいに涙がこぼれた。裕里子がハンカチをとりだし、父に手渡した。

「この話、小夜子にしたのかよ」

「まずはおまえと話をしてからだ」

「またおかしくなるぞ、あいつ」

「なあ、正太、俺と同じ立場になったら、おまえはどうする。俺はな、どんな覚悟もできてる」

「わかったよ、もういいよ。言いたいことはわかったから、帰ってくれよ」

裕里子が父の腕をとって立ちあがった。

「また来るから」と父が言った。

正太はこたつのテーブルにうつぶせた。ドアが閉まり、階段を下りていく足音が聞こえた。おめえら、生まれてくる子どもの気持ちも少しは考えろよ。吐きだせなかった言葉を喉《のど》の奥からしぼりだし、正太はうつぶせたまま、拳《こぶし》でテーブルを叩《たた》いた。

☆

四月になれば、息子は大学に戻る。両親はそう決めてかかっていた。俊介は一日中ぼんやりとテレビの前にすわっていたが、やがてそれも苦痛になり、天文館通りのパブでバイトを始めた。

スコッチの品ぞろえと生バンド演奏が売りのその店は大手資本の傘下にあり、映画館やボウリング場やゲームセンターと同じグループ企業に属していた。俊介はスコットランドの民族衣装に身を包み、人一倍熱心に働いた。トレイに料理の皿をのせてテーブルのあいだをすりぬけながら、誕生日の客の前でハッピーバースデーの唄《うた》を歌いながら、しばしば泣きたいような気持ちになったが、ひとりで部屋に閉じこもっているよりはましだった。

バイト仲間と麻雀《マージャン》を打ったり、従業員の誘いを断わりきれずにカラオケにも行った。そんなとき、自分がつくづく惰性で生きていると感じたが、そんなささやかな楽しみを味わう生活に嫌悪感をおぼえることもなくなった。

そればかりか、朝、目ざめても、裕里子のことがすぐには頭に浮かばないことさえあった。働きやすい職場だったし、待遇も悪くなかった。だが、まもなく社員にならないかと口説かれ、いづらくなってやめた。

日中から繁華街をぶらついていると、パブの常連客と顔をあわせ、率のいい仕事があると誘われた。

そこは会員制のデートクラブで、二十代の男が三十人ほど登録していた。客の中心は四十代から五十代の女で、喫茶店で待ちあわせ、レストランで食事をし、ホテルでサービスを行なう。ときにはドライブをしたり、一泊二日の温泉旅行につきあうこともある。基本料金は二時間で二万円、延長一時間ごとに一万円、夜十時以降および泊まりは四万円。店に四十パーセントのバックマージンを払っても、一日にふたりの客をとるだけで、月に七十万ほどの稼ぎになる。好きなだけ稼げばいいと、その男は言った。

生きていれば何度でも岐路に立ちます。俊介は工藤さんの言葉を思い出し、新しい仕事に飛びこんだ。神経質で横柄な客ばかりだったが、できるかぎりの誠意をもって接した。むりな注文やばかげた相談にも乗り、亭主に対する際限のない愚痴や、老いていくことへの不安も親身になって聞いた。

ベッドのなかで目をうるませ、しがみついてきた女たちはホテルの部屋を出た途端、居丈高になった。今度また指名してあげるから、もっと研究しておきなさいよ。こっちのほうがサービスしてるみたいじゃない。図に乗らないでね、もしどこかで会っても、ぜったいに声をかけたりしないでよ。金で買った男に自分をさらけだしたことに彼女たちは我慢がならないのだろう。俊介はエレベーターのなかで女の手をとり、もう一度抱きたい、と言う。ばかねえ、こんなおばさんのどこがいいの。女は身をよじらせ、バッグから札入れをとりだす。

俊介はとりわけプライドの高い客から指名を受けるようになった。悪質な探偵に尾行され、女性客の恐喝の片棒をかつがされそうにもなった。だが、この仕事をやめなかった。金のためではない。

三千円のチップで尻の穴を舐《な》めさせる女や、制限時間ぎりぎりまでキスをしたがる女や、ビールを飲みながらテーブルに投げだした足を揉《も》ませる女。そんな女たちの相手をすることは、裕里子に対するささやかな復讐《ふくしゅう》だったが、この仕事はふしぎなくらい俊介を励まし、奮い立たせた。たった三か月で人生を踏みはずしたと思いこんでいたが、じつはまだ最初の一歩も踏みだしていないのかもしれない。他人と裸で交わることを怖がっているうちは、人生のとば口にも立てないのだ。女たちから金を受けとるたびに、俊介はそのことを確信した。

だが、その最初の一歩をどうやって踏みだせばいいのか、それがわからない。まだ引きはらわずにいる札幌のアパートのことも気になった。俊介は仕事から戻ると、ウィスキーをかかえてテレビの前にすわった。

イラク軍はすでに戦闘能力を失っていたが、米軍の出撃回数は一日に二千回におよんだ。ナパーム弾や気化爆弾やクラスター爆弾が投下され、空爆だけで十万人を超すイラク兵と市民が殺戮《さつりく》された。二月十五日、戦果に確信を得たブッシュはパトリオット・ミサイルのメーカーのレイセオン社に出向き、イラク国民に向かってサダム・フセイン追放を呼びかけるスピーチを行なった。

　その動きを受けてソ連は二十二日、イラクはクウェートからの無条件全面撤退に合意したと発表した。米国はこの撤退計画を拒否し、二十三日正午までの撤退か、地上戦の開始のいずれかを選べとする、最後通牒《さいごつうちょう》を通告した。だが、伝達機能を失っていたイラク軍にとって、わずか二日のあいだの撤退は物理的に不可能だった。

　イラク軍の壊滅を見定め、ブッシュが地上戦の開始を命令した日、妹は大学受験のために上京した。俊介のその日の仕事は午前十時の予約客から始まった。

　その客はまだ三十歳前後で、男を買うのは初めてだと言った。どちらかといえば地味な顔立ちで、ベッドのなかではなんの要求もせず、声も上げなかったが、服装や物腰に趣味の良さが感じられる女だった。彼女はシャワーを浴び、身じたくを整えると、ありがとう、とってもよかった、と言って、紙幣を二枚さしだした。

　まだ少し時間があったので、ふたりがけのソファにすわって話をした。彼女は結婚していて、子どもがひとりいた。この時間は幼稚園だという。夫に不満はない。浮気をしたいなんて思ったこともない。ただ一度だけ男を買ってみたかったのだという。

「こげん気持ち、わからんやろな」

　彼女はそう言って口もとにうっすらと笑みを浮かべ、あんたはなぜこんな仕事をしているのかと訊《き》いた。

父が事業に失敗し、莫大《ばくだい》な借金をつくったのだと、俊介は答えた。保険金目当てに父は自殺をはかったが、未遂に終わった。死ねば自殺でも保険金はおりるが、未遂に終わると入院給付金も出ない。両親は離婚し、母と妹は大阪に住んでいる。借金はとても返せるような額ではない。いまはただ父の入院費用と、大阪への仕送りのために働いている。

客がみんな同じ質問をするので、俊介はしかたなくすぐに嘘とわかる話を作った。こんな話を信じる客はいなかった。だが、彼女はこれしか持ちあわせがないのだと言って、財布から紙幣をもう一枚抜きだした。

「よかよ、きょうはお給料日だから」

パートでもしてるんですか、と俊介が訊くと、彼女は投げだした足の先を交差させ、前髪を揺らして笑った。

「ちがう、亭主の給料日。夕飯の買い物の分だけ残しておけばよかと。あんたの話を聞いてね、こげんこと言ったら悪いけど、つくづく私は幸せだなって。ごめんね、でも、きょうはほんとによかった。たまには夕飯の材料とかじゃなくて、男も買ってみるべきやね」

俊介は腕時計に目をやった。次の予約の時間が迫っていた。また指名してください、と言って尻のポケットに紙幣をねじこみながら、この仕事もそろそろやめる潮時だなと思った。次の客は四十代なかばで、三人目は五十前後だった。そして四人目の六十近い女の相手を夜の九時すぎに終え、俊介はその日の仕事から解放された。

自宅に戻り、ベッドに横になっていると、母が電話をとりついだ。実家に戻ってから、俊介はだれとも連絡をとっていない。わざわざ番号を調べてかけてくるとすれば、岡本か本多だろうと思った。

だが、電話をかけてきたのは正太だった。

「俺、先生のこと、けっこう憎んでたけど、いまはそうでもねえし、安心していいよ」

電話に出るなり、正太はそう言った。

俊介は何度か唾《つば》を飲みこんだ末に、「そうか、ありがとう」とだけ言った。言葉がうまく出てこなかった。

ああ、とつぶやいたまま、正太も黙っている。

「いま、なにしてるんだ」

俊介が訊くと、「ダンボールに荷物つめてる」と正太は言った。「二月いっぱいで引きはらうことにしたんだ」

俊介はシャッターの下りたラーメン店を思い浮かべ、店をたたむのか、と小声で訊いた。

「だよな、先生、なんも知らねえから」

正太は受話器のむこうでつぶやき、アパートを借りてひとり暮らしをしていたのだが、裕里子が帰ってきたので、家に戻ることにしたのだと言った。

「な、驚いただろ?」

俊介は電話を耳から離し、送話口をじっと見つめた。

「もしもし?」と正太が言った。「聞いてる?」

俊介はふたたび受話器を耳にあてた。

「おまけに小夜子もいっしょに暮らそうって、おやじのやつ言いはじめて、そんなのむりに決まってんじゃん。それがさ、小夜子のやつほんとに引っ越してきたから」

小夜子さんが、と俊介はつぶやいた。

「ばあちゃん、世間に顔向けできねえって寝こんじまうし、家んなか、めちゃくちゃだけどさ、アパートの家賃払ってもらうような余裕もねえからよ」

「なあ、よくわからない」

「驚くことはもっとあるけどな、これ以上は言えねえんだ。でも俺な、自分のことを考えると、先生はそのことをぜったい知ったほうがいいって」

「そのことってなんだ?」

「だめだよ、口止めされてんだ。でもまあ、春になればはっきりわかる。町の連中も騒ぎだすって」

「それはどういうことだ?」

「だから、それは自分で確かめてくれよ」

「確かめるって、なにを」

「俺さ、なんで電話したのか、わかんなくなったよ。だって、先生、なんでそんなとこにいるんだ? そこでなにやってんだ? 男としてだらしなくねえか?」

俊介はなにも言えなかった。正太が電話を切ろうとしたので、学校にはちゃんと行っているのかと訊いた。

来週、入試の発表がある、もし受かっても先生のおかげじゃねえからな、正太はそう言って電話を切った。

俊介は部屋に戻り、ベッドに身体を投げた。正太の声がいつまでも耳から離れず、天井をにらみつけていた。

家族が寝静まるのを待ち、ウィスキーをかかえて居間に下りた。深夜二時をすぎてもテレビは湾岸戦争のニュースを流していた。裕里子のやつ、帰ってきたからさ、家に戻ってやることにしたんだよ、俺。イヤホンをつけた耳のなかで正太の声が言った。な、驚いただろ？

朝になって両親が起きてきたが、なにも言わなかった。俊介は酔って朦朧《もうろう》としながらも、ニュースを見守りつづけた。午後一時すぎ、イラク軍がバスラに向けて撤退を開始した。だが、米軍は撤退路の両端に爆撃を加え、七マイルにわたる自動車の列を攻撃した。この作戦で米軍はクウェートからの多数の避難民を含め、数千人を殺戮した。サダム・フセインはシーア派やクルド人の反乱を恐れたのか、二日後の二月二十八日、米国との停戦に合意した。そして四十三日間におよぶ空爆は終わった。

俊介はテレビを消し、家を出た。夕暮れの市役所通りをゆっくりと歩きながら、ひさしく自分の心をふさいでいた感情がはっきりと変化したことに気づいた。

自分のことを考えると、先生はそのことをぜったい知ったほうがいい。正太のその言葉が気になった。複雑な家庭で育った自分のことを考えると、先生はそのことを知ったほうがいい。そういう意味なのだろうが、それはどういうことなのか。裕里子はなぜ札幌に戻り、小夜子までいっしょに暮らすことになったのか。

——春になればわかる。春になればはっきりわかる。

俊介は呪文《じゅもん》のようにくりかえし、ふと立ちどまった。

春になったらもう手遅れだと、正太は言いたかったのではないか。手遅れになる前に早く戻れと、そう言いたくて電話をかけてきたのではないか、そう思った。二月もきょうで終わり、鹿児島にはまもなく春がくる。だが、札幌に春が訪れるのは、もう少し先のことだ。

いまならまだまにあうかもしれない。俊介はそっと目を閉じ、裕里子の顔を思い浮かべた。彼女は頰笑みもせず、ひどくきまじめな顔をしている。だが、その眼差しにはどこか人生をおもしろがっているような、好奇心旺盛《おうせい》な少女のおもかげが宿っている。俊介はなつかしさといとおしさで胸のつまる思いがした。守ってあげてるのは私のほう。でも彼には彼女が見せた表情だった。それは工藤夫妻と銀座で食事をしたときに彼女が見せた表情だった。そう言ったときの顔だった。

——春になればわかる。春になればはっきりわかる。

もう一度、胸の内でつぶやき、俊介はそのときまったく唐突に正太の言葉の意味を理解した。なんでそんなとこにいるんだ？　そこでなにやってんだ？　男としてだらしなくねえか？　先生、父親になるんだぜ。

俊介はひどく混乱しながらも、尻のポケットに手を入れ、そこにねじこんだ紙幣を確かめた。それから札幌行きのチケットを手に入れるため、両手で自分の身体を抱きしめるようにして、西鹿児島駅に向かって足早に歩きはじめた。今度こそ目を見開いて、飛びこもうと思った。

解説

佐藤正午

あるときドーナツショップで連れとふたりコーヒーを飲んでいた。

一九九一年の話だ。季節は真冬だった。時刻は早朝、五時とか六時。外はまだ暗かったと思う。その日その時刻に誰となぜドーナツショップにいたのかはまた別の話で、とにかく、僕はそのときそこにいた。そして隣のテーブルで起こった出来事をいまだに憶《おぼ》えている。

隣のテーブルにはカップルが向かい合ってすわっていた。少しもめている模様だった。女は大判の雑誌を開いて熱心に読みふけり、男がしきりに話しかけるのだが相手にしない。ふたりとも二十代後半に見えた。ふたりとも値のはりそうなスーツ姿で、仕事明けなのかやや着くずれていた。ふたりとも夜の業界の人なんだろうな、と思って僕は横目で見ていた。

「あなたが遅れて来るから悪いんじゃないの」

と女は決めつけ、開いた雑誌から目をあげない。

「遅れたって、たったの十五分だろ」

「でも、もう読み始めたから、終わるまで待って」

「なんだよ、なに読んでるんだよ」

「黙ってて」

「そんなに面白いのか？」

「うん」

「ちょっと見せろよ」

男は椅子を立って、女の横に無理やりすわろうとした。女は身体を揺すって嫌がり、なおも雑誌のページから目をはなさずに、もう、と声をあげた。気が散るからそっちにすわっててよ。

男はもとの椅子に戻ってタバコに火を点《つ》け、片手を差し出した。

「なあ、おれにも読ませろよ。おまえが読んだとこでいいから、一枚くれよ」

すると女は雑誌に目をやったまま、ドーナツの皿に手をのばして一口かじった。その動作の流れで食べかけのドーナツを口にくわえ、てのひらで雑誌を押さえると、もう一方の手でページを一枚破った。乱暴な感じはしなかった。見開きになった右側のページを、まるで切り取り線でもついているかのようにきれいに小気味良い音をたてて破り取った。破り取られたページは女の手から男の手へと渡った。男はざっと目を走らせて、

「なんだ、小説か」

と言った。そしてタバコを消し、女の皿からドーナツを一つつまみ、その小説を読み始めた。

しばらくたってまたページを破る音がした。女がそれを男に手渡し、ふたりはまた静かに小説の続きを読んだ。女は雑誌に残っているページ（小説の後半）を、男は破り取られたページ（小説の前半）を。

しばらくすると今度は男が、次、と催促した。早く、次。女がうなずいて、また読み終えたページを破り、男にまわした。そうやって、一つの小説が時間をかけて女から男へと受け渡されていった。しまいに雑誌から破り取られた小説のページがぜんぶ男の手に渡った。女は雑誌を閉じて、タバコに火を点け、店の入口のほうへうつろな視線を投げた。それから男が読み終えるのを待つあいだに、コートを着て、マフラーを巻き、手袋をはめ、バッグを雑誌の上に重ねて置いた。やがて男は小さなため息を洩《も》らすと、読み終えた小説のページを揃えて、筒状にまるめてスーツのポケットに挿しこんだ。行く？　と女が言い、ああ、と男が答えた。

ふたりが店を出ていくと、僕の向かいにすわっていた連れがすぐに言った。

「マリクレールよ」

「え？」

「いまの女の人が持ってたのは『マリ・クレール』という雑誌。そんなにうらやましい？」

「何が」

「自分が書いた小説もこんなふうに読まれたいと思った？」

厳密に言えば、そうは思わなかった。誰が書いた小説であろうと、いつどこで、どんなふうな読み方でもされる可能性はある。こんなふうにページを破り取ってふたりで回し読みにする（というかふたり同時に読む）方法が、特に小説家として僕が読者に期待する理想というわけでもないし、それは単に、さまざまある小説の読まれ方のうちの一つのかたちに過ぎない。過ぎないと思う。だから別にそんなにうらやましくない。が、それにしても、いま目の前で、こんなふうに雑誌のページを破り取ってまで読まれる小説を書いた作家はいったい誰なんだ？　と僕は思った。

盛田隆二だった。

一九九一年の『マリ・クレール』3月号に盛田隆二が発表したのは「舞い降りて重なる木の葉」というタイトルの短編小説である。これは夫のいる女と駆け落ちした青年を主人公にすえて「きみ」という二人称で書かれていた。たぶんそれで間違いないと思う。ドーナツショップでの出来事を目撃した朝、書店が開くのを待って、棚からレジに持っていくのももどかしくその場で立ち読みした記憶があるのだが、なにしろ十何年も前の話だし、買ったはずの雑誌もいまは手もとにない。しかもこの短編はその後単行本にも収録されていないので、もう一度読み返すことすらできない。いわば幻の名品である。「そんなに面白いのか？」と聞かれれば確かに「うん」と答えて続きを読みふけるしかない、読者に至福の時間をもたらしてくれる小説だったという記憶だけ残っている。

ただ、一九九六年に出版されたエッセイ集『いつかぼくは一冊の本を書く』にはこの幻の短編に触れたページがあって、それによると当の盛田隆二は「舞い降りて重なる木の葉」という作品の出来にじゅうぶん満足はしていなかったらしい。一組のカップルに雑誌のページを破り取ってまで読ませ、しかも一人の同業者に（僕のことだ）立ち読みまでさせておいてそれはないだろうと思うのだが、とにかく作家本人の言葉を信用すればそういうことらしい。

で、信用するも何も、現に、盛田隆二はのちにこの短編に手を加えている。手を加えるという言い方は誤解を招くかもしれない。短編を書き直して似たりよったりの短編に仕立てたわけではないから。盛田隆二はこの作品への不満足をモチベーションにして（という言い方なら許されるだろう）、この作品と血のつながった別の小説を構想した。そして一九九六年から九九年までたっぷり時間をかけて、今度は三人称の、もっと大きな物語へと発展させた。つまりあのときドーナッショップで破り取られた幻の短編は、いまはまったく別の顔をした長編小説に生まれ変わり、現実に読者の前にある。本書『夜の果てまで』がそれである。

さて。

さっきも触れたエッセイ集によると、長編小説『夜の果てまで』を書き出す前に、盛田隆二は図書館で本を「小説の参考になりそうなものばかり十冊」借りている。その中に『失踪！』（ペーター・H・ヤーミン／中野京子訳）という本がまじっていて、これは僕も読んだことがあるので判るのだが、登場人物が失踪《しっそう》する小説を書くにあたって小説家が必ず読む本である。そして小説書きの実際には何の役にもたたない本である。だからこの本が『夜の果てまで』にはたした役割は、盛田隆二が長編を構想する途中で失踪というテーマを一つ頭に置いていた、という事実をのちのちまで読者に指し示してくれている、その一点にある。

登場人物の失踪は、『夜の果てまで』では冒頭で明らかにされている。読者はまず「失踪宣告申立書」という書類を目にすることになる。まだ小説の第一章も始まっていない。書類を提出したのは失踪者の夫、涌井耕治。失踪した妻の名前は涌井裕里子。彼女は一九九一年三月一日に失踪した。申立書が札幌家庭裁判所に提出されたのは七年後の一九九八年九月一日。その点を踏まえて第一章が始まる。一九九〇年三月、舞台は札幌。大学四年の安達俊介はひとまわり年上の涌井裕里子と出会い、恋をする。

そんなことは普通はあり得ない。登場人物が失踪する小説は書店に行けば山ほど積んであるが、それらの小説はすべて、登場人物の誰かが失踪するその日、もしくはその後から始まる。昨日までそばにいた誰かが今日突然姿を消す。姿を消した誰かをその家族や恋人や親友が探し求め、失踪の謎を解き明かす。そしてその謎の解明に読者は納得したり、不満を持ったりする。それが登場人物が失踪するごく普通の小説のありかたである。ところが『夜の果てまで』はそれらの小説と明らかに違う。常識に逆らっている。

常識に逆らって普通の小説とはまるで正反対に書かれている。この小説は大学生と人妻の東京への駆け落ち、同棲《どうせい》、別れを経て、一九九一年二月二十八日の鹿児島で終わっている。一九九一年はうるう年ではなかったから、冒頭の「失踪宣告申立書」に記されている涌井裕里子の失踪の日付はまさにその翌日にあたる。もう一日。もう一日たてば普通の作家が登場人物が失踪する小説を書き出すという前日に、盛田隆二は『夜の果てまで』を終わらせている。つまり普通の作家が書きたがる（ということはたぶん読者も読みたがる）失踪当日、および失踪後の物語に盛田隆二はほとんど関心を払っていない。

なぜそんなことになるのか？

なぜ盛田隆二は普通の作家の（たとえば僕のことだ）神経を逆なでするような、また普通の読者の（僕やあなたのことだ）常識をくつがえすような書き方をあえてするのか？

理由の一つは盛田隆二がへそ曲がりだからである。ジョークでも何でもなくて、彼は他の作家ならこうは書かないような、自分にしかこうは書けないような書き方を（たぶん）常に模索しているからだ。もう一つの理由は、そう書くことが彼の（きっと）信じているリアリズムにかなうからだ。盛田隆二の目は現実をそう捕らえているからだ。

再度エッセイ集からの引用だが、その本の中で盛田隆二はアン・タイラーの小説にも触れていて、「描かれる世界は取り立てて目新しいものでない」が「それがゾクゾクするほどスリリングなのだ」と書いたあとに、こう続けている。

その秘密のひとつに、作者の異様な記憶力がある。我々が自明のこととしているために意識の表面にのぼらない日常の些細《ささい》な感情や、普段は思い出しもしない遠い過去の光景を、彼女はその異様な記憶力でデジャ・ヴュのように蘇《よみがえ》らせる。リアリズムとはつまりこういうことをいうのだと思う。

アン・タイラーの小説は僕も読んでいるので気持はわかる。でもこの場合、もし彼女が『夜の果てまで』を読んでいれば、その言葉、そっくりそのままあなたにお返しします、と盛田隆二にむかって言うと思う。リアリズムとは、リュウジ・モリタ、あなたの小説のためにある言葉でしょ。

僕は今回『夜の果てまで』を、主要な登場人物とストーリーの展開以外にいったいどんなことが描かれているのかメモを取りながら読んだ。すると半分も読まないうちにメモ用紙二枚がびっしり埋まってしまった。花見、夏祭り、へび女、花火大会、集団面接、内定式、教育実習、卒論、コンビニのレジ、マクドナルド店内、市場の様子、虫食算、スケートボード、みそラーメンの作り方、シンナーの吸い方、居酒屋での女のひっかけ方、TVゲーム、CDのタイトル、本のタイトル、霊感商法、セックス、売春、淋病《りんびょう》、サッカーの試合、サッカーの練習、北海道の方言、鹿児島の方言、耳の遠い老人たちのお喋《しゃべ》り、中学生のあいだで囁《ささや》かれているジンクス、その他その他その他。

本人も言い逃れはできないと思う。『夜の果てまで』の作者が異様な記憶力を発揮していることは間違いない。人の目に見えるもの、耳に聞こえるもの、鼻で嗅《か》げるもの、舌で味わえるもの、肌で触れられるもの、思考、感情、予感、直感、どんなに些細なことも見逃さず記憶を総動員して、盛田隆二はそれらを言葉で表現しようとしている。つまりリアリズムを徹底して貫こうとしている。まるで現実をまるごと長編小説の世界に移し変えるかのように。

ということであれば（あるのだが）、この物語が一般の常識に逆らって、登場人物が失踪する前日までで終わっているのは、むしろ理屈に合っている。なぜなら、もう書くことはないからだ。書くべきことは一から十まで書きつくしてしまっているからだ。涌井裕里子が失踪する当日の、一年前から前日までのあいだを作家はことごとく書き、読者はことごとく読まされ、もうそこには解くべき謎も、謎のようなものさえも一つも残ってはいないからだ。

この小説を読み終えた読者はこう思うはずだ。おそらく、夫の涌井耕治は失踪した妻をもう探さないだろう。彼女がなぜ失踪したか理由はわかっているし、たとえどこに誰といるかが知れたとしても探し出したり連れ戻したりしないだろう。ただその後の「失踪宣告申立書」を提出するまでの七年間を待つことしかしないだろう。

登場人物が失踪する小説でありながら、『夜の果てまで』が失踪後を描いた小説でないのはそのためだ。小説が終わった時点で、夫も、作家も、読者も、失踪した涌井裕里子の行方を知っている。もともと描く必要がないのだ。

結局のところ、『夜の果てまで』は誰にも探されることのない失踪者を描いた小説である。

誰にも探してもらえない。

それが盛田隆二という作家の目が捕らえた失踪の現実である。この作家の関心は失踪の謎や理由にではなく、失踪する・せざるを得ない人間と、その周囲の観察に集中している。だから、もうここまで、これ以上は要らないという日付で小説は終わってしまう。また同時に、これ以外にはない、誰にも探されなかった失踪者の証明である「失踪宣告申立書」という一枚の紙切れで小説は始まる。リアリズムとはつまりこういうことをいうのだと思う。

執筆にあたり左記の二冊を参考にいたしました。

『ABCの数学』(暁教育図書)

『スリ——その技術と生活』アレクサンダー・アドリオン著、赤根洋子訳(青弓社)

本書は'99年4月に、小社より刊行された単行本『湾岸ラプソディ』を改題、文庫化したものです。